步行桥

李晓丹 \ 著

LI XIAO DAN
WORKS

BU XING
QIAO

作家出版社

目　录
CONTENTS

一　被光芒吞噬的光芒

在这个世界上，光芒是比黑暗更可怕的东西。

因为光芒可以驱散黑暗，亦可以吞噬光芒。

这是在我的光芒消失很久之后，我才领悟到的事情。

七岁时的我相信自己是有魔法的。

那时的我像童话里闪闪发光的公主一样引人注目，无论做什么都会得到所有人的喜欢。

记得幼儿园的时候，老师带大家去动物园看孔雀。小朋友们围着笼子叽叽喳喳吵了半天，孔雀就是不肯开屏。最后老师抱着我走到孔雀面前，它向我温顺地低下头，"哗啦"一下展开闪耀着金色光芒的美丽尾巴。那种开心又荣耀的感觉现在回想起来，心还是会像吹满粉色的泡泡一样膨胀起来。

我一直相信我拥有能让自己变得耀眼的魔法。总有一天神的使者会来到我面前，亲口向我宣布这件事。

我生活的城市中间有一座巨大的步行桥，将城市分割为城南城北两个部分，站在桥上几乎能将整个城市尽收眼底。我曾经以为这是世界上最高的地方，如果神的使者有一天来找我，他一定会降临在这里，于是我每天都会拉着傅雨希他们在桥上玩。

那时城北区刚刚开发，晚上只有住在附近的人家在上面散步。我每天最期待的事情，就是晚餐后被爸爸抱着在桥上看风景。七点钟，整个城市的灯火全部亮起的一瞬间，我爸总会把我高高举起来开心地问："简简佳，你看我们的城市漂不漂亮？"

"漂亮！"我大声回答。

"以后会越来越漂亮的，"他笑着说，"简简佳也是，以后会越来越漂亮！"

我开心地笑个不停，觉得那一刻全世界的人都在看着我，由衷地羡慕着我。

远处的光芒之中，有一处最耀眼的金红色光芒，像孕育着美丽的火焰一样温暖明亮。每当城市的光芒亮起，我的眼睛总会不由自主地去寻找它。我骄傲地想，只要这美丽的光芒继续闪耀着，我的光芒就永远不会消失。

我不知道的是爸爸那时已经生病了，当他再也没有力气把我举起来的那天，他进了医院，不到半年就去世了。而我每天晚上依然会一个人站在桥上，等待这个城市的光芒全部亮起，寻找着属于我的金红色光芒，就这样过了十年。

这十年来，我看着这个城市的灯火越来越明亮，看着无数闪烁着迷人灯光的高楼大厦矗立起来，然后眼睁睁地看着它们把我的光芒一点一点淹没掉。直到有一天，我再也找不到它们了。

我不知道它们是被光芒吞没，还是真的消失了。我能做的只是依然执着地站在这里，怀着悲哀的心情继续寻找着，期望在那灯火阑珊的罅隙，能再看到一点还未完全消失的光芒。

我固执地相信着有一天能够再次看见那些光芒，就像我固执地相信着神的使者有一天会来找我，承认我闪闪发光的魔法。

1

"我昨天晚上买了一个豆沙包……

"然后我一口咬下去……

"很痛好不好，我都快哭出来了……"

我无奈地睁开眼睛，今天上课第四次被傅雨希吵醒。我睡着前他就在身后讲他吃了一个豆沙包咬到嘴唇的故事，那时数学老师刚开始讲选择题，而现在已经讲到解析题了，他还在继续那一话题。

这个无聊的故事他在上学路上已经给我讲过一遍了，而且我听的那个版本更加绘声绘色并加入了丰富的肢体语言，即便如此也无法掩盖故事本身的空洞。也许因为又听了一遍的原因，他的声音现在格外令我上火，所以我完全不能理解他旁边的倾听者为什么都是一脸钦慕的表情。是我不解风情，还是她们都是善解人意的天使？

"闭嘴！"我愤怒地回头对着口形，他假装没看见，可不该看见的人却看见了。

数学老师严肃的目光投向这边："陈佳简！"

这个教室里据我所知没有一个人叫陈佳简，但我还是站起来了。

"既然你想说话，那最后一道题的答案你来说一下吧。"他居高临下地看着我，一副我铁定做不出来的样子。

我低头看了眼自己试卷上清晰的解题方法，说出了答案。赞赏的目光纷纷投向我身后的傅雨希，而我已习惯了这些。没有人相信我能解答出这种难题，一定是身后的傅雨希告诉我的。

坐下前我想至少要告诉他我叫陈简佳才比较帅气，但这个念头只闪了一下就打消了，那种热血的举动实在不符合我的风格。高一他叫我"傅雨希前面那个女生"，高二叫我"陈什么来着"，虽然现在顺序有点问题，但照这种发展速度，估计到毕业他就能记住我的名字了。

万事不了了之是解决问题的最好方式，就像老师继续转身讲他的题目，傅雨希继续讲他和豆沙包的故事，我在耳朵里塞了棉球再次昏睡了过去。

再醒来已经是下午最后一节的自习课了。我关上开了一天的 CD 机，发现我旁边一直空着的座位上坐了一个人。

一定是傅雨希又趁自习跑到这里来了，我像往常一样嫌恶地推他，"滚回去。"

然而我看到的却是一张陌生男生的脸，清秀干净，眼睛清澈得像湖水一般。我怔怔地望着他，他却转过脸望向窗外，到放学也没有理我。

今天美术社活动取消，我和傅雨希可以提前回家。

我们是同一栋楼的邻居，他住二楼，我住五楼。因为家和学校分别在步行桥的两头，我们从小学开始就一起走过这座桥上学回家。

六岁那年搬来这里我就认识了傅雨希。那时的他又矮又瘦，浑身脏兮兮的，院子里的孩子都躲着他，他却像鼻涕虫一样黏着我。小学开学前一天，他腆着笑脸对我说："明天一起去学校吧。"我心想才不要呢，好不容易上学后可以摆脱你了。于是第二天早上我和肖扬他们一起去学校，傅雨希则在开学典礼上迟到被老师骂得好惨。然而第二天我刚走到他家门口，门突然打开了，他笑嘻嘻地出现在我面前，我只好带他一起走。后来无论我故意提前或者拖后多久，都会在二楼遇见刚好出门的他，所以不得不默认了他的存在。

后来肖扬他们陆陆续续搬走了，当年院子里的孩子现在只有我和傅雨希住在这里。我也习惯了每天走到二楼看见他那张灿烂笑容的脸，只是他脸上的脏东西不见了，五官也越来越精致，等我注意到的时候，这家伙就已经是现在这种好看到让人懊恼的模样了。

走到三楼，傅雨希聒噪的声音却还在不停响着，我无语地回头瞪他，"你是不是又想到我们家蹭饭了？"

他扭捏地拉拉背包，"我忘带钥匙了。"

我一把抢过他的书包，嫌弃地从里面揪出两团带耳朵的大毛球钥匙圈，"这是什么？"

他极不情愿地接过钥匙，脑袋像那两个毛球一样沮丧地耷拉着。

我妈坐在饭桌旁等我。她在医院上夜班，我们每天只有早上和傍晚能匆匆见面。

她飞快地往我身后看了一眼，失望地问："雨希没来？"

"嗯。"我夹了块豆腐放进嘴里。

她叹了口气，"这孩子好久没来了，是不是不喜欢我做的菜了。"

"不会，"我自顾自地吃着，"我邀请过他了，他这两天比较忙。"

我们到吃完饭也没再说话。从我爸去世后，我有些不知道怎么和我妈相处，她对我的态度也不冷不热。也许我们都不知道如何彼此安慰，又不愿看见对方的伤心，因此都下意识地互相闪躲。

不知什么时候，傅雨希成了我们之间唯一可聊的话题。我妈平时沉默寡言，提起傅雨希却会笑容满面。她记得他喜欢吃的每一道菜，关心他的每一件小事，仿佛除了这些就和我无话可说。我们像是因为傅雨希才聚在一起的两个粉丝，可问题是，我又不是傅雨希的粉丝。

"对了，"我想了想说，"下个星期天傅雨希应该会来。"

我妈立刻露出了笑容，"那天有什么好事么？"

"没什么好事，"我淡淡地说，"那天是我的生日。"

2

回到房间，我掀开书桌上可疑的黑色罩布，露出大堆的辅导书和习题册，对读书头疼的人见到如此蔚为壮观的场面一定会吓哭的。我不欢迎傅雨希来的另一个原因，就是怕他发现这个秘密。

我看了下表，已经八点了。睡了一天，我也该开工了。

我打开书包，拿出藏在里面的 CD 机和几张贴着摇滚封面的 CD，但这些 CD 的内容并不是摇滚乐，而是这一天所有老师讲课的内容。我白天睡觉时 CD 机的录音键是一直开着的，将老师讲课的内容尽收其中，这样我晚上听的时候便可以过滤掉没用的废话，只听真正重要的部分。

白天睡觉，晚上通宵念书是我研究出来的一条高效却不怎么光彩的学习之路。我走上这条道路的初衷，只是不想让傅雨希太得意而已。

升了高中之后，傅雨希就稳坐年级第一名。要是他像其他优等生一样拼命努力也就算了，可是他几乎每天上课都在和周围的人说笑，作业也都是抄别人的。每逢考试班主任让他到讲台上介绍学习经验时，他总是极为欠揍地笑着说："我真的没怎么努力，就是比较幸运而已。"

有什么比输给这样的人更令人生气呢。而我能容忍任何人，唯独不能容忍傅雨希在我面前耀武扬威。在我确定如何用功都不可能考到他前面后，干脆装出无所谓的样子，说我就算天天上课睡觉也不会掉出前十名。我每天晚上玩命地念书，只是为了维持这可怜的面子。

其实听录音也不是容易的事情，因为 CD 除了老师的课堂内容，还忠实地记录了傅雨希的聊天内容。因为他坐在我后面，所以声音常常盖过了老师的声音，而且从头到尾贯穿了整个录音："我昨天晚上买了一个豆沙包……"

第三遍！我暴躁地想把 CD 机扔在地上使劲踩！

我打开外放让里面的傅雨希自己讲，烦得快要睡着了。记得高一同桌的女生红着脸说她的愿望是每天听着傅雨希的声音入睡，不知她如果知道我每天都享受着这般待遇会做何感想。

迷迷糊糊中电话响了起来，那边传来傅雨希精神饱满的声音："是我！"

"我知道。"抛开我狭窄的人际关系圈，能在深夜没有道德观念理直气壮地拨通别人家电话的人也是屈指可数的。

"我好像听见自己的声音了。"他疑惑地说。

我惊觉 CD 机还处在外放状态，赶紧抓过来关掉，"那是你平时废话太多幻听了。"

"是吗，"他笑了起来，"我正在画你的生日礼物，是不是很期待？"

"没有，"我毫不期待地回答。

"对了，马可说他不当社长了，美术社下周投票选社长。"

"他居然舍得。"我无语地说，马可虽然画得不怎么样，却乐于组织一切团体活动，从高一一直霸占着社长职位不放。

"毕竟高三了嘛，"傅雨希笑了起来，"不如你来当社长吧。"

我严肃地警告他："丑话说在前面，你要是敢像去年那样投我票，我们就绝交。"

投票活动中最丢脸的就是只有一票的人，特别当这个人平时是个默默无闻的人时，就会被公认是自己投了票。高中以来傅雨希就没少干这样的好事。

这次我撂下狠话，他应该会收敛了吧。我挂断电话，重新打开外放。

每年生日我都会从傅雨希那里收到我的画像作礼物。其中最醒目的是七岁生日他第一次送给我的《我的朋友陈简佳》，如果题目里没有名字，没人能看出画上的巨大图形是我的脸，那张脸傻瓜一样大笑着，涂了至少二十种颜色。可是一幅一幅翻下去，就会发现他的画越画越好了，甚至到了让我不甘心的程度。

我和傅雨希都是小学一年级开始学画画的，准确地说，我比傅雨希还早一天。

我小时候的梦想是成为一个画家，而学画画却是我人生走向失败的第一步。但我是怀着骄傲的心情，欢快地走出这一步的。

这归功于我爸高超的说客天赋，他没有像其他父母一样凶巴巴地强迫孩子，而是告诉我只有特别有天分的孩子美术班才肯收，我得意地想傅雨希这种傻瓜一定是没资格参加的，晚上回家终于不用被他缠住了。谁知道第二天，他却提着小红桶出现在美术教室门口。

每天上课他就只有三件事可做：盯着我傻笑，盯着我的画板傻笑，盯着自己的画板傻笑。一个学期后，傅雨希终于学会摆弄颜料了，但大部分颜料总会弄到自己身上。我以为他待不了多久就会退出了，没想到他一直待了下去，更没想到他的画竟然越画越好。五年级我望着他的画本惊讶地问："这是你画的？"他急忙抢过去，"这些画得不好，我准备收起来的。"但他口中那些不好的画，已经不是一个小学美术社的孩子能画出来的了。那年我们参加了一个国家级的绘画比赛，傅雨得了第二名，我却什么名次也没得到，美术老师看我的眼神充满了失望。

那是我第一次输给别人，而且是输给我那么看不起的傅雨希，这让我感觉十分丢脸，第一次怀疑我是不是真的天生带着光芒。

我退出了美术社，不屑地说我觉得画画没意思了，心里计划的是升了初中再参加美术社，因为那所重点中学是傅雨希打死也考不上的。我没想到的是，他居然以吊车尾的成绩考进了那所中学。最震惊的人是他爸，他早习惯了家长会拿着傅雨希的成绩单压抑怒火，宣布成绩那天他坐在小桌子后面一脸茫然，不敢相信老师夸奖着的人是他儿子。

初中我再次悲催地和傅雨希分到了一个班，重新画画的计划也破灭了。我在眼花缭乱的社团中选了半天，加入了小提琴社，结果第二天傅雨希也加入进来了。我们第一支曲子学的是《洋娃娃的摇篮曲》，他虽然第一节课拉得乱七八糟，但不到一个礼拜就拉得滚瓜烂熟，我常常拉不准音。听不惯音乐老师表扬他的我退出报名了围棋社，让人恼火的是跟屁虫傅雨希又跟来了，再次在众人面前证明了他的围棋天分。于是书法、网球、笛子……几乎所有社团我都转了个遍，然后像恶性循环般一次次输给傅雨希，终于我决定不再参加任何一个社团，因为我不想再输给他。

而现实是我已经输了。高大帅气、无所不能的傅雨希理所当然成了学校最受欢迎的人，我却成了路人般的存在。

有时我会把傅雨希送我的那些画拿出来一张一张翻看，看着我的脸从绚丽生动的水彩变成苍白平淡的素描。我抚摸着去年收到的画，画上女孩的脸庞近乎完美，但与最初像傻瓜一样大笑着的脸相比，却是那么黯淡无光，如果缩小几十倍，就是报纸灰白照片中平淡的路人。

七岁有着最灿烂笑容的陈简佳，你会想到十七岁的自己会有这样一张平淡无奇的脸么？我曾经那么幸福地想象着自己的十七岁，想着神的使者一定找到了我，他微笑着走向我，轻轻呼唤我的名字——

"陈佳简，陈佳简，陈佳简，陈佳简……"

我吓得从床上爬起来，CD机卡住了，数学老师叫我的名字被不断地诡异回放。我懊恼地快进了一会儿重新打开，这次是班主任的声音："这是今天转到我们班的新同学，介绍一下你自己。"

"我是谢安璃，希望能和大家好好相处。"彬彬有礼的声音，却听不出一丝想好好相处的期望。

班主任的声音又响起来："我来安排一下座位吧……"

"窗边那个空位好了。"脚步声逐渐靠近，然后我听见书包放在桌子上的声音。

我终于知道下午那个神秘人的来历了，然后重新打起精神听着录音画重点，直到听到那声突如其来的"滚回去！"

3

早上出门时我妈已经睡了，一个粉色的饭盒摆在餐桌上，上面有一张纸条——"给雨希的包子"。不知为什么，我听出了一种强调的语气。

在二楼我又和傅雨希不期而遇，他笑嘻嘻地冲我招手，一夜没睡的我看到这种精神饱满的人感觉更累了，直到站在桥上吹了会儿风才渐渐清醒。我们每天早上都在桥上吃早餐，坐在栏杆上吹着晨风，有一种很舒服的感觉。

傅雨希满脸笑容地捧着两个烤地瓜出现在我面前，"你要哪一个？"

我盯着它们看了半天，"你喜欢哪一个？"

他毫不客气地指着那个比较大的，于是我一把抢过来。

"你直接拿去不就好了，干吗虚伪地问我？"他不满地抱怨。

我开心地吃了起来，只有在傅雨希面前，我才会表现出如此任性的一面。也许是因为和他一起的时候，我会常常忘记我不再是怎样任性都能被包容的陈简佳了，也许是因为喜欢看他平时意气风发却在我面前总是吃瘪的样子。

从步行桥下来我们兵分两路，傅雨希会绕远路大约晚我四分钟到学校。我不想让学校的人知道我们很熟，从小学开始这个立场从没改变过。小学是单纯觉得和他在一起很丢脸，我曾经严重警告过他，在学校不许和我说话，否则就再也不理他，他虽然百般委屈还是同意了。十年过去了，任谁看傅雨希都不会是我们之中那个应该被嫌弃的人，但这个约定还是微妙维持着。一旦技不如人马上放低姿态的事情我做不到，这也是我没什么朋友的原因。

高三后上早自习的人明显多了。我推门进去时所有人都在低头看书，而傅雨希进去的时候，大家却齐刷刷把头抬了起来，教室里马上一片欢乐祥和的景象。我早发现教室每天进入吵闹模式就是从傅雨希进门那一刻开始的，他就像被扔进炮仗堆里的火柴，让整个教室都炸了锅。

谢安璃正在写功课，我正犹豫该不该跟他道歉，他却抬头对我说了"早上好"。

"早上好。"我微笑着说，看来他不是想象中难相处的冷漠怪，"昨天没来得及自我介绍，我的名字……"

"没这个必要，"他淡淡地说，"抱歉我功课还没写完，一会儿再说吧。"

"陈简佳"三个字被我含在嘴里，变得无比苦涩，却怎么也做不到若无其事地咽下去。胸口久违地微微作痛，这个曾经令我自豪的名字，有一天我竟会连说出口的资格都没有。

如果他是个爱找茬的不良少年就算了，可他偏偏那么礼貌地回答了我，仿佛在语重心长地教育我：你的名字没有人想知道，你是谁没有人在意。

谢安璃终于在自习结束前补完了作业，他松了口气合上作业本，把手伸给我，"帮你一起交上么？"

"不用！"我把书用力一摔，隔着他把作业递给课代表。

他目瞪口呆地望着我，大概觉得我是个怪人吧，明明方才一副讨好的嘴脸，转眼间就发起脾气来。

不知道为什么，早就习惯被忽视的我这次格外较真。原因可能在于我平常没怎么争取过，而这次热脸贴了冷屁股让我无比懊恼。而谢安璃对我的反应也只有那一时的目瞪口呆，而后就没再理我。

后来我发现，不仅对我，他对所有人都是淡淡的。我印象中转校生都要格外努力才能融入集体，但他压根没有这种想法。让我开心的是，自以为魅力无限去搭讪的傅雨希，最终也败兴而归。

我高二向老师提出不需要同桌的原因，就是不管什么人坐过来马上会被傅雨希缠上，男生会变成他的好哥们，女生则会被他迷得神神道道。而后不久班上传言只要坐在我旁边，成绩马上会掉到最后一名，反而没人想坐过来了。

托谢安璃的福，我周围的环境不会重新变得嘈杂不堪。我上课摆弄CD的时候，他也只是淡然地瞥了一眼，就去翻弄他的笔记本了。那是一本很破旧的黑色笔记本，他总像宝贝一样捧在手里小心翻看，八成里面是他抄的花季雨季的诗词歌赋，以前喜欢傅雨希的那个同桌也做过类似的事情。

中午时间我都在美术教室度过，这是个安静的地方，前提是傅雨希不每天来蹭饭的话。美术教室在五楼，从旁边的楼梯上去就是天台。高一时我拿着饭盒去了天台，却发现上面全是情侣，沮丧地下来时发现了走廊深处的美术教室。于是我和傅雨希加入了美术社后的第一件事情就是偷配了两把钥匙。

我把饭盒往傅雨希手里一塞，"赶快吃，吃完就滚。"

"你和我一起吃嘛。"他笑着拉住我。

"我才不要，"我嫌弃地说，"这里面八成是你喜欢的虾仁。"

他抓起一个包子塞进嘴里，失望地说："骗人，是我最讨厌的芹菜。"

"真的？"我拿起一个咬了一口，立刻变了脸色，"这不是虾仁的么，你自己看！"

我还没反应过来，他就开心地凑过来吃掉了我手上的半个包子。

"请问，美术教室是这里么……"

我惊讶地回头，谢安璃正一脸吃惊地站在门口。

我的手还没收回来，而傅雨希还在傻笑，这种情景正常人都会误会吧。

谢安璃尴尬地咳了两声，"我好像走错地方了，你们继续。"说完他好心地关上了门。

"都怪你！"我对着傅雨希的脑袋重重拍了一下，"被他误会了怎么办？"

他委屈地捂着脑袋，"你干吗这么怕他误会，该不会是喜欢那家伙吧？"

我皱起眉头，"谁会喜欢那种自以为了不起的人。"

"对吧，"傅雨希积极地附和道，"那家伙超级装模作样，我上午和他说话对我爱搭不理的。我最讨厌那种每天臭着一张脸，用冷屁股对着人家热脸的人了。"

我庆幸是被谢安璃看到了，别人主动找他聊天他都不理，更何况是主动找人传八卦。我偷偷观察了他一下午，直到放学他也没有用异样的眼光看我，事实上他根本都没看我一眼。

"陈简佳，"傅雨希背着书包出现在我课桌前，"我今天要先走，帮我跟杜老师请个假。"

这可真是新鲜，第一次他放学没有对我紧随其后，我好奇地问："你要去哪儿？"

"买这一期的《如画》。"

"不是 20 号才出么？"

"这个月提前了，"他笑了起来，"而且封面是溪辰的画，我一定要抢到手。"

我迅速拉上书包拉链，"我和你一起去。"

"不行！"他突然大叫了一声，教室里的人都看向他。他在我惊讶的目光中局促地摸摸鼻子，"我还有好多地方要去。帮我妈买东西，还要顺便去一下医院，我要赶紧走了！"

我看着他急匆匆出了教室，无语地背上书包。真丢脸，旁观者看来好像我缠着他一起走一样，还被他那么大声地拒绝。

4

我加入美术社除了觊觎午休的地方，还有一个原因就是社团活动结束刚好六点半，我可以在七点钟走到步行桥上。

美术教室明天要对外参观，今天必须将绘画工具带走。我隐隐觉得傅雨希一定是提前知道了消息，故意偷懒让我帮他把东西背回去。

有小说描写过夜色中背着画板的女生看起来特别帅气，那么在夜色中背着两个画板还提着两个水桶的女生，又是怎样的呢？偶尔有人回头看我，但我知道那肯定不是认为我帅气的眼神。

上一次一个人回家，是十年前的事情了。爸爸刚住进医院的晚上，我也像现在这样一个人背着画板走在回家的路上。怕黑的我不敢走下桥后那条漆黑的小路，却不知道我妈什么时候回来，站在桥上快要哭出来的时候，肩膀突然被人拍了一下。我惊讶地回头，傅雨希好奇地站在身后盯着我，"你在这里干吗？"

我无论如何都不想被他看见我哭，眼泪奇迹般地收了回去，摆出平时骄傲的样子，"你又在这里干吗？"

"说了你不许笑话我，"他的笑脸像气球一样瘪了下去，"我怕黑不敢回家，你可不可以带我回去……"

我立刻违反约定大笑起来。然后豪爽地拉起他的手，"那我就勉为其难地送你这个胆小鬼回家吧！"那时意气风发的我还不知道自己要被这个粘皮糖缠上了，第二天他就以不敢一个人回家为由参加了美术班，每天晚上粘着我一起走。

我一直知道，那时候逞强拉住傅雨希的手，是因为我心里也怕得要命。因为有傅雨希在身边，我才可以不用紧紧攥着小桶冰凉的提手一个人回家，当然这些我永远不会告诉他。

十年后，我再次一个人走在这座桥上，却不会再没出息地哭泣。并不是因为我不再惧怕黑暗，而是因为现在的步行桥即使在晚上也是灯火通明，人来人往。

我眺望着发光的城市，依然寻找不到那些光芒。我已经习惯了没有它们的日子，即使找不到也不会像当初一样张皇失措。

我想起那个在遍地盛开的玫瑰丛中，寻找不到自己心爱的一朵而哭泣的小王子，觉得他很矫情。至少他知道那朵玫瑰仍然在某个角落绽放着，我却不知道那些光芒是否依然存在。

"快看，那个男生长得好帅！"旁边几个女生叽叽喳喳地吵着。

"应该是漂亮多一些，你看他的眼睛！"

"你们小声点儿，别让他听见了！"一个女生警告着，其实她比之前两个还要大声。

我顺着她们的目光看去，不远处一个男生倚在栏杆上望着远方发呆，一阵风吹开他额前的碎发，我惊讶地发现居然是谢安璃。

我决定趁他没发现我赶紧离开，要是让他误会我和那些青睐他的女生是一伙的就糟了。不过这个人到底想怎样，白天在教室里装模作样，晚上还要跑到这里招蜂引蝶。

"哼。"我发出不屑的鼻音，可有的人的耳朵就是这样，那些女生尖叫半天他听不到，我轻哼一声他却好死不死听到了。他疑惑地看过来，目光落在我身上。

那些女生尖叫一声跑了，站在原地的我看起来格外愚蠢。

"不是我叫的……"我冒出这么一句，顿时觉得自己更蠢了。就算不抬头，我都感觉他的目光充满了鄙夷。

"你画画么？"我这才发现他盯着的是我的画板。

"嗯。"你以为我是出来摆摊卖画具的么。

"有件事我觉得应该告诉你，"他犹豫了一会儿说，"《如画》这个月延迟到23号，也没有增刊。"

"是吗，"我瞬间反应过来，"你干吗告诉我这个？"

他尴尬地看着我："你们不是在交往么？"

"当然不是！"他果然误会了，居然还好心提醒我傅雨希说了谎。

我索性趁这个机会解释清楚："我和傅雨希都是美术社的，中午会在那里吃饭。我们只是家住得比较近而已，什么关系也没有。"

"是这样。"他虽然答应着，眼里仍闪过一丝疑惑。

我干脆岔开话题，"你怎么知道这期推迟到23号的？"

"我订了一年份，杂志社邮寄前会发通知。"

"那封面是溪辰的画么？"我期待地看着他。

他摇头，"是朱莲。"

方才的期待瞬间被失望感替代，他大概发现了我的失落，好奇地问："你喜欢溪辰的画？"

我点点头，"你也喜欢么？"

他发出一声轻蔑的笑，"怎么可能？"

"你什么意思？"我皱起眉头

他无奈地耸耸肩膀，"虽然不太礼貌，但你还真是没品位。"

我愤怒地瞪着他，"你凭什么这么说，你根本没看过溪辰的画吧！"

"我看过啊，"他像听到脏东西一样露出厌恶的表情，"像垃圾一样。"

他竟然敢这么说，我愤怒地拉住他，"你给我道歉！"

"我又没说错，为什么要道歉。"他理直气壮地说。

"你……"我气呼呼地瞪了他半天，把画板丢在地上，抓起一支笔硬塞进他手里，"既然你说溪辰的画是垃圾，那么你画画看啊！"

他在路人的目光下尴尬得脸都红了，拎着笔小声嘀咕了一句："我不会画画。"

我冷笑一声，"那你有什么资格说溪辰的画是垃圾？"

"照你的意思，不会做菜的人就不能说菜不好吃么？难吃就是难吃，我为什么要说谎？"这个人看起来不善言辞，关键时候说话居然一套接一套。

我被他噎得说不出话来，恼羞成怒地喊道："那是因为你的舌头……你的眼睛有问题！溪辰的画从来不会迎合流行，无论什么时候都能打动人心。像你这种没礼貌的人才是垃圾呢！"

说完我就怒气冲冲地走了，这次一定彻底被他当精神病人看待了。

而我也彻底不会原谅他了。

我能原谅他把坐在旁边的我当空气，却绝不能原谅他用那样轻蔑的口吻说溪辰。我对大部分事情都是冷漠的，溪辰却是少得可怜的能让我认真的事情之一。之前说过，输给傅雨希的我放弃了画画，虽然内心依然想成为画家，但明白如果连傅雨希这种打酱油的人都比不上的话，画下去也是没有希望的。

初三暑假我去傅雨希家玩，见他床上扔着一堆插画杂志，就随手拿起一本《如画》翻起来。那几年杂志流行寂寞伤感的画风，灰色的纸页让我有种在看黑白相册的感觉。直到我翻到被折起来的那一页，眼睛被突然出现的绚烂的光芒狠狠刺了一下。

我之前从不相信"刹那间被眼前所见震撼"这类描述，可那一瞬间我才知道这种感觉是真实存在的。眼前明亮的色彩像穿透云层的光辉，美丽得让我几乎掉下眼泪。而我落泪更重要的原因是因为铺天盖地出现在画上的颜色，是和我记忆中的光芒一模一样的金红色。

我看了一眼右下角的名字——《光芒》by 溪辰。

"很棒吧，"傅雨希得意地把杂志抱进怀里，"溪辰可是我的偶像！"

我向他借了那本杂志，对着那幅画看了整整一夜，天亮时把收起来的画具全部找了出来。

我果然还是想画画，我想亲手画出我曾经深爱着的光芒的颜色。

在美术社的两年，我努力调着那个颜色，终于调得渐渐像样起来，甚至无限接近溪辰的《光芒》，但永远都差那么一点。我常常会想，到底是怎样的人才能画出这样的《光芒》呢？《如画》的专访简单介绍溪辰是一个像妈妈般温柔的女性，于是我鼓起勇气给《如画》杂志社写了一封信，请他们转交给溪辰阿姨。其实我很想问她是不是来过这座城市，但为了不显得太幼稚，我问了一些专业的问题，但她没有回复给我。

溪辰这样天才型的画家当然不会理会我这种小人物，另一个原因大概是我写信的水平太差，我出生以来一共有过两次写信经历，都以没有回复告终。

第一次是在一年级的春天，那是我交友史上第一次挫败。那时我们和外市的小学办了交笔友活动，老师给每个人发了地址，让我们写信给远方的朋友。我自信满满地写了信，而半个月后全班只有我没有收到回信。我无法相信这个事实，于是不服气地一封一封地写，依然没有回音，直到我爸去世我才把这件事忘记了。

　　现在想想，那些信的内容只是从头到尾都在炫耀罢了，换位思考一下，我要是收到这种招人嫌的信会回才怪。但给溪辰的信，我是怀着谦卑的心情一字一字写出来的。虽然她没有回信给我，我还是一如既往调着那些颜色，在喧闹的美术教室，在夜深人静的晚上，像巫婆搅拌着药汤一样，滑稽而悲哀地重复着那个动作。如果我真的永远无法再看见那些光芒，那么我希望至少有一天能用自己的双手，让它们在我的画纸上重新绽放。

　　我之所以对那些光芒如此执着，是因为我一直相信是它们赐予了曾经的我闪闪发光的魔法，所以在它们消失之后，我才会变得暗淡无光。我坚信着当那闪耀的光芒再次出现在我眼前的时候，我身上消失的光芒也可以重新回来。虽然现在我无法看见它们，但是它们一定依然还在某处为我亮起，这是我唯一相信着的事情。

　　我会那么生谢安璃的气，是感觉否定了溪辰的《光芒》的他，连我唯一相信的事情也否定了。

5

　　第二天早上我妈难得做好了早餐等我。她把筷子递给我，"今天晚上你早点回来。"

　　"是辛爱琳要来吧。"我无奈地咬了口面包。今天是周五，是她该出现的时候了。

　　她沉默了一会儿，"辛叔叔也要来。"

　　辛爱琳的爸爸是我妈的结婚对象，但在辛爱琳出现在我家前，我都完全不知道这件事。到现在我也从来没见过他，他来得很少，每次我都故意找借口躲出去。

我见得比较多的是辛爱琳，她喜欢我妈做的菜，每个周五都会来。她是那种一看就是哪所学校校花的那种女生，漂亮而张扬。可能是单亲的原因，她爸把她宠得像个公主。她见我第一面，觉得我理所当然应该对她顶礼膜拜，但我偏偏不买她的账，她示威也好，撒娇也好，吵闹也好，在我这里全不起作用，她却因为新鲜感对我亲近起来。其实我只是习惯了傅雨希平时的狂轰滥炸，无论什么情况都能保持冷静。

她对我卸下了傲气，却变得聒噪起来。每次来我家总会拼命给我讲她认识的男生和各种衣服，比傅雨希还烦人。所以我宁愿和傅雨希待在一起，也不想和她碰面，何况今晚辛叔叔会来。

"放学我去你家写功课吧。"上学路上我向傅雨希提议。

我以为他会开心地答应，他却很为难的样子，"一定要今天么？我和十七中的朋友约好了，下午去那边玩。"

十七中是在城南区吧，这家伙的交友版图居然都扩张到城南去了。

"那我在学校等你回来。"我都让步到这份上了，他再敢拒绝我就和他绝交。

他识趣地答应了，眼中却闪过一丝不耐烦。我第一次在傅雨希眼中看到这种神情，一时有点懵了，等我反应过来的时候，他又开始笑嘻嘻地说其他事情了。

大概是我看错了吧。

下午傅雨希请了病假，下了第一节课就走了。放学后我在美术教室等他。周五有清校的规定，六点钟美术社的人就全部离开了，我无聊地拿出 CD 机听今天的课程。

为了打发时间，我选了最枯燥的历史课。可我远远低估了历史老师讲课的枯燥程度，她真应该转行去做催眠，这是我睡着前脑子里最后一句话。

醒来的时候，教室里一片漆黑。我看了一眼时间，七点半，我居然睡过头了。

我摸索着走向门口，门居然被上了外锁。一定是清校的保安没发现我在里面，以为没人便关灯锁门了。清校后所有教室统一拉闸，只有走廊才有灯，所以我怎么按开关都没用。黑暗中我摸到一尊石膏像，人像空洞的眼睛直直地望着我，我尖叫一声蹲在地上。

我害怕地闭上眼睛，难道要这样待一个晚上？都是傅雨希的错，都怪他！四周的石膏像仿佛都在直视着我，风吹过窗帘发出"呜呜"的声音，我受不了恐惧用力砸门，"有人在吗，救救我！"

不知喊了多久，我快要放弃希望的时候，外面却响起了男生的声音："陈简佳？"

"你是谁？"我疑惑地问，那不是傅雨希的声音。

"谢安璃。"

我愣住了，他怎么会在这里。那么我刚才的鬼哭狼嚎他都听见了？

他敲了敲门，"墙上有个小窗户，你能爬出来么？"

我抬头看了一眼，"应该不行。"

"这个窗户够宽了，你那么胖么？"

这个人太损了吧，我无奈地说："太高了我不敢爬，里面没有灯，我根本看不清楚。"

我等了半天都没听到他回话，不会不耐烦地走了吧，我试探着问："你还在么？"

"嗯。"只是淡淡的声音，但我由衷松了口气。

"你能不能先不要走，"我没出息地哭了起来，说了让自己无比丢脸的话，"我很怕黑，真的很怕黑……"

谢安璃在对面安静地听着我哭，然后突然开口："你去找一张桌子，再找一个窄一点的凳子。"

"找它们做什么？"我不解地问。

"听我的就好了，"对方的语气不容置疑，"把桌子放在小窗口下面，你踩上去打开窗户……"

我急忙摇头，"不是说了吗，窗户太高了。"

"打开再说。"

我无奈地爬上去把窗户打开，听到他的下一步指令："把凳子丢

21

出来。"

我一阵无语，还以为他有什么好办法，原来只是累了让我给他个凳子坐。我丢完凳子悻悻地准备从桌子上下去，却被眼前突然出现的脸吓了一跳。

谢安璃居然踩着凳子爬了上来，撑在窗户上嫌弃地望着我，"麻烦让个路可以吗，我这样撑着很辛苦的。"

我目瞪口呆地看着他，"你不会要进来吧？"

"是啊。"

"可是你进来的话，我们就都出不去了吧。"

"是这样没错，"他微笑起来，"可反正我也走不了，进来陪你的话，你应该就不会那么害怕了吧。"

我呆呆地望着眼前有着如此温柔笑容的脸。这是我第一次看见谢安璃的笑容，淡然如水带着若有似无的颜色，却在身后光芒的映衬下那么明亮动人。

也许他并不像我想的那么目中无人吧。

我们沉默着坐在相隔很远的桌子上，这种气氛，这种场景，也许是恋爱故事最好的开始契机。然而我想起了一件事情。

"谢安璃，"我讪笑着转向他，"如果我现在请你再爬出去，你会生气么？"

"为什么？"他诧异地看着我。

我尴尬地从口袋里拿出一样东西，"因为我好像有钥匙。"

回到家已经九点了，只有辛爱琳闲然自若地坐在沙发上看电视。

"你怎么还在这里？"我嫌弃地看着她。

"拜托你客气一点，"她不满地瞪我，"这样对待等你到现在的客人合适么？"

"等我？"我不屑地哼了一声，"你又看中了我什么东西了？"

事实证明我的推断没错，辛爱琳心虚地笑着拉住我，"你屋子里不是有一个锁着的柜子么，可不可以给我当衣橱？"

"不行。"我一口拒绝。

"真小气。"她嘟囔着躺到床上，却发出杀猪般的尖叫。

"陈简佳你谋杀啊！"她抓起一个金属相框愤怒地挥舞着，"疼死我了，我后脑勺都肿了！"

我一把夺过相框，"谁让你躺在那里的，活该，"

"谁会把这种东西放枕头下面啊，"她捂着头哼哼，"你是勾践么，这么自虐！"

我懒得理她，把相框放到床头柜上。照片是我七岁生日那天在步行桥上拍的。那是我爸陪我过的最后一个生日，院子里所有孩子都来参加了生日会，最后在桥上拍下了这张照片。我被所有人围在中间，望着拿着相机的爸爸身后的明亮光芒笑得满脸幸福。

照片上除了我身边的肖扬和苏梦柯，最显眼的就是傅雨希。那天我根本没有请他，他却自己跑来我家。拍照时他笑嘻嘻地凑到我旁边，却被肖扬推到了最外面。相片上所有人都在笑，唯有他一脸垂头丧气。

"哪个是你？"辛爱琳对这张照片产生了兴趣。

我指了指照片中间，"这个。"

"不会吧！"她瞪大眼睛看着照片上公主一样的女孩，"完全不像好不好，你这些年到底发生了些什么啊？"

我不以为意地撇撇嘴，却没有生气，因为我自己也是这样想的。这些年到底发生了什么呢，为什么所有的事情都变了。曾经被人排挤的傅雨希如今在众星捧月中笑得阳光灿烂，我却成了阴沉又没有存在感的人。

辛爱琳趁我走神，绕到柜子前面透过缝隙往里看，"里面到底放着什么神秘的东西呢？"

"木乃伊。"

她尖叫一声跳开，愤怒地吼道："陈简佳，今天第二次了！"

敲门声这时响了起来，辛爱琳气势汹汹地去开门，却一脸欣喜地小跑回来，"怎么办，门口站着个很帅的男生，是来找你的么？"

我隔着猫眼看见了傅雨希，他还好意思来找我。我恼火地说："不认识。"

"陈简佳！"傅雨希叫了起来，"我看见你家灯亮着，快给我开门！"

辛爱琳不解地看着我，"他叫你的名字啊……"

"是查水表的。"我没好气地拉着她回了房间。

6

我每个周末都会去傅雨希家，我们会一起写功课，看动画片或是玩游戏机，这个聚会曾被他命名为"陈简佳和傅雨希的欢乐联合周末"，被我厌恶地否认了，他取名字向来草率且毫无品位。

我因为周五的事彻底恼了傅雨希，周末故意没去他家，奇怪的是他也没来找我道歉。周一我特意提早避开他去上学，桌子上依然摆着粉色的饭盒，上面写着"给雨希的饺子"。

我从早自习就开始睡觉，醒来已经是大课间了，几个女生在傅雨希的空座上聊天。一个女生神神秘秘地说："你们猜我周五放学去十七中看到谁了？傅雨希！"

旁边的人一脸疑惑，"他那天不是请病假了么？"

我冷笑，要想人不知，除非己莫为。

"这个不重要，"那女生激动起来，"重要的是他和一个像模特一样高挑的女生在一起，样子特别亲密。"

"真的？""不会吧？""女朋友么？"她们顿时炸开了锅。

"我也不知道，只看见傅雨希一直对那个女生笑，不停讨好她。"

周围一片羡慕的唏嘘声，我本想多听一会儿，却发现我的数学作业还在桌子上。我瞥了一眼谢安璃，他绝对是记仇故意不帮我交上的。

我只能自己去交作业，从办公室出来，却看见傅雨希站在八班门口，表情局促不安，像是在等什么人。

我好奇地躲在走廊拐角偷看，看见一个娇小的漂亮女生走了出来，两个人在窗边说起了话。傅雨希的脸红红的，看起来很害羞。

这家伙不会真的交女朋友了吧，难怪他最近总不见人，莫非是偷偷去约会了？可刚才那个女生不是说和傅雨希在一起的是一个高挑的女生么，而且还是在十七中看到的。

难不成这家伙脚踏两条船，年纪轻轻居然就敢这么猖狂！

然而我最想不通的是，傅雨希为什么没把女朋友的事情告诉我。以前他不管有什么开心的事情一定是第一时间冲过来告诉我，这次是怎么了？

我决定亲自盘问他，上课后画蛇添足地递了纸条告诉他中午有饺子，结果回复写着："抱歉我中午有事，代我向阿姨说谢谢。"

真是官方的说辞，客气得简直不像出自傅雨希之口，好像县太爷打发着唯唯诺诺捧着一碗馄饨送礼的乡民一样。

他能有什么事。我悻悻地撇撇嘴，却在下一秒怔住了。

我忘记了傅雨希和我是不同的。形单影只的我拥有大笔悠闲的时间。而傅雨希不一样，他有许多朋友甚至仰慕者，而我只是其中的一个，他不可能所有时间都围着我转。

后背被轻轻戳了一下，一张纸条递了过来，"我会去的，不过要晚点儿到。"

这算什么，他是在可怜我么？这个认知让我恼火到连下课铃声都没听见。教室里已经空了，只有谢安璃还淡定地坐在一旁。

我望着手里的饭盒咬牙切齿，鬼才要贱兮兮地捧着午餐等你，我陈简佳就算没有朋友，也不用你来可怜！我把饭盒重重拍在谢安璃面前，"给你吃！"

他被我吓了一跳，"这是什么？"

"无敌好吃宇宙无敌特级无敌饺子！"

"你说了三个无敌。"

"少废话，赶紧吃！"我不耐烦地把筷子塞给他。他无奈地夹起一个饺子放进嘴里，又夹了第二个。他吃东西的样子很斯文，却让人无法判断味道好坏。我妈喜欢傅雨希来家里吃饭的原因我大致明白了，看着吃着自己做的东西的人狼吞虎咽一脸满足的表情，真的能感到幸福。

"陈简佳！"傅雨希气喘吁吁地出现在门口，"你怎么没在美术教室等我……"他眼睛像铜铃一样瞪着谢安璃，"那是我的饺子，你不许吃！"

谢安璃就是谢安璃，在这种情况下仍然斯里慢条把饺子往嘴里放。

"不许吃，你不许吃！"傅雨希冲过来叫道，无奈谢安璃仍然不理他。

"陈简佳！"他果然把枪头转向了我，"这是阿姨给我做的，你怎么能给别人吃！"

我骄傲地抱起胳膊，"是我妈做的没错，但给谁吃我说了算。"你上午不是拒绝得很高尚么，现在肚子饿了就想要回来，想得美！

他委屈地噘起嘴，"可是我好饿。"

我冷哼一声，"那也不给你，宁愿给狗吃也不给你。"

旁边响起一声清咳，谢安璃面无表情地放下了筷子。

"我不是那个意思……"我尴尬地想解释，傅雨希却趁机去抢饭盒，谢安璃条件反射去挡，手腕被傅雨希重重打到了。他倒吸一口凉气，脸色瞬间变得煞白。

"没事吧？"我担心地问，看他的样子好像很痛。

"没事，"他摇摇头，"你们慢慢吃，我先走了。"说完就离开了教室。

"有那么夸张么，碰一下就眼泪汪汪的。"傅雨希边往嘴里塞饺子边抱怨。我没理他，翻开刚发的作业本改错题，看见批改的日期：9月23日。

"傅雨希，"我认真地望着他，"上周四你买到《如画》了么？"

他嘴里塞着东西含含糊糊地说："买了啊。"

"那封面是溪辰的画么？"

"当然了。"

我沉默了几秒，抓起饭盒里的饺子全塞进嘴里，"谁让你吃的，还给我！"

"陈简佳……"他担心地望着我，"里面有虾仁。"

我忍住强烈的呕吐感恶狠狠地说："那也不给你！"

他没趣地回自己座位去了，没过几分钟，又耐不住寂寞用笔戳我。

"干吗！"我回头瞪他。

他为难地看着我，"我今天下午……"

"有事对吧，"我烦躁地说，"没关系，我一个人回去。"

他犹豫了一会儿，"还有明天，后天……可能一个星期我都不能和你一起回家了。"

我有点惊讶，这是他第一次提这样的要求。但我绝对不想让他察觉出我的失落，便完全不在意地回答："随你。"

"太好了。"他一副如释重负的样子。我皱起眉头，他这是什么表情，就像请假被批准了一样，好像我一直在缠着他一样。

7

放学后我一个人去了商店街的书店。商店街在学校不远的地方，有许多新奇的创意店铺和小吃店，在学生中间很受欢迎。书店因为位置偏僻向来客人不多，加上旁边一家店正在装修，把材料堆在书店门口，于是更冷清了，除了在算账的老板，只有一个在扫地的高个子女店员。

老板看见我露出了亲切的笑容，"是你啊，好久没来了。"

去年春天开始，溪辰的画就没在《如画》出现过。我打电话去杂志社，他们只告诉我溪辰不再画画了，从那之后我便不再买《如画》。所以那天傅雨希说这期封面是溪辰的画，我才会那么开心。

"你一个人来的？"老板边找书边跟我聊天，"你的小男朋友没和你一起？"

我立刻反应过来他是在说傅雨希，无语地澄清："他不是我男朋友。"

"是嘛，"老板哈哈大笑，"上次他可是马上承认了。"

我顿时一脸黑线，那家伙居然在我不知道的地方这样胡说八道。然后我想到一件事，"对了老板，他上星期来买《如画》了么？"

"没有，"他肯定地说，"我跟他说过这个月杂志推迟到23号，正好你来了，帮他捎一本回去吧。"

这个骗子……我皱了皱眉头，"我不要。"

"怎么了？"老板奇怪地看着我，"你要是不方便，我帮他留一本也行。"

"不用了，"我笑了笑，"这期他已经买了，给我一本就好。"

"这样啊。"他失望地把书递给我。我扫了眼封面，果然是朱莲的画。

我歉意地把画拿给老板，"抱歉我不要了，你还是留给傅雨希吧。"

"不行！"愤怒的声音不是来自老板，而是旁边的店员。我这才看清他其实是个身形纤细的男生，因为头发长得垂到肩膀，我才会看错。他皮肤很白，眼睛末梢像画了画线一样微微上翘，比女生还要妩媚。他生气地质问我："你都让老板拿出来了，为什么突然不买了？"

"因为封面不是我喜欢的风格。"我解释道。

他鄙夷地瞥了我一眼，"你什么品位啊，没钱就不要找理由！"

这是我一星期内第二次被人批评没品位，这次还是被素不相识的人。我实在懒得和他再争辩，干脆妥协，"我确实没钱，所以今天不买了。"

"我替你付！"谁知他如此豪迈地宣布，对同样震惊的老板说，"我今天的工钱不要了，买一本《如画》。"然后他把书强硬地塞进我手里。

我无语地接过来，如果去银行柜台不想提钱也有人强硬地塞给我该多好。

我站在桥上胡乱翻着那本对我来说毫无意义的《如画》，谢安璃不知什么时候站在了我旁边，"我没说错吧，封面是朱莲的《河流》。"

我这才认真看了封面的画，刚才在书店匆匆看了一眼以为是彩虹，细看才发现是五彩的羽毛编织的河流。朱莲的画有种古灵精怪的神秘感，但他过度渲染的表达方式我并不喜欢。

我耸耸肩膀，"他的画永远花里胡哨的，叫什么都一样。"

"你不喜欢朱莲么？"他好奇地问。

"不喜欢。"我实话实说。

他微笑起来，"看来我们终于有一件事能达成共识了。"

我这才意识到我们几乎每次遇见都在争执，这样想想，我每天晚上都会在这里遇见他。

"你家也住桥附近么？"我好奇地问。

"不，在泷德路附近。"

"那么远！"我惊讶地看着他，"那你每天在这里闲晃什么？"

"散步。"他气定神闲地说。

"真可疑，"我怀疑地打量着他，"你不会是那种站在路边从事尾随行业的人吧。"

他挑起眉毛，"晚上八点还在外面乱晃的人有资格说我么？"

我指指身上的画板，"我要参加社团活动。"

"对了，你是美术社的，"他若有所思地说，"让我看看你的画可以吗？"

我没想到他会这么说，谢安璃绝对是个苛刻的人，把溪辰的画评为垃圾，朱莲的画也讨厌，估计看见我的画连"狗屎"都能说出来。

"算了，"我心虚地摇头，"我其实不会画画，就是随便画着玩而已。"

我不是第一次这样回答了，当别人问我为什么要进美术社，为什么背着画板，为什么要画画的时候，我都会这么说。

其实我的真心话是，我喜欢画画，我想成为画家。但这句真心话从那年比赛输给傅雨希后，就再没能说出口。

现在想想，是因为我不够强大吧，所以不敢告诉任何人我的梦想依然是成为画家。我害怕对方看着我的画，轻蔑地一笑，"就凭你？"

甚至我对傅雨希不冷不热，早已不是因为我看不起他，而是自卑到不敢告诉任何人傅雨希是我的朋友。如果对方露出难以置信的表情，我一定会羞愧到无地自容。

8

我本以为傅雨希只是随便说说，没想到他真的没再和我一起回家，每天放学招呼也不打就匆匆离开，周三下午也翘课早退了。

虽然嘴硬他不在身边清静多了，我却隐隐觉得不安。难道他是因为有了女朋友所以不得不和我疏远了？

大课间傅雨希出去后，我偷偷去了八班教室，发现他真的和那个女生在一起。他像小狗一样对那个女生撒娇，"拜托你了好不好，拜托！"

他该不会是求着人家跟他交往吧，脸皮也太厚了。

见那女生犹豫，他居然拉起人家的胳膊开始耍赖，"我请你吃东西好不好，答应我吧求你了！"

我莫名有些失落，我知道傅雨希对每个人都很亲切，但我以为他只有对我才会表现出这种不顾形象的无赖样子，原来并不是这样。

我重新回过神来，却发现傅雨希正惊讶地看着我，眼中闪过一丝慌乱。我尴尬地想解释，他却装作没看见我，匆忙拉着那女生跑开了。

我悻悻地回到教室，所有人都去上体育课了，只有两个请假的女生坐在窗边闲聊，"刚刚你看到了么，傅雨希和那个女生？"

我装作在窗边看风景，若无其事地偷听起来

女生 A 激动地说："当然看到了，好像是傅雨希求她去什么地方。"

"不会吧，约会么？"女生 B 紧张起来。

"没听清，就听见那女生一直拒绝，真不知道怎么想的，要是你早就乐得跳起来了吧。"

"你自己还不是一样，"女生 B 不满地说，"不过那女生真能撑架子，摆出那种臭脸来，真是不可理喻。"

"是啊，"女生 A 虔诚地闭上眼睛，"如果能有这么棒的男生陪在我身边，我绝对感激上苍，然后好好珍惜他。"

听了半天也没什么有用的信息，我无聊地往操场看去，一眼便找到了傅雨希。他和几个男生嘻嘻哈哈地往球场走，其实这家伙根本不会踢球，每次只是浑水摸鱼从球场这头跑到那头而已，可照样有女生为他加油。

"傅雨希很帅吧？"那两个女生主动靠了过来，还安慰地拍拍我的肩膀，"可惜我们这种人就只有偷偷看着的份。"

这种人……我觉得有些悲哀。在别人眼里，我和傅雨希的差别已经到了这个地步么？

只和傅雨希说话，只在他面前表现出高高在上样子的我，完全没有顾虑到别人是怎样看待我们的。

记得对谢安璃澄清我和傅雨希的关系的时候，他脸上闪过瞬间的疑惑。他一定在纳闷我这样的人为什么会拼命否定和傅雨希的关系，要否定也是傅雨希否定才对吧。

虽然我总骗自己可以不去在意别人的看法，其实是做不到的吧，特别想起以前的自己时，就会承受不住落差而格外感伤。

我望着球场上笑得无比灿烂的傅雨希，和他做朋友，在他人眼中已经到了妄想的地步么？那傅雨希呢，他又是怎样看我的？

以前傅雨希缠着我的理由，我是很明白的。曾经在所有人眼中，和陈简佳做朋友是一件很值得骄傲的事。所以无论我怎么发脾气，他也会在一旁赔着笑脸。可现在不一样了，即使没有我在，他也能得到所有人的注视和喜欢，所以已经没有任何理由在我身边了。

傅雨希会不会有一天也意识到这一点，发觉完全没有必要跟我在一起，完全没有必要忍受我的各种脸色。

还是说……他已经意识到了？所以刚刚在走廊上才会用那种眼神看我。

或许是我钻牛角尖了，但那个眼神我真的太熟悉了。那是曾经的我看傅雨希的眼神。

曾经的我觉得和傅雨希认识很丢脸，每次在学校和朋友说话时他凑过来，我总会心虚地拉着朋友赶紧离开。现在也轮到我了么？

也许是我想多了，如果是那样他早就躲开我了，就算不好意思说出口，也会找借口慢慢疏远我才对。

我怔住了，傅雨希的声音在耳边回响起来。

"我下午有事要先走。"

"我要去买《如画》。"

"我要去十七中找朋友。"

——所以，不能不和你一起回家了。

这些其实都是借口……难道他一直都在发出想和我保持距离的暗

示，只是我一直没有意识到而已么。

晚上回到家，辛爱琳蹲在我房间的柜子前一副鬼鬼祟祟的样子。

"你在干什么？"我冷冷地问。

"啊！"她吓得跳了起来，心虚地把螺丝刀往身后藏，"你怎么回来这么早？"

我皱起眉头，"我说过了，别打我柜子的主意。"

她没趣地把螺丝刀扔到一边，"今天真是倒霉，先是发了成绩被我爸骂，又和那个麻烦的男生分手，结果想撬个锁都被抓到。"

"分手？"我惊讶她把这种事说得如此稀松平常。

"你想听么？"她见我难得关心她瞬间眼睛一亮。

我立刻后悔自己多嘴了，"不就是被甩了么，有什么好宣传的。"

"什么被甩，是我甩别人好不好！"她一副受了极大侮辱的样子，"我在学校里可是呼风唤雨的女神，谁做我男朋友不是受宠若惊？我愿意理他他应该回家烧高香才对，居然敢给我脸色看！"

她任性的气话，却让我陷入了沉思。辛爱琳也好，傅雨希也好，对待他们这种如众星捧月的人，受宠若惊才是应有的态度么？

"如果能有这么棒的男生陪在我身边，我绝对感激上苍，然后好好珍惜他。"教室里那个女生是这样说的，可一直有傅雨希陪在身边的我，却总是对他横眉冷对，在别人眼里该有多么不懂感激。

傅雨希也是这样想的么？他觉得我有他这样的朋友却没有表现出心存感激的样子，所以生气了么？

可傅雨希不是会为这种事计较的人，就算我的冷淡让他不高兴了，他应该会告诉我的。

"我最讨厌那种每天臭着一张脸，用冷屁股对着人家热脸的人了。"美术教室里傅雨希幽怨的脸突然出现在脑海里。这句话，实际上是说给我听的么？

我的心被重重撕扯了一下。原来他早把想法告诉过我了，只是我没有留意。我对傅雨希冷漠的态度，终有一天让他忍无可忍了么？

如果是从前，我一定立刻找傅雨希问清楚，为了面子绝对要在他提出绝交之前率先提出绝交。可是这次，我没有这么做。

因为后天我不想一个人过生日。

我望着床头的照片，里面那个唯一留在身边的人，我不想连他都离我而去。

9

第二天早上我站在傅雨希家门口等他，他出门看见我一脸惊讶。

不能永远等着傅雨希先来讨好我，如果我不变得主动一点，这段友谊是无法延续下去的。

在桥上我把大一点的地瓜让给他，他却翻来覆去检查着，"不会掉到地上了吧？"

我一阵无语，"怎么会呢，要不我跟你换？"

他将信将疑地咬了一口，半天才敢咽下去。

"傅雨希你有女朋友么？"我尽量将语气显得自然，而他还是一副打草惊蛇的样子，"你干吗这么问？"

我干吗这么问？因为我看见你点头哈腰地约人家出来被拒绝了，因为你被我撞见了还装作没看见我！

我忍住质问的冲动试探道："那你要是有了女朋友，一定要告诉我。"

他皱起眉头，"为什么要告诉你？"

因为我们是朋友不是么？可是他烦躁的表情，让我说不出这句话。

这真是个糟糕的话题，傅雨希专心啃着地瓜没再搭理我。于是我变成了那个不停地找话的人。

"你这几天放学都去哪里了？"

"没去哪里。"

"你校外朋友很多么？"

"还好。"

"我妈问你最近都在忙什么，什么时候去我家……"

"陈简佳，"他不耐烦地打断我，"你今天怎么了，这么多话？"

那你今天又是怎么了，为什么一言不发。

中午傅雨希依旧没去美术教室，下午放学我第一次主动对他说："一起回家吧。"

"你不去美术社么？"他疑惑地问。

"今天不想去，"我坚定地摇头，"一起回家吧。"

他为难地看着我，"我们不是说好这个星期……"

"那我在教室等你！"我不想让他说下去。

"不用了，"他这次拒绝得很干脆，"我今天很晚才回家，别等我了。"说完他拎起书包走出教室。

这次，话说得够明白了吧。

我没有心情去美术社，走到桥上的时候还不到六点钟，还有一个小时城市的灯光才会亮起来。

我还要再等下去么？我对这个问题的答案越来越模糊。

在我的潜意识里，那些光芒定格了我所有闪耀和幸福的曾经。曾经的我有着一起欢笑的家人，有着把我紧紧簇拥着的朋友，有着让我无比骄傲的天分，有着美好灿烂的笑容，我相信这都是那些光芒赐予我的魔法。

小孩子的想法加上小孩子的固执，让我到今天还像一个小孩子一样，傻傻地站在这里望着那些光芒曾经出现的地方。

其实我心里明白，就算在这座桥上站上几十年甚至几百年，我都再也看不到那些光芒了。我再怎么不肯接受，它们都已经不见了。从我再也看不见它们的那一刻开始，我就已经失去它们了。

承认吧陈简佳，你的光芒已经消失了。

能在十七岁的最后一天想清楚这个问题，不知是解脱的幸运，还是放弃的悲哀。

我没有再等下去。这么多年风雨无阻一直坚持着的事情，最终在一个带着无限暖意的傍晚结束了。

我走到楼下惊讶地发现傅雨希家的灯亮着，他不是很晚才回来么？

我决定面对面地和他谈谈，如果他真的生气我的态度，我可以道歉，毕竟是这么多年的朋友，不能就这么放弃。

我敲了几下门，里面没有回应。

难道他妈在做饭没听见？我立刻否定了自己的想法，傅雨希是靠他爸做的硬汉料理和去我们家蹭饭成长起来的。小学有一次在他家玩，他妈非要让我尝尝她的手艺，那天她做了一道爆炒虾仁，从那之后我就再也没吃过虾仁。

于是我不死心地用力敲门。

"谁啊？"傅雨希一脸厌烦地开门，看到我时十分惊讶，"你怎么来了。"

我直截了当地说："我想和你谈谈。"

他愣了一下，"改天好吗？我今天不舒服。"

"那就进去说吧。"

我刚要进去，他却伸开双臂挡在门前，"你不能进去！"

"为什么？"我疑惑地看着他。

他赌气地鼓起腮，"谁让你不让我进你房间的，我也不许你进我房间。"

这种幼稚的回答真让人来气，我刚要推开他，里面突然响起一阵笑声，我们两个都愣住了。

"是电视的声音。"他刚解释完，一个女生的声音适时响了起来，"雨希，可乐没有了！"

"你都喝了这么多了，小心再胖回去！"这次是男生的声音。

我盯着傅雨希忽红忽白的脸问："谁在里面？"

"班上的人。"他不情愿地坦白。

"我去打个招呼。"我说着往里走，却再次被他挡在了门外。

我冷冷地看着他，"他们能进去，我不可以，是这样么？"

我第一次去他家玩的时候，他搬出一大堆玩具和零食骄傲地说："我的房间可不是轻易让人进来的，你是除了我爸妈第一个进来的人。"后来苏梦柯跟我一起去他家玩却被他拦在门外，他一副很了不起的样子说："我的房间只有陈简佳能进去！"

原来这些都是谎话。他的房间成了所有人都能进去的地方。而他口中唯一有资格进去的人却被排除在外。

"我不是那个意思。"他心虚地低下头。

"那你是什么意思？"我不依不饶地追问。

他尴尬地抓抓头发，"他们是来找我的，你这样出现……不太好吧。"

我呆呆地望着他，他虽然没有直接说出来，但表达得已经很明白了。如果让班上的同学觉得我们很熟，会觉得丢脸吧。

果然是风水轮流转。他都说到这种程度了，我再站着不走也太厚脸皮了。

"你在外面磨蹭什么？"他房间的门开了，刚才那个男生的声音响起来。

"关你什么事！"傅雨希重重地关上门，差点砸到我的鼻子。

我震惊地盯着眼前的门板，火气也上来了。我刚要砸门，却听见玄关那个男生问："刚才是谁？"

"不认识的人。"傅雨希的声音冷得像冰一样。

我的手缓缓放了下来。在我的印象里，傅雨希很少会用这种冷冷的语气说话。上次听到还是他回忆被肖扬他们欺负的时候，那时的他一脸厌烦的表情，语气冷得像变了一个人。

所以让他用这种语气提起的，一定是他非常讨厌的人。我从未想过有一天，他也会用这种语气提起我，并且称呼我为"不认识的人"。

11

我睡得很熟的时候，总是做同样一个梦。

梦里是那座巨大的步行桥。一个女孩坐在桥中间的栏杆上，身后行人川流不息。她轻轻晃荡着双脚，看起来十分危险的样子。

我站在很远的地方，看不清她的脸，想提醒她小心一点，却发不出声音。

突然她站了起来，疑惑地问："你们为什么不看我？"但是没有一个人理她。

"你们为什么都不看我！"她哭着喊了起来，依然没有人愿意为她停下脚步。

她哭了起来，然后张开双手，向着面前发光的城市迈了出去。

我每次都会在这一刻惊醒，不知是否该稍感安慰，但生日做这样的梦绝对不是值得高兴的事情。

毫无睡意的我早早起床出门，没想到久违地遇见了傅雨希。

"生日快乐，陈简佳。"他满脸笑容地望着我。

我面无表情地绕过他走下楼梯。

他怎么能像什么都没有发生一样出现在我面前。不是讨厌我么，不是不认识我么，为什么要在这里等我，对我说生日快乐。难道是觉得我一个人过生日很可怜么？

"等等我啊！"傅雨希追上我，把卷好的画像荆轲一样捧着，"礼物！"

"我不要。"我冷冷地说。

他沮丧地垂下手，"那你想要什么？"

看到他委屈的样子，我更窝火了。为什么要故意委屈自己迎合我，是为了让我显得更加恶劣，好让你给自己找更多理由疏远我么？

"再怎么说这也是我辛辛苦苦画的，"他可怜巴巴地拉住我，"你先收下，下次生日我再送你别的好不好？"

下次生日，我心里冷笑，亏你说得出口，你还能忍受我到那时候么？

"说不要就不要，你听不懂么！"我厌烦地甩开他。

他终于发现我不是在开玩笑，固执地把画硬塞进我手中，"你不要我就在教室当着所有人的面给你！"

真是个无赖，我不情愿地接了过来，傅雨希马上恢复了笑容，"你今天想吃什么？我去买。"

我指指最远处卖玉米的摊位，"那个。"

他开心地往摊位跑去，边跑边冲我喊："我马上回来，你可别丢下我一个人跑了！"

"好。"我万分愉快地向他挥挥手。我怎么会丢下他一个人跑呢，我把他的画扔在原地等他了。

我一路飞奔到教室，谢安璃疑惑地看着我气喘吁吁的样子，"后面有狗追你么？"

"对。"我赞同地点点头。

十分钟后傅雨希怒气冲冲地出现在门口，然后拿着画一步一步向我走来。

我身体僵住了，他不会真的要在教室给我吧？我警告地瞪他，却被他完全无视。

"给你！"画被重重地拍在我桌子上，他恶狠狠地瞪着我，"四个玉米我全吃了，饿死你！"说完就愤愤地回了自己的座位。

教室的目光全部看向这边，我尴尬得整个早上都没敢抬头。

"早上傅雨希给你的是什么东西？"附近几个女生课间罕见地跑来和我说话。

幸好我早就想好了说辞："美术社的作业，他让我代交。"

于是她们安心地回去了，没再跟我说一句话。

今天学校占用周日补课，所以提前放学一小时。我以为傅雨希那么生气一定会直接回家，没想到他却跟我去了美术教室。我们坐得远远的，各自臭着一张脸。

杜老师出现在讲台，"这次竞选社长的投票结果出来了，请马可给我们念一下。"

马可一副太上皇的做派，郑重其事地接过那张背面被打过草稿的纸念起来："齐飞5票，张璐瑶5票，傅雨希36票……"

台下响起一阵惊叹声，他又继续念下去："杜佳佳5票。陈琦4票……"

马可嘴角浮现出不明意味的笑容："陈简佳1票。"

教室里的人全都会意地笑起来，我恨不得找个地洞钻进去……

杜老师示意大家安静，"好了，这样一来就是最高票数的……"

"老师，"傅雨希站起来，"我不想当社长。"

"这是大家选出来的，你就遵从大家的意见吧。"杜老师期待地看着他。

"可是我根本没报名，"他反驳道，"再说高三学生不能担任社长了。"

"你不愿意也没办法，"老师失望地说，"那暂时还由马可担任，下次从并列5票的同学里重选。"

我攥紧了拳头。每次都是这样，傅雨希总是那么轻易地得到别人得不到的东西，然后一脸嫌弃地说着"我不稀罕"。每当看着这样的他，我都觉得自己的努力格外没用，然后越来越灰心，越来越消极。

杜老师离开后，大家开始自由练习。旁边两个女生小声议论道："那个1票的人是谁？"

"谁知道啊，没听过。"

"真丢脸，一定是她自己投的。"

我把笔一摔站起来，绕过画架走向罪魁祸首傅雨希，"跟我出来。"

我在楼梯上强压怒火瞪着他，"为什么要投我票？"

"不是我。"他虽然委屈却理直气壮。

不是你就是鬼了！谁会像你一样找我麻烦？我冷笑道："你的意思是我自己投的么？"

"那你也不能冤枉我吧，"他不满地抱怨道，"明知你讨厌当社长，我为什么要投你？"

为了看我笑话，为了看我出糗不是么？我冷笑起来，"我讨厌的事你就不会做么？"

"当然。"

"那为什么要在教室里把画给我？"我生气地瞪着他，"跟你说过多少次不要在教室和我说话，你都当耳边风么！"

"为什么？"他平静地望着我，"为什么不能在教室和你说话？"

我愣住了，这是他第一次反问我。我很擅长面对无赖的傅雨希，面对这么冷静的他，我反而退缩了。

"因为会觉得丢脸么？"他的目光一半讥讽，一半悲哀。

讥讽，是在嘲笑我的不自量力。悲哀，是觉得光芒褪尽却还在逞强的我很可怜。

被这种目光注视着的我，自卑得没有勇气和他对视，而这种自卑瞬间转化成了恼羞成怒。

自不量力又怎么样，光芒褪尽又怎么样，就算我再一无是处，也不用你傅雨希用看可怜虫的眼光看着我！

于是我本能地选择了反击，维持我仅存的最后一点骄傲。

"没错，会觉得很丢脸，"我一字一顿地说，"所以麻烦你以后离我远远的，就算不是在学校也请装作不认识我。"

我以为傅雨希会气得跺脚，他却轻轻笑着说："如你所愿。"然后他转身走下楼梯。

我愣愣地站在原地。他居然就这样走了，这么多年怎么都赶不走的粘皮虫，就这样轻易地走了。他的笑容那么轻松，转身的姿势那么潇洒。

傅雨希的背影，传递给我的是一种他终于解脱了的讯息。

也许他一直在等我把这句话说出口吧，甚至是为了让我说出口才故意投票的，因为那天我清清楚楚地告诉他，如果给我投票我们就绝交。而他自动翻译成，只要给陈简佳投票就可以和她绝交了。

可是这也太阴险了，明明被丢掉的人是我，他却一副无辜被伤害的样子，一句伤人的话都没有说，就这么把我丢下了。

我和傅雨希相处的时间，虽然总是高高在上的姿态，但我清楚我才是那个被牵着鼻子走的人。他把我看得很透彻，知道他只要嬉皮笑脸地靠过来，我就不好意思推开他。而只要他冷淡一点，我一定会脸上挂不住让他走开。我只是一个被他操纵的表情高贵的木偶而已。

留在身边的最后一个朋友，就这样没有任何留恋地离开了。肖扬他们离开的时候，至少会依依不舍地跟我说再见，傅雨希你再怎么讨厌我，最后至少伪装一下也好啊。

12

我失落地回到班上，傅雨希送我的画还放在那里。虽然嘴上说着讨厌，但毕竟是我生日收到的唯一一份礼物。

这大概是他送我的最后一幅画了吧，我难过地把它展开，下一秒却惊叫出声。

画上依然是我的脸，却布满了触目惊心的涂鸦和划痕。眼睛四周被画满鲜血和诡异的图案，脸上被美工刀狠狠割了几下，面目丑陋而狰狞。

到底是谁这么过分！我脑海里闪过傅雨希的背影，难道他刚刚跑回教室拿画出气？

也对，这种幼稚的做法才是他的作风，刚才那样好说话反而奇怪。我看着面目全非的画苦涩地笑了，他该有多讨厌我啊。

其实我心里清楚，弄成这样都是我的错。我总觉得傅雨希在我身边是理所当然，就算一切都改变了，还是死要面子在他面前摆架子，就为了维持那一点可悲的骄傲和自尊，换作是谁都会受够了吧。

或许我们真的不适合再做朋友了，因为我们都不再是当初的彼此了。而且看着散发着光芒的傅雨希，我会格外清晰地意识到自己早已变得阴沉黯淡。

十年不是一段很长的时间么，为什么我却还没反应过来就已经什么都没有了。我失去了疼爱我的家人，失去了灿烂的笑容，失去了所有令我骄傲的资本，现在连最后一个朋友都失去了。

忍耐了那么多天的眼泪，忍耐了那么多年的委屈终于在此刻决堤，我在安静的教室里放声大哭起来。

不知哭了多久，我发觉有人站在我面前。

傅雨希回来了么？我抱着希望抬头，谢安璃正一脸疑惑地看着我，"你有晚上在教室里哭的习惯么？"

我急忙擦干眼泪，"你怎么在这里？"

"我今天值日，刚才下去丢垃圾。"他看见了桌子上的画，大概知道了我哭的原因。他拿起画仔细端详了一会儿，"其实没那么糟糕，怎么说呢……比真人好看多了。"

"真是谢谢你。"我咬了咬牙。怎么会有种人，我都哭成这样了还要挖苦我。

"是真的，"他把画放到我脸旁边对比着，"至少比你平时面无表情的样子要好多了吧。"

"对不起啊，我就是长着这么一张脸。"我被他噎得又开始掉眼泪。

他沉默了一会儿，把手伸向我，"笔借我用一下。"

我把桌子上的圆珠笔丢给他。

他指着我的画具箱，"我说这个。"

我困惑地拿出几只笔递给他，"你想干吗？"

他没理我，像翻自己东西一样毫不见外地翻起我的画具箱。我目瞪口呆地看着他往调色盘里挤颜料，他却心安理得地笑着，"反正都这样了，再画点什么也不会更糟糕了吧。"

如果你看见一个女生因为被毁的画而哭泣，你可以冷漠地走开，但一般人应该不会想到当着她的面继续涂鸦吧。我还是第一次遇见这么强的补刀高手。

我愤愤地把脸扭向一边，我还没乐观到愉快地观看别人在我脸上涂鸦的程度。但几分钟过去我越想越气不过，就算毁了那也是傅雨希送我的礼物，凭什么让你在上面乱画，还是用我花钱买的颜料！

"喂，我说你……"我愤怒地回头瞪他，却惊讶地发现他用比傅雨希还快的速度上着色，笔路熟练而优美。他的表情认真而温柔，手中的笔不时在调色盘中转一下，然后大片的明亮色彩出现在纸上。

那个傍晚的谢安璃，后来不断出现在我的记忆里。那一刻他画画的样子，在我眼中仿佛是上帝在慈爱地涂抹着他的整个世界。

他放下笔微笑着打量着那幅画，把它在我面前展开，"怎么样，有没有好一点？"

我说不出话来，因为我的眼睛完全被那幅画吸引住了。

绚烂，这是我心中出现的唯一的词语。画中女孩的脸上依然布满了诡异的涂鸦，但在明亮色彩的包围下就像是万圣节快乐的妖精，整个人生动了起来，仿佛随时都会欢笑出声。刚才丑陋阴森的面孔此刻却洋溢着古灵精怪的热情，从内到外透出美丽。

而最美的是女孩双瞳的颜色，闪耀的金色中仿佛有红色的火焰在舞动，恰如那个我永远也不会忘记的光芒的颜色，那个我以为永远不会再看见的颜色……

"还是不行么？"谢安璃见我没反应，无奈地说，"那你继续哭吧，我先走了，小心再被锁在教室里。"

"等等！"我拦住他，泪水不停地流下来，"你……是溪辰么？"

13

生日当天开心地跑回家，想象着妈妈做了什么好吃的，爸爸准备了什么礼物，我已经忘记这是什么时候的事情了。

我独自站在七岁生日拍照的地方，那天我爸在这里笑着问大家："大家今天开不开心？"

"开心！"

"那你们以后每年都陪陈简佳过生日好不好？"

"好！"

为什么人能把自己根本做不到的事情回答得那么大声呢？

那天我爸是从医院回来给我过生日的，后来每当想到他那句话的含义，我就会格外难过。虽然有些无理取闹，但如果他们不回答得那样爽快，我爸就不会那么放心地离开我了吧。说什么要永远和我一起过生日，说什么要每天和我一起上学回家……我真的最讨厌不守承诺的人了。

我机械地跟着人群往前走，想起以前书中的一句话："只要在人群中有人能叫出你的名字，那么你就不是路人。"而现在这座桥上，已经没有能叫出我名字的人了。

"陈简佳？"肩膀被拍了一下。我诧异地回头，一个陌生男生笑嘻嘻地看着我。

不会遇上流氓了吧，我瞪了他一眼转身就走，他却委屈地地喊起来："小简你好凶……"

"让开啊你，别挡着我们，"两个穿球衣的男生挤过来，笑着向我招手，"还好么小简？"

我疑惑地看着他们，为什么会出现一堆冠冕堂皇叫着我名字的家伙。难道我的照片被印在寻人启事贴满了电线杆？

"小简！"一个头发卷卷的女生扑过来抱住我，"我好想你！"

我惊讶地看着她，"你是洛晶？"虽然轮廓有些改变，但五官却和小时候一模一样。

洛晶开心地点头，得意地看向开始叫我的男生，"怎么样肖扬，小简可是还记得我呢，快把赌金拿来。"

肖扬，洛晶……我不敢相信地看着面前这群人，他们就是那张照片里的，我以为再也见不到了的朋友。

"喂，傅雨希，"肖扬像押犯人一样把他推到我面前，"你把我们找来，干吗一副臭脸躲在后面。"

傅雨希嫌弃地甩开他，别扭地把脸转到一边。

肖扬不爽地扣住他脑袋按了几下，"真是服了他了，找我的时候还嬉皮笑脸的，现在又给我装酷，真是像以前一样不讨人喜欢。"

"小简也没什么精神啊，"抱篮球的张路盯着我，"快十年不见了，怎么对我们这么冷漠，是不是不想理我们啊？"

"怎么会……"我整个人还沉浸在震惊中，连开心都忘了

"那当然，"一个小麦色皮肤的高挑女生搂住我，"小简绝对交了一大堆朋友，怎么会记得你们几个傻瓜。"

"不是的大于，"我望着她用力摇头，眼泪终于掉了下来，"我都记得，大于、肖扬、洛晶、张路、张敏、郑楠……我都记得……"

"我们开玩笑的，"洛晶帮我擦掉眼泪，自己却忍不住哭了，"我知道小简不会忘记我们，我们也很想你，就算雨希不来找我们，我们也想找

时间来看你的。"

"傅雨希去找你们？"我吃惊地看着她。

"是啊，"大于笑着说，"上周五他出现在我们学校我都不敢相信呢。我也不知道他从哪里弄来我们的地址，一个一个来找我们，就是为了要给你一个生日惊喜。"

上周五……那么在十七中和傅雨希在一起的高挑女生就是大于？

"你不会和那小子在一起了吧！"张敏不敢置信地瞪着我，"怪不得他那么讨好你，我们周三打电话说有球赛来不了，他居然直接杀到学校来堵我们。"

肖扬没好气地拍了他脑袋一下，"白痴啊你，想也知道不可能，傅雨希那笨蛋怎么可能配得上小简！"

我呆呆地望着傅雨希，他的脸色比刚才更难看了。原来他每天丢下我一个人回家，是为了帮我去找他们么？他把我以为再也无法见到的人全部找了回来，我连想也觉得不可能的事，他是怎么做到的？

"吕大旗呢，"张敏突然问，"她不是负责买吃的么？不会拿我们的份子钱跑了吧！"

"别这样叫人家，"大于生气地瞪他，"馨旗现在瘦了，很淑女了好不好……她来了！"

远处跑来一个娇小的女生，气喘吁吁地递过几个购物袋，"不好意思，人实在是太多了。"

我目瞪口呆地看着她，她不是八班的那个女生么？

原来她是吕大旗，瘦了太多我都没认出来。那么傅雨希去八班是为了找她帮我庆生么，那时候躲开我，是怕我发现他的计划吧。

时间过去了那么久，大家连面孔都变了，地址也全不清楚，他一定费了很多心思才找到他们吧。我却在他为我努力奔走的时候，把他想象得那样不堪，真是小人之心度君子之腹。

"苏梦柯呢？"大于看向大旗，"你们是一个学校的吧，她怎么还没来。"

"不用等她，她不会来了。"傅雨希总算开口说话了。

我心里一阵苦涩，果然是这样。

"谁说我不会来的？"

我惊讶地回头，苏梦柯无视我走到傅雨希面前，"怎么，我出现你很不高兴？"

傅雨希冷眼回过去，"是你自己说不来吧。"

她皱起眉头，"你那是请我的态度么？"

"梦柯！"洛晶激动地抱住她，"听说你当模特了是不是真的？"

"不是模特，只是给杂志拍照片而已。"她尴尬地从洛晶怀抱中挣脱出来。

"真的么梦柯，"肖扬色眯眯地打量了她一圈，"居然出落得这么标致，早知道小时候我就追你了。"

"你们当时还不是粘小简粘得紧紧的，"大于鄙夷地看了他一眼，然后问苏梦柯，"你和小简还在一个班么？"

"不在。"她冷冷地说。

"怎么这么冷淡，"大于有点尴尬，"你们不会吵架了吧？"

"怎么会，"苏梦柯微笑着望向我，"我和陈简……我和小简怎么会吵架呢？"

我眼神暗了暗。苏梦柯曾经是我最好的朋友，就是那种一起吃一起睡一起给娃娃梳头，约好长大给对方当伴娘的亲密关系。然而初中某个傍晚，我像平常一样在学校门口等她回家，她没有任何征兆地走到我面前冷冷地看着我，"陈简佳，我们绝交吧。"

"别聊天了不行么，快吃东西吧！"大旗忍不住喊道。

肖扬嫌弃地捏住她的脸，"你就知道吃，小心再胖回去！"

14

一切仿佛回到了从前。没有客套，没有生疏，我们似乎刚刚一起从学校冲出来，欢笑着、争吵着、为了一块炸鸡大打出手。望着这样的他们，我不禁从心底露出笑容。

过了好久我才发现傅雨希不在，他远远趴在桥栏杆上看风景。我走过去想吓他一跳，他却突然转身一脸阴沉地盯着我，"陈简佳，下午的事情我想和你谈谈。"

我心虚地点头，他终于要和我算账了么。

"我下午说的话可不可以收回来？"

"什么话？"我好奇地问。

"如你所愿什么的……"他尴尬地摸摸鼻子，"但票真的不是我投的！"

他纠结的居然是这个，我好笑地扬起下巴，"那可不行，你都说出口了怎么能收回去。"

"怎么这样……"他委屈地瞪着我。

我忍不住笑了，"所以公平起见，我也收回去好了。"

他不敢相信地看着我，"那你不生我的气了？"

我到底在他眼里有多不讲理啊，我无奈地点点头，"我们去吃东西吧。"

"我不去，"他别扭地后退几步，"我讨厌那些家伙，一个个吵得要命，没一刻安静。"

"原来你知道这样很烦人啊。"我毫不留情地讽刺道。

"总之很讨厌就是了！"他赌气地鼓起腮，"昨天晚上他们在我家闹腾，房间被糟蹋得像狗窝一样，害得我爸回来又是一顿骂。"

"昨天是他们在你家？"我惊讶地问。

"对啊，"他没好气地抱怨着，"本来想讨论给你一个惊喜，结果和你说话的时候那个臭肖扬居然出来嚷嚷，差点坏了事。"

提到肖扬，他露出惯有的厌恶表情。我恍然大悟，原来那时厌烦的语气，是因为肖扬在。我叹了口气，"你那么讨厌他们，干吗还把他们找来？"

"因为跟我比起来，你还是更喜欢和他们在一起吧，"他的眼睛黯淡下去，"刚才他们一出现，你的眼睛都亮了。他们搬走后你好久没这么开心过了。如果不是我刚好留下来的话，你也不会每天都和我在一起吧。"

我呆呆地望着他。原来他是这样想的么，明明每天一副趾高气扬的样子。

"你是白痴么？"我叹了口气，"如果我更喜欢和他们在一起，为什么现在会站在这里和你一起饿着肚子吹冷风呢？"

他一脸吃惊地看着我。

"有句话早就应该跟你说的，虽然有些晚了，可是我还是想告诉你，"我由衷地微笑起来，"傅雨希你没有搬走，我真的发自内心地感激。"

可能是我难得对他说什么好话，他脸涨得像个番茄，支支吾吾地说："我……我有礼物给你。"

"真的？"我喜出望外。

"嗯，"他从口袋里掏出一样东西，"这个送你。"

我在看见那样东西后感激之意全无，冷眼看着他从钥匙圈上扯下一个毛球给我，我干脆利落地丢了回去，"我不要。"

"你不要瞧不起它，"他不满地瞪我，"重要的是里面的寓意，只要你出示这个东西，可以命令我做任何事情，不过只能用一次。这个就叫作……陈简佳令箭！"

"你能别把顺口编的名字说得这么理直气壮？"我无语地说。

"可你又不喜欢画，"他像是受了极大委屈，"我也没时间准备其他东西……"

"傅雨希，"我认真地望着他，"我不是把话收回去了么，以后再送我画吧。"

他愣了一下，立刻得意起来，"我就知道你喜欢我的画，期待明年吧。"

"明年还不知道能不能见面呢，"我悻悻地说，"明年这个时候，我们应该在各自的大学里了吧。"

"谁说的，"他急赤白脸地打断我，"你不是要考Z大么，我也会去Z大的，怎么可能会分开？"

看着他着急的样子，我不禁觉得好笑，"那工作以后呢，你也跟着我？"

"当然了，"他理直气壮地说，"你去哪里我就去哪里。"

是啊，这才是傅雨希。昨天站在这里担心他会离开自己的我，一定是脑袋不清醒。

"你们在说什么呢？"吕大旗带头跑了过来，"有什么秘密还要偷偷地说？"

大家都陆续围了过来，肖扬扬手里的相机，"我们来拍照吧！"

"对了，"大旗拍了下手，"现在不是流行那种十年前同一地点同一动作的照片么，我们也来拍嘛！"

大家开心地表示赞同，张敏却提出了疑问："可之前站在什么位置你们还记得吗？"众人顿时沉默了。

"我记得。"我笑着从口袋里拿出那张照片。

"不愧是小简，"洛晶开心地把照片接过去，"大家就按这张照片摆好姿势吧。梦柯，你的位置是……"

"我知道。"苏梦柯面无表情地走到我旁边。

"傅雨希！"张路喊了起来，"你在最旁边，找准自己位置。"于是一脸阴沉的傅雨希被强制从我身边拉开推到角落里，场景简直和当年如出一辙。

肖扬支好三脚架，大步走到傅雨希面前，"你去拍。"

"为什么？"他皱起眉头。

"你站旁边跑起来比较方便啊。"肖扬理直气壮地说。

傅雨希臭着脸地走到相机后面，无精打采地说："那么我开始数了，三……"

大家都露出笑容。

"三十秒倒计时。"

"你白痴啊，为什么要三十秒？"肖扬无语地质问道。

"我按错了，"傅雨希耸耸肩膀，"还剩三十秒，哦是二十九秒，二十七秒了……"

"你好好数行不行，我脸都要笑僵了！"大于生气地瞪他。

"谁管你们。"傅雨希傲娇地撇撇嘴，他绝对是故意的。

眼前的傅雨希和十年前照片上的他一样委屈地噘着嘴巴，一脸垂头丧气。十年前，我也是站在现在的位置，望着父亲身后美丽耀眼的光芒开心地笑着。而此刻已经看不见那光芒的我，为什么还是情不自禁地想要微笑呢。

我没有来得及去想答案，笑容就已经无法控制地绽放在脸上了，真的好久好久，没有这么开心地笑过了。

就算我无法再看见那些光芒，但是它们一定依然还在某处为我亮起，这是我唯一相信着的事情。就算只是存在在曾经，我也会发自内心地欣慰和感激。

"生日快乐！"五秒的提示灯闪烁的时候，大家一齐喊道。这一刻，我感到那么幸福。

谢谢你让我这么幸福。我笑着望向傅雨希，泪水在眼眶里不停打转，这是我这一刻唯一想告诉他的话。傅雨希依然一脸阴郁地盯着我，突然，他向我奔跑过来，在闪光灯亮起的瞬间挤到了我旁边。

之后洗好的照片上，我和傅雨希站在画面的正中间，他的笑容无比灿烂，双手傻气地比着"V"字，旁边被挤开的肖扬愤怒地瞪着他。而被他紧紧拉着的我眼角的泪水还没来得及擦干净，脸上的笑意却完全隐藏不住。

二　绝对不能被遗忘的记忆

"你……是溪辰么？"

傍晚教室昏暗游离的光线，蓦然睁大的眼睛，淌满泪水的脸颊，充满不可思议的心情，现在回忆起来胸口依然微微作痛。那幅被我紧紧握在手里的画，画里面的女孩眼眸里跳跃着的金红色光芒，时隔多年再次照亮了我的双眼。

谢安璃愣了一下，匆匆避开我的视线，"我不是。"

"你是！"我拦在他面前，唯有这个颜色，我不可能认错，"为什么不承认？为什么杂志社的人说你不画了？为什么那天在桥上你说你不会画画？"

"我不知道你在说什么。"他面无表情地说，而后转身逃离。

这些天我一直在回想和谢安璃相遇后的事情。回想我说喜欢溪辰时他眼中一闪而过的惊讶，回想他说自己不会画画时无奈的神情。他让我愤怒的侮辱溪辰的不屑口吻，现在想起来却是那么心痛，我不懂他为什么要那样说。而谢安璃没有再给我发问的机会，直到假期他都在躲着我，生怕我会再发表什么惊人言论。

即使这样，每当回忆起那个傍晚，我就会不由自主地微笑起来。没有人知道我多么感激上天，感激他让我在十八岁生日那天遇见溪辰，让我再次看见那以为早已消失的光芒。

1

假期最后一天，我被傅雨希拖到商店街寻找一家传说中的记忆当铺。

"记忆当铺"是最近班上女生最流行的话题，好像是一家新开的店，结果跟傅雨希提起后他吵着一定要来。

"你确定在这条街上么？"我已经跟他在商店街绕了三趟了。

"应该是这里吧。"他毫无方向感地左顾右盼。

"什么应该，你地方都不知道就跑来么？"我无语地停下来，"算了不去了，去书店看看就回家吧。"

书店的人比上次多了，挡在门口的装修材料也被搬走了，我站在门外确定上次那个怪人不在，才放心地往里走。

"哈哈哈！"傅雨希突然在背后神经兮兮地笑起来，吓得我被石阶绊了一下。

"你鬼笑什么？"我回头怒视着他。

"你看！"他指着书店旁新装修好的那家店，精巧的白色牌匾上写着"记忆当铺"。转了一天都没找到的地方，居然神不知鬼不觉地出现了。

可能因为失忆文、失忆片、失忆剧盛行的原因，这年头跟记忆沾边的东西都感觉很狗血。好在这家店的装潢除了名字没有任何浮夸的东西，从家具到饰物都是干净的白色，给人精致清新的感觉。

一个女生在柜台前向我们微笑。她大概是这里的店员，清新甜美的笑容配上白色的衣裙，有一种很仙的感觉。傅雨希好奇地问她："记忆当铺就是说把我的记忆卖掉的话，会给我钱么？"

我立刻后悔和他一起来了，虽然我也很关心这个问题，可他就不能问得委婉点么？

"抱歉，不会付钱的。"女生露出歉意的笑容，"不过你可以在这里买到别人当掉的记忆。"

"买的意思，是要钱么？"我忍不住问道。

"对。"她笑得坦然自若。真看不出来，外表不食人间烟火，居然这么会做生意。

"那我还是去书店吧。"傅雨希马上失去了兴趣，大步流星地走了出去。

我一直觉得问完价格在众目睽睽下离开是最丢脸不过的事了，我没傅雨希脸皮那么厚，在发现其他客人往这边看后，只好拿起宣传单在沙发上看起来。

"每个人生命中都有痛苦的记忆，不愿回忆却无法自拔。请来我们记忆当铺，把这些记忆交给我们，让它们在你生命中永远消失。"明明是宣传的文艺句子，我读完却毛骨悚然。什么让它们永远消失，太邪门了吧。

"是不是很感兴趣？"刚才的女生在我旁边坐下来。

谁会对这种神神道道的东西感兴趣。我胆战心惊地问："把记忆交给你们的意思是……"

"这只是夸张一点的说法，"她坦然地笑笑，"只要是承载着某段记忆的物品，都可以在这里典当。"

"典当了就会消失？"我不敢相信地问。

"这当然也夸张了，其实只是给人一个决心而已，又或者是重新决定的机会，"她想了想说，"每个人都会有想要忘掉的回忆吧，想忘掉却又强迫自己去回想，所以典当记忆只是一种仪式，正式下决心是该放下这段记忆的时候了。我觉得所谓的忘掉记忆不是生理上的遗忘，而是你是不是真的决心割舍，只要你心里放下了，痛苦的记忆就不会给你带来困扰。"

我若有所思地点点头。

"很多客人一直以为折磨自己的记忆是痛苦的，但拿到这里当掉的那一刻，却突然发现那段记忆并不像他们想得那么糟糕，甚至是一段让他们幸福的过往，所以他们就会谅解很多事情，在最后一刻选择收回，"她开心地笑起来，"我在这家店的原因，就是想让更多人解开心结。"

也许她的表达有些浮夸，但看着她真诚的笑容，我竟然有些认同。

"你知道吗，"她得意地说，"好几对分手的情侣到这里当掉他们记忆的时候都后悔了，马上和好了呢。"

我脸上瞬间布满黑线，果然每套文艺的说辞背后都藏着几个做作的故事。

"陈简佳！"我刚要吐槽，傅雨希就气冲冲地进来了，"是你让老板把给我留的《如画》卖掉的对不对！"

2

从商店街往回走已经天黑了，如果不是我硬要回去，傅雨希能耗到所有店都关门。他嘴里叼着雪糕含混不清地问："下星期要交的画你画完了吗？"

"什么画？"我好奇地问。

"杜老师不是让我们模仿岭安的《破船》么，你不会忘了吧？"

我愣了一下，我居然完全没印象。

"这家伙怎么在这里？"傅雨希一脸嫌恶望着前方，我顺着他的目光看去，谢安璃正站在步行桥上发呆。

第一次在这里遇见谢安璃仿佛是昨天的事情，他温柔的侧脸，落寞的表情都和那天一模一样。唯一变得不同的，是我的心情。那时在我看来无比碍眼的人，现在却因为他的出现如此惊喜。只要想到溪辰站在这里，我就感到那么幸福。

"你在这里干吗？"傅雨希没好气地跟他打招呼。

谢安璃看清来人后冷冷回了一句："我不能在这里么？"

"等人么？"傅雨希挑起眉毛。

"算是吧，"他发现了傅雨希身后的我，不自然别开视线，"我有事先走了。"说完便匆匆离开。

"居然话说到一半把我们丢在路上，"傅雨希气呼呼地说，"我真是越来越讨厌他了，各种行为都让人上火。"

我不禁好笑，如果傅雨希知道他如此讨厌的人是他的偶像不知会做何感想。但不知道为什么，谢安璃是溪辰的事，我不想告诉他。

晚上我熬夜在房间里画《破船》。好在岭安的画模仿起来并不困难，线稿打完后，我准备把颜色调好就睡觉。

打开调色盘，谢安璃调的颜色已经在里面干涸了。指尖在粗糙的金色痕迹上划过，明明能调出如此美丽的颜色，为什么要说自己的画是垃圾。

我满腹心事地调着颜料，等回过神来，盘子里已经满是金红色了。已经成习惯了么，我叹了口气，明明想调暗棕色的，结果又顺手调出这个颜色来。

我发愁地举着画端详了半天，怎么看这艘破船都没有能用上这个颜色的地方，可好不容易调出来的颜色又不舍得倒掉。然而就是这好不容易调出来的颜色，也比谢安璃一分钟之内调的差好多。

说自己不是溪辰，骗傻子呢！

可是他为什么要说那样的谎？我想一定是发生了什么事他才不再画画，甚至不肯承认自己是溪辰。我决定去偷看他那个神秘的笔记本，他每天那样小心地捧在手里，也许里面会有我想要的答案。

第二天体育课我回到空无一人的教室，上节课谢安璃把笔记本塞进了抽屉，虽然抽屉上了锁，但是我知道钥匙夹在他历史课本里。

"陈简佳？"我吓得把钥匙掉到地上，赶紧道歉："对不起，我不是故意的……傅雨希！"看清来人后我挫败地喊道。

"你在做什么坏事呢？"傅雨希看着我整个人乐坏了，然后目瞪口呆地看着打开的锁，"这不是那个谢安璃的桌子么？"

我支支吾吾不知道该怎么解释。

"干得好！"他居然一脸兴奋，"你要往他抽屉里灌水还是抹泥巴，怎么不叫上我？"

"我又不是你，"我翻了个白眼把钥匙捡起来，"你怎么回来了？"

"我看到你着急往回跑，以为有什么事呢，"他装模作样地摇摇头，"没想到在这里偷开人家的桌子。"

钥匙在我手里，又被抓个正着，我是万万抵赖不得了。最好的办法就是把目击证人收买成我的共犯。于是我开始诱导他："你有没有注意到谢安璃总在翻一个笔记本？"

"就是那个破破烂烂的本子嘛，我知道。"他一脸不屑。

"你不觉得他那么宝贝那个本子很古怪么，"我神神秘秘地暗示他，"我想里面一定有不可告人的秘密。"

"你是说里面藏着黄书！"他恍然大悟。我顿时一脸黑线。他则兴奋地抢过钥匙，"看他平常道貌岸然的样子，我今天就给他翻出来，看他以后怎么做人！"

虽然南辕北辙，但也算达到目的了。

"找到了！"傅雨希开心地找出笔记本准备翻开，我却迟疑了，如果里面真的是关于溪辰的东西，那他就发现谢安璃是溪辰的事了。

"不行！"我把本子夺过来，"我们怎么能偷翻同学的东西呢？这种行为是不对的。"

"你突然抽什么风，"他无语地拉住本子的另一边，"你不看我自己看。"

"你们在干什么？"冷冷的声音响起，我心虚地回头，谢安璃冷着脸站在门口，扫了一眼打开的抽屉，"谁拿的？"

"我拿的怎么了？"傅雨希理直气壮地回答。

"是吗？"谢安璃平静地问，"你从哪里找到的钥匙？"

"我……"他气焰马上低了下去。

"陈简佳，"谢安璃转过脸看着我，"你能解释一下么？"

"对不起。"我低头认错。

"我没要你道歉，"他淡淡地说，"我只想让你解释一下，为什么要动我的东西。"

"够了吧你，"傅雨希忍不住帮我说话，"为了一个破本子至于么？"

谢安璃皱起眉头，"你说这是破本子？"

"没错，"傅雨希不屑地扔给他，"这种东西给我都不会看，只有你才稀罕！"

谢安璃的脸阴沉起来，"那也比你们这种乱翻别人东西没家教的人好吧！"

"你再说一遍！"傅雨希眼看要冲上去跟他动手，我赶紧拦住对谢安璃说："对不起，是我们的错，刚才都是气话你别介意。"

谢安璃沉默了一会儿，"可能对你们来说，它只是一个破旧的本子，但对我来说……算了。"他自嘲地笑笑，把本子重新锁进抽屉走出教室。

"真是莫名其妙，看一下怎么了，"傅雨希抱怨起来，"上次也是这样，碰了他手一下就大惊小怪。"

我愣了一下，"你说什么？"

他疑惑地看着我，"我说碰了他手一下就大惊小怪的，怎么了？"

我想起来了，那天傅雨希为了抢吃的打了谢安璃的手，虽然他动作粗鲁却并没用力，谢安璃却痛得脸都发白了。难道他的手受过伤？

可惜我的猜想无法得到证实，因为谢安璃这次彻底不理我了。之前他躲着我的时候还会和我打招呼，现在则完全当我不存在。

3

周五最后两节课是朱老头的作文课，按理说作文课应该是相对放松的课程，但因为这位严厉的朱老师成了我唯一不敢睡觉的课。据他宣称，他每年都能命中高考作文题目，所以在他的课上不好好听讲就意味着高考走向灭亡。

朱老头威严地敲了敲桌子，"今天第二节课我要开会。你们认真写作文，课代表周一收起来，这么宽裕的时间谁要是不交到时候看着办。"

教室里一片沉默，估计所有人都在压抑着欢呼的冲动。他在黑板上写下题目：每个人都有与众不同的记忆，这些记忆或充满光荣，或荆棘遍布，它们在你心中无论留下的是快乐还是痛苦，都是生命中不能割舍的部分。请以“绝对不能被遗忘的记忆”为题写一篇文章，字数不少于800字。

我开始怀疑他多次猜中考题的真实性，高考怎么会出这么娇弱肉麻的题目，这题目说穿了只是“记最难忘的一件事”罢了。

“现在把你们的思路写在纸上，前后桌讨论。”朱老头命令道。我极不情愿地回头对上傅雨希的笑脸。他笑眯眯地看着我，把凳子当木马一摇一晃的，“来聊天吧。”

我白了他一眼，“老师是让讨论，不是让你聊天。”

他不服气地噘嘴，“那你还在改数学题呢。”

“嘘！”我警惕地发现朱老头绷着脸走过来，敏捷地把习题藏在纸堆下面。还好他没发现我的小动作，只是质问道：“你怎么什么都没写？”

“我没有思路。”我心虚地说。

“没思路的话，就把比较重要的回忆一个一个列出来写在纸上。”

我愣了一下，发现这场景似曾相识。

小学毕业那天，班主任张老师要每个同学从家里带一个盒子。她给我们发了漂亮的彩纸，“我们来做记忆盒吧。”

“什么是记忆盒？”我好奇地问。

她微笑着说：“就是用来放你们最美好的记忆的盒子。”

她让我们把小学最美好的记忆写在纸上放进盒子，也可以放进有意义的纪念品。我记得那天傅雨希带了一个装拉肚子药的盒子，所有人都笑话他。老师让我们在校园里找一个地方把盒子埋起来，如果五年后还没忘记就回到这里把它挖出来，到那时再来体会这些回忆带给我们的感动。我当时想这么重要的东西怎么可能忘记，现在却真的差点被我忘记了。

第二节课朱老头走了，教室里讨论依旧热烈。语文课代表像失去背后老虎的狐狸一样小声维持了几句纪律，就自知没趣地闭了嘴。全班只有谢安璃一副受够了的样子回过身去。

我小声问傅雨希：“你明天能陪我回小学么？”

他好奇地看着我，"你怎么突然想回去了？"

我想了想说："我想去看看杜宾。"杜宾是我们小学养的狗狗，因为我妈不让养只好放在学校里当大家的宠物。

我犹豫了一下，"你还记得吗，毕业时说好回学校一起做的那件事。"

"当然记得，"他开心地笑起来，"我一直期盼着这一天呢。"

我有些惊讶，没想到连我都差点忘记的事傅雨希却一直记得。也许他并不像我想象的那样没心没肺吧。

而第二天早上，我就收回了这个想法。我面部抽搐地望着傅雨希手中的东西，"这是什么？"

"风筝啊，"他阳光灿烂地挥了挥手上庞大的蝴蝶风筝，"我们毕业时不是约好回学校放风筝么？"

我严肃地告诉他："你有两个选择，一个是把它放回家，一个是拿着它和我保持十米以上的距离。"我绝对不要和一个拿着风筝蹦蹦跳跳的高中男生走在一起。

"那我藏进衣服里好了。"他想了想说，真的掀开衣服往里塞。

我果断地丢下他走了。

"等等我！"他慌忙追过来，硕大的蝴蝶翅膀跟着他一抖一抖的，看起来格外滑稽。我本来想等他一会儿，结果他开心地扯起一只翅膀放在肩膀上，"看，天使！"周围的目光全部投向他，我便头也不回地离开了。

小学校园和当年离开时没什么区别，我趁傅雨希和传达室的爷爷聊得开心，偷偷去学校工具屋找了一把小铁铲，准备去挖记忆盒。

工具屋旁边就是宠物屋，它是我们全班一起写信给校长才建的，建好后杜宾开心地钻了进去，像小孩子有了新家一样。我迫不及待地想见到杜宾，怀着期待的心情推开门，里面却是空的。

我等了一会儿，听到了狗叫声，两个小学生牵着一条白色的大狗跑了进来。那只狗比杜宾大很多，但毛的颜色和它很像。两个孩子看见我齐齐喊道："老师好！"

我忍住占了便宜的窃喜，装模作样地点点头，蹲下来想摸摸大狗。

结果它突然冲我狂叫起来，眼里充满戒备。它一定不是杜宾，杜宾才不会用这样的眼神看着我。

"没事吧老师，它怕生，"一个孩子蹲下来挠挠它的脖子，"乖一点，杜宾。"

我的眼睛黯然下来，"它叫杜宾么？"

"对呀，很可爱吧。"他开心地摸摸它的脑袋，牵着它往里走去。我望着他们的背影，心里充满失落。

我埋盒子的地方在柿子树旁边的石头下面，那时我费了好大力气在石头上刻下了名字，现在想想真的很晦气，就像给自己立了坟墓一样。才几年时间，石头上的名字已经不见了，臧克家讽刺的"把名字刻在石头上的"大概就是我这种人。

我挖了半天，终于看到了那个红色的饼干盒子，只是颜色变淡了好多，盒身也生了锈。我在草地上坐下来，像潘多拉一样兴奋地翻看起里面的东西——

小学的日记本，我和所有同学的照片，一大堆满分的考卷，收到的数不清的贺年卡片，得奖的作文，在学校被展览的画，还有我抱着杜宾的照片。都是属于曾经闪闪发光的陈简佳的记忆。

盒子最下面是张老师写给我的毕业留言："你是老师最喜欢的孩子，我以成为你的老师而骄傲。你无论做什么都那么出色，仿佛天生就给人惊喜的力量，老师永远不会忘记你。加油吧，相信你的未来一定充满阳光！"

我把泛黄的纸张轻轻贴在脸上，心里淌过阵阵暖流。突然，树后一个人影闪过。我愣了一下，大概是我眼花了，否则怎么会在这里看到他。

我回到校门口时傅雨希却不见了，我找了一圈发现他正在操场上和一群小男孩开心地踢球。我不禁汗颜，这家伙还真适合小学的生活啊，不如把他留在这里，我偷偷回去算了。

"上课了，大家集合回小礼堂！"一个女生在操场边拍手，一看就是班长类的人物。

所有孩子都不情愿地去排队了，傅雨希这才想起我，跑过来好奇地盯着我手里的盒子，"这是什么东西？"

"不告诉你。"他果然不记得了。

"给我看一眼吧。"他边撒娇边趁机来抢，被我一下躲了过去，我对他的这些招数再熟悉不过。

"梦楠，队伍整好了吗？"听到熟悉的声音，我惊讶地向后看去，张老师正往这边走来。

傅雨希也看见了张老师，他笑容满面地跑过去，"老师，您有没有想我？"

张老师被他吓了一跳，然后无奈地笑了，"是雨希啊，长这么高了怎么还像小孩似的？"

她依然和蔼的笑容让我有点想哭，我趁傅雨希跑走低头走过去叫了声老师，却不知道该说什么。

"你是……"她打量了我半天，会意地笑了，"雨希那孩子居然这么早就交女朋友了。"

我呆呆地望着她，心里仿佛有什么东西破碎的声音。

4

不想被傅雨希发现我的低落，我让他先去教室，自己躲进了洗手间，用冷水努力洗去自己沮丧的表情。

然而刚踏上走廊我就听见了傅雨希的叫声——"你快走开，这是我的座位！"

我一阵无语，这家伙不会在和小学生吵架吧。

"看不起我是吗，我告诉你，我们可是两个人！"见对方没回话，他吼得更大声了，对方却根本不理他。

谁让你把我算进去的！我真的不想在这时候出场，但再不进去那小鬼估计就要挨揍了。我无语地推开门，却发现坐在里面的不是什么小鬼，而是谢安璃。原来我没看错，刚才出现在树后的人真的是他。但他怎么会在这里？

"怎么哪里都有你，"傅雨希愤怒地瞪着他，"你不会是跟踪狂吧？"

"你更像一点吧，"谢安璃淡淡地说，若有所思地望着他，"你刚刚说这个座位是你的？"

"当然了，"傅雨希得意地比画着，"不止这个座位，这个教室里所有座位都是我的！"

我在一旁都为他尴尬，这家伙连吹牛都只有小学生的水准。谢安璃估计也是同感，他一脸无语地站起来走了。

傅雨希找了块抹布使劲擦着桌子，"居然在这里都能碰到他，难道他小学也在这里上的？"

"怎么可能，他不是蓝市转来的，"我无语地去抢他的抹布，"人都走了，你擦给谁看？"

他却躲了过去，"一定要擦干净，被他碰过的东西都沾满了晦气。"

"胡说什么，那可是我的桌子！"

"反正我们是同桌，还不都一样，"他悻悻地感慨道，"还是小学好啊，从高中开始我们就没再同桌了。"

"是啊，"我嫌弃地说，"如果不是和你同桌，小学时光就完美了。"

我以为他会反驳，没想到他得意地笑了，"不过那时候你没有想到吧，十年以后还会和我一起坐在这里。"

我愣了一下，感叹人和人的相遇真的妙不可言，当年最讨厌的家伙，现在却成了最亲近的人。

傅雨希突然想起了什么，"对了，你不是来看杜宾的么？"

"这次算了吧。"我没好意思告诉他我已经看过了。

"你都来了为什么算了，"他开始义正词严地教训我，"你居然如此不念旧情，如果到了十年之后……"

"我去行了吧。"我无奈地打断他，否则他又要说个没完了。

于是今天我第二次来到宠物屋。我正犹豫着要不要提醒傅雨希杜宾已经认不出我们了，正在睡觉的杜宾抬头看了我们一眼，兴奋地叫着扑向傅雨希，开心地舔着他的脸。

"讨厌啊，杜宾，"傅雨希躺在地上边笑边摸它的毛，"好乖好乖。"

而我却傻瓜一样站在门口，呆呆地望着他们。

遇见杜宾是在二年级的暑假。那天我和傅雨希去美术班上课，走到桥上的时候傅雨希眼睛一亮指着栏杆下面一个纸盒子，"陈简佳快看，有一只脏兮兮的狗！"

我好奇地走过去，盒子里有一只浑身是泥的白色小狗，眼睛亮晶晶地盯着我，一定是被人丢在这里的。我和傅雨希的妈妈都怕狗，所以不能养它。我们只好把它留在那里，每天下午都去给它喂吃的。

也许是睡在外面的原因，小狗一天比一天没精神。有一天苏梦柯担心地说："它会不会快要死了。"我听了害怕起来，因为我爸的事我害怕所有不期而至的不幸，害怕再来这里时它已经死掉了，所以便不敢再去看它。

几天后的傍晚，我们在院子里玩时下起了暴雨，躲进楼道的我想起那只小狗，担心地问："它不会有事吧？"

"应该不会吧，"傅雨希一脸犹豫，"说不定有好心人救它呢。"

"谁会救它啊，"肖扬想也没想地否认道，"连小简都没管它不是么，这样的天气肯定没命了。"

肖扬的话像一把锤子重重地敲在我心上。"谁说我不管的！"我瞪了他一眼冒着雨跑了出去，傅雨希也追上来。赶到桥上的时候，小狗全身都湿透了，浑身发抖着缩成一团。

"太好了，还活着。"我松了口气把它抱起来，却发现它全身滚烫。我命令着傅雨希，"把你的衣服脱下来！"

他拼命摇头，"不要吧，好脏……"

真是派不上用场，我脱下自己的外套把它紧紧包住，不再理会傅雨希转身就跑。

"你去哪里！"大雨中隐约听到他的喊声，"你妈不是不让你养么！"

"去学校，"我喊回去，"看校医能不能帮忙！"

那天的雨好大，大到眼睛都睁不开。雨水打在身上又冷又湿，我

65

却紧紧地抱着蜷缩在我怀里的那个小家伙，它微微的颤抖让我担心又庆幸。我从来不知道自己可以跑得那样快，我想起了我爸，不想再看着生命眼睁睁消失在我面前。

整个暑假小狗都寄养在校医那里，开学后张老师不但没有批评我，还向校长申请允许我们班养它。小狗有了"杜宾"这个名字，还有了一大群朋友，但我知道它只把我当成它的亲人。无论有多少人在，只要我一出现，它就会摇着尾巴开心地向我跑过来。

然而再次相遇的时候它没有向我跑来，而是扑进了曾经拧着鼻子说它好脏的傅雨希怀里，把在雨中紧紧抱着它的我忘记了。

我从来没有怀疑过时间的力量，可是至少有些东西，不会因为时间流逝而改变，我一直是这样相信着的。我相信即使我的光芒消失了，但是它们一定在我的生命中存在过。

可是现在我第一次动摇了，那些光芒也许只是年幼的我自以为是的幻想。如果不是的话，为什么张老师和杜宾都忘记我了呢？

没有人记得，也没有人相信的东西，就算曾经真的存在，只能被看作是谎言。

桌子上放着那篇只写了题目的作文——《绝对不能被遗忘的记忆》。真讽刺啊，虽然没想过认真写，现在却再也无法写了。因为我绝对不会遗忘的记忆，已经把我忘记了。

5

周一我没有交上作文，语文课不出所料被赶到走廊罚站。令我欣喜的是谢安璃也和我一起被赶了出来，但傅雨希也出来的时候我就不那么欣喜了。

出来的还有两男一女，叫吴畅的高个子男生是篮球队的，和傅雨希十分要好，都是特能吵的那种。他们两个都坐最后一排，一上自习就聚到一起说个没完。

"你是故意的吧。"傅雨希笑着推推他。

"当然了，跟上朱老头的课比起来，罚站简直像天堂一样，"吴畅惬意地说，变魔术一样拿出一副扑克牌，"估计朱老头不会出来了，我们来打牌吧。"

为什么这个人会随时准备着这种东西，我一阵无语，傅雨希却附和着在地上坐下来，"好啊，反正也是闲着。"

"都过来啊，我们六个人正好可以分组。"吴畅热情地招呼着，大家都半推半就地过去了。

"我就不用了。"谢安璃倚在窗边，一副不想被拉下水的样子。

"没错，"傅雨希咧嘴笑起来，"你可不要过来，我才不想跟你一组。"

"陈简佳你跟我换换位置，"谢安璃走到我身边坐下来，冲吴畅友好一笑，"算我一个。"

"你这个人怎么……"傅雨希嫌弃地瞪他，谢安璃却根本不理他。

现在是怎样一副情境，我居然上课时间坐在教室门口打牌，而且谢安璃和傅雨希还是一组。我摸牌运气一向很差，这次却第一张就摸到了鬼牌，顿时心情大好。但牌运马上恢复了正常，甚至比平时更惨，都是些凑不成阵的小牌。可惜鬼牌在手不能弃局。

本指望傅雨希能给我放下水，结果他不爽我和谢安璃换位置的事，堵我比其他人来得更狠，我想偷着扔掉两张七也被他抓个正着。

"我们赢了！"傅雨希开心地笑起来，他做人累得很，向我炫耀的同时不忘挑衅谢安璃，"要不是你拖累，我们就赢得更多了。"

"是啊，"谢安璃平静地说，"要不是我给你让牌，你就垫底了。"

我扑哧一声笑了，然后意识到拖累全组的我实在不该在此时面带笑意。

"不是吧你，"和我同组的男生翻开我的牌，"原来大王牌在你手里啊，这样还输了？"

我心里暗暗喊冤，最终还是放弃了辩解。

明明是作为幸运的象征出现的鬼牌，却在输掉的瞬间成了让我尴尬的东西。就像那些曾经对我来说代表着幸福的回忆，现在却让我无比悲伤。

又到了辛爱琳大驾光临的日子，她饭量实际上丝毫不输傅雨希。心情不好的我看着她大快朵颐的样子更糟心了，干脆借口做功课回房间睡觉。

"你都是闭着眼睛做功课的么？"辛爱琳站在门口鄙夷地看着我。

我瞥了她一眼，"那你都是不敲门就进别人房间的么？"

"那也比吃饭摆一张臭脸的人强吧，"她抱怨着向我走来，半路发现了架子上的画，吃惊地问，"这是你画的？原来你也不是一无是处嘛！"

"谢谢夸奖。"我悻悻地说。

"不客气，"她没听出我的讥讽，仔细观察着那幅画，"我知道，这种黑白的画就叫素描对吧。"

"不是，我只是没上色而已。"

她尴尬地放下手，然后指着我调色盘里的颜料惊喜地叫道："这是什么？"

"颜料啊，"我无语地回答，"你以为是辣酱么？"

"太漂亮了！"她由衷地赞美着，"涂到指甲上一定很棒，当颜料可惜了。"

我沉默了一会儿，"那如果涂到这艘破船上呢？"

"你说这幅画么？"她歪着头看了那幅画半天，"怎么看都不搭吧，这么漂亮的颜色怎么能涂在这种破船上呢，不管涂在船底还是破栏杆上都很怪吧。"

我心里一阵苦涩，现在的我就像那艘破船一样，早已衬不起那明亮的色彩了，"那要怎么办呢，这颜色放到哪里都不对，我要怎么画下去？"

"那把颜料丢掉好了。"

"开什么玩笑！"我吃惊地说，"你不是也觉得它漂亮么，我花了好多时间才调出来。"

"再漂亮也没用啊，"她翻了个白眼，"因为纠结这个颜色弄得整个画没法画下去，你是白痴么？既然没有合适的地方，就丢了当从没见过不就好了。"

我愣住了，我也许真的是白痴吧，才会连辛爱琳这种不会画画的人一眼就看明白的事都想不通。上一刻不可置信的回答，其实是那么理所当然。这些颜料也好，那些记忆也好，其实只要丢掉，根本就不用那么烦恼。

我为什么没有想到呢？也许是太珍惜了吧，珍惜到就算放弃这幅画，也不舍得丢掉这些颜料。珍惜到就算逃避现实，也要守着那些发光的回忆，就算除了我没有一个人记得。

虽然不想这样假设，但如果从来没有过那些记忆的话，现在的我大概会是一个对平淡的生活心怀感激的人。我会为现在的一切满足着，做一个平凡快乐的陈佳简，而不是和曾经的自己反复比较而不甘。

我一直因为这段记忆荣耀着，却也一直因为这段记忆痛苦着。

也许我很久以前就意识到了，只是不愿承认而已。因为承认的那一刻，我可能就不得不丢掉那些仅存的珍贵记忆。但现在只能丢掉了，在它们腐臭发烂之前。

6

如果说人生是一场纸牌游戏，那么我则幸运地在游戏开始时第一张就抽到了鬼牌，却在之后再没摸到一张像样的牌。

这样的我该怎么办呢？

如果注定是输的结局，但如果没有这张鬼牌，我一定从开始就悠闲认命地坐在一边。但因为这张鬼牌，现在的我失望着，不甘着，却还抱着莫名的可悲希望。而到了输了的那一刻，手中的鬼牌也成了我被嘲笑的把柄。

小聪明的人会偷偷丢掉几张烂牌，然而并不会改变什么。真正聪明的人，是会把鬼牌偷偷丢掉的人，然后在输掉的时刻亮出手中奇迹般的臭牌。"手气好差啊！"大家一定会这样大笑，但那个人却取得了所有人的原谅。

但即使有人想到，也很少能做到这一点。因为即使是那一点可悲的希望，只要它还存在，还是有可能改变什么……就是这种妄想，让我们留下了那张鬼牌。而真正留下来的，只有继续纠结的痛苦而已。

周一我提着一大袋东西去学校，里面装着记忆盒和几瓶颜料，是我高中以来调的那些光芒的颜料，每当觉得接近溪辰就会存起来。

下午高三学生去操场开高考动员大会，班里人走得差不多的时候，我拿出记忆盒。谢安璃扫了一眼，"这是什么？"

"你想看么？"我装作不舍地抱在怀里，"不过要拿你的笔记本交换。"

"没兴趣。"他想也没想地拒绝了。

我没有去操场，而是溜出学校去了记忆当铺，把盒子交给了上次那个女生。

如果某天我被告知将丧失所有记忆，只能选择保留一段，那么我会毫不犹豫地选择保留这段记忆活下去。但是如果只能删除一段记忆的话，删除它也是最好的选择。

操场上校长的演讲仍在继续，我悄悄回到教室收拾东西准备去美术教室，却发现那些颜料不见了。

因为它们太重，我准备明天再带到当铺去的。我翻遍了抽屉和外面的柜子，却怎么都找不到，眼泪急得掉了出来。我知道那些颜料本来就是要丢掉的，但我还是止不住地难过。

"你又在干什么？"门口响起生气的声音，我还没反应过来谢安璃就冲过来仔细检查着他藏钥匙的地方，他肯定以为我又在偷翻他的东西。

我无语地撇撇嘴，顺手把眼泪擦干净。

"对不起，是我多心了，"谢安璃误会我被他冤枉哭了，尴尬地向我道歉。我看着他手足无措的样子捂住嘴想憋住笑却发出"呜呜"的声音。

他顿时慌了手脚，拿出他的笔记本放在我面前，"饶了我吧，给你看就是了。"

"真的？"我惊讶地看着他，事情明朗化得出乎我预料。

他点点头，"其实你想看直接告诉我就好了，你偷翻我才会生气的。"

"我说了你就会给么？"我不相信地问。

"是啊，"他认真地看着我，"我很感激你那天在桥上骂我，我从没想

70

过有人会为了维护我把我骂得狗血喷头，还说我是垃圾。"

我尴尬地吐吐舌头，最后我居然亲口骂了溪辰是垃圾。不过他这样说就意味着……我睁大眼睛看着他，"你承认了？你真的是溪辰？"

谢安璃微笑着点点头。突然得到答案我却不知该说什么了，明明有那么多问题想问，却问了最滑稽的一个："杂志上不是说溪辰是女生么？"

"杂志社觉得女作家容易提高人气才那么写，"他无奈地笑了，"怎么，知道我不是女生很失望？"

"我才不在乎那些！"我坚定地否认，"我喜欢的是溪辰的画，所以你不再画画我真的很难过。我偷看笔记只是想看看里面有没有你不再画画的秘密。"

他摇摇头，"那可能要让你失望了。"

我震惊地看着他，"难道里面真的是黄书？"

"怎么可能！"他脸色发青地重新把笔记本递给我，"如果里面只有我开始画画的秘密，你还想么？"

"当然。"我生怕他后悔抢过来。

我永远也不会想到，在翻开那个破旧笔记本的瞬间，我的故事彻底改变了。

7

笔记本的纸页和外表一样破旧不堪，虽然翻阅的人很小心，却仍因时间流逝而泛黄甚至微卷。每张纸页都整齐地贴着一张信纸，上面布满了歪歪扭扭的字迹，我好奇地一页一页阅读起来。

亲爱的小安：

我来自橙市第一小学，是一年级四班的班长，座位在第二排最中间最好的位置。我是班上最受欢迎的孩子，老师和同学都喜欢我，所有科目都是第一名，唱歌画画样样在行，每年我都会收到好多贺卡和礼物。偷偷告诉你，我还收到过情书哦。

作为交朋友的诚意告诉你一个秘密，其实我是有魔法的，让自己变得发光的魔法。所以你收到我的信真的很幸运，如果想做我的朋友就给我回信吧！

辰溪

亲爱的小安：

你收到我的信了么？如果收到了为什么不回信呢？我虽然有很多朋友，但是还是想让你回信给我，因为你是我交的第一个笔友。刚刚发了期中的试卷，我又考了全班第一，很厉害吧！我同桌是个傻瓜，数学才考了30分。我回去把试卷给爸爸他一定会高兴的，最近他身体不太好，看了我的成绩单一定能康复的，我们就又能一起散步了。我们城市有一座很大很大的步行桥，以前我和爸爸吃完晚饭就在上面散步，整个城市的灯亮起来的时候，他就会高高把我举起来。那些灯光中有一处最明亮的金红色光芒，我相信我的魔法一定跟那些光芒有关，如果你来找我就带你去看哦。请给我回信！

辰溪

小安！

再不回信我就不理你了！大家都想和我做朋友，你居然这种态度！

不和我做朋友你会后悔的，因为我长大后会成为最厉害的画家！我已经学画画半年了，老师说我是特别有天分的孩子。今天作文课老师要我们写自己的梦想，我的梦想是成为最伟大的画家，而且绝对会实现的。你的梦想是什么呢？回信的时候请告诉我。如果我们成了朋友，等我出了画集就赏脸把你的名字写在扉页上，所以你这次一定要回信给我！

辰溪

记忆，已经快看不见的记忆，像撕开的伤口中流淌出来的血液。疼痛却不忍合拢。手抖得无法继续翻页，我怔怔地看着那些信纸，"这是什么？"

"信啊，"谢安璃耸耸肩膀，"应该看得出来吧。"

我怎么可能不知道这是信啊，这是我亲手写下的信啊。小学交笔友活动我寄了无数封却没有收到回复的信，如果不是重新摆在我面前，我真的已经忘记了。当时老师说可以用笔名，我随口取了个笔名叫"辰溪"，那些信都是我随便写的，所以才会看到溪辰的名字一点印象也没有。可为什么它们会出现在谢安璃的笔记本上？

"陈简佳，你交过笔友么？"他突然问。

"没有。"我慌张地摇头。

"我有，"他望着那些泛黄的纸张，"我是在一年级的春天收到第一封信的，那之前我因为身体不好常被同学欺负，学校是我最讨厌的地方，但我也不想待在家里，因为父母每天都吵得很凶。我害怕所有人，讨厌所有人，没有任何想做的事情，只想永远躺在医院里，甚至就那样死去也无所谓，这样想着的我居然真的在医院一病不起。就在那个时候我收到了这封信，当我读完它后开心地哭了，我没想到世界上会有这样明亮的人，就算是这样的我，也毫不犹豫地想和我做朋友。

"直到现在我依然觉得，辰溪一定是上帝送给我的礼物。因为他的出现，我不再觉得所有事情都毫无意义。我有了期待的事情，就是同桌每星期拿给我的信，他每次都在信上兴致勃勃说着各种开心的事情，生气的事情，引以为傲的事情。虽然我没有力气回信给他，但只要读着那些句子，想象着他脸上生动的表情，努力忙碌着的各种事情，就会由衷地感到开心。

"可是渐渐我就不满足于此了。我羡慕着那么耀眼的辰溪，想要像他一样闪闪发光。我知道我开始改变了，我开始想有朋友，想要快乐地生活。我想要快点好起来，用我的手亲自回信给他，甚至想快点回学校去。于是我的身体开始慢慢好转，可是他突然不再来信了，也许是真的生气了吧。出院的第一天我就想写信给他，但在桌子前坐了一天却一字未动。我害怕在纸上写下一无是处的自己，他会像其他人一样看不起我，虽然我知道他不是那样的人，但我不想让他失望。所以我不甘心地放弃了。"

我心里五味杂陈，从不知道那些未收到的回信背后居然有着这样悲伤沉重的心情。

"但我不是永远放弃，"他的眼睛重新闪烁起光芒，"要见到他，要去找他这样的想法，我一天也没有忘记过。我说过要成为像他一样闪闪发光的人，就一定会做到，我想以那样的谢安璃和他相遇，然后亲口对他说：'谢谢你曾经给我的勇气'。"

我的泪水忍不住掉下来，"哪有你说得那么好，其实都是你自己一直在努力而已。"

"也许吧，"他微笑起来，"但如果不是他，我不可能这么努力的。那之后又发生了很多事，我父母不到一年就离婚了，学校的同学依然欺负我，还有好多悲伤的事情……如果是曾经的我，早就放弃了吧。但为了和辰溪的约定，我还是努力下去了。学画画的初衷也是因为他，我发表的第一个作品名字叫作《光芒》，是我想象着他信里描述的光芒的样子画的。我想要用那幅画告诉他，因为他的光芒，溪辰才会存在。"

我愣愣地看着他。让我重新看见记忆中的光芒的溪辰，重新给了我画下去的勇气的溪辰，对我说了这样的话。

原来那个夏天我翻开杂志看见的重新照亮了我双眼的颜色，本来就是我自己的光芒么。

谢安璃轻轻抚上泛黄的纸张，"你知道吗，每当我痛苦到想要放弃的时候，就会翻开这些信。只要把手贴在纸张上面，就会感到力量从中源源不断地涌出来。"

"所以你才整天像傻瓜一样抱着这个破本子么。"我心疼地看着他。

"没办法啊，"他没有生气，只是很认真地说，"可能对你们来说它只是一个破旧的本子，但对我来说，却是我绝对不能被遗忘的记忆。"

"砰！"我猛地站起来，凳子倒在地上发出巨大的声响。

"怎么了？"谢安璃没想到我会是这种反应。

"原来是一样的啊……"我喃喃地说，在他惊讶的目光中跑了出去。那些让我痛苦到装进袋子决心丢弃的记忆，那些被谢安璃藏进笔记小心呵护的记忆，原来根本是一样的。还好刚才没有跟他交换。

校长的讲话已经结束了，楼梯上到处是搬着凳子往教室走的学生，我艰难地在人群中穿行着。

那些我以为没有人会相信的记忆，那些我已经决定放弃的记忆，却有人用那样骄傲的表情说，它们给了他最重要的勇气。

那些信上的内容，连我自己看到都会觉得丢脸。明明就是不知天高地厚，明明就是想炫耀自己有多受欢迎，甚至一句友善的话都没有。然而就是这种东西，却有人在最黯淡的岁月里一遍一遍认真阅读着，为了它拼命努力着，为了它把我和傅雨希骂得狗血淋头，为了它露出那么幸福的表情，他骄傲地告诉我，这是他绝对不能被遗忘的记忆！

我在校门口撞到了推着自行车往外走的朱老头，他把车一横拦住我，"记得明天交作文，别再告诉我弄丢了。"

"不会的老师，"我笑着说，"我现在就去把它找回来。"

没错，我要找回来。什么衬不衬得起，有没有人相信见鬼去吧！

因为后面的牌太差，差一点忘记了抽到鬼牌时瞬间的欣喜。那种沾沾自喜的感觉，那种心跳不止的快乐，现在想起来仍然幸福得快要死掉一般。说着宁愿没有抽到，权当作没有抽到这种矫情的话的人，真是不知好歹。只把鬼牌丢掉的高明的方法，的确只有聪明人才想得到。可是就连小学生也知道，把鬼牌丢掉的人才是大傻瓜吧！

之所以喜欢溪辰的《光芒》，不就是因为我还不想放弃那份光芒，不想放弃那份记忆么？那也是我绝对不能被遗忘的记忆啊。

"我要把东西拿回来！"我冲进记忆当铺对刚才的女生喊道。

她愣了一下，"那个刚刚被人买走了。"

我不敢相信地看着她，"才一个小时而已，而且你要卖也应该问问我才对吧。"

"不好意思，"她歉意地笑了，"可是我们说好东西交给我后你就不再过问了。"

我知道我又无理取闹了。明明是我自己把它送到这里来的，明明是我不要它的。

我沮丧地往回走，今天步行桥的台阶看起来格外的长。我当然不相信盒子当掉后记忆就会消失这种鬼话，只是难过好不容易明白那些记忆对我的意义，却再也找不回来了。

我一直低着头走，不小心撞到了前面的人。我刚要道歉，却发现竟然是傅雨希。

"你在这里干什么？"我没好气地说。

谁知道他看到我像是看到了鬼，慌张地挤出两个字："回家。"

我莫名其妙地看着他，"你先回去吧，我在这里待一会儿。"

他乖巧地答应了，愉快地跟我挥手告别。奇怪，他今天怎么这么听话，平时绝对会赖在这里不走。

"傅雨希！"我盯着他古怪的背影吼了起来，"你衣服里藏的什么！"

他僵住了，行动可疑地捂住胸口，"没什么……"

我走过去一把掀开他的外套，露出一个红色的盒子。

"这是我的！"他见事情败露干脆开始耍赖，把盒子紧紧抱在怀里，"陈简佳你自己不要的，现在已经是我的了！"

我无视他的反抗抢了过来，头也不回地往上走。

"我可是花了二十块买的！"他在身后委屈地喊着。

我居高临下看着他，"那又怎么样？就算是两万块我也不会让给你的。"

只有这个，绝对不会让你抢走的。

8

"亲爱的小安……"

我浑身发冷地把信纸丢到纸篓里，里面全是写坏的信。

我不可能厚着脸皮跑到谢安璃面前说："嗨，我是辰溪。"既然最初是用写信的方式结识，那么再用写信的方式和他相认应该会自然一点。

我对着那沓空白的信纸想了一夜，快天亮的时候，我写出了一行字：

明天晚上七点，步行桥见。

辰溪

等到见面的那一刻，一切自然不言而喻吧。

我很早来到教室，把信放进谢安璃桌子上。谢安璃来时我心虚地低下头，他像平常一样和我打招呼，见我不肯抬头便没趣地坐下来。

我用余光观察到他把信展开，眼睛蓦然睁大。

"陈简佳，"他突然叫我的名字，"今天早上有人动过我的东西么？"

"不清楚，"我装作被冤枉的样子，"你不会又想诬赖我吧？"

"我不是这个意思。"他赶紧否认。

我忍住笑一本正经地问："你丢东西了么？"

"不告诉你。"他白皙的脸上出现了淡淡的红晕，唇角溢出灿烂的笑意。

他的笑容持续了整整一天，就连晚上回家遇到他，他都给了傅雨希粲然一笑，后者恶心得远远绕到一边。

晚饭后我回到桥上，谢安璃依然站在那里，像我每次看见他一样望着远方出神。但今天的他散发出一种温柔的气息，嘴角时而浮起浅浅的笑容。

直到现在我也不敢相信，让他露出这种温暖笑容的人，让他用这种温柔的表情想念的人，真的是我么？

我的心温暖得快要胀裂开来，幸福伴随着受宠若惊，就像小时候看见那只孔雀对我展开它美丽的尾巴。

原来曾经的我真的没有想错。我一直相信着的，能够看到我光芒的神的使者真的来找我了。他转学来的那一天毫不犹豫地走向我，原来并不是偶然。

我怀着这种奇妙的心情向他走去，故作嫌弃地看着他，"你在傻笑什么？"

我以为他会别扭地否认，他却依然微笑着问我："很傻么？"

他这么坦诚，我反而不好意思起来了，"你今天心情很好嘛，是有什么好的事情么？"

"嗯，"他轻轻点头，"我和辰溪要见面了。"

"真的？"我故作惊讶，"可你昨天不是还不知道他是谁么？"

"所以这才叫作命中注定啊，"他的笑容温柔地弥漫开来，"注定我们有一天终会遇见。"

还好天很黑，否则我刹那间的失神一定会被他看得清清楚楚。我局促地转开话题，"你们在哪里见面？"

"不告诉你。"他傲娇地别过脸去。

"为什么，"我打趣道，"我也想看一眼传说中伟大的辰溪。"

他立刻紧张起来，"不行，明天晚上你绝对不许来这里！"

我一阵无语，他居然自己说漏嘴了都没发现。

"陈简佳你知道吗，"他的笑容比刚才淡了些，"虽然我很想见他，但还是很担心。现在的我到底够不够好，会不会被他接受，会不会被他看不起，他见到我会不会露出失望的表情，想到这些就会觉得不安。"

"你想多了，"我耸耸肩膀，"她说不定完全一无是处，没有资格说你。"

"不可能。"他生气地打断我。

"为什么？"我心虚地说，"就算那些信是真的，但过了这么多年，说不定她已经变得很普通了呢。"

"不会变的，"他斩钉截铁地说，"虽然我对现在的他一无所知，但我唯一确定的是，辰溪一定是一个闪闪发光的人，这一点是绝对不会改变的。"

我的心顿时沉了下去。原来谢安璃想遇见的，是这样的辰溪。

昨天的我只顾着开心，却忘记了最重要的事情——他想见到的人是闪耀着的辰溪，而不是平凡的陈简佳。如果早点意识到，我一定不会那么急着写信给他。

最初感到谢安璃大惊小怪的问题，深夜却在我脑中一遍遍循环——我会不会被他接受，会不会被他看不起，他见到我会不会露出失望的表情。

一定会失望吧，毕竟最初见面的时候，他连我的名字都不想知道。如果他见到我的那一刻脸上的笑容瞬间黯淡下去该怎么办，即使这样还是要去见他么？

目光落在床头的记忆盒上，决定把它丢掉的时候，不是说好不再为了回不去的记忆不甘心，而是诚实面对现在的自己生活下去么？就算抢回盒子，我也依然没有改变这种想法，只是多了正视这段记忆的勇气。而这些勇气正是谢安璃给我的。

所以我也想用这份勇气去面对他。就算我成长为了平凡的人，但是我没有说谎，就算他再怎么难以相信，辰溪依然是陈简佳的一部分，这一点是不会改变的。

所以不要害怕陈简佳，大大方方走到谢安璃面前告诉他你就是辰溪就可以了。就算他很失望，就算他嘲笑你也不要难过。只跟他说一声谢谢，彼此都当成一个美好的回忆深藏在心底吧。

9

虽然晚上豪言壮语了一番，然而白天在教室看见谢安璃又开始举棋不定。一整天我都坐立不安，要命的是上午谢安璃突然转过脸来看着我，"怎么办，我好紧张。"

我更紧张好不好。都说最不利的情况是我在明对方在暗，而我躲在暗处却更加揪心。

终于盼来了最后一节的体育课，我庆幸不用继续坐在谢安璃旁边继续纠结了。

"雨希，帮我把球丢过来！"吴畅领着一群篮球队的人站在门口，冲我身后的傅雨希喊道。

"好。"傅雨希从他课桌下面拿出球，用力丢了过去。

吴畅接到球后没有离开，而是在门口耍起了球技，引起周围女生阵阵尖叫。

"看招！"他恶作剧地冲傅雨希笑笑，球直直地飞了回来。我正专心看好戏，却发现球偏了一点居然冲着我的脸来了，一时不知怎么躲开。然而下一秒。球却重重砸在了突然出现在眼前的手上。

"你没事吧？"我紧张地看向谢安璃，他紧紧皱着眉头，脸色比上次还要难看。

医务室里，吴畅一副担惊受怕的样子，生怕谢安璃有个闪失，因为之前他已经被留校察看两次了。而谢安璃又恢复了云淡风轻的样子，好像刚才脸色苍白捂着手腕的人不是他一样。

"你的手以前受过伤是吗？"校医边包扎边问。

他点点头。我的心提了起来，难道他不再画画真的是因为手伤？

校医严肃地说："那你还打什么球，不知道不可以剧烈运动么？"

"下次不会了。"谢安璃没有说出真相，吴畅立刻向他投去感激的目光。

"上药后在这里休息一个小时再走，否则小心以后写字都成问题，"他指指我和吴畅，"你们两个帮我看着他，走的时候把门锁上。"

校医离开后，吴畅立刻讨好地望着我，"拜托了陈简佳，我有比赛，能不能先走一步？"

"没问题。"我露出宽容的笑容。这是我和谢安璃单独相处的好机会，我一定要弄清受伤的事情。

"你怎么笑得阴森森的？"谢安璃纳闷地看着目送吴畅离开的我。

"没有啊，"我感激地望着他，"刚才谢谢你，抱歉害你受伤了。"

"没关系。"他淡淡地说。

"能告诉我你的手以前是怎么受伤的么？"我试探着问。

"过马路被汽车撞的，所幸只伤到了手。"亏他能说出"所幸"两个字。

"什么时候？"

"一年前。"

我激动起来，"所以你才……"

"不是，"他原来早就猜到了我要说什么，"只是骨折而已，笔还是能拿的。"

"那你为什么不画了？"我忍不住问了出来。

他放下袖子站起来，"我要走了，还和辰溪约好了见面。"

"这种事改天再约就好了，"我急忙拦住他，"校医不是让你休息么？"

"我连他是谁都不知道怎么再约？"他不悦地皱起眉头，"我再不过去，他生气走掉就糟了。"

"他不会生气的。"我急切地打断他。

他无奈地看着我，"你凭什么这么肯定？"

"因为我……"我咬咬牙把差点脱口而出的话咽回去，"如果是我的话，要是你为了来见我让手上的伤严重到不能再画画的话，一定会更生气的。"

"也许吧，"他苦涩地笑了，"但如果见不到他的话，我才是一辈子都不能再画画了。"

"什么意思？"我吃惊地望着他。

"跟你没关系，"他冷冷地说，"让开。"

"不让，"我执拗地挡住门，"除非你告诉我！"

我们僵持了半天，最终他叹了口气，"告诉你的话，就放我走是吗？"

他重新在病床上坐下来，望着自己受伤的手腕，"高一的春天我代表杂志社去参加一个画展，说是画展，其实是比赛，去的路上我的手被车撞到了。受伤后，我用了很长一段时间养伤，而那场比赛的赢家朱莲取代了我的位置。他是天分很高的画家，每幅画的构想都非常独特。杂志社依然每个月寄杂志给我，我看着朱莲的画，总会自叹不如。"

"为什么要自叹不如，"我不解地问，"你们只是风格不同而已，我还觉得你比他强得多呢。"

"是有人这么说，"他淡淡地笑了，"我常在网上看到一些支持我的帖子，还有读者寄信到杂志社说他们比起朱莲更喜欢我的画，可只有我知道，我根本比不上朱莲。那些读者越期待，我就越不知如何是好。我的手一点点康复起来，我却越来越焦虑。拆掉石膏那天我对着画板坐了一天，却什么也画不出来，我怕输给朱莲，怕自己没有康复，连以前的水准都达不到。那天中午傅雨希说的话我听到了，其实他说得没错，我的伤早就痊愈了，但是我总下意识告诉自己我很痛。我知道那是因为我内心深处在恐惧着，手伤成了我的挡箭牌，成了我逃避杂志社邀请的理由。我甚至想与其到时候发表令人失望的作品被大家弃置一旁，还不如在最好的时间结束，这种想法真的很没出息对不对？"

他落寞的样子让我那么心痛，我却不知道该怎么安慰他。

"我真的想过就那样不画了，但在我最失落的时候看到了辰溪的那些信，想起初次看见它们时那种单纯想要努力的感觉。我突然好想见他一面，这是这么多年来最强烈的一次，我想看看那个连一封信就能给我带来重生力量的人，到底怎样生活着，怎样努力地闪耀。我不知道去哪里找他，就只能每天在桥上等。我相信见到他的那一刻，一定能重新找回当初的勇气。"

"哪有那么神奇？"我忍不住打断他，他的期望越大，我越觉得自己承担不起。

"可就是这么神奇，"他温柔地笑了，"我每天只是站在桥上，想着他就生活在这座城市，曾经的力量就仿佛一点一点聚回胸口。昨天我还担心他会失望，现在却觉得即使被他嘲笑一番也是好的。我想亲眼看他向我炫耀他各种了不起的故事，然后我会像十年前那样，再一次为成为他那样闪耀的人而努力。"

我怔怔地看着他，我从来不知道，他是抱着这样的期待。

"那我走了，锁门就交给你了。"他说着往门口走去。

"等等。"我下意识拉住他的袖子。

"你怎么还拦我，"他无奈地说，像哄小孩子一样拉开我的手，"你想想看，下个月的《如画》又能看见溪辰的名字了。"

我面无表情地松了手，谢安璃跑了几步又倒回来严肃地看着我，"再说一遍，你绝对不许跟来！"

"嗯，"我微笑着点点头，"我不会去的。"

我好感激吴畅弄伤了谢安璃的手，这样我才得知这个相遇对他的意义。虽然有些晚了，但还没到不可挽回的地步。

如果就那样什么也不知道地去见他，他该有多么失望啊。

我从来没有想过，他是抱着什么样的心情来和我见面的。只顾像个傻瓜一样幸福着，还一副伟大的样子说着就算被他轻视，也要勇敢地说出我就是辰溪。

我根本不知道，他在我身上寄托了那么沉重的期待。他近乎绝望地期待着我能带给他勇气，期待着我能让他重新画下去。可是现在的我，根本就没有办法回应他的期待。

他想遇见的人是曾经的陈简佳，不是现在的我。而曾经的陈简佳，已经不存在了。

如果我出现在他面前，他会怎么想呢？一直憧憬着的人，一直相信着的人，居然如此暗淡无光。不要说重新画下去的勇气，连曾经的记忆也会全部粉碎吧。

谢安璃在桥上站了整整一夜，我也在远处看了他整整一夜。看着他脸上的期待渐渐变为失落。

憧憬着的人就站在那里，明明知道他在等我，我却不能走过去。

我多像他期待的那样给他勇气，给他力量。可是我除了绝望，什么也给不了他。

我一直等待着的，能够看见我的光芒的神的使者终于来找我了。他就站在那里等待着我，就算手受伤到再也不能画画也要跑来见我，而他四处寻觅，却再也无法找到我。因为我的光芒已经消失了。

多么残酷的故事啊。

对不起谢安璃，你一直相信着我的光芒，是我没有相信自己。

10

第二天谢安璃进教室的时候，脸上挂着一个大口罩。

"你戴着口罩做什么？"我心虚地问。

"感冒了，"他咳嗽了两声，同样好奇地看着我，"你眼睛怎么肿成这样？"

"睡肿的。"

真是可笑又可悲，两个人明明都在桥上等着对方，却都弄成这副狼狈的样子。

他沉默了一会儿，"他没有来。"

"怎么会？"我装作惊讶地说。

"大概是改变主意了吧，"他苦涩地笑笑，"也可能是远远看见我，觉得我没资格做他的朋友，所以不想见我。"

"不会的。"我拼命摇头，却不能把真相告诉他。

"不过要让你失望了，"他歉意地望着我，"我也许暂时都不会画画了。"

我的眼眶瞬间红了。我到底要怎么做才能让这种表情从谢安璃脸上消失，怎么做才能让他找回重新画画的勇气？

我是辰溪的事，无论勇敢说出口还是极力埋藏，都只会让事情越来越糟糕。

接下来的几天，我都请假躲在家里。我害怕看见谢安璃落寞的脸，我觉得自己好没用，看着这样痛苦的谢安璃却什么也不能为他做，除了比他更痛苦。

我从没像现在这样后悔过，后悔那个总是万事不了了之的自己，连一点反抗都没有地让那些光芒全部消失了。

几天后的傍晚响起了剧烈的敲门声，傅雨希边砸门边叫着我的名字。我把脑袋蒙进被子里，半个小时过去他也没有走开的意思，反而越叫越起劲。

"陈简佳，快开门，开门开门开门！"

"别装了，我知道你在家！"

"你再不出来我就在这里唱歌！"

"烦死了！"我愤怒地开门瞪着他，"你有什么事！"

他笑嘻嘻地看着我，"想你了，找你散步啊。"

我无奈地被他拉到桥上，城市的灯火已经亮了起来。

"傅雨希，你以前问过我总是站在这里看什么吧，"我望着光芒消失的地方说道，"很久以前这个城市的某个地方，每到晚上就会亮起很漂亮的金红色光芒，可是后来却渐渐看不到了。"

"为什么？"他好奇地问。

"因为这些光，"我失落地说，"这些每年都在变亮的光把它们遮住了。更可悲的是，我连它们是消失了还是存在着都不知道。"

"你不来学校，是因为这件事么？"他警觉地问。

"有那么一点关系。"我心虚地说。

"什么关系？"他追问道。

"我……我有一个表姐，"我开始瞎编，"她住在别的城市，最近来看我。"

"你有这么一个表姐我怎么不知道？"他一脸不相信地打断我。

"远房表姐，"我干巴巴地说，"小时候我在电话里说过那些光芒的事，结果她这次来就拉着我到桥上找给她看，可是已经看不见了，所以她觉得我在骗她。"

"陈简佳你是白痴么？"他嫌弃地看着我，"这又不是你的错，要怪也是怪那些光不够亮吧。如果你要找的光芒比所有光都要明亮的话，不就可以看见了么？"

我怔怔地看着他。是啊，如果足够明亮的话，就可以重新看见了。

11

第二天早上我去杜老师办公室交上了那幅《破船》，他打开画时被满眼的金色吓了一跳。我把破船全部涂成了金红色，无论沾满锈渍的栏杆还是布满破洞的帆，全部都是耀眼的金红色。

杜老师为难地说："颜色很漂亮，但放在这里不太合适吧。"

"是不合适，"我坦然地笑笑，"可我能接受的，只有这一种颜色。"

我找到我可以做的事情了。

我想要重新成为闪闪发光的人，然后堂堂正正地走到谢安璃面前，告诉他我就是辰溪。

今天是谢安璃值日，放学后我趁他倒垃圾把信放在桌子上，结果我没走他就进来了，我急忙藏进后门放卫生工具的地方。

谢安璃很快发现了信，他拆开认真看起来。

小安：

　　很抱歉上次失约了。那天在医务室外面，我听到了你和那个女生说的话。我很感激你对我的信任，可是我现在还不能和你见面。因为我希望相遇时看到的是一个更加快乐而坚强的你，而不是现在这种沮丧的样子。

　　我还像从前一样为了成为画家的梦想努力着，所以我希望你也可以一样努力。彼此加油吧！

辰溪

谢安璃低着头没有反应，我探出身子想看清他的表情，却不小心把拖把碰到地上。他惊讶地回头，我慌忙打开后门跑了出去，要是被抓到就百口莫辩了。

还好谢安璃没有从前门拦截而是死脑筋地跟着从后门追出来，等他越过那些东倒西歪的拖把站在走廊上时，我已经躲在楼梯口偷笑了。

没想到他不死心地追了过来，我只能拼命往楼上跑，可他听见脚步声追得更起劲了。

跑到五楼我已经上气不接下气了，身后的脚步声却依然速度不减。我心一横跑进旁边的男厕所，却撞上了正往外走的傅雨希。

他眼睛睁得滚圆滚圆的，"陈简佳你想干什么！"

我急切地拉住他交代道："拜托了，一会儿有人问你说什么都没看见。"然后我躲进一个隔间，敞开一条门缝观察外面的动静。

还好我躲得快，不到五秒钟谢安璃就追了上来，他看见一脸迷茫的傅雨希，激动地抓住他的胳膊，"是你吗？"

我愣住了，完全没想到到会有这种可能性。

"别碰我，"傅雨希嫌弃地甩开他，然后恍然大悟，"原来是你啊！"

谢安璃被他说得一愣，气氛完全被两个人无厘头的对白弄得僵住了。

谢安璃首先反应过来，恢复了原本的焦急，"刚才有人跑过么？"

"没有。"傅雨希坚定地摇头。

"是吗。"他的眼睛黯淡下去，失落地走向楼梯，却突然回头来冲着空无一人的走廊大声喊道："我会加油的！一定会让你出来见我的！"

他笑着对空气挥挥手，释然地离开了。

"神经病，"傅雨希嘟囔着，又回头质问我，"那家伙为什么追你？"

我想了想说："我不小心把水洒在他笔记本上，还没来得及擦他就出现了。我当然要跑了，上次看一眼他就发那么大火，这次不杀了我才怪。"

"怪不得他问我是不是你，"傅雨希开心地说，"干得好啊陈简佳，气死他！"

还好他是个傻瓜，我松了口气。不过还不到松懈的时候，还有更重要的事情等着我去做。

三　请教给我发光的魔法

1

想重新成为耀眼的人，最好的方式是观察耀眼的人闪耀的方式。我想重新成为所有人的目光所在，就需要这样的人的帮助，我当然不会求助傅雨希，便退而求其次选择了辛爱琳。

她开心地答应了，虽然是出于玩乐的目的。她要我每周跟她参加聚会，观察她的言行方式，因为都是外校的人，没人会认出我，可以作为我锻炼自己的试验。

周六她为我化了淡妆，对我的衣橱嫌弃一番后带我买了新裙子。买裙子的钱……用的是下个月给傅雨希买生日礼物的钱。然后她带我来到一家KTV参加他们的例行聚会。

我们走进包间，一个礼花筒就对着我们喷了一堆彩带。

"爱琳，这边！"放花筒的胖男生拉着辛爱琳在沙发上坐下来，我跟着她过去。沙发上坐着一个长相帅气、打了一排耳洞的男生。他盯着我邪气地笑起来，"不错哦爱琳，带的朋友都那么漂亮。"

"那当然，"辛爱琳骄傲地说，"我辛爱琳的朋友怎么会差。"

我这才发现房间中间是一张长桌子，上面摆满了零食，桌子两边分别坐着男生和女生，而且都是一对一面对面。

"这不会是联谊吧。"我伏在辛爱琳耳边小声问。

辛爱琳讪笑起来，"联谊也是聚会的一种嘛，你就趁这个机会测试一下你受欢迎的程度啊。"

"可是……"

"爱琳你上衣从哪里买的，好漂亮哦。"一群女生挤到辛爱琳的旁边。

"是吗？"辛爱琳这点跟傅雨希一样，一哄就开心，立刻得意地炫耀起那件小外套。

"包包呢，包包也好美！"

"你教我怎么弄这种水晶指甲好不好！"

她被哄得飘飘然，完全把我抛在了脑后。我端着一盘薯条到角落里吃起来。

"吃这么多要多付钱的。"刚才那个耳洞男生严肃地盯着我。

我往嘴里塞薯条的手尴尬地停下来，迟疑了一会儿掏出钱包，他扑哧一声笑了，"很明显是开玩笑的吧。"

我皱起眉头，这种被当成傻瓜的感觉我很不喜欢。

他也端过一盘薯条坐下来，极有兴趣地打量着我，"我是爱琳的同学何冷杉，你和爱琳是朋友？"

"算是吧。"我懒得向一个陌生人解释我们的关系。

"你好像不是我们学校的。"

"我是市立一中的。"

"市立一中？"他看起来很惊讶，"我听说只有全市数一数二的尖子生才能考进去。"

我摇摇头，"夸张了，我们学校有几千人。"

"呃……不过对我来说还是很难。"他一脸尴尬，我想所谓的话题终结者就是我这种人，尽管我的本意是想缓和一下气氛。

"阿杉，你在这儿干什么？"一个很漂亮的女生在他身边坐下。如果我没看错的话，她狠狠瞪了我一眼。

"吃东西。"何冷杉满脸的厌烦，仿佛换了一个人。

"你不是最讨厌吃薯条的么？"

"谁说的！"他的脸一下子红了。

那女生撒娇地拉住他的胳膊，"我们去唱歌嘛，我点了你最喜欢的歌。"这次我看清楚了，她确实狠狠瞪了我一眼。

我正庆幸他要走了，他却期待地望着我，"一起来吧。"

"不好意思，我……"

"当然好了！"辛爱琳笑着凑过来打断了我的话，然后低声警告我，"我带你来不是为了蹭饭的，放下你的薯条，我的脸都被你丢光了。"

我极不情愿地被她拖着坐到点歌机前面。

"唱什么歌？"何冷杉把话筒塞给我。

"我不会唱歌。"我说着把话筒还给他，他却没有接，反而邪气地笑了，"正好，我们一起唱。"

音乐响起来，我骑虎难下地把话筒放到嘴边，却震惊到差点从沙发上滚下来。

为什么傅雨希会站在门口一脸幽怨地瞪着我！我丢下话筒准备落荒而逃，但他已经走到了我面前。

"陈简佳！"他怒气冲冲地吼道，"今天不是周六么，你居然丢下我一个人出来玩！"他离麦克风很近，整个房间里都回荡着他的回音。

"你怎么在这里？"我心虚地看着他。

"当然是跟踪你！"他把猥琐的行为说得理直气壮。

"是你啊！"辛爱琳惊喜地指着傅雨希叫起来，"我认识你！"

"她跟你说过我？"傅雨希看起来气消了不少。

我正感激她英勇救场，结果她突然来了一句："当然，你是去她家查水表的小帅哥嘛！"

直到聚会结束，我和傅雨希都各臭着一张脸坐在角落里，弄得所有人都提心吊胆又不敢赶我们走。回家路上我更是感受到傅雨希对我的裙子投来鄙夷的目光。

辛爱琳一言不发地走在我们中间，她大概比我还要郁闷吧，好好的聚会被我们搅和了。我刚要向她道歉，却发现她嘴角带着一抹笑意。原来她是跟来看好戏的。

"够了吧你！"我推了傅雨希一把，这家伙生气起来没完没了，让别人看尽了笑话。

他停下来指指旁边的便利店，"我想吃冰淇淋，三个球的那种，上面要淋果酱和巧克力豆。你去买给我吃，我就原谅你。"

"谁管你。"我翻了个白眼继续往前走。

"那我告诉阿姨也没关系喽？"身后响起他狡黠的声音。

"你……"

"陈简佳今天去哪里了呢，"他意味深长地扬起眉毛，"买了公主裙，还浓妆艳抹地跑去联谊了，真是女大不中留啊……"

"我知道了，给你买就是了！"我瞪了他一眼走进便利店。

被他捏住把柄简直像唐僧跑到女儿国寻欢作乐偏偏被八戒看到了一样。我是怎么和这个卑鄙小人成为朋友的？

我满心怨气地端着冰淇淋走到便利店门口，看见辛爱琳和傅雨希在一起说着什么，傅雨希笑得特别开心。虽然他和我在一起的时候也总是笑着，却很少笑得这样灿烂。

果然发光的人和发光的人是最谈得来的。无论是谁，和辛爱琳这样耀眼的女生在一起都会格外幸福吧。

傅雨希开心地抢过我手中的冰淇淋，我没料到的是，他居然把它递给了辛爱琳。

我终于明白了什么叫重色轻友。

2

我以为这场聚会就这样以失败告终了，没想到周一却在学校遇见了意外的人。

课间前排的女生一脸激动地向我跑来，"陈简佳，你男朋友来了。"

我纳闷地走到门口，发现何冷杉在一圈女生的包围中坏笑着望着我。什么男朋友，估计是这个何冷杉随口胡说的。

我黑着脸把他拉到操场上，"找我有事么？"

"只是想你就来看你了不行么，陈简佳同学？"他笑着凑近我，身上散发的香烟味道让我很不舒服。

"是辛爱琳告诉你我的名字？"我刻意离他远了些。

"是上次来找你的那个男生，他那么大声地喊你的名字，没听到才奇怪吧，"他耸耸肩膀，"那个可爱的家伙是你男朋友么？"

"不是！"我赶紧撇清关系。

"真的不是么？"

"绝对不是。"我信誓旦旦地承诺。

他露出意味深长的笑容，"你这么着急跟我澄清，是暗示我可以追你么？"

"什么？"我顿时懵了。

"你愿意跟我交往么？"他温柔地望着我，却像是在望着志在必得的猎物。

"就是这样。"我不以为然地摊摊手。

"什么叫就是这样？"辛爱琳焦急地叫起来，"不是正说到重要的地方么？你怎么回答的？"

辛爱琳大概从何冷杉那里听说了这件事，一回家她就坐在床上等着追问我。

"当然拒绝了。"我淡淡地说。

"拒绝了！"她对我怒目而视，"你白痴么？"

"我又不喜欢他，"我无所谓地说，"而且他多半是开玩笑的，我答应了才奇怪吧。"

"你错过了一个提高人气的大好机会，"辛爱琳痛彻心扉地摇头，"和何冷杉这么帅的男生交往一定会形成话题的，男生会开始关注你，女生也会主动和你聊天，你的人气就会有质的提高。"

我皱起眉头，就算我想让别人看向我，也不想用这种拐弯抹角的方法。

"还是你有更好的人选？"辛爱琳笑脸如花地贴过来，"一定是昨天那个小水工对不对？"

"什么小水工，"我无语地说，"再说最后一遍，他只是邻居而已。"

"真的么？一点也不喜欢？"她像黑猫警长审问一只耳一样眼睛闪

闪发亮。

我笃定地点头。

"那把他借我用用吧，"辛爱琳兴奋地说，"下次聚会我要把他带去炫耀一下，证明给你看男生的作用。"

"随便你。"我打了个呵欠开始写作业。

第二天我才发现辛爱琳并不是信口开河。体育课居然有几个女生主动过来跟我说话，带头的是昨天帮何冷杉叫我的女生，"昨天那个男生是你男朋友？"

"不是。"我摇摇头。

"可他说你是他女朋友啊。"另一个女生说。

"他是开玩笑的，我们根本不熟。"我淡定地澄清。

她们失望地互看了一眼就走了，连告别都没有。

我无聊地绕着校园散步，突然听到微弱的求救声。四个女生正在抢一个文弱女生的书包，为首的是学校里有名的不良少女徐湘，那几个是她的手下，有一个头发还染成了白色。

被欺负的女生被她们拉着衣服推来推去，眼泪不住地往外掉。我跑过去把她拉开。

"你谁啊，敢管湘姐闲事？"白发女生瞪着我。

如果是两伙不良少年在火拼我才懒得管，我最不能忍受的就是一群野蛮人肆无忌惮地欺负弱者。我不知道哪里来的勇气，居然对着徐湘笑起来，"徐湘？可是我听说徐湘是很厉害的，原来要拉上这么多人才能抢一个小女生的东西，看来是谬传了。"

徐湘冲我冷冷一笑，"你是哪个班的？"

她的眼神好像要扑向猎物的狼，我被这种眼神震慑住，脚软得连逃跑都做不到。

"好久不见了，徐湘。"一个慵懒的女声在我身后响起。

我回过头去，看见三个漂亮的女生。说话的是学校最漂亮的女生秦夕颜，大波浪的黑发是她的标志，她微笑着望着徐湘，"她是我朋友，给我个面子？"

徐湘冷冷地说声"知道了"，就带着那几个女生走了。

"我们聊聊吧？"秦夕颜冲我妩媚一笑。同样是漂亮，她却比辛爱琳有气场得多。辛爱琳的骄傲更像是撒娇，而秦夕颜有种高高在上难以接近的感觉。

旁边两个也是学校有名的美女，她们都是校园明星团的人，只有学校最有人气的女生才能加入，她们的发型和穿着是学校时尚风向标般的存在。这几个人并排走在一起的时候，就像电影里性感女特工组合那样引人注目。男生自不用说，女生更是对这个传说中的组合抱有无数憧憬和敬畏之情。

我之所以对她们有所关注，是因为苏梦柯也是她们中间的一员。

秦夕颜引着我在草坪上坐下来，"昨天来找你的男生，是你的男朋友？"

又是同样的问题，我回想起刚才那几个女生离开时讥讽的表情，鬼使神差地回答："算是吧。"然而下一秒，我就后悔地想把舌头咬下来。

秦夕颜轻轻勾起嘴角，"那是我的前任。"

3

下周聚会辛爱琳真的把傅雨希带来了，傅雨希明显找到了更好的玩伴，屁颠屁颠地跟在她身后，都没怎么搭理我。

何冷杉也来了，他戴着一副黑框眼镜，看起来斯文了些。他绕着圈把傅雨希看了个遍，"不错嘛爱琳，这样的都能弄到手。"

辛爱琳笑得脸都快咧成一张脸谱了，从她拉着傅雨希进来看见那些女生羡慕的眼光后，她就一直保持着这个表情。更让我吃惊的是，今天她只吃了一小碟沙拉就优雅地用纸巾沾沾嘴唇停下了。

"爱琳你还是吃那么少啊。"旁边叫路恬的女生羡慕地看着她，她是她最好的朋友，在我看来说是跟班比较合适。

辛爱琳歉意地笑笑，"我胃不太好，不能吃太多。"

再看她表演我才要被恶心出胃病来了。我妈做的蹄花你一吃就是三碗怎么不嫌多了？你吃完饭用袖子在嘴上一抹躺在沙发上的豪爽之气哪里去了？

这次聚会和上次基本没有区别，我依然坐在角落里沉默着。唯一不同的是，上次和我一起努力破坏气氛的傅雨希，这次却加入到了对面欢乐的阵营。

辛爱琳临走时拉着我去了洗手间，她红着脸问我："你带没带那个？"

我打开包，递给她一包卫生棉。

她嫌弃地叫起来："你变态么，我说的是零食！"

你才变态，谁会在厕所问人要零食要得理直气壮的。我讥讽道："你不是有胃病么，吃零食没关系？"

她噘噘嘴巴，"当然是假的了，男生都喜欢胃口小的女生，这你都不知道？"

"这样不累么？"我皱起眉头，"为了赢得所谓好感伪装自己真的值得么。

"可我确实很受欢迎不是么？"她骄傲地笑了。

辛爱琳刚离开门就响了，我以为她忘了带东西，却发现走进来的人是何冷杉。

"这里是女卫生间。"我指指门口的牌子。

"我知道，"他毫不在意地笑了，"但你不会愿意来男生的洗手间和我见面吧。"

他关上门强硬地拉住我的手，"我想和你聊聊。"

"聊什么？"他行动中的强势让我有些害怕。

"聊聊我们交往的事啊。"他邪气地笑起来。

我挣开他的手，"我那天应该很明确地拒绝掉了。"

"是吗，"他的笑意却更加放肆，"可你不是对秦夕颜承认了我们在交往么？"

我顿时感到无地自容，不知道该怎么解释。

"我好开心。"我惊讶地抬头，他的脸上没有讥讽，而是满满的不能与他相联系的孩子气的笑容。

我还在对着他的笑容发呆的时候，眼前的俊脸却慢慢放大起来。我惊慌地想要躲开，却被人用力拉到了一边。

傅雨希一脸阴沉地盯着我，"我怎么没听说？"

"什么？"我尴尬地问，这么丢脸的一幕居然偏偏被他撞见了。

"他刚刚说的，"他脸上堆满了雨前的乌云，"说你承认你们在交往的事，是真的么？"

"是的话，又怎么样呢？"我吃惊地看向何冷杉，他正兴趣盎然地观察着傅雨希的脸。

"不要随便跟我说话，"傅雨希厌恶地看了他一眼，然后气急败坏地质问我，"陈简佳你脑子坏掉了，你不是一向最讨厌这种人的么？"

他的话成功地让周围的空气沉静下来。

"是吗，"何冷杉淡淡一笑，"抱歉让你那么困扰，之前的话就当我没说过吧。"说完他就准备离开。

"我答应你。"何冷杉不敢相信地看着我拉住他衣袖的手。

我微笑着望着他，"我们交往吧，从明天开始。"

何冷杉还没说什么，傅雨希就愤怒地拉开我们，"开什么玩笑，你根本就对这种人……"

"别说得好像很了解我一样，"我厌烦地甩开他，"我做什么都不关你的事。"

"那我就告诉阿姨！"

"随便你。"我不理会他的威胁，摔上门走了。

我真正生气的并不是他对何冷杉恶言相向，而是他居然能够丝毫不顾及我立场地去破坏我和他人之间的信任。

就算是别有意图，何冷杉也是少有的对我表现出友好的人之一，所以在某种程度上我是很珍视的。傅雨希毫无芥蒂地说我讨厌他，完全不在意我是否会无法面对何冷杉，这种情形让我感到莫名地愤怒。

4

而我的理直气壮也只到看到傅雨希败阵为止了。第二天我就懊悔自

99

己为什么那么意气用事，最后决定放学后去找何冷杉解释清楚。

走到他学校门口我才发现不知道他的班级。而且他们学校比我们早放学半小时，学生都已经走得差不多了。

"陈简佳？"

我沮丧地刚想离开，却发现何冷杉正站在我身后。

"你怎么在这里？"问出这个问题后我一阵尴尬，我居然在别人学校门口问这种问题。

可是何冷杉的回答却更让我惊讶："因为我知道你今天会来找我。"

我尴尬地说出来意："对不起，昨天我是一时冲动，那些话你能当没听过么？"

他沉默了一会儿，"早知道我就不回来了。"

我不解地看着他。

"我昨天晚上就在想，今天你会来找我澄清的吧，"他自嘲地笑笑，"所以我一天都待在教室里，一节课都没有逃。放学铃声响的时候，我忍不住开心起来，心想你昨天说的也许是真的也说不定呢。但是回家路上我还是不放心回来看看，没想到真的在这里遇见你了。"

"对不起。"我除了道歉想不出任何回答。

"可是即使这样，我还是会继续喜欢你的，"他认真望着我的眼睛，"直到你答应我。"

"你喜欢我什么，可以告诉我原因么。"我并不相信他的话。

他想了想说："我觉得你很特别，你身上有一种说不出的东西，让人不经意间就能感觉出你的与众不同。"

你很特别。我有多少年没有听到过这句话了。

我曾经每天被这句话包围，后来只有我每天用这句话提醒自己。再后来，连我自己都淡忘了。

现在这句话从面前并不熟悉的男生口中响起。敷衍也好，恭维也好，真心也好，温柔的话语仿佛从沉寂多年的日记中掉落出来的花瓣，未褪尽的色彩带着淡淡的温度，让人不禁想要流泪。

我是不是可以认为，曾经赋予在我身上的魔法，还未完全消退。

"你们在这里做什么？"我和何冷杉望向旁边，辛爱琳一脸疑惑地望着我们。

我被辛爱琳拉着去了附近的热饮店，她开始喋喋不休地质问我，还问我为什么要背叛水表小王子。

我一定是被她吵昏头了，否则真的不相信有一天我会把我和谢安璃的故事讲给辛爱琳听。更没想到的是，她居然哭着抱住我，用擦鼻涕的手摸我的头。

"我一定尽所有力量帮你。"她的哭声引来了所有人的目光，但我没有推开她。

我第一次意识到，辛爱琳是将要和我成为家人的人。

5

傅雨希一直赌气不肯理我，周二放学他拽得不得了地把书包一抢拉着吴畅一起走了，出门前还趾高气扬地看了我一眼。

他是该得意，除了他以外，我的确没有可以一起回家的朋友。

"他今天怎么了？"谢安璃好奇地问，"我还是第一次看见他没赖着你一起回去。"

"谁知道。"我悻悻地说。

"那今天和我一起回去吧。"

我惊讶地抬头，对上他温柔如水的双眸。

那一刻我产生了很没出息的想法，也许什么都不做才是最好的方法，继续消沉下去，继续孤立下去，孤立到让谢安璃也可怜我的话，也许永远都可以和他一起回家了。

我在教室门口等谢安璃，以秦夕颜为首的几个女生高傲地从走廊中穿过。说实话她们分布到各个班中都十分扎眼，但摆在一起就像某国的选美比赛一样根本分不清，我真心建议她们像美少女战士一样用不同颜色的队服区别开来。

仿佛听到我不屑的心声，她们在我面前停了来。秦夕颜叫了我的名字，然后拉住我，"一起回去吧。"

走廊上的人都羡慕地望着我。如果用这么强硬的态度邀请我的人不是秦夕颜而是道明寺之类的人物，我可能会受宠若惊得多。但久违的被注目的感觉让我心中极少出声的虚荣重新膨胀起来。于是我不再多想，跟着秦夕颜一起昂首挺胸地离开了。

"以后就和我们一起吧，"分开的时候秦夕颜说，"何冷杉让我帮他照顾好你。"

我赶紧解释："你误会了，我已经跟何冷杉说清楚了……"

"我知道啊，"她笑着说，"你把他给甩了嘛。"

"何冷杉是谁？"旁边的苏梦柯冷冷地问。

"我前男友，现在在追陈简佳。"秦夕颜大方地介绍。

"是吗，"苏梦柯打量着我，"傅雨希知道吗？"

"谁管他。"我没好气地说。

"你和傅雨希很熟吗？"秦夕颜挑起了眉毛。

"不熟。"我毫不迟疑地说，听到苏梦柯冷笑一声。

秦夕颜仿佛要信守承诺一般，从那天开始午休时间和放学都会来找我。那几个明星团的成员除苏梦柯外对我也都算友善，但她们说的八卦和流行服饰我都完全不感兴趣，甚至宁愿去听傅雨希讲豆沙包的故事。

和她们走近后，班上同学对我的态度也改变起来。每天课间都有许多女生围到我座位旁边说话，她们找我的目的无非就是好奇我这样的平常人是怎样加入秦夕颜她们的。还有一群男生接近我，希望我把他们的信和礼物转交给秦夕颜或苏梦柯。可惜我从小看不起这种没出息的转交行为，所以无论辛爱琳在电话里如何骂我，我都坚持己见不肯帮忙，她竟然直接杀到我家。

"你知不知道你最不讨人喜欢的地方是哪里？就是你给人的感觉，总是拒人千里之外。"她严肃地说。

我耸耸肩膀，"没办法，我就长着这样一张脸。"

"你就不会像我一样笑笑么！"她拉扯起我的嘴角，同时露出一个迷人的笑容做示范，就像她对那群阿谀奉承的朋友惯有的笑容。

我嫌恶地打开她的手，"我不想笑为什么要笑，而且你知不知道你这样笑特别……"

"虚伪。"

我惊讶地望着她，她的笑容却变得苦涩，"可是怎么办，想得到别人的喜欢就必须付出相应的努力，有时候违背心意也是努力的一部分不是么？"

我张张嘴，却想不出反驳的话。

而事实是当我试着像辛爱琳说的改变自己的态度时，真的收到了很好的效果。

班里的女生来我这边说笑的时候，我试着回应她们的话题。那些男生拿着情书希望我转交时，我尽量微笑着收下。和秦夕颜她们一起时，我也不再低头不语。

镜子里的自己僵硬的笑容让我很不舒服，但这样的笑容却可以为我换来友谊。

不能否认我每天都期待着放学秦夕颜她们出现在教室门口的那一刻，我故意收拾得很慢，只是想让那些投射过来的羡慕目光停留得再长一点。

走到门口我突然想起什么，回头趾高气扬地瞪了傅雨希一眼，他却一脸心不在焉。

十年来我和傅雨希每次冷战皆以他的道歉收场，这次也没有例外。刚进院子我就看见他一脸别扭地在楼下等我。他每次道歉前都是这个表情。于是我故作冷漠地绕过他。

"陈简佳，"他委屈地拉住我，"对不起，我那天说了些气话，你别生气了。"

看他这么懂事我也不好意思起来，"嗯，我也说过分了。"

傅雨希可怜兮兮的脸迅速换上了灿烂的笑容，"那我们明天去看电影吧，都说《那年初夏》很感人。"

"我明天有事，你找吴畅去看吧。"我没骗他，我和秦夕颜约好了。

"我为什么要和吴畅去看爱情片啊，"他嫌弃地皱起鼻子，"而且你这几个星期都跟别人出去，完全背叛了我们的欢乐……联合周末了。"

我一阵无语，你自己起的白痴名字都记不清还说我。

"可我已经跟别人说好了。"我歉意地说。

"你小学的时候还跟我说好了呢，每个周末都来我家。"他不满地瞪着我。

"傅雨希，"我认真地看着他，"我是和你说好了没错，可是我不能只和你一个人在一起，我需要接触更多的人，这样我才能有自己的圈子，而不是只依赖你。"

"你那天可不是这么说的。"

"什么？"我疑惑地看着他。

"你生日那天，明明说过只有我一个人就够了的！"他像受伤的小狗一样瞪着我，然后转身跑上了楼梯。

5

我对傅雨希感到愧疚，回家后犹豫着要不要取消明天的聚会，却接到了秦夕颜的电话。

"明天的地点换了，"她像女王一样通知我，"我们要帮《初雨声》拍照，你也一起来吧。"

《初雨声》是苏梦柯初中成为模特的本地杂志。在国内并不知名，但在橙市的中学生之间一直好卖。

"我可以向编辑推荐你，也许有适合你拍的照片。"秦夕颜的话让我心动了一下，如果以模特的身份出现在《初雨声》，在学校会更受欢迎的吧。我发现我的思维方式越来越接近辛爱琳了。

我硬是忽略傅雨希受伤的脸，点头答应。

她沉默了一会儿，"那么你可以带傅雨希来么，我听梦柯说你们很熟。"

"带他干吗？"我不解地问，正要列举傅雨希的糟糕之处，却被她的话卡在嗓子里。

"我喜欢他。"她笑着说，声音里没有一点扭捏和羞涩。真正明亮自信的人，表达喜欢都是这样直白的吧。

震惊中的我不知怎么就答应了秦夕颜的要求。挂断电话我才想起我和傅雨希吵架了。

然而第二天早上我推开门，傅雨希正站在门口一脸幽怨地盯着我。

"带我一起去吧，"他别扭地说，"我保证一定不给你捣乱。"

他的样子像极了求父母带自己去超市的小孩子。我笑了起来，纠结了一个晚上的难题居然轻易破解了。

集合地点在初雨声杂志社楼下，秦夕颜看见傅雨希，向我投来感激一笑。傅雨希却不满地盯着旁边的苏梦柯，"我还以为你是来找辛爱琳的。"

我一阵无语，原来他是想见辛爱琳才这么积极。

"算了，"傅雨希摆摆手，"至少不会看见那个讨厌的家伙。"

"你不会在说我吧。"一只手大咧咧地勾在傅雨希的脖子上。

"何冷杉？"我吃惊地望着对我露出邪气笑容的脸。

"别碰我，"傅雨希嫌弃地推开他，"怎么到哪都有你，真是阴魂不散。"

原来何冷杉也是这里的模特之一，怪不得我第一次见他就觉得有点眼熟，原来是在杂志上看见过。

上楼后秦夕颜拉着一个摄影师打扮的人走到我们面前，"这位是赵哥，《初雨声》的摄影师。这两位是我学校的朋友，傅雨希和陈简佳，您上次不是让我介绍几个模特么，我觉得他们很合适。"

"什么模特？"傅雨希疑惑地问。

"杂志的平面模特，"秦夕颜笑着说，"拍得好的话还可以成为封面哦。"

赵哥用审视的目光看了我们一圈，"我给你们分一下组吧，有六组场景要拍……"

傅雨希开心地看向我，"不用分了，我要和……"他的话在接触到我警告的眼神后咽了下去。

"你和梦柯一组。"赵哥想了想说。

"我不要，"傅雨希冷冷地说，然后指向秦夕颜，"我和她一组不行么？"

这家伙还真有眼光，我悻悻地想。但通过这几次接触，我发现傅雨希和苏梦柯之间怪怪的，他看她的眼神以及那些反常的举动，我再迟钝也不可能发现不了。

"那我们一组好了。"何冷杉笑着走向我。

"阿杉你和清丽一组。"我还没来得及拒绝，赵哥就已经出声了。

"那陈简佳怎么办？"他不服气地问。

"你自己一组，"赵哥温和地看向我，"我感觉你身上有一种特别的气质，所以你自己来可以吗？"

我脸红着点点头。"特别的"，它对现在的我来说是多么受宠若惊的一个词。或许是我在这群不平凡的人中平凡得格外扎眼罢了，但我的身心都那么渴望着那个词的出现。

苏梦柯和秦夕颜的表现简直像专业模特一样，赵哥却一次次黑着脸要她们重来，可见这个人真的够挑剔。然而对笑容僵硬的我，他却一次重拍都没有提出来。

秦夕颜看着偷偷去拨弄摄像机的傅雨希问我："傅雨希平时都是那个样子么？"

"是啊，很幼稚吧。"我叹了口气。

"听说你和傅雨希有一个很有趣的周末聚会是吗？"

苏梦柯居然连这个都告诉她，我无奈地表达了我的真实看法："只是周末去他家做功课而已，完全不有趣。"

"那我可以去么？"她云淡风轻地把这句话抛给我，我却仿佛接到了一个重型的炸弹。

6

第二天我带着秦夕颜一行人去傅雨希家的时候他刚好不在，傅雨希他妈目瞪口呆地看着我领着一群美女走进傅雨希房间，把我拉到一边问道："小简啊，哪一个是雨希的女朋友？"

不愧是傅雨希他妈，和儿子一样有眼光，她眉开眼笑地说："我喜欢前面那个最漂亮的，但一定要瞒着他爸。"

我尴尬地笑着躲进了房间，却发现那群女生居然躺在傅雨希床上开心地聊着天，还把他藏在枕头下面的零食翻出来吃。于是当傅雨希推门进来的时候，女生们正在他床上聊得情绪高涨，满地都是吃完丢掉的零食包装纸，他阴着脸，明显是在强压怒火。

我硬着头皮赔着笑脸挡在他面前，"今天大家无处可去，我就把她们带来这里了，一起玩不是挺好么？"

我把"我"字加了重音，就是告诉他人是我带来的，让他给我留个面子。

"出去。"傅雨希的表情冷得怕人，他看所有人都呆呆的没有行动，再次冷冷地开口："没听见么，都给我出去。"

不至于这样吧，我刚要和他争论，秦夕颜就站了起来，"打扰了，我们走吧。"她们面无表情地绕过我走出去，我知道秦夕颜生气了，而且生的是我的气。

"她们只是来玩而已，你摆什么臭脸？"门关上后我愤怒地推了傅雨希一把。

"我摆臭脸？"他的脸更臭了，"如果是我带着吴畅躺在你床上吃东西，你早不是摆臭脸而已了吧。"

"你是男生有什么关系，"我明知理亏依然无理取闹，"而且我就是想带她们来玩怎么样！"

傅雨希冷笑一声，"你早这样说不就好了吗。如果你刚才不笑的话，我说不定不会赶她们出去。"

"什么意思？"

"陈简佳，"他同情地抚上我的脸，"有没有人告诉过你，你笑起来真的很难看。"

悲哀的感觉在我身体里融化开来，我苦涩地笑了，"真的么？"

"真的，"他捂住我的嘴巴，仿佛不想再看到我的笑容，"所以你不想笑的时候，就不要笑了。"

我没有打开他的手，因为我知道那不是故意惹我生气的玩笑话，而是带着怜悯之情的肺腑之言。

我的笑容，就像记忆中为我带来光芒的魔法一样，当我想要重新抓住它们的时候，能做到的就只剩丑陋笨拙的模仿。

7

秦夕颜她们没再来找我。她们本就是骄傲的人，被傅雨希那样赶出去一定很没有面子。中午我便一个人待在教室。

"好久没看到你在教室吃饭了。"谢安璃微笑着说。

我把饭盒放在桌子上，"那今天就一起吃吧。"

和秦夕颜她们在一起后，我少了许多和谢安璃单独相处的时间。如果可以的话，我不想理会任何人。就这样和他坐在一起就会很开心。

开心……却不甘心。

"那家伙呢，"他瞥了眼傅雨希的座位，"感觉我只要吃一口，他就会生气地冲进来。"

我忍不住笑了，"不会的，他最近都在忙美术社的事。"

最近美术社纳新，新社长杜佳佳刚上任就被杜老师支使着领着几个干部坐在操场上的摊位上宣传，中午吃饭时间都不能离开。傅雨希是美术社的财务部长，本来想找理由逃开这次纳新，没想到杜佳佳提议让傅雨希做社团宣传的门面担当，喜欢傅雨希的新生很多，如果他们看见他在阳光下画画的样子一定人气爆满。杜老师当场拍板叫好，两个人在未询问傅雨希的情况下就决定了他的命运。

"不给我饭吃还让我做苦力，牛耕地还要喂草呢！"傅雨希愤愤地向我抱怨，在他的再三乞求下，我趁中午人少去操场给他送饭，结果看见他和几个男生坐在一把卖冰棍的巨大的阳伞下面兴致正高地打着牌。

这样的社团真的会有前途么，我嫌弃地掉头就走，再也没在操场出现过。

"美术社……"谢安璃喃喃地说，眼睛闪动起明亮的光彩，"辰溪既然以成为画家为目标，那么他一定在美术社吧。"

我吃惊地看着他。

"一定是这样，"他越说越肯定，"上次我追着他到了五楼却不见人影，傍晚只有美术社在上课，他一定躲进了美术教室。"

我不知道是该敬佩他的心思缜密，还是侥幸自己的逃脱。

"我可以报名么？"他期待地看着我，"我现在还画不出来会不会不行？"

我耸耸肩膀，"你只要交社费，就算在美术教室跳舞也没人管你，我还不是一样不会画画。"

我希望谢安璃加入美术社，看着社员们努力画画的样子，他也许会有想要画画的冲动。只要我继续装作不会画画，他就不会发现我是辰溪的事。当然就算我拿出最高水平认真地画上一幅得意之作，他也不会相信我就是辰溪吧。

我陪谢安璃一起去操场报名，我正担心傅雨希还带着那帮人在那里打牌，他却难得伏在桌子上认真画画，围观者们发出阵阵惊叹。

谢安璃向他走过去，我欣慰地想，挑剔如谢安璃一定会对他的画嫌弃一番。出乎我意料的是，他眼中充满了欣赏和惊叹。

傅雨希手顿了一下，伸手往画具箱里摸，谢安璃无比自然地拿出紫色的颜料递给他。

傅雨希惊讶地抬头看他，"你怎么知道我要用这个？"

"如果是我也会用这个。"谢安璃淡淡地说。

这是认同的意思么……我突然莫名的不安，心里升起一个模糊的念头，却别扭地把它强压下去。

"喂，给我把那个拿过来。"傅雨希毫不客气地支使起谢安璃来。

"你要上这边的颜色么？"谢安璃蹙起眉毛，"用蓝色会比较好吧。"

"不行，必须是红色。"

"可是这边你用了一片红色了。"比起他的态度，谢安璃在意的居然是这种地方。

"我爱用关你什么事？"傅雨希"啪"的放下笔站起来，"而且你为什么会在这里？一直捣乱不说，还一堆意见。"

刚才还你侬我侬的两个人居然这么快就吵起来了，我无语地解释："他是来报名的。"

"人满不收！"他趾高气扬地说，一改前几天求路人入社的谄媚嘴脸。

我指着桌子上的入社申请表，"你明明只填了不到十张表。"

他急忙把表格藏进桌子下面，"我说满了就是满了，杜老师不在就是我说了算。"

"要是我在呢？"杜老师冷静的声音从背后传来，傅雨希吓得从桌子上歪下来，极不情愿地抽出一张表格丢给谢安璃。

8

回教室的路上傅雨希不停埋怨我把谢安璃找来，我不耐烦地打断他，"你有什么不满的，人家又不是没交社费。"

"说到社费，这次又收了不少呢，"他心情好了起来，"这次郊外写生能买好多吃的了。齐飞他们准备帐篷，我跟杜佳佳说吃的交给我们两个。"

"谁让你把我算上的，"我居然在毫不知情的情况下身兼重任了，"你马上去告诉她我不去。"

"白吃白喝你都不去？"他眼睛瞪得老大。

"不去！"

"去吧，去吧，求你了……"撒娇是他的杀手锏，但对他这招我早做到免疫了。

下午杜佳佳到我们班统计人数，我无视傅雨希在一旁快要瞪出火来的目光说："抱歉，我不参加。"

"没关系，"她期待地望向傅雨希，"雨希学长呢？"

"那我也不去。"他赌气地噘起了嘴。

"雨希学长你不去的话，好多社员都不会去了。"她失望地说。

"陈简佳不去我就不去。"他绝对是故意这么说的，把责任丢给我，想通过压力让我妥协。

"爱去不去，谁管你。"我低下头继续看我的书。

"去哪里？"杜佳佳正拿着报名表尴尬着，谢安璃及时出现解救了她。

"是很漂亮的田野哦，作为写生的地方再合适不过了。"她诚恳地说。

谢安璃微笑起来，"那我也可以么？"

"当然可以！"杜佳佳受宠若惊，我却后悔地想把手里的书吃了。

"我也去。"我小声说。就算不抬头我也能感受到杜佳佳目光里的惊讶，而傅雨希那边我连感受都不敢尝试。

杜佳佳重新期待地转向傅雨希，"这样的话，雨希学长你……"

"不去，"傅雨希站起来气呼呼地往外走，"说不去就不去，我才不像某些人一样说话不算话。"

我无奈地跟着他出了教室，却发现秦夕颜在门口等我。

"对不起，那天给你添麻烦了。"居然是秦夕颜先道歉。

我摇摇头，"是我没提前跟他打招呼，抱歉没帮到你。"

秦夕颜沉默了一会儿，"那么你可以继续帮我么？"

"好。"尽管不太情愿，我却像等待审判一样等待她发话。

"能让我加入美术社么？"

"就这样？"我疑惑地问。

她点点头，"我想和你们一起去旅行……然后，向他告白。"

她坦然地说着普通女生说起来都会脸红心跳的事，反而是我脸红了起来。这时我想起一件重要的事，"可是傅雨希说了他不去。"

"所以我需要你的帮忙啊。"她笑了起来。

我去傅雨希家的时候，他正坐在床上生闷气，仿佛有一团圣斗士小宇宙般的怨气漂浮在头顶。

"你来干吗？"他没好气地说。

"找你一起买零食啊，我们不是要负责的么。"我在他旁边坐下。

他赌气地转过身去，"我又不去写生为什么要负责？"

我叹了口气，"你之前不是吵着要去么，为什么现在不去了？"

"那你之前不是坚决不去的么，为什么现在又去了？"

我被噎得说不出话来，只能示弱："别生气了，我跟你道歉。"

"那也不去，"他一米八六的个子像个小媳妇一样别扭，"我求了你那么多次你都不去，你说一次我就屁颠屁颠儿地跟去，多不公平。"

我无语地看着他，"你的意思是，我也求你很多次你就没怨言了对吧？"

他闷闷地哼了一声，我则拉起他的胳膊，"傅雨希，去吧求你了，去吧求你了……"

"别说了！"他受不了地捂住耳朵。

"去吧求你了，去吧求你了，去吧求你了，去吧求你了……"我像复读机一样重复着这句话。

"我去还不行嘛！"他忍无可忍地跑了出去，终于也让他体会了一回我平日被他一直吵的痛苦。这样才是公平。

9

周六上午美术社成员一起坐大巴前往郊外，我们会郊外住一晚，周日返回，而傅雨希准备的吃的足够一群熊集体去冬眠了。他现在就像一只蚁后，只要靠近他就避免不了成为工蚁搬东西的命运，于是我一上车就赶紧坐到谢安璃身边。

我一直憧憬许多电影里中的一个镜头，主人公在火车上看着窗外的风景从钢铁色的都市突然变为色彩亮丽的田园景色。但当美丽的田野风景出现时，我却凝视着玻璃上映着的谢安璃的脸，他微微垂着眼睛，脸上的表情温柔而宁静。阳光仿佛透过玻璃穿透了他的皮肤，窗上的投影随着窗外树荫的波动有时清晰有时透明，像极了童话里美丽的幽灵。

"好漂亮。"

我正疑惑把心里所想说了出来，却发现谢安璃亦微笑着望着窗外一条闪着光芒的小溪，小溪后面是金色的树林。

下车后人群自动分成两拨，一拨搭帐篷和打扫，另一拨分配食材做饭，大家都忙得热火朝天，我不禁怀疑有没有人记得我们是出来写生的，连杜佳佳都亲自上阵拿点火棒教大家使用烤肉架。

但杜老师尽管没来，却提前预知到了一切。半小时后杜佳佳接到了杜老师的电话，他严肃地交代："回来每人交一幅写生作品，交不上的人打扫美术教室一个月。"

大家的热情瞬间像被当头浇灭的烧烤架，刚才还苍蝇一样聚在食物上的众人抱怨着分散开来，抱着早画完早交差的心情开始画画。唯一拿着笔无法落下的只有我和谢安璃，同样地对着空白的纸张发呆，却又各怀心事。

终于谢安璃先放下笔，对我轻笑一下，"我看我还是下个月打扫教室吧。"

我也笑了，"没关系，反正两个人打扫比较轻松。"

谢安璃收拾完剩下的工具，忽然问："傅雨希呢？"

他居然平白牵挂起傅雨希来了，我想了想说："应该在附近，你看什么地方女生聚成团，他就在中心位置。"

"我去看看。"谢安璃拍拍身上的草屑站起来。我望着他的背影，那天莫名的不安又出现了。我不是第一次望着谢安璃的背影，但此刻我却感到他正在一点一点远离。

我不由自主地追了上去，谢安璃安静地站在傅雨希身后看他画画，眼中除了欣赏还多了一些复杂的情愫。我好奇地走过去，却在看到那幅画的刹那无法抑制地睁大了眼睛。

傅雨希这幅画一看就在偷工减料，线稿没打完就开始上色，明显想急着交差，所以这会儿工夫已经画得差不多了，但即使这样应付事的画也被他润色得十分完美。

但我惊讶的是颜色，那幅画上麦田的颜色，大片大片的金色中闪耀着温暖的红。

为什么这个颜色会出现在他的画上？

而这个问题是谢安璃问出来的，他细细摩挲着那明亮的色彩，"你为什么会用这个颜色？"

傅雨希嫌弃地拍开他的手，"难道用黑色么，还没干呢别乱碰！"

谢安璃出神地望着那幅画，"你曾经在什么地方看见过这个颜色，是吗？"

那一直令我不安的模糊念头，此刻无比清晰地出现在我眼前。我终于知道自己担心的到底是什么了。

谢安璃他，认为傅雨希就是辰溪。

在这像电影般给人无限希望的美丽风景中，我的心情却变得无比低落。

10

晚上我和秦夕颜她们住在一个帐篷，我继续纠结下午的事情，其他人则无聊地玩着真心话游戏。开始没人对我感兴趣，但当中心人物秦夕颜的秘密被掏空的时候，我这盘被晾在一边的小咸菜被想起来了。

于是这次瓶子稳稳地指向了我。

"该陈简佳了！"负责转瓶子的吴贝儿开心地说。

我正犹豫着要说出看见她偷偷拨了瓶子一下，帐篷的门却被扯开了，傅雨希满脸笑容地走进来，"我就知道你们没睡，走吧，去参加冒险大赛。"

"什么冒险大赛？"

"你就这么进来了？"

几个女生同时开口，难道只有我一个人执着于后面的问题么？

"树林冒险大赛，"傅雨希无视我兴奋地解释着，"两人一组寻找到树林里埋的宝藏，先到的队伍获胜。"

秦夕颜笑了起来，"听上去很有意思，我们去吧。"

"可游戏还没玩完呢。"吴贝儿不满地噘嘴。

"什么游戏？"傅雨希好奇地问。

"真心话游戏，"她挥挥瓶子，"正好轮到陈简佳。"

"我们快去冒险吧，别让马可等我们。"我赶紧把傅雨希往外推，他却再次无视我坐了下来，"那就玩完再走吧，他不急。"

吴贝儿阴险地笑了，"那么当然要问那个问题喽，陈简佳你有没有……"

"我倒想问一个问题，"秦夕颜若有所思地打断她，"既然你不喜欢何冷杉，那你喜欢什么类型？"

我实在不想当着傅雨希讨论这些，于是敷衍道："我喜欢会画画的男生。"

"还有呢？"吴贝儿笑着凑过来。

我的脸发烫起来，谢安璃的脸在脑海中慢慢放大，"很安静的那种，笑容很干净，很温柔……"

"你说的是我吗？"傅雨希娇羞地捂住脸，扭扭捏捏地笑了起来。

我无语地看向他，你觉得自己哪里能跟安静搭上边啊。

11

我们在树林入口集合，马可拿着大喇叭站在石头上兴致勃勃地讲着比赛重要事项。批准我们来写生的教导主任一定没想到我们不但没如他期望拿着画笔仰望星空，而是准备冲进树林冒险。

秦夕颜拉着我来到队伍后面，一脸认真地看着我，"我想今天晚上向傅雨希告白，你可以帮我么？"

我愣了一下，"我该怎么做？"

她不会要我像电影里一样给傅雨希下药再把他绑到哪里去吧，正当我惊悚地想象着那些画面的时候，秦夕颜自信地笑了，"你什么都不用做，只要和傅雨希分在同一组就可以了。"

秦夕颜的计划是，我和傅雨希先组队去探险，半路我偷偷躲起来和秦夕颜交换位置，秦夕颜再趁机向傅雨希告白。

我邀请傅雨希一组，他不出意外开心地答应了。麻烦的是从走进树林他就紧紧抓着我的手，我完全找不到躲起来的机会。

"你手劲轻点，"我嫌弃地想把手抽出来，"很痛好不好。"

他可怜兮兮地看着我，"你忘了我怕黑了，这种时候还这么绝情。"说完把手攥得更紧了。

其实我也怕得很，要不是被他这样拉着，我根本一步都不敢往前走。

"我有事想问你，"我终究还是无法把下午的事情放下，"你今天下午用的那个颜色，是你自己调的么？"

"什么颜色？"

"就是你画麦田那个特别的金色。"

"那个啊……"他心虚地低下头。我正感到疑心，身后却响起了咳嗽声，藏在树后的秦夕颜冲我招招手。于是我趁傅雨希不注意把我画的宝藏图案贴在身后的树干上。

"找到了！"我指着树上的图案，"宝藏一定埋在这棵树下面。"

"马可怎么会藏在这么容易找到的地方？"傅雨希疑惑地说。

"既然标记了一定是这里，快挖吧。"我胸有成竹地指使着他，趁他纳闷地用小铁铲艰难地挖着干涸的泥土，藏进了身后的树丛。

"没有啊，陈简佳。"他挖了一会儿发现一无所获便喊了起来。

"陈简佳？"他听不到我的回音着急起来，被丢在这种黑漆漆的地方他一定吓坏了。

这时秦夕颜从树后出场了，她笑着打了招呼，自然到连我都以为是巧遇。

傅雨希拉住她焦急地问道："你看到陈简佳了么？"

"没有。"她摇摇头。傅雨希失望地松开她，继续找我。

"等一下，"秦夕颜再次拦住他，"我有话跟你说。"

傅雨希皱起眉头，"有事改天再说，没看见我在找人么？"

"你是故意避开我的么？"秦夕颜问。

"不知道你在说什么。"傅雨希嘀咕了一句准备离开。

"为什么你的眼睛从来看不见我？"秦夕颜大喊一声，不仅把傅雨希吓了一跳，也把我吓得差点从树丛里跌出来。

傅雨希尴尬地笑了，"你又不是鬼，我怎么会看不见你。"

"如果你看着我就不会这样笑了，"两行眼泪从秦夕颜脸上滑落，"你骗不了我，我知道你的笑容从来都是伪装出来的。"

她的话使我一头雾水，而傅雨希表现得和我一样的费解，"我们应该不熟吧，你不要一副很了解我的样子好吗。"

"因为我喜欢你，"秦夕颜轻轻拥抱住他，"所以你的事情我当然是拼命拼命地去留心啊。"

我悻悻地把目光移向傅雨希，以为他肯定欣喜若狂，却发现他脸上是我从未见过的冷漠表情。他为什么要这样看着向他告白的女生？

"对不起，我不能接受，"傅雨希的声音像他的表情一样冷得怕人，"如果真像你说的那样，你应该知道我有喜欢的人。"

"果然是这样，"秦夕颜的手无力地垂下来，"你真的很执着呢，这么多年一直喜欢着那个人。"

傅雨希有喜欢的人？还是这么多年一直喜欢的人，我却完全不知情。他虽然很招女生喜欢，却从未跟谁走得太近。如果说这么多年一直和他在一起的人，大概就只有一个。我向来不是自我感觉良好的人，但此时我怎么也想不到其他答案。难道傅雨希对我……

"你喜欢苏梦柯，对么。"

我吃了一惊，吃惊到忘记为自己刚刚的自作多情感到羞愧的程度。

"不关你的事。"傅雨希面无表情地说。

我望着秦夕颜离开的落寞身影，心中依然充满震惊。自从苏梦柯跟我断交之后就没看见她和傅雨希有什么交集，但最近几次两人之间的气场确实古怪的很。我只顾着惊讶，完全没发现傅雨希正一步步走近，直到他把我从树丛里揪出来。

"你挖到宝藏了么？"我心虚地问。

"你说呢？"他把那张宝藏图放在我眼前，"这个是你画的吧，你以为你的字我认不出么？"

我尴尬地别开脸，他却直勾勾地瞪着我，"你故意跟我一组就是为了让秦夕颜来找我是吗。跟我道歉，找我来写生都是为了她？"

"没错，"我咬咬牙索性承认了，"秦夕颜喜欢你，她希望我能帮她。"

"那你就答应了？"他不敢相信地说，"你不是最讨厌这样么，你忘了初中我帮人递情书给你你发脾气的时候了？"

"我是气你为几包薯片就出卖了我！"我无语地说，"秦夕颜不一样，她是我的朋友，我只是帮她一个忙而已。"

"朋友？帮忙？"他像听到了天大的笑话，"陈简佳你装什么好人，做你的朋友可真好，我怎么从来没享受过这样的待遇？"

"行了，"我恼羞成怒地打断他，"知道骗你不对，可你不是拒绝她了么，用不着在这里冷嘲热讽。"

傅雨希沉默了一会儿，用从未有过的陌生眼神看着我，"我认识的陈简佳，虽然有时很任性，甚至很不讲道理，但那是因为她从来不是能被人左右的人，只要她决定的事情就没有人可以改变，这样的陈简佳虽然经常让我很生气，但气消了的时候却又真心地认同。但最近的你很奇怪，真的很奇怪，我不知道你是中了什么邪，但今天的你真的让我见识了……"

他的话让我无地自容，我勉强挤出笑容想跟他解释，却不知从何说起。

"不是跟你说过么，不要再笑了。"傅雨希蹙起眉头，他的眼睛里有同情、嘲讽、鄙夷，失望，还有一些我看不清楚的东西。但是我还没来得及看清，他就已经离开了。

他真的很生气吧，生气到连怕黑都忘记了。

12

我在黑漆漆的林子里走了好久，发现周围越来越黑，树上贴着的方向牌也越来越少。

我迷路了。

我疲倦地蹲下来闭上眼睛，既不想去看周围可怕的黑暗，也不想站起来往外走。明明害怕着周围的黑暗，却一步也不想离开。我感觉到身体里一些不知名的东西在慢慢流失。

如何才能找回失去的最重要的东西呢。如果有人告诉你，你要付出的代价就是把你现在拥有的东西全部丢掉，你会照做么?

我试着把自己一点一点地丢掉，而希望填补的巨大空缺却依然空洞如初。掰棒子的狗熊其实比我要好得多，它很清楚它放弃手中的能够得到更好的东西。而我就像邯郸学步的那个人一样，一无所获却自乱阵脚，狼狈爬行着不知该去哪里。我想为了最喜欢的溪辰而改变，却变成了自己最讨厌的人。摆着虚伪的脸孔，轻易被人左右，违背自己的心意，丧失所有原则，难怪傅雨希瞧不起我。

我也够可笑吧，口口声声说着要成为发光的人，现在却蹲在黑暗里一步也不肯离开。我不知道自己能不能走出去，也不知道出去后应该怎么办。应该说什么，应该做什么，应该摆出什么样的表情，应该对人顺其心意的冷漠还是丑陋地微笑，我已经都不知道了。我能做的，只是蹲在地上狼狈地哭泣。

"我就知道会这样。"身后响起温柔的叹息，黑暗中像极了神明的声音。

我不敢相信地回头，谢安璃站在身后无奈地望着我。我心里出现了一个不合时宜的情境，就是跌进泥坑里狼狈不堪的孩子终于被母亲找到了。

他伸手把我拉起来，"你不是怕黑么，干吗一个人跑来这里?"

"我跟傅雨希走散了，不知道怎么就走到这里来了。"我避重就轻地说。

"路痴。"

"你才路痴呢，"我瞪了他一眼，"我一路都跟着指示牌走的。"

"你说这些东西?"他变戏法般从手上亮出一把指示牌，"这些牌子都被人转过了，指的方向都是错的。"

谁这么无聊，我想来想去只有傅雨希才会用这么幼稚的手段报复我。我瞪大眼睛看着谢安璃，"你把这些牌子全都摘了，我们怎么回去?"

他的手瞬间僵直了，我刚要继续吐槽，他却突然抓住了我的手，"走吧，我带你出去。"

13

两个小时后，我们依然没有走出森林。

我安静地望着谢安璃的背影，焦虑、害怕、不安，这些上一刻还紧紧捆绑着我的感觉，居然消失得如此不可思议。明明走在一直恐惧着的黑暗中，明明连往哪走都没有头绪。可我那么相信，只要跟在他身后，就一定能走到明亮的地方。

"到了。"我被谢安璃突然往前一拉，突来的光芒因久处黑暗格外刺眼。面前是来时看见的那条小溪，被洒上银白色月光的溪水仿佛破碎的星星，无论是颜色还是声音，都那么温柔。

"怎么样，走出来了吧。"他得意地笑了。

我别扭地松开他的手，"如果是我一个人早就出来了。"

"居然连谢谢都没有。"他疲倦得连和我计较的力气都没有了，闭上眼睛在草地上躺下来。只有在安静的画面里才能判断出谁才是真正安静的人吧，而他连呼吸都没有破坏那幅温柔的画面。我仿佛被洒在他脸上的月光蛊惑，小声说了"谢谢"。

"谢谢你，"我认真地看着他，"每一次都把我从黑暗的地方救出来。"

"每一次？"他不解地问。

"对，每一次。"我点点头。

初三那年的夏天第一次看到你画的《光芒》的时候，你把我被涂鸦的乱七八糟的画涂上金色的时候，在你的笔记本里看到那些信的时候，你在桥上傻笑着等我的时候，你在走廊上大声喊着加油的时候。每一次在黑暗中默默哭泣的我，都这样不知不觉地跟着你走到了光明的地方。

"我想起来了，"谢安璃恍然大悟，"你是说你被关在美术教室那次吧。"

"是啊，还有那一次。"我笑了起来。那时的我手足无措地站在黑暗中，头顶的窗户突然打开，光芒从谢安璃身后倾泻进来照亮了我的眼睛。

原来，我们的故事在那一刻就已经定格了。

"那一次我根本没帮忙啊，"他的笑容比月光还要温柔，"我们能出去是因为钥匙就在你自己手里吧。"

我愣愣地看着他，"钥匙……就在我自己手里么。"

是啊，走出黑暗的钥匙其实一直在我自己手里。

既然决定了要重新发光，既然决定了要以辰溪的身份和谢安璃相认，就应该不顾一切地去做不是么？

我不会再迷茫了，不会再犹犹豫豫地不敢迈出脚步。我不想让自己的原则成为自己的障碍，不想再让这个等待我的人继续失望。我唯一想做的，就是快一点站在他面前，快一点告诉他我是辰溪，这种急切的心情已经一分钟都不能再等了。

因为打破我们之间障壁的钥匙，就在我自己手里。

"谢安璃，为了报答你，我有一个秘密要告诉你，"我坚定地看着他，"不过还要等一段时间。"

本以为他嫌弃我故意吊胃口，可他只是淡淡地笑了，用温柔的声音呓语道："那你不要让我等太久。"

"不会让你等太久的。"我攥紧拳头，这是我和溪辰的第一个约定，也是我和小安的第一个约定。

14

写生回来后，我去找过秦夕颜解释，但我刚走到十三班门口就看见秦夕颜和明星团几个女生在走廊上说话。不知旁边的女生说了什么，她冷笑起来，"我是为了傅雨希才会去放下姿态接近她，真是浪费了我的时间。"于是我一言不发地回去了。

即使这样，每天放学依然有在教室门口等我的人，这个人就是何冷杉。

从郊外回来的第二天我就去何冷杉的学校找他，问他之前说过的话是不是依然算数。

何冷杉认真地点点头，"当然。"

我答应何冷杉愿意试着和他交往，他便每天来接我回家。他第一天出现在教室门口时傅雨希正冲我甩完脸子趾高气扬地往外走，看到他愣了一下，然后充满敌意地瞪着他。何冷杉倒是友好地拍了拍他的肩膀，临走时不忘给他一个飞吻。

何冷杉出乎我意料是个很温柔的人。我之前对他痞里痞气的打扮和嘴边的坏笑有些害怕，但他完全没像我想象的那样对我动手动脚，甚至连牵手都没有要求过，真的只是安静地走在我旁边，偶尔聊天也不吵闹。

因为有何冷杉在，我的人气并没有因秦夕颜的冷落而下降，所以课间我座位附近景况依然热闹。辛爱琳则以人生导师的身份对我的努力表示了欣慰，说没想到我这么有手段把花心萝卜何冷杉吃得死死的简直是青出于蓝，前途不可限量。

"我生日会你一定要来啊，到时候介绍给你更多很棒的朋友。"她夸完我后，想到了更重要的事情，

"你生日几号？"

"12月1号！"她不满地拧起鼻子，"你真是对我的事情从来不上心。"

12月1日是傅雨希的生日。最近我正为他的礼物发愁，因为我已经把买礼物的钱买了衣橱里那条裙子。不过鉴于我们正在冷战，这次生日他可能不想跟我一起过了。

这几天我总觉得吴畅看我的眼神怪怪的，终于今天体育课我回教室的路上他追上我，说有事和我商量。

"什么事？"我好奇地问。

吴畅不好意思地抓抓头发问道："我想问你给雨希买了什么礼物？"

真是哪壶不开提哪壶，我脸色难看起来，"傅雨希让你问我的？"

吴畅是学校里极少知道我和傅雨希关系的人，契机是他高一某个周末不打招呼跑到傅雨希家玩的时候我正躺在床上看杂志，我毕生难忘他瞪圆了眼睛在门口鬼叫的样子。

"是我自己想问，"他尴尬地摸摸鼻子，"这是我第一次参加他生日会，不知道送什么合适，觉得问问你比较好。"

"生日会？"我不解地问，因为傅雨希每次生日都是和我两个人一起过的。

"你不知道么？"吴畅比我还要惊讶，"我们打算在班上帮他办一个庆生会，最近大家学习太累了，正好借这个机会热闹热闹。"

我皱起眉头，"那傅雨希知道吗？"

"知道啊，"吴畅丝毫没察觉到我的不快，"那小子开心得很。"

"是吗，我先回教室了。"

"你还没告诉我你要送什么礼物呢！"吴畅在我身后大喊。

"对不起，我什么也不想送，"我面无表情地说，"因为我根本就不准备去。"

我说傅雨希这家伙生日快到了为什么还不主动跟我和好，原来是找到了一群给他过生日的人。什么生日会，分明就是在给我脸色看，还特地找吴畅通知我一声，亏我为了礼物的事愧疚了这么久。

我刚回教室，傅雨希就风风火火地冲进来，"吴畅说你不参加我的生日会，是真的么？"

"是啊，"我低着头装作看书，"我又没钱买礼物，怎么好意思去。"

他抽掉我手上的书，"你又不是第一次没给我买礼物，以前也没买过啊。"

我冷冷地看着他，"你的意思是以前我脸皮太厚了么？"

"你明知道我不是这个意思。"他委屈地扁起嘴。

"可班上的人都送礼物，我一个人空着手岂不是很没面子。"

"你管他们做什么……"他着急地说，然后突然意识到了什么，"你是不是不喜欢我和他们一起？"

我不屑地哼了一声，这家伙在察言观色方面终于有些长进了。

"那我去跟他们说取消了，让他们不用……"

"不是这个原因，"我不耐烦地说，"我不去是因为我那天有事。那天也是辛爱琳的生日，我已经答应她了。"

我以为他会发脾气，可他却什么也没有说，沉着脸离开了教室。

15

傅雨希生日当天教室里像寒假前一天洋溢着欢欣鼓舞的气息。才到中午男生们就开始争吵晚上的菜单，女生们笑脸如花地邀请我和她们一起吹气球。

"陈简佳，这是班上的活动，你不来会不会不太好？"傅雨希居然面子大到让班长亲自来邀请我。

我歉意地笑笑，"对不起我晚上有事，再说我和傅雨希同学也不熟。"

脑后犀利的目光狠狠刺了过来，锋利得几乎削掉我的头发。

为了避免留在教室尴尬，我放学后干脆躲到了美术教室。离辛爱琳的生日会还有两个小时，我无聊地开始画最简单的水彩花卉，如果辛爱琳问我要礼物，我就把这幅画送给她，反正她也看不出好坏。

"找到了。"耳边阴柔的声音响起，我吓得把笔掉在地上，地板被染红一片。

何冷杉尴尬地帮我捡起笔来，"对不起，我没想到会吓到你。"

他是来接我去辛爱琳的生日会的，居然中规中矩地穿了西装外套，腿上虽然是牛仔裤，但难得的没有破洞。

"你怎么知道我在这里？"我好奇地问。

"爱琳说过你是美术社的，"他盯着我的画看了半天，"没想到你画得这么好，比美术课本那些画强多了。"

"你夸张了。"我谦虚地否认，却很高兴。

"我才没夸张，"他小心地摸摸画纸上鲜艳的花瓣，"真的很漂亮，我小学就觉得会画画的人超厉害的。"

"那你为什么不学？"

"我爸不让啊，你都不知道他多凶，"他粗声粗气地模仿起来，"何冷杉，男孩子就应该去泥里打滚，别在屋里弄这些绣花的玩意儿！"

我笑了起来，这副嘴脸让我想起了傅雨希他爸。

我去洗手间换上辛爱琳带我买的裙子，回到教室发现何冷杉正拿着笔认认真真地给画上色，时不时露出满意的微笑。

我好奇地走过去看他在画什么，却被画上那片耀眼的金红色惊得哑口无言，"你在干什么？"

"画画呀，"他笑着扬起笔，"这算是我第一次的作品，送给你好不好。"

我皱起眉头，"你从哪里找到的这个颜料？"

"你箱子最下面的瓶子啊，"他得意地说，"我审美是不是很棒？"

"谁让你乱碰的！"我狠狠夺过笔摔到地上，如此珍惜的颜色竟被如此毫不吝惜地涂抹着。

他见我生气了，赔着笑脸说："一点颜料而已，不要这么小气嘛。"

"一点颜料而已？"我不敢置信地瞪着他，"你知道它对我多么重要么？"

"比我还重要？"他嬉皮笑脸地问。

"根本没有办法相提并论吧！"我吼出这句话，教室里顿时安静了。

"我知道了，"何冷杉的笑容淡下来，"对不起浪费了你珍贵的颜料。你放心，我不会再来烦你了。"说完他头也不回地走了出去。

我默默收拾好剩下的颜料，望着画架上丑陋的画发呆。其实何冷杉没有错，在别人眼里那本来就是普通的颜料而已，是我赋予了它偏执的意义。

最近的我越来越急躁，虽然是在自以为是地努力着，却越来越盲目。居然把气发泄到毫无关系的何冷杉身上，他一定觉得我是个不可理喻的疯子。

16

我决定去找何冷杉道歉，没在学校找到他，便去了杂志社。

我推开一条门缝，发现他真的在里面，和他在一起的还有联谊时那个胖胖的男生，赵哥则倚在桌边抽着烟。我刚要推门进去，就听见何冷杉冷笑一声，"算我看走眼，我还以为那种女生脾气都很好呢。"

我清楚地看见何冷杉厌恶的表情，像是在谈论着黏在鞋底上的污垢。

"得了吧，"胖男生往嘴里塞了几块薯片，"上次还听见你在校门口对人家说你很特别什么的。"

"你懂什么，"何冷杉不以为然地说，"越平凡的女生就越有公主梦，她们只是装作习惯被人无视罢了。你只要对她们说一句'你是特别的'，她们马上会觉得自己被救赎了，终于等到能看见她们美好的人了，绝对感动得热泪盈眶。"

"真的？"胖男生惊讶地问。

"当然，"他得意地扬起下巴，"我这招可是百试不爽，你看她开始装的冷漠，还不是答应了么。怪不得你高中半个马子都没把到，一点女人心都不懂怎么行。"

胖男生明显被戳到了痛处，不服气地说："那你还追这种女生追得那么殷勤。"

"像夕颜那样的完美女生见多了，偶尔换换口味才能打发无聊的时间啊，"何冷杉冲他眨眨眼睛，"而且和她在一起的那个男生看起来很不错，不知道他是不是在追她，赢过他会很有成就感吧。"

"阿杉你别做这么无聊的事行不行？"一旁的赵哥终于听不下去了。

"大哥你装什么圣人，"何冷杉没有半点收敛，笑得更开心了，"那天说'你身上有一种特别气质'的人是谁啊，结果给她单独拍的照片全丢掉了，怪不得通通一遍过，原来是为了省底片。"

"我也不想那样，"赵哥皱了下眉头，"可是和她一起来的那个男生条件真的接近完美，我需要她的帮助。"

我呆呆地站在门外，任恶毒的语言灌进耳朵。如果我是偶像剧女主角，也许会流着眼泪踹开门对他们发泄我所有的不满。可惜我只是失去光芒的陈简佳，即使我真的进去了，也只能得到更多嘲笑。

所以我选择了适合我的方式，那就是灰溜溜地逃走。我没有资格生气，因为他们说的都是实话。我只是感到很丢脸，深入骨髓的丢脸。

我失魂落魄地出现在辛爱琳的生日会上，本以为辛爱琳会像个妈妈桑一样花枝招展地迎出来，结果半天也没等到人，大概她正在什么地方聊得正欢吧。

我也没心情认识什么朋友，只想把我凑的份子钱吃回来，便选了一堆吃的找了个人少的地方大快朵颐。我吃了一会儿感到不对劲，惊讶地看向旁边盯着我的辛爱琳，"你怎么在这里？"

她平时总像花蝴蝶一样喜欢扎在人群中享受被拥护的感觉，今天居然一个人坐在这里。

"你那些朋友呢，怎么没跟你一起？"我好奇地问。

"去拿吃的了。"她毫无精神地笑笑。

"那我也去拿，你想吃什么？"她阴阳怪气的我也吃不香，顺势找个理由离开。

她摇摇头，"没胃口。"

你就装纤纤玉胃吧，活该挨饿。我暗暗奚落着去拿饮料，一群女生在吧台边等着服务生榨果汁，我便坐在她们旁边。

"我刚才偷偷看了她一眼，垂头丧气的真是太好笑了。"一个穿着低胸裙子的女生压低声音说，旁边几个人都笑了起来。

"怎么回事？"坐在最外面的短发女生好奇地问。

刚才说话的女生捂嘴笑起来，"你不知道么，辛爱琳她被甩了，让路恬给你讲讲。"

我惊讶地看向她们，那个跟在辛爱琳身后像小跟班一样的路恬正得意地讲着她的所见所闻，大致就是辛爱琳被现在的男朋友甩了，怪不得她心情不好。

旁边的高个子女生小声说："其实我把那个男生介绍给她时就知道他有女朋友，但是我……"

"你真是太坏了。"她们忍着笑指责她。

"你们不也早看不惯她那张骄傲的嘴脸了么，"她不屑地甩了下自己的长发，"尤其是路恬，早受够她了吧。"

我沉着脸站起来，大步走回辛爱琳身边，"你交的都是些什么朋友，你知不知道那个路恬她……"

"我知道啊。"她淡定地喝了口果汁。

"你知道？"我瞪大眼睛看着她，还想说点什么，刚才那几个女生居然走了过来。

"爱琳，生日快乐！"万万没想到，那个最让我恶心的高个子女生亲热地拥抱了她。

我更没想到的是辛爱琳瞬间笑得阳光灿烂，"谢谢亲爱的。"

可能我刚才吃了太多，现在感到一阵恶心。

"不好意思，爱琳，"路恬又恢复了小宫女的样子，"我们手头有点紧就没买礼物，改天一定补上。"

"没关系，你们能来我就很高兴了。"辛爱琳的笑容清爽到让我打了个寒战，无法想象她就是那个曾经和傅雨希轮番电话轰炸要礼物的人。

"当然要来啊，"路恬笑着说，"我们是最好的朋友嘛。"

她们的笑容漂亮得看不出一点瑕疵，但对我来说却是那么糟心。我放下骄傲努力模仿着的，就是这样的笑容么？谢安璃想看到的，会是这样的笑容么？

傅雨希的脸带着鄙夷的神情出现在我眼前，"你笑起来真的很难看。"

我终于明白了他的意思。因为这也是我想告诉面前这几个人的话。

我捏着鼻子跑了出去，因为我一分钟都不想再看见那样恶心的笑容，傅雨希当时能忍住没抽我真的是忍耐力超群！

我曾经以为，辛爱琳教我的笑容是能让我重新发光的魔法。也许这真的是一个有用的魔法，但是我想要的并不是这样自欺欺人的光芒。

我想要的是什么，连我自己都不知道了。

17

我在路边坐下来，身后的唱片店在放侧田的《You'll Shine again》。

"You'll Shine again, You'll Shine again, Give you strength and love to fight the days ahead..."

我好希望可以重新变得明亮，好希望可以再次成为闪耀着的人。可是，我已经忘记发光的魔法了。

十年前的陈简佳，你告诉我你能够发光的魔法好不好。

"You'll Shine again，You'll Shine again..."我小声唱着，忍不住哭了起来。

"陈简佳？"我惊讶地抬头，傅雨希手里拿着一个咬了一口的豆沙包，一脸狐疑地盯着我。

"你们那边结束得倒挺早。"我挪开一个地方给他坐。

"嗯，"他闷闷地说，"你不是去给辛爱琳过生日了么，怎么坐在这里？"

"吃多了在这里吹吹风。"我才不会把今晚的悲惨经历告诉他。

"哼，"他嘴巴扁成一条线，样子委屈极了，"不陪我过生日，也没有礼物，一见到我还给我脸色瞧。"

"谁说没有礼物的。"我从包里翻出一个牛皮纸袋，郑重其事地递了过去。

他开心地接过去，"我就知道陈简佳最好了，我刚才那么说你，真是小人之心度君子……这不是裙子么？"他震惊地看着里面的东西。

我心虚地咽了下口水，总不能告诉他这是我用给他买礼物的钱买的吧，我叹了口气，"还给我吧，下次再给你别的。"

"不要。"他戒备地瞪着我，"既然是送我的就是我的东西了，怎么能收回去？"

"你又用不着……"我伸手去抢。

看我出手，他急得把裙子往自己头上套，结果肩膀太宽卡住了，半个脑袋塞在裙子里直哼哼，"用不着也是我的，你别想反悔。"

不少路人好奇地往这边看过来，我尴尬地扯他身上的裙子，"快脱下来，丢脸死了！"

"谁让你反悔的，"他从裙子里挣脱出来，把它紧紧抱在怀里，"这是你第一次送我礼物，绝对不还给你！"

我呆呆地望着他。原来他是这样重视我的礼物么，就算是收到这样的东西，也可以这么开心。我的生日傅雨希从来都是那么重视，我却连生日陪在他身边都没有做到。

愧疚感涌上心头，我认真地看着他，"傅雨希，你还可以向我要一件礼物，什么都可以。"

"真的？"他明显不相信我的话。

"说话算话。"

他突然捏住我的脸，"陈简佳，笑一笑。"

傅雨希最厉害的就是无论我心情多好，总能准确踩到我的雷区。我的脸顿时阴了下来，"换别的，我今天不想笑。"

他悻悻地撇撇嘴，然后重新笑了起来，"我想到了！"

我顿时有种不祥的预感。

"在这里？"我瞪大眼睛看着他。

"你上次不是说在学校太显眼了么？"

"难道这里就不显眼么！"我无奈地看着傅雨希手上硕大的蝴蝶风筝玫瑰色的翅膀以及咕噜咕噜的绿色眼珠，亏他想得出来要我和他在桥上一起放风筝。

没有大风的冬天风筝在空中还算平稳。偶尔几个路人向天上诧异地看几眼，再向我们鄙夷地看几眼，我却一脸坦然正气，死猪不怕开水烫就是我此时的心境。

身后走过一对恋人，女生对着天空叹了口气，"我总觉得自己像风筝一样，无法挣脱自己的宿命，飞向自己想去的地方。"

我回头嫌弃地看了她一眼，想告诉她把连着你的那根线剪断，爱飞哪去没人管你。没等我说话人就已经走远了。

不过，我们现在困惑着的事情在别人眼中也许真的就像剪断一条风筝线一样简单明了，而我们却看不到自己那条线在哪里。

"傅雨希，"我望着那根线问，"你有没有这种感觉，想要的东西明明就在眼前，却怎样都触碰不到，或者说不知道该怎么触碰，无论往哪个方向伸出手都会碰到厚厚的墙壁，无论怎么努力都没有办法得到回报？"

刚问出口我就后悔了，他绝对属于不劳动却收获一大堆还不知道是谁堆在他家门口的那种人吧。

他淡淡地说："有啊。"

"真的？"我不太相信地问，"是什么？"

"不告诉你。"他把头扭到一边。这个人就是这样，平时废话一大堆，你真的想知道什么了他就变得守口如瓶。

可是我实在是很好奇，于是亲热地拉住他，"告诉我吧，我保证不说出去。"

"不要，"他嫌弃地跟我保持一段距离，"反正早晚会结束的。"

"你是说要放弃么？"我好奇地问。

"才不是呢！"他生气地瞪着我，"我是说我一定会改变这种状态，就算是乱打乱撞也好，我也会找到出路，绝对不会以这种局面结束的！"

我愣愣地看着他，忍不住笑了起来。不愧是傅雨希，什么时候都这么底气十足。不过也许就是这样，我才会常常连自己也难以置信地答应他一堆无理的要求吧。要赖也好，撒娇也好，胡闹也好，就算毫无道理，但他这些使尽浑身解数的方法，也是一种赌上全部的努力吧。

发光的魔法，我现在还没有找到，也没有办法重新回忆起来。但是就算找不到身上那条牵引着的线，找不到最聪明的方法，但只要我不放弃，就算是乱打乱撞，也一定会走出现在围绕在身边的重重障壁吧。

而这次，我想要抓着谢安璃的手一起走出去。

18

何冷杉不再来找我后，我的人气迅速回落到之前前的状态，但我并没有感到失落。我不再刻意挤出僵硬的笑容去追逐那些虚荣的东西，因为我确定这不是我找回自己光芒的方式。我想要的是他人发自心底的喜欢和认可。

然而某天中午，何冷杉再次出现在我面前。我们来到操场，他站在第一次对我告白的地方幽怨地看着我，"我以为你会来找我道歉。"

"我去过了。"我淡淡地说，"你走之后我去了杂志社。"

"你都听到了？"他慌乱起来，"我不是那个意思……"

我摇摇头，"没关系，你说的都是实话。"

他沮丧地低下头，"你一定觉得我很差劲吧。"

"是啊，很差劲，"我认真地望着他，"不过还好我也是很差劲的人。我们都想得到自己想要的东西，却都找错了方法。虽然我还想不到正确的方法，但我知道无论怎样的努力都不能建立在自欺欺人之上。所以何冷杉，就算你真的感到无聊，也不要伤害别人来取乐，说不定你无聊的原因正是你一直追逐着这些空洞的趣味。"

"是吗，"他苦涩地抽了下嘴角，"不过你和我想的不太一样，是个奇怪的人。"

"谢谢，"我轻轻一笑，"这样总算能对得起那句'你很特别'了不是么。"

我刚想离开，手却被他抓住了。他尴尬地看着我，"我知道这样说你不会相信了，但我今天真的是因为想见你才来的，没有骗你。"

"对不起，"我微笑起来，"你是不是骗我都无所谓，但是我不能再骗自己了。"

傅雨希被杜老师揪去整理写生作品，我一个人在美术教室吃午餐。

一个清汤挂面头发的女生探进头来，"傅雨希不在么？"

"你去办公室看看吧。"我头也不抬地说。

她却走到我旁边坐下来，"其实我是来找你的。我觉得你看起来心情很糟，所以想和你聊聊，希望你打起精神来。"

莫名得到了安慰我很高兴，但最近的经验使我迅速反应了过来，"我和秦夕颜她们已经不在一起了，所以帮不到你。"

"你误会了，"她的脸涨得通红，"我找你是为了……为了……"

她这个样子我也着急起来，还好我反应比较快，"你要是喜欢傅雨希的话，我可以帮你说话，但信什么的是不会帮你转交的……"

"不是的！"她急得喊了出来，"我喜欢的是你，从小学开始就一直喜欢你！"

我像被电击一样震惊地看着她，她红着脸解释道："我的意思是，我很崇拜你，从很久以前就开始了。"

"很久以前？"我疑惑地问。

"陈简佳，你还记得我吗？"她期待地望着我。

我端详了她半天，"你好像是我们班的，上次罚站的时候你也在。"

"果然不记得了，"她的目光黯淡下去，"我们从小学就在一个班，那天体育课你救了我，我还以为你认出我了。"

原来她是被徐湘欺负的那个女生，我吃惊地看着她，却记不起我们同学的事，"对不起，我不太擅长记别人的脸。"

"没关系，我早就习惯被人忽略了，"她苦涩地笑笑，"我天生就没有存在感，你不记得也很正常。"

"不是的，你其实……"虚伪的话我怎么也说不出口。她的脸虽然很清秀，但没有什么特点，再加上说话细声细语，很难给人留下印象。

"所以我从小就很羡慕陈简佳这样的人，"她微笑着望着我，"第一次见到你的时候，我觉得你好像会发光一样，所以我一直看着你，希望有一天能像你一样。"

我心里一阵酸涩，"既然这样你应该发现了，现在的我已经和你记忆里不一样了，简直一无是处。"

"所以才让你振作起来啊，"她抓住我的手，坚定地望着我，"我不知道发生了什么，但我相信你一定会重新成为闪闪发光的人的，别放弃啊！"

我愣愣地看着她，眼泪无声地流淌出来。相信我，这个纤弱到话都说不清楚的女生，用如此强烈的声音说着相信我。

她看见我的泪水，慌忙松开手，"对不起，弄痛你了？"

我摇摇头，"能告诉我你的名字么？"

"韩默萧。"她连说自己的名字都是怯怯的。

"你弄痛我了默萧，"我微笑起来，"所以这个名字我不会再忘记了。"

四　救我，谎言

1

周末我做好了吵架的准备，把韩默萧带到傅雨希家。他却意外地对韩默萧很有好感，还友善地拿出他最喜欢的蛋糕招待她。

傅雨希塞给我两张门票，让我明天陪他去新开的游乐场玩。

"这可是我在果汁促销区当众喝了六瓶果汁才抽到的，佩服吧？"他骄傲地说。佩服你脸皮厚才是真的。

"我明天有事，你找吴畅一起吧。"我想象一下和傅雨希去游乐园的样子就头痛。

"我为什么要和那个大肌肉一起去游乐场啊，"他不满地说，"你忘了我生日那天放我鸽子的事了么？"

和傅雨希相处的原则，就是千万不要欠他人情。就算欠了他，也不要承认。否则这会永远成为他要挟你的理由。

我求助地望向韩默萧，"默萧你明天……"

结果她比我更为难地从书包里拿出两张同样的票，"其实我本来也想邀请你的……"

我目瞪口呆地看着她，"难道你也在超市喝了六瓶果汁？"

"不是，"她赶紧摇头，"是亲戚送我的。"

我对着四张票发愁了一晚上，最终把多出来的那张给了谢安璃。

第二天，傅雨希不出意料地从进游乐场就坐在长椅上生闷气，韩默萧像哄小朋友一样哄他："雨希你不是想坐摩天轮么，让小简和你一起去吧。"

"我自己去。"他很有志气地站起来往摩天轮走去。

谢安璃不解地问："他又在生气什么？"

我刚想邀请他一起去坐摩天轮，傅雨希却垂头丧气地回来了，他拉住我开始耍赖，"陈简佳你和我去坐摩天轮嘛，那个检票的说两个人才能进去。"

我嫌弃地推开他，"我才不去呢，我最讨厌摩天轮了。"

他缠了我一会儿便去求韩默萧，结果韩默萧有惧高症。

"我和你一起去吧。"谢安璃居然在这时站了起来。

"什么？"我和傅雨希同时大跌眼镜。

他遗憾地看着我，"我也很喜欢摩天轮啊，刚才还在想问你要不要一起去的，没想到你讨厌。"

我懊恼地想把舌头咬掉。傅雨希瞪了他半天，还是跟他一起去了。于是我心情复杂地看着两个男生以极为古怪的气氛坐进了一个粉红色的座舱里。

于是我一整天都坐在椅子上看傅雨希欢乐地跑来跑去，完全不意外这种情形出现，只是没想到谢安璃会陪着他胡闹。

我歉意地看向韩默萧，愧疚我们就这么毁了她的周末，没想到她笑得开心极了，"你不觉得他们两个特别相配么？"

我脸上顿时划满了黑线。

"吼！"一张毛茸茸的熊脸突然出现在我面前，吓得我尖叫一声。

傅雨希把卡通熊的头套取下来，笑得眼泪都出来了。他笑嘻嘻地把熊头塞给我，"刚才玩射击中的，很可爱吧？"

"哪里可爱了，恶心得要命。"我嫌弃地扔回去。

谢安璃悻悻地接过那只熊头，"这是我中的。"

气氛瞬间变得无比尴尬。

"你看看我的，"傅雨希得意地指指脸上的红色框镜，旁边各镶着一只前后摇晃的小木马，"是不是很配我？"

我翻了个白眼，"太配你了，像傻瓜一样。"

"那是什么？"傅雨希指着不远处的建筑跑过去，我跟过去一看，才发现是一个鬼屋。

他开心地拉起我，"我们进去吧。"

我看见那个巨大的"咒"字就开始头皮发麻，却装作不屑地说："我才不去，这种地方最无聊了。"

傅雨希露出意味深长的笑容，"你不会害怕了吧。"

我能淡然面对一切激将法，却唯独不能忍受傅雨希的刺激。于是我往前迈了一大步，"进去就进去，谁会害怕这种人造的假人？"

"不是假人哦，"身后诡异的声音吓得我一个激灵，一个披着灰色斗篷的女生站在我们身后，一看就是鬼屋类活动的发烧友，"虽说里面的鬼都是真人扮的，但是我真的在里面看见过东西。"

"什么东西……"我咽了下口水。

"你说呢？"她厚厚的镜片映着鬼屋的灯光格外阴森。

"时间不早了，我们回去吧。"谢安璃居然说出了我的心声。

傅雨希立刻得意起来，"你害怕了么，胆小鬼。"

"对，"谢安璃坦率地耸耸肩膀，"我很害怕，所以照顾一下我，回去吧。"

我愣愣地望着谢安璃。他是在担心我么？因为担心我会害怕，所以才毫不顾忌地说了这些让自己丢脸的话吗……

心上仿佛漫过一道暖流，眼前的诡异灯光也变得温柔起来。我对谢安璃骄傲一笑，向他伸出手，"逃走可不行，怕的话就拉着我吧。"

谢安璃怔了一下，无奈地笑了，"那就拜托你了。"

"不行，"傅雨希把谢安璃挤到一边，"你拉着他我怎么办，你忘了我最怕黑了。"

我鄙视地瞟了他一眼，"你怎么会害怕，我看你刚才神气得很。"

他气呼呼地拉住谢安璃的手，"那我拉着这个胆小鬼，你去和韩默萧一起，总不能让她一个人吧。"

我们刚走进鬼屋，身后的门就关上了，面前是一条血迹斑斑的漆黑长廊。

谢安璃和傅雨希不知道被人群挤到哪里去了，我紧紧抓住韩默萧逞强说："没事的，害怕你就拉住我。"

韩默萧却笑着放开我的手，"其实我最喜欢鬼屋了，所以你不用管我。"

所谓人不可貌相就是这样吧。

看见墙壁上挂着几个血淋淋的脑袋，我吓得闭上眼睛。还好周围的人很多，就算闭上眼睛也能被推着往前走，然而耳边依然不断地传来恐怖的呻吟和哭泣声。

我欣慰地感觉到韩默萧重新挽起我的胳膊。果然还是女生啊，我也安慰地拉住她，手上却传来湿意。我睁开眼睛，发现手上沾满了鲜血。

"默萧？"我疑惑地抬头，面前竟是一个女鬼，她湿漉漉的长发垂在苍白的脸孔前面，嘴角挂着干掉的血迹。

我想逃开，然而几个浑身是血的木乃伊过来把我团团围住。我吓得连声音都喊不出来，蹲下来死死捂住耳朵不让那些可怕的声音飘进来，但它们却越靠越近。

"我的眼镜掉到地上了！"黑暗中突然响起了傅雨希的喊声，我抬头发现他在离我不远的地方跺脚。他周围顿时乱成一团，我旁边的鬼怪看那边人多便凑过去吓唬他们，结果傅雨希生气地瞪着他们，"你们先别吵，没看见我在找东西么！"

几只鬼顿时傻了眼，长发女鬼在墙上摸索了半天按下开关，整个走廊都亮了起来。我惊讶地发现那些鬼怪下半身居然穿着工装裤子，傻傻地站在灯光中显得十分可笑。

"陈简佳，"傅雨希哭丧着脸向我挤过来，"我的小红马眼镜不见了。"

"别叫我的名字！"我嫌弃地躲开，难怪灯亮起的瞬间谢安璃就明智地放开他的手。

各种长舌头的，没脑袋的，流着鲜血的鬼怪都趴在地上仔细帮他找眼镜，场面真是让人叹为观止。我不禁诧异自己一直害怕的就是这样的东西。

2

离开鬼屋，我们去了传说中很灵验的占卜屋。

"对不起，今天还有最后一个名额了……"一个白色裙子的女生走出来，看见我后惊喜地笑起来，"是你啊！"

我也惊讶地认出了她，是在记忆当铺的女生。

"你怎么会在这里？"我好奇地问。

"我在这里打工啊。"她自豪地说。

"记忆当铺呢？"

"我也可以打两份工啊。"

我勉强挤出一丝笑容，"你打工的地方都这么有个性。"

"对吧，"她没体会出我话中的挖苦，坦然地笑起来，"我特别喜欢这种有趣的地方。"

"你刚刚说只有一个名额了？"韩默萧试探着问。

"是啊，"她歉意地回答，"今天的占卜牌只够用一次了，否则就不灵了。"

"那我们就一起进去怎么样？"傅雨希提议道，"她只是说一次，并没有说一次多少人啊。"也只有他能想到这种馊主意了。

占卜屋内光线很暗，装饰以深紫色为主，挂满了银色的星星，到处飘着淡淡的香味。屋子中间的桌子上放着一个巨大的水晶球，后面坐着一个被袍子裹得严严实实的人，估计是占卜师之类的。

女生拆开一副印着诡异图案的牌，"你们想测什么呢？"

四个人还能测什么，我们只能选择运势。

她认真地摆出牌阵，"那么，请选一张牌。"

"我们是四个人，要怎么抽一张牌。"我不解地问。

"这样啊，"她想了想草率地说，"那你们选个代表好了。"

"我来抽！"傅雨希自告奋勇走上前去，抓起离他最近的一张牌，"就这张了。"

牌的正面是一个笑得夸张到诡异的女人，空洞的眼中流出带血的泪水。她的旁边写着两个字：谎言。

"这是什么意思？"我们迷茫地看向那个女生。能抽到这么邪门的牌，傅雨希真是好手气。

她沉思了一会儿，"可能是说你们中间某个人在说谎吧。"

整个屋子里的气氛变得微妙起来。我不安地想，难道指的是我是辰溪的事么。我心虚地推了一下傅雨希，"是你吧，那张牌可是你选的。"

"那又怎么样，"他反驳道，"我只是代表你们而已，代表！"

我却打定主意要把事情推到他身上，"肯定是你，你小时候不是号称撒谎大王么。"

"不许这么叫我！"他真的生气了，又找不到出气的地方，最后将目光落在那个无辜的占卜师身上，冲过去拍了他脑袋一下，"到底什么意思，你给我说清楚。"

我还没来得及阻止他，那个占卜师居然整个人倒下来。我吃惊地去扶他，却发现这是一个假人。

"看吧，都是骗人的。"傅雨希没好气地说，"不过也太抠门了，连人工费都省了。"

临走前我从地上捡起那张写着"谎言"的纸牌，发现最下面有三行不起眼的小字：

谎言能够带来短暂的安宁和幸福。

然而谎言有拯救你的能力，也有摧毁你的力量。

忠告所有谎言者，如果你没有勇气澄清谎言，那么请将它当作誓言永远坚守下去。

那个时候我们谁也没有想到，这个塑料做的劣质假人的预言却成真了。

3

这个世界上，能够随着时间逆袭的事物有两个。一个是彩票，另一个是谎言。

你今天一个数字都没对上的号码，第二天出现可能变成了别人手里的几百万财富。

你在这一刻厚着脸皮撒下的弥天大谎，可能有一天就变成了真实。

我和傅雨希初次相遇，是因为一个谎言。

那是我刚搬来这个院子的夏天，我把自己关在房间里赌气，吵着要回去和以前的小朋友一起玩，发誓绝对不会交新朋友。

某天中午我在客厅吃西瓜，门铃突然疯狂地响了起来，还配合着砸门的声音。

"小简，开一下门！可能是你姑姑来了。"我爸的声音在屋里响起来。我也没想素来温柔的姑姑怎么会这么野蛮，便开心地去开门。

门口站着一个又瘦又小的小男孩，穿着红色小背心和短裤，不知道为什么满身都是泥巴。这就是我对傅雨希的第一印象。

下一秒他就在我家门口号啕大哭了起来。没错，是号啕大哭。他边哭边着急地跺脚，"怎么办，刚刚地震了，桥塌掉了！"

"什么桥？"我完全被他吓蒙了。

"就是那个步行桥嘛！"

我完全不知道他在说什么，但他着急的样子让我感到一定发生了严重的事情，于是我也跟着着急起来，"那怎么办呢？"

"一起去看看吧！"他拉住我的胳膊把我往外拖。

"我不要。"我本能地缩到了门后。

我爸听见哭声从屋里出来，被傅雨希这个架势吓了一跳，但很快就弄明白发生了什么事情。

"跟他去看看吧，小简。"他这样哄我。

我别扭地低下头，"可是我和他们约好了不交新朋友的……"

"听话，"我爸抓起我的手放在这个男孩子沾满泥巴的手上，笑眯眯地对他说，"别玩到太晚。"

他用力点点头，拉着我跑了出去。这个桥段如果出现在电影里，应该是一个两小无猜的浪漫时刻吧，两个小孩子手拉手在明媚的阳光里飞快地奔跑着。而这种浪漫却在我们到达桥下的时候戛然而止。

我看着安然无恙的步行桥傻了眼，旁边的男孩则把我的手甩开，哈哈大笑起来，"被骗了，被骗了！"

我呆呆地看着他开心地跳来跳去，像只被剁掉尾巴的猴子。终于受不了他没完没了的嘲笑，愤然离去。回去的路上我遇见了在院子里玩抛球的肖扬他们，一起玩到了天黑，也才发现他们都是很好的玩伴。

他们告诉我那个家伙叫傅雨希，外号叫"撒谎大王"，性格阴沉又很爱说谎，所以大家都不喜欢他。

"反正他说什么你都别相信。"苏梦柯这么说。

因为这个谎言，我对傅雨希的印象糟糕到了极点。而我和傅雨希成为真正意义上的朋友，也是因为一个谎言。

我爸去世之后，我整天把自己关在房间里面抱着他的照片看，看累了就对着墙壁发呆，发呆累了就躺下睡觉。

某个傍晚我躺在床上呆呆地望着天花板，门铃突然疯狂地响起来，过了半个小时也没有停下来的意思。我只好走出房间开门，却发现站在门口的人是傅雨希。

他大概刚从学校回来，身上穿着脏兮兮的校服，红领巾系得歪歪扭扭。

"怎么办陈简佳，"他泪眼汪汪地看着我，"步行桥被烧掉了。"

他的话像一道惊雷，狠狠打在我悲伤到麻木的心上。

"你骗人！"我喃喃地说。

"是真的，"他说着开始抹眼泪，"昨天晚上那里起了火，桥就那么被烧掉了。"

我怔怔地看着他。不会的……不会这样的……我爸已经不在了，难道连那个有着我们温馨回忆的地方也要被烧掉么？

我冲出家门，往步行桥的方向跑去，傅雨希紧紧跟在我后面。

跑到桥上的时候天已经黑了，步行桥上的街灯刺痛了我的眼睛。我知道，我又被骗了。

我"哇"的一声大哭起来，这是我爸过世后我第一次哭，忍耐许久的痛楚冲破胸膛爆发出来，我撕心裂肺的哭泣惊动了桥上的所有人。

"你这个撒谎大王，骗子！"我揪住旁边的傅雨希，边哭边打他，"我最讨厌你了！"

这是我第一次在人前露出这么狼狈的样子，而傅雨希见证了整个过程。他没有任何反抗地低着头挨打，只是最后小声说了一句："我再也不说谎了。"

4

市立一中最重要的节日就是十二月持续一个月的文化艺术节。每年艺术节的开幕式后第一个活动就是由美术社成员在操场上进行地画比赛。我始终费解大冬天冒着寒风趴在地上浪费颜料到底图什么，所以也只有这个比赛我会毫不避嫌地和傅雨希一组，这样就所有麻烦事交给他，我帮着上一下色就可以了。

谢安璃不知从哪听说了地画比赛的事，去美术社的路上郑重其事地向我打听，我以为他听完我的讲解后一定会表示鄙夷，结果他却沉思了半天，"傅雨希也会参加么？"

"当然。"这种浮夸的活动简直是为他量身设计的。

谢安璃接下来的话堪比五雷轰顶，"如果我也参加的话，你愿意和我一组么？"

报名分组时傅雨希看见我把名字写在谢安璃旁边脸色立刻变了，之后的自由练习他不停从旁边用纸团丢我，我捡起一个打开，上面用木炭写着"叛徒"。我无语地丢掉纸团不再理他。

见我不理他，他就去烦谢安璃。去操场划分比赛区域的路上他一路尾随在谢安璃身后，像个幽怨的女鬼一样盯着他。

我无奈地拉住他，"你够了没有？"

傅雨希愤懑地瞪了我一眼，"还不是因为你叛变我。"

我尴尬地望向谢安璃，却发现他居然在偷笑。我一阵无语，害我担心了半天，结果他这么享受。

每组的场地是四平米，我们和傅雨希那组刚好挨在一起。他和一个刚进社团的高一男生一组，摆出学长的架子不停地指使人家做事。

说是比赛，但分配给我们的任务都是些幼稚的简笔画。不过溪辰就是溪辰，就算整整一年不动笔，也能将这种单调无趣的画画得生动无比。美术社的人果然识货，我们身边渐渐围起了人，杜佳佳在我耳边小声赞叹着："原来安璃学长比雨希学长画得都要好。"我真想请她再大声对着傅雨希的耳朵再说一遍。

"你看到刚才校门口的人了么，我还以为是女生呢。"旁边一个女生一脸激动地说。

"当然看到了，真的好漂亮！"另一个女生夸张地捂着脸。

我正犹豫着要不要去校门口看热闹，她们惊喜地叫起来："他来了！"

我顺着她们的目光看去，一大群女生正向我们涌来，那阵仗远远超过了傅雨希。在她们的包围里，我隐约看到一个纤细的男生，面带笑容悠闲地向我们走来，似乎很享受周围的喧闹声。他的头发很长，眉眼生得十分妩媚，不细看真的会认为是女生。

好像在不久之前，我也遇见过这样一个人……我瞪大了眼睛，他就是书店那个怪人！

那男生忽然看向我，诡异地笑了起来。

他不会是来找我的吧，我一阵发寒。他却带着让人发毛的笑容越走越近，最终在我面前停住了。

"好久不见，谢安璃。"

我惊讶地抬头，他正望着谢安璃笑得一脸灿烂。而后者的脸瞬间变得煞白，不知道为什么，我感觉到他在害怕。

"是你啊，没有品位的白痴，"他扬起眉毛打量着吃惊的我，又看了看谢安璃，恍然大悟地说，"原来乐不思蜀是有原因的啊，真是蛇鼠一窝。"

"你……"我刚要跟他理论，却被谢安璃拦住了。

"我来介绍一下，"他脸上的苍白和对面男生的笑容形成了鲜明的对比，"这位是李希，也是《如画》最年轻的画家……朱莲。"

我不敢相信地睁大眼睛，朱莲为什么会出现在这里？

"如果你没事的话，我要继续画画了。"谢安璃面无表情地蹲下来拿起笔继续作画。

"画，你把这叫画？"他怪笑着在谢安璃面前蹲下，仔细端详着他的画，"恭喜你找到天职了，我也觉得你确实比较适合陪这些小朋友一起画这些东西。"

我终于知道他为什么会在这里了，他是为溪辰退出《如画》感到得意，跑来这里落井下石嘲笑他的。

"你够了没有！"我怒视着他，"你觉得自己赢了比赛很厉害吗？如果谢安璃不是手受伤怎么会输给你这种人！"

"他果然是这样说的，"他笑着抚上谢安璃拿笔的手，"真是一只了不起的手呢，既能用它画画，还能用它说谎。"

谢安璃的手颤抖了一下，用力挣开李希的束缚，起身往校门走去。

"谢安璃你怎么了！"我急忙喊他。

"是啊，安璃，"李希在旁边发出阴森的笑声，"为什么不告诉你的崇拜者你创造了一个多么完美的谎言呢？"

谢安璃停下了脚步，对他露出一个轻松的笑容，"因为我知道，你会帮我告诉她的。"说完他就头也不回地走了。

5

晚饭后我一个人来到步行桥上。谢安璃站在我第一次在桥上遇见他的地方，他看见我轻轻笑了起来，"现在你一定觉得我是个恶心的骗子吧。"

"没有。"我摇摇头。

他怔了一下，"李希没有告诉你么？"

"他说了，但我并不相信。"

"他说的是真的，"他耸耸肩膀，"我对你说了谎，其实我和朱莲早就认识，从小学就一起学画画。他比我晚加入《如画》，但是人气上升飞快。比赛前主编找我谈话，说准备把我的专栏换给朱莲，如果我赢了，他就放弃这个想法。我害怕朱莲的才华，怕被他抢去我的一切，于是我想找一个逃避的理由，一个就算输了也可以不丢脸的理由。比赛的路上，我恍恍惚惚地向开过来的汽车伸出手，只知道这会是一个圆满的落幕，如果受伤的话就算输了也没有人会嘲笑我。没想到可笑的是，那一幕居然被李希看见。所以我才从蓝市逃到了这里，事情就是这样。"

我轻轻叹了口气，"这个故事我下午已经听过一遍了，还以为能听到新的版本。"

谢安璃皱起眉头，"你不生气我骗了你吗？"

我摇摇头。骗我，他骗了我什么？

我仰慕着的溪辰，相信着的溪辰，是让我重新看见《光芒》的人，是一次一次把我拉出黑暗的人。至于他和朱莲是什么关系，他的手是被车撞的还是狗咬的都关我屁事。

他沉默了一会儿，"那你想不想听这个故事的另一个版本，一个更不值得相信的版本？"

我郑重地点头。

他的脸上流露出遮掩不住的悲伤，"如果我告诉你，就连辰溪的故事也只是一个谎言，世界上根本不存在这个人呢？"

我不敢相信地睁大眼睛……他刚刚说了什么？

他却以为我是单纯在为他的话而震惊，"我和李希小学时候是同桌，辰溪每封信他都看过，但他一直不相信辰溪的存在，说一定是什么人的恶作剧，信里的步行桥、光芒都是骗我的，我只认为他在嫉妒。比赛前夕，李希去橙市参加画家活动，回来后他说我被骗了，他在步行桥上站了整整一晚都没看见信上描绘的光芒。他说得那样理直气壮，让我完全慌了手脚。我第一次怀疑辰溪，怀疑是不是根本不曾有这样一个人存在。如果真的是这样，那我又是在为什么努力着，在为什么拼命着，我一直努力争取的一切仿佛全部没有了意义。

"如果"我是因为相信辰溪的存在才拥有了勇气，那么从我开始怀疑他的那一刻起，我的勇气就消失了。我想不明白我为什么要画画，为什么要和朱莲争夺专栏，为什么要参加这种莫名其妙的比赛，害怕我这么多年相信着的就只是一个谎言，从来就没有人相信过我，也从来没有人在等待我。重新变得自卑胆怯的我选择了让自己受伤这种没出息的逃避方式。可是手伤痊愈之后，我的心越来越煎熬，我不甘心凭李希几句言辞就这样放弃相信仰望了这么多年的辰溪，于是我决定亲自来橙市找他，后来的事你都知道了。"

"你一定会找到他的。"我收起眼睛里的心疼，坚定地说。

"你不用安慰我了，"他释然地笑笑，"我已经没关系了，反正再过不久我就要回蓝市了。"

"为什么，"我吃惊地问，"你不是还没找到他么？"

"一个根本不存在的人再怎么找也没用的吧，"他望着远处明亮的城市满目迷茫，"我来橙市的第一天就找到了这里，可是我没有看到他信里描述的那些耀眼的光芒，哪怕是一点点也没有。"

"说不定只是暂时消失了，"我焦急地打断他，"说不定过不了多久它们就可以重新亮起来了。"

"是吗，"他苦涩地闭上眼睛，"可如果他真的像信里那样爱着这些光芒的话，为什么我没有一天在桥上遇见过他，如果他真的像他说的那样想要成为画家的话，为什么我找遍了橙市所有年轻画家却没有一个是他？"

我攥紧了拳头，为什么，我比他还想知道为什么。

为什么那些光芒会消失掉，为什么它们再也没出现过。

为什么我会变得黯淡无光，即使站在谢安璃面前他也无法认出我。

为什么我没有再努力一点，为什么为了赌气可以那样轻易地放弃画画。

所以现在谢安璃不相信我，甚至认为我没有存在过，都是我自己活该！

我忍住几乎刺穿心脏的懊悔，强挤出一丝笑容，"可是你之前不是说，他约过你在桥上见面么？"

"那应该是什么人的恶作剧吧，"谢安璃自嘲地笑了，"我猜得没错的话应该是李希做的，估计是为了看我在这里傻等的样子，以前他也做过类似的事情。"

"那封信呢！"我激动地喊道，"如果那封信也是他写的，他怎么会鼓励你，让你加油呢！"

他惊讶地看着我，"你怎么会知道信的事？"

"我……"我咬了咬嘴唇，"因为我认识辰溪，所以不许你这样说他！"

他愣愣地看了我半晌，抓住我的肩膀用力摇晃着，"告诉我，他是谁！"

他的眼神是我从未见过的炽热，一想到他炽热的眼睛后面期待着的答案是我的名字，我的心跳就会失控地几欲跃出胸口。但是我却不能告诉他，怕那火焰会在瞬间熄灭。

于是我认真地回答："我会让你们见面的。"

6

小时候我爸为我编过一个超人和蝙蝠侠打架的故事。他们打架的原因是超人本来想拯救地球，但是却因为赖床被蝙蝠侠抢先了一步，于是他很生气，两个人就打了起来。

当时我很不理解，超人想要拯救地球而蝙蝠侠帮了他，地球被拯救了，他的目的达到了为什么会生气。而现在我却能够理解他的心情了。

对谢安璃来说，重要的只是世界上真的存在着辰溪这个人，而这个人是谁并不重要，只要他能够闪闪发光。

所以用我曾经的理论来说，如果有人可以代替我让谢安璃重新振作起来，我有什么好难过的呢？

可就算明白这些，我还是难过得想哭。

第二天中午，我久违地出现在秦夕颜的教室门口，和她一起去了天台。

我递给她一张清单，上面写着我认为辰溪应该有的所有特点，她要对谢安璃说的话以及其他注意事项，最重要的是，绝对不能对谢安璃说出实情。

"辰溪？"秦夕颜皱起眉头，"我为什么要装成这个人？"

"因为只有你可以。"我淡淡地说。

"你是怎么想的，"她冷笑一声，"免费帮你做知心姐姐，背下这么一连串谎言，你凭什么觉得我会答应？"

"凭我会尽全力让傅雨希喜欢上你，"我从容地笑了，"很公平吧。"

她怔了一下，然后勾起嘴角，"是很公平，但恐怕来不及了。"

我顺着她的视线看去，全身的血液瞬间冷掉了。谢安璃站在我身后，眼中充满深入骨髓的失望。他走过来抢过秦夕颜手中的纸张，面无表情地在我面前展开，"陈简佳，这是什么意思？"

"对不起。"我低下头不敢看他。

"我早该想到的，"他自嘲地笑了，"上次的那封信是你写的吧，你一定觉得我很可怜对不对，居然白痴到连小学生写的信都会相信，现在又随便找一个人来假扮辰溪，你是把我当傻瓜么？"

"不是的，"我急忙打断他，"我是真的认识辰溪，因为他不想告诉你所以我才……"

"骗子！"

我惊讶地对上他绝望愤怒的眼神。

"你也好，辰溪也好，都是骗子！"他咬牙切齿地说，"你们怎么能这么残忍，怎么能这么轻易地欺骗别人，看着我上当的愚蠢样子真的就这么开心么？"

谢安璃的话如冰冷的锥子狠狠地刺在我心上，我明明知道辰溪是存在的，却没办法说出一个字辩白。他轻轻擦去我的泪水，我才知道自己哭了。

"对不起，"他温柔的表情是那么悲伤，"我知道你是为了我好，我刚才的话说重了。其实不怪你，也不怪辰溪。李希是对的，我一直活在一个自己编织的谎言里，因为太孤独太害怕了，才会幻想有人等待着我，相信着我，所以才会在这个谎言里越陷越深。"

谢安璃说着走向天台边缘，从怀里拿出那个黑色的笔记本，手指像抚摸爱人的面庞般划过陈旧的封皮，然后打开它狠狠扯下所有的纸页。

"你在干什么？"我不敢相信自己的眼睛。

"是该让这个谎言结束的时候了。"他淡淡地说，把手往空中一扬。

那一瞬间，漫天的黄色纸张在我眼前掠过，然后像破败的落叶一般慢慢坠落。我的心也在瞬间破碎，如流沙般坠到了深渊。

谢安璃就这样把所有纸页丢掉了。

他全部的信仰和勇气。

我生命中全部的光明。

"不要！"我听到自己的喉咙发出尖锐的声音，身体不受控制地向它们扑了过去，却被扑倒在冰冷的水泥地上。

"陈简佳你疯了！"耳边传来傅雨希震惊的吼声，他紧紧勒住我，生怕我会趁他不注意再次扑出去。

恍惚中我看见了谢安璃的脸，他担心地望着我，因为惊吓而面色苍白。

"刚才发生了什么，"傅雨希狠狠抓住他的衣领，"你跟她说什么了！"

"不关他的事，"我的嗓子喊破了，声音像破锣一样难听，"刚才他的笔记本被风吹散了，我忘了自己不是在平地就帮忙抓。"

"你是白痴么！"傅雨希像发现了世界上最傻的傻瓜一样震惊地瞪着我，"为了那种破东西至于么！"

谢安璃露出了淡淡的笑容，"是啊，那种破东西。"

我找遍了学校的各个角落才把那些纸页搜集齐全。可惜谢安璃已经放弃它们了，辰溪的一切对他来说已经毫无意义。

从那天起谢安璃就没有来过学校。韩默萧搬过来成了我的新同桌，每天上课醒来看到旁边模糊的身影，我都会以为谢安璃回来了，看清韩默萧担心的面容时，总会忍不住失望。

生活在等待中的人，最痛恨的大概就是等待的人不来，不该来的却每天都来。

于是在李希连续第五天出现在教室门口的时候，我忍无可忍地抄起书包往他脑袋上抡过去，旁边的傅雨希和韩默萧顿时目瞪口呆。

"你居然敢打我？"李希捂着头不敢相信地瞪着我。

我懒得跟他废话，提起书包又来了一下。只后悔在操场遇见那天没在他胡说八道前就把他按住揍一顿。

他狼狈地躲避着，"谢安璃在吗？"

"你还来找他？"我气得牙齿都快咬碎掉了，"你的目的应该已经达到了吧，为什么还不放过他？"讽刺、挖苦、嘲笑、羞辱、炫耀，示威，他两次拜访真是收获颇丰。

"还没有。"他小声嘀咕道。我简直不敢相信自己的耳朵，只希望我拎在手里的不是书包而是板砖。

他被我的熊熊气焰吓怕了，警惕地往后退了两步，"他不么？"

"托你的福我们好几天没看见他了。"我没好气地说。

他皱起眉头，"那如果你见到他，能帮我劝他参加今年的画展么？"

"什么画展？"

"他出事时的比赛你总知道吧，"他撇撇嘴，"编辑说如果这次他拿到好成绩会恢复他的专栏，我来找他跟我一起去。"

"你怎么会这么好心，"我怀疑地打量着他，"找他参加比赛对你有什么好处？"

"当然有好处，"他不可一世地仰起头，"我要让他谢安璃当着所有人的面输给我，证明我抢走他的位置是理所应当的。"

"是吗，"我冷笑一声，"你怎么就知道结果不是谢安璃胜利，把他的位置抢回去？"

他发出一声轻蔑的鼻音，"就凭这种躲起来连我的面都不敢见的胆小鬼，能抢走什么东西？"

"你放心，"我认真地看着他，"让他参加比赛的事包在我身上，到时候你可别后悔。"

谢安璃打开家门看见我一脸惊讶。

"不请我进去么？"我厚着脸皮问。

"如果你是来做客的就请进，如果是其他事就走吧。"他冷冷地说。

我叹了口气，"你为什么不来学校？在躲李希么？"

"他去找过你了？"他敏感地问。

"是，"我坦然承认，"我答应他劝你参加画展。"

他嫌弃地挑起眉毛，"我为什么要去？"

"因为这是你最好的机会，"我理所当然地说，"赢了李希就可以赢回一切，你也不用再听那个臭屁的家伙冷嘲热讽了。"

"听起来是不错，"他若有所思地点点头，"但你说的是赢了的情况吧，输了怎么办？"

"不会输的，"我笃定地说，"就算真的不能赢，但只要努力了……"

"你该不会是想说只要努力了，即使输掉也虽败犹荣吧，"他冷笑着打断我，"可惜我不是那么天真的人。在我看来没有什么比明知会输还不甘心地拼命挣扎，失败后再用这句话来自我安慰更蠢的了。我和李希的差距我自己清楚，一年前我赢不了他，现在更不可能。"

"谁说不可能的！"他颓败的样子让我生起气来，"就算你不相信我，那天操场上那么多人称赞你的画难道也是假的？为什么你听到的就只有李希故意刺激你的鬼话呢！"

"你说的不是那些小孩子的简笔画吧，"他无奈地说，"拜托你不要再来劝我了，我本来以为我们是一样的人，至少你能认同我的想法。"

"什么意思？"我不解地看着他。

"难道不是么？"他直直地望着我，"你从来不参加美术社的比赛，就连地画比赛也一直和傅雨希一组，难道不是因为你怕输给他，一直在逃避所有和他面对面的竞争么？"

我没想到长久以来自以为掩藏完美的东西，居然被他看得清清楚楚。原来在他眼中，我是这么一个胆小又卑鄙的人。

"那如果我赢了呢？"我攥紧拳头坚定地看向他，"如果明天的比赛我一对一赢了傅雨希，你就答应我去参加画展。"

"随你的便。"他当着我的面关上了门。

我提着两个装满冰淇淋的购物袋去了傅雨希家，以为会得到完全不同的热情招待。没想到他把东西放进冰箱后，就用怀疑的目光打量我。

在他的目光拷问下，我说出了此行的目的，"我有一件事想请你帮忙。"

"你说。"他警惕的目光依然不放松。

"明天的地画比赛，你可不可以故意输给我？"

如果在以前，我绝对无法想象有一天我会对傅雨希说出这么屈辱的话。求他放水的那一刻起，就代表着我放下了所有的骄傲和不甘，承认自己输给了他。

"为什么？"他像大爷一样跷着二郎腿坐在沙发上。

"因为赢了有奖品啊。"我想了想说。

"少骗人了，"他明显不相信我的话，"上次发的破圆珠笔我给你你都不要。"

我心虚地咽了下口水，"听说今年学校花了点钱，会发很不错的东西。"

"是吗，"他喜出望外，"那我也想要。"

我居然忘记他是个见钱眼开的家伙了，只能另编理由骗他，"其实……"

"其实和谢安璃有关对么？"

我惊讶地看向他。

"你到底有多少事情没告诉我？"他生气地站起来，"从那个李希出现你们就变得怪怪的，那个李希说他是朱莲，是不是《如画》那个……"

"不是！"我慌忙否认，"他和《如画》的朱莲没关系！"

"陈简佳，"他苦笑起来，"我开始看《如画》的时候你还不知道在哪里玩呢，那个李希口口声声把《如画》挂在嘴边，他不是那个朱莲难道是红莲花么？"

我被他堵得哑口无言。

傅雨希蹙起眉毛，"可我不明白的是，那个朱莲为什么要来找谢安璃呢，还说要他去参加画展，难道……"

"没错，"我认命地打断他，"谢安璃就是溪辰。"

"不可能！"傅雨希震惊地看着我。

"是真的，"我近乎哀求地望着他，眼泪忍不住掉了下来，"你很喜欢溪辰的吧，如果我明天赢了你，谢安璃就会去参加比赛。所以拜托你……"

"我不要。"傅雨希冷冷地说，"我已经不是以前的撒谎大王傅雨希了，所以没办法帮你说这样的谎。"

"你……"我简直不敢相信自己的耳朵。

他居高临下地看着我，"放心，我明天绝对会使出百分之二百的力量赢你的！"

我摔了门气冲冲地跑回家，不知道是怎样忍住才没把拳头砸到他脸上的，这种小事他一向听我指挥，可今天我放下所有的骄傲来求他，却被他这样拒绝了。

8

第二天我抱了一个木箱去学校。韩默萧好奇地问我里面放的是什么。

我笑笑说："画画用的东西。"

下午艺术节开幕式后，地画比赛就开始了。我环视了一圈，谢安璃没有来。

我和傅雨希都没有按照杜老师布置给我们的任务画，而是拿出所有本事画着自己的作品。傅雨希果真铆足了劲和我对着干，一改平时嬉皮笑脸的姿态全神贯注地画着，和他同组的男生手足无措地站在旁边。

学生们像结伴逛街一样在操场上转来转去，而我们则像杂货摊的摊主一样被围观和指指点点。傅雨希的地盘永远是最热闹的地方，而这种高人气在画画的时候绝对不是一件好事。我冷眼瞥见他艰难地在人群里爬来爬去，不是从这个人那里抢过笔，就是从那个人的脚边抽出被踩到的草图，像个在街上被人欺负的要饭的。我这里虽然光景凄惨但至少安静一点。

"要不要我帮你？"韩默萧担心地看着我的进度，"我好歹也是美术社的人。"

我摇摇头，因为我要靠我一个人的力量战胜傅雨希。

这场比赛不只是为了谢安璃，也是为了曾经抱着成为画家的梦想输给傅雨希的自己。

底稿打好之后我偷看了一眼傅雨希，他已经开始上色了，还好靠众位路人骚扰我落下的不是很多。我伸手去拿那个木箱子，却有冰凉的水滴在我手上，接着是两滴、三滴。

"下雨了！"人群中的喊声和我的思维同时响起来。

我还在发愣的空档，雨却越来越大，几分钟内化为倾盆大雨。

橙市的冬天很少有雨，这样大的雨我也只在夏天见过。冬天的雨落在脸上比雪还冰冷，却全然没有雪的美丽。

"比赛暂时结束，请各班有秩序带回！"教导主任的声音通过喇叭响起来。操场上的学生幸灾乐祸地吵闹起来，纷纷跑进教学楼躲雨。整个操场上只有我像傻瓜一样跪在地上。

"回去了，小简。"韩默萧伸手拉我。我抱着箱子站起来，恍恍惚惚地跟着她离开了。好不甘心，为什么每次都是这样？

终于我在教室门口停下来，转身跑下了楼梯。

我走回刚才画画的地方，任冰冷的雨水打在身上。透过雨水我看见所有的教室都拉上了窗帘，缝隙中透出微微灯光。

没有人看到我呢，就算是看笑话的人都没有。

既然如此，就算再怎么丢脸，也不会被看见吧。

我自嘲地笑着蹲下来打开箱子，里面整齐地摆着十瓶金红色颜料，它们艳丽的色彩和周围黑暗的空气完全不搭，显得如此美丽而荒诞。

这是昨晚我熬夜调好的颜料。虽然依然没有成功，但这是我能调出的最接近那些光芒的颜色。

其实我决定了。如果谢安璃来了，我会在他面前用这些光芒的颜色堂堂正正地赢过傅雨希，大声地宣布我是辰溪，

我想看见这美丽的颜色倒映在他诧异的眸子里，想用它们传达我全部的心意。

然而蘸满颜料的笔刷刚触到地面，色彩瞬间就被雨水冲淡了。我不甘心地涂了一次又一次，然后一次又一次眼睁睁看着自己涂抹的颜色被雨水冲散，又不甘心地倒出更多的颜料。

哪怕一点也好，哪怕留下一点也好，我心里拼命祈求着。可雨水偏偏就是这样残忍，毫不留情地把颜料冲得一点不剩。

也许它们就像我的光芒一样，注定无法被人看见。谢安璃看不见，所有人都看不见。

雨中有隐约的脚步声向我慢慢走近。

是谢安璃么？我期待地抬头，却发现傅雨希站在我面前。不知道是雨太大我看不清他的表情，还是他正面无表情地看着我。

我以为他会拉着我回教室，结果他抢过我的笔，在我对面跪下来，顺着我刚才涂到的地方继续上色。

"你干什么！"我伸手去抢，"笔还我！"

"不要。"他头也不抬地说。

"你走开，"我抓起一管颜料扔在他头上，"我不用你帮忙！"

我要堂堂正正地赢过你，而不是接受你的施舍！

绿色的颜料在他头发上晕染开，顺着额角流淌下来，而他像没注意到一样继续机械地上着颜色。一瓶颜料用完之后，他又去开第二瓶。

我愤怒地瞪着他，握紧的拳头最终慢慢松开。终于不甘心地哭了出来，重新跪下从另一个方向继续上色。

傅雨希始终没跟我说一句话，即使听见我的哭声也没看我一眼，只是最后我在右下角写了一个小小的辰溪的时候，他的手轻轻顿了一下。

我们用完了十罐颜料，却全部被大雨冲散，一点痕迹也没留下。连那个辰溪的名字也不知在什么时候消失了。

讽刺的是，所有的颜色全部用完的时候，雨停了。

9

"走吧，"傅雨希先站起来，把手伸向我，"回教室。"

我固执地摇摇头。

他叹了口气，"那我们回家？"

"嗯。"

"你在这里等着，我去拿书包，"他带着头上的绿颜料跑掉了，还不忘回头叮嘱我，"别丢下我跑了！"

我却只想一个人待着，害怕傅雨希会去美术教室找我，便去了天台。站在学校最高的地方，我望着刚才画画的地方，却什么也看不见。

每次都是这样。每当我幸福地想着努力就要换来回报的时候，每当我以为那些光芒快要回到我身边的时候，雨水总会毫不留情地降临，把所有希望冲得一干二净。

我叹了口气，却发现天台的另一端站着一个熟悉的身影。谢安璃也发现了我，我们静静地望着对方，谁也没有说话。

最终他向我走了过来，我这才发现他全身湿透了，并不比我的状况好多少。

"你一直在这里么？"我不敢相信地问，"从比赛开始就在？"

他点点头。

原来他真的来了。我苦笑，可是来了又怎样，他什么都没有看到。唯一看见的就只有我现在狼狈的样子吧。

"你是傻瓜么？"他用袖子心疼地擦拭着我头发上的雨水，他的袖子本来就是湿的，两种冰冷相触在这时显得格外悲凉，"不过现在你明白了，就算你努力到把自己弄得这么狼狈，也什么都无法改变。陈简佳，你输了。"

"我没有！"我激动地拨开他的手，"我还有颜料，现在雨已经停了，我可以再去画。"说着我就转身往出口跑去。

"够了！"他几近哀求地拉住我，"真的够了，别再为了我做这种傻事了。"

"才不是傻事，"我反驳道，"如果可以让你继续画画，如果可以让你找回勇气，那么我做什么都……"

"你还不明白么！"他忍无可忍地打断我，"跟勇气无关，我是因为讨厌才不画了，因为受够了才不画了！"

我呆呆地望着他，"你说谎……"

"我没说谎，"他仿佛终于松了口气，"这才是我放弃画画的真正原因，你却那么执着，让我越来越难说出口，现在终于说出来了。"

"别说了……"

"所以我不想参加比赛，好不容易解脱出来，又要回去画那些又累又麻烦的画。原来还能勉强为了辰溪，可现在对我来说真的一点意义也没有了。"

"别再说了……"

"你不知道我有多讨厌画画，全世界我最讨厌的就是……"

"啪！"耳光狠狠地甩在谢安璃脸上，他不敢相信地看着我。

"你不认识傅雨希他爸吧，"我冷冷地说，"小时候只要傅雨希说谎，他就是这么揍他的。他说人只要开始说谎，不打耳光就停不下来了。"

谢安璃抚上自己的脸，"你不相信我？"

"是，"我坚定地看着他，"我没有办法相信一个能画出《光芒》的人会讨厌画画。"

"只是这样？"

"还有一个原因，"我笑了起来，"因为我说了和你一样的谎言，所以一眼就知道你在说谎。"

"什么意思？"

"我们刚认识的时候，我说进美术社只是画着玩玩的吧，"我认真地望着他，"对不起我说了谎，我画画是因为我想成为画家，成为很厉害很厉害的画家！"

谢安璃吃惊地睁大眼睛，"那你为什么要那样说？"

"因为怕输给别人，"我苦涩地笑了，"因为怕人家看见我的画说'原来努力想成为画家的人就是这种水平'，为了不被这样嘲笑，为了不输给随便玩玩就画得比我好无数倍的人，所以对别人对自己说着这样的谎言。因为不能达到自己的期待，因为害怕辜负这份喜欢，于是就干脆假装出讨厌和不在乎的样子。欺骗自己真的很痛苦对不对，即使是我这种没有才华的人也会痛苦的，更何况是你呢……"

"陈简佳……"

"可是现在我不想再对自己说谎了！"我的眼泪止不住地流出来，"我不想三十岁的时候走进书店，还要刻意装作没看见地绕过摆满画册的书架，不想五十岁的时候收拾房间，看见柜子里长满蜘蛛网的画具失声痛哭，不想六十岁的时候对着自己孙子画的画都一副嫌弃的表情。仅仅因为自尊这种无聊的事情，眼睁睁地看着自己珍爱的东西就这样失去了，你甘心么？你知不知道重要的东西一旦失去，再找回来有多么困难。比起那个时候的痛苦，现在说出来被人取笑一下又怎样？谢安璃你现在还有机会，请你别再骗自己了，别再逃避了好吗？"

谢安璃沉默了一会儿，直直地望着我，"你是谁？"

我全身的血液瞬间凝固了。

"你说你想成为画家，你这么努力地帮我，"他眼中重新燃起了炽热的光芒，"你是不是，是不是……"

是啊。

是啊！

"不是。"我坚定地回答。

看着他眸子里的光芒消退下去，我攥紧了拳头，"如果我告诉你辰溪是谁的话，你就答应我鼓起勇气去参加画展好吗？"

他郑重地点头，"我答应你。"

他眼睛里的光芒重新明亮起来，比方才还要强烈。如果说出我的名字，这光芒就会消失的吧。从我眼前消失的光芒已经够多了，只有这次，绝对不能让这光芒在我眼前消失。

要说出一个能延续这份光芒的名字。一个不会让他失望的名字。我深吸了一口气，"是傅雨希。"

他眼中闪过一丝惊讶，然后露出释然的笑容，"果然是这样。"

"是啊，"我强迫自己忽略心中的疼痛笑了起来，"你刚才看到了吧，就算下着大雨他还是会跑来帮我画画。他知道我们的约定，所以才不顾一切地让我赢。"

谎言，果然是一说就停不下来的。如果傅雨希的爸爸在这里，我只求他能狠狠给我一个耳光。

"我告诉他你是溪辰的时候，他真的很开心。他一直都在默默关注着你，表现出讨厌你的样子只是为了不让你怀疑。他之前给你写信不是被你在厕所抓到了么，故意装傻才蒙混过去。他说在你重新开始画画之前不会跟你相认，找别人顶包骗你也是他的意思。"

"那么你呢，你为什么要这么帮我？"谢安璃不解地问。

我微笑着对上他的眸子，"因为我喜欢他。"

如果你没有勇气澄清你的谎言，那么请将它当作誓言永远坚守下去。那句话的意思，我终于懂了。

10

我在傅雨希家门口敲了半个小时门都没人应答。急得快要哭出来的时候，傅雨希在楼梯上叫我的名字。他生气地跑上来质问我："你去哪里了，我到处找你！"

现在的傅雨希在我眼里是唯一的救命稻草，我哭着扑过去抓住他，"傅雨希你帮帮我，求求你帮帮我！"

"怎么了？"他被我吓傻了，本能地想把我推开。

我抓住他的衣服不肯松手，"我就求你这一次！你让我做什么都行，替你做值日，读书笔记我也可以替你写……"

"你在说什么啊？"

"你也可以去我们家看电视，想怎么看就怎么看，我每天都把午餐分给你吃……"

"陈简佳！"他用力扳住我的肩膀，"你到底想说什么？"

我乞求地望着他，"你明天去找谢安璃好不好，你告诉他你是辰溪好不好？"

他一脸茫然，"什么辰溪？我根本不知道你在说什么。"

"辰溪是你，"我坚定地看着他的眼睛，"从现在开始你就是辰溪，是曾经写信给谢安璃的人，是他相信的人，什么都不要问，只要记住这一点就够了。"

我把一个崭新的笔记本递给他，捡回那些纸页的晚上，我就熬夜把它们重新粘好了。

"你把这个给他，告诉他你一直相信着他，希望他重新鼓起勇气画画，这样就行了。"

"我拒绝。"他面无表情地把本子丢给我。

"为什么？"我着急地语无伦次起来，"你只要说几句话就好，只要你几句话就能打开他的心结，谢安璃一定会重新开始画画的，你也能再看见溪辰的画，这样皆大欢喜不是么？"

"那你呢？"

"我？"我疑惑地问。

"你看看你自己的表情，"他轻轻擦掉我睫毛上的泪水，"亏你能说得出'皆大欢喜'四个字，如果真是皆大欢喜，你哭什么？"

我闻言立刻挤出笑容。

"晚了，"他毫不留情地揭穿我，"那天我说得很清楚了，我不再是那个撒谎大王傅雨希了，何况你要我编这种谎话却什么也不告诉我，不觉得太过分了么？"

"对不起。"我低头道歉。

"但这不是我拒绝的原因，"他苦涩地笑了，"记得那张纸牌上的话吗？'谎言能够带来短暂的安宁和幸福'。所以如果我某天再次说谎，也至少是为了换来短暂的安宁和幸福。而换来你这种表情的谎言，我是绝对不会说的。"说完他松开我，把我晾在一边找钥匙开门。

"陈简佳令箭！"

他的手停下来，惊讶地回头看我。

我拿出那个湿漉漉的蓝色毛球严肃地说："我要使用陈简佳令箭。"

"你幼不幼稚……"他一脸无语。

"我不管，"我扬起下巴，"你说过会答应我一件事的，你自己说的话要算数。"

他沉默了一会儿，突然伸手来抢，"还我！"

"你怎么这么赖皮，送出手还要回去！"我躲开他懊恼地喊道。

"皇上给小燕子的金牌令箭还能收回去呢，我为什么不能！"他说着向我扑过来。

我本能地一躲，结果没站稳从楼梯上摔了下去，脚上刺心的痛。

傅雨希吓坏了，两步冲下来抱住我使劲摇晃，"没事吧，陈简佳，你没事吧？"那架势被人看见大概会以为我死了。

傅雨希家对门王阿姨听见声音出来，见我狼狈地坐在地上尖叫起来，"小简你怎么了！"

我不知道自己为什么会在那一刻号啕大哭起来，哭得连三楼的张奶奶都跑下来看出了什么事。

傅雨希被我的架势弄得傻了眼，像个做错事的孩子一样手足无措地想拉我起来。

"我都那样求你了，"我哭着捶打着他的胸膛，"都那样求你了，你为什么就是不答应！"

"雨希你怎么能欺负小简呢。"张奶奶拄着拐杖走下来对他一顿数落。

傅雨希委屈得要命，"不是您想的那样……"

"怎么样都不行，"王阿姨也过来帮腔，"小简怎么说也是女孩子，你要让着她。"

我顺势哭得更大声了，"他从来就不让着我，他欺负我，还害我摔下来……"我感觉自己哭了很久很久，久到几乎没有力气，不知傅雨希是被两双谴责的眼睛盯得无地自容还是受够了我的哭声，他发出了一声长长的叹息，然后把我横抱起来。

"我答应你。"他的声音无奈却令人心安。

身体顿时涌上无尽的疲惫感，我无力地闭上眼睛，把眼泪和雨水都顺势抹在他身上。

11

第二天我虽然把该交代的全交代清楚了，还是担心傅雨希会说错话。可我的脚实在疼得厉害，只能悲惨地在床上躺了一天。

我心惊胆战地等到放学时间，终于等到敲门声响起来。我妈亲切地拉傅雨希坐下，他明明看见我在房门后一个劲儿地冲他使眼色，却装作没看见的样子开心地吃起了晚餐。

我妈洗好碗就去上班了，傅雨希大摇大摆地在沙发上拿起遥控器。我一把抢过来，"怎么样了？"

"什么怎么样了？"他居然装傻。

"你不说就别想看电视！"

他悻悻地躺回原处，"昨天还有人说我可以随便在她家看电视，这么快就过河拆桥了。"

我无语地把遥控器扔给他，他接过去打了个呵欠，"我刚才看见厨房里有火龙果。"

"我去给你洗。"我咬牙切齿地说。

我忍着脚痛在厨房给他洗水果，客厅里又响起他可恶的声音，"别忘了切成片！"

切片，要不要也把你切片！我端着切好的水果回到客厅，他依然不满地抱怨，"怎么这么慢？"

"你不是让我切成片么？"我牙齿咬得咯咯响。

"那是为了你好，"他舒服地在沙发上蹭了蹭，"这样你喂我的时候才方便。"

"你休想！"我想也没想地站起来。

"那算了，"他倒也没有纠缠，"我本来还想边吃边跟你聊聊，现在只能回去了。"

我总结的原则没错，和傅雨希相处最重要的，就是绝对绝对不能欠他人情！

我忍气吞声地给他喂了一盘水果，也不见他开口提谢安璃的事。他绝对是故意的，我估计继续待在这儿他也不会告诉我，再不离开的话说不定又会出什么招数折腾我，于是把盘子一丢往房间走去。

"成功了。"身后传来别扭的声音。

我怔了一下，不敢相信地回头看着他，"真的？"

"嗯，"他不自在地避开我热切的目光，"他相信我是辰溪，也答应我去参加比赛……你干吗！"

我激动地扑过去抱住了他。他别扭地推我，我却紧紧勒着他的脖子不肯放开。

"谢谢你傅雨希，"我像神经病一样又哭又笑，"真的谢谢你。"

我已经好久没有这样笑过了，那种发自内心的开心，那种什么都可以不在乎的喜悦，炽热得像要把心脏涨破一般，连心中冻结的冰雪也融化成泪水被冲刷出来。

昨晚因为担心谢安璃的事没有睡好，所以这一觉我睡得特别沉，但脚伤又让我数次在半夜醒过来，每次都分不清自己是醒着还是在做梦。

睡梦中我听到傅雨希推开门小声问："陈简佳你睡了么？"然后他在

我床头坐下来，眼睛一眨不眨地盯着我，"扑哧"一声笑了起来。

他笑什么，难道我嘴角有口水？

"陈简佳你这个白痴。"他猛地捏住我的脸，像捏柿子一样揉来揉去。

这个人简直是丧心病狂，我以前怎么没发现他这么恶趣味，居然把我的脸当玩具捏！

好在他在还算识相，在我睁开眼睛破口大骂前松了手，我刚要松一口气，却看到他闭上眼睛俯下身来，好看的眉眼慢慢放大……

我蓦地睁大眼睛，他居然在吻我！

我那一刻一定是吓坏了，居然任由他捧着我的脸亲吻着。他的吻温柔而执着，长长的睫毛轻轻扫过我的脸颊，柔软的嘴唇带着微微的凉意，心里仿佛有什么东西在慢慢融化开来，所经之处温暖如春。

这一定是个梦，一个真实到让我快要无法相信的梦。

重新陷入沉睡的瞬间，我看见了傅雨希的脸，淡淡月光下，布满了浓浓悲伤的脸。

傅雨希，也会有这样的表情么。

所以我就说，这一定是个梦啊。

12

更让我确认这是个梦的，是第二天早上傅雨希对我的态度。

梦与现实果然是相反的，早上我是被他用枕头揍醒的。因为急着去学校见谢安璃，我也没跟他计较，结果出门他才告诉我谢安璃为了准备比赛今天不去学校。

他不知道吃错了什么药，一路上都对我爱搭不理。我反应过来，他一定是因为我这两天各种无理取闹的要求生气了。

虽然无语他的小心眼，我仍然对他做的一切心存感激，决定想个办法让他高兴起来。于是我笑着挽起他的胳膊，"你上次不是说想看电影么，我们今天晚上去看《变形金刚》吧。"

他却一脸不情愿地说："我不想看《变形金刚》。"

"那你要看什么？"

"《那年初夏》。"他傲娇地撇撇嘴。

"你还没放弃啊，"我叹了口气，"傅雨希你一个高中男生对少女电影这么执着，不怕被人笑话么？"

"我不管，我就是要看那个。"他完全不肯让步，可气的是他说着耍赖的话却臭着一张脸。

我无奈地妥协了，本以为他这下该高兴了，但他还是一副心事重重的样子。

为了晚上能陪他看电影，我白天特意在课上补眠，就连体育课大家吵吵嚷嚷地往外冲我也只是强撑起眼皮看了一眼，又昏昏沉沉地托着腮睡着了。

不知睡了多久，我脑袋被人用力揍了一下，失去平衡重重砸到桌子上。

好痛，我捂着头疑惑地睁开眼睛，发现傅雨希正愤怒地瞪着我。

今天第二次被这家伙粗鲁地弄醒，我恼火地皱起眉毛准备骂他，结果我还没说话，脑袋就又被他狠狠打了一下。

"你干什么！"我震惊地挡住他准备再次攻击我的手。

他却比我更生气，愤怒地冲我喊道："陈简佳你就是个白痴！"说完一脚踹开门走了。

我呆呆地站在原地。教室里空无一人，看来体育课还没结束。这家伙今天犯了什么毛病，跑来把我打醒然后骂了我一顿就这么走了？

我恼羞成怒地追出去想找他说清楚，却撞上急匆匆往里走的韩默萧。

"小简我正要找你，"她像发现救星一样拉住我，"刚才我在学校门口碰见谢安璃了，他让我帮他去美术教室取些东西，你有钥匙对么？"

一定是比赛要用的东西，我赶紧说："我们一起去找吧。"

美术教室里谢安璃的位置永远是最干净的，除了爱干净之外，和他不太来这里也有关系，他即使来了也是坐在这里出神，所以架子上的画纸都是没用过的。

不过很快它们就会重新被染上颜色吧，我欣慰地抚摸着纸上微微粗糙的凹痕。

韩默萧收拾着谢安璃交代的东西，好奇地问我："安璃不是从来不画画么，拿素描纸回去做什么？"

"谁知道呢，"我笑了起来，"可能是折纸船玩吧。"

"不会吧……"韩默萧怔住了，单纯的孩子就是好骗。

"对了默萧，"我悠闲地走到她的位置，"你也是社团的吧，我还从来没见过你的画呢。"

我刚要去掀她的画板，她就红着脸抢过去紧紧抱在怀里，"我画得不好的，你还是不要看了。"

这种话我近来听多了，谢安璃还说他不会画画呢，她越这么说越勾起了我想看的欲望。

韩默萧实在受不了我没完没了的纠缠，为难地说："毕业的时候可以吗？我一定会在毕业前努力画一幅最好的给你看。"

"那就当毕业礼物送我吧。"我厚着脸皮说。她开心地答应了。

我们去了学校门口，却不见谢安璃的影子。

"他刚刚还在的，"韩默萧疑惑地说，"你知道谢安璃家在哪里么？"

我想了想说："我帮他送去吧。"

"我陪你一起去。"

"不用了，"我讪笑着拒绝，"我一个人去就好，顺便还要去那边买些东西。"

韩默萧要是还看不出古怪就是傻子了。

放学后我提着东西到了谢安璃家，敲了半天门却没人应门。

他大概出门了吧，我失落地在门口坐下来，等了很久他也没有出现，可是我就是固执地不肯离开。

我想见到他，没有亲眼看到他充满勇气的笑容，没有亲耳听到从他嘴里说出继续画画的宣言，我会一直觉得不安。

13

"醒醒，小姑娘。"

我迷茫地睁开眼睛，穿保洁制服的阿姨正在推我，我居然在谢安璃家门口睡着了。

那个阿姨见我醒了便开始数落我，"你怎么能睡在地上呢，也不怕着凉弄坏了身体。"

我低头看了下表，已经八点半了，谢安璃到底去哪儿了居然到现在还不回来。

等等……八点半？我和傅雨希约好七点一起看电影！

我抓起书包往外跑去，在街上刚想伸手拦出租车，突然想起为了提防傅雨希让我请他吃爆米花，我特意一分钱也没带。

真是自作孽，我咬咬牙只好一路跑着去了电影院。

等我气喘吁吁地站在电影院门口，电影早就散场了。我围着电影院转了一圈也没找到傅雨希，他一定早就气呼呼地回去了，估计杀了我的心都有。

我拖着跑得快散架的身体回了家，路过傅雨希家门口时特意屏住气息，决定还是等明天他气消了再解释。

我妈做的菜是对付傅雨希最好的道歉佳品。第二天我特意早起，趁我妈还没睡的时候走进厨房，"妈，今天能不能给傅雨希多准备一份便当？"

谁知她却疑惑地看着我，"雨希不是搬走了么？"

我像傻了一样盯着她，嘴巴张得绝对能塞进一个鸡蛋，过了好久才缓过神来，"怎么可能，他昨天还在。"

"他们昨天晚上搬的，"我妈解释道，"雨希他爸因为工作调到城南去了，所以要一起搬过去，他没告诉你？"

我木然地摇了摇头。我不知道傅雨希为什么没告诉我，只知道昨天晚上我错过了最后跟他道别的机会。

但我依然不相信那么难缠的家伙居然会这么一声不吭地离开了，于是冲到傅雨希家门口用力砸门。

令我惊讶的是，门居然开了。

"陈简佳？"傅雨希叼着牙刷莫名其妙地看着我，"你砸我家门干什么，我还以为欠电费了呢。"

我像见了鬼一样指着他，"你不是搬走了么？"

他的表情却比我还迷茫，"搬走？去哪儿？"

"我妈说你们家搬去城南了。"

"原来你知道了。"他无所谓地耸耸肩，"那边的房子早就定下来了，昨天我爸妈也过去了，不过我不走。"

"真的？"我疑惑地看着他。

"当然了，"他一副理所应当的样子，"还有半年就毕业了，这时候办转学很麻烦的，所以我自己在这边住。"

原来是这样，我松了一口气的同时，开始为自己刚才的失控表现感到丢脸。

他盯着我微红的脸观察了一会儿，意味深长地笑了起来，"你该不会是以为我走了，舍不得我，所以担心地跑来看看吧。"

"才不是，"我心虚地否认，"我家没面粉了，我妈让我来借。"

"我妈又不做饭，我们家哪来的面粉？"他毫不留情地拆穿我。

你装一会儿傻会死啊，我无语地瞪他。

"放心吧，"他安慰地拍拍我的肩膀，"就算要走，我也是要先看到你哭得稀里哗啦地求我留下来的样子才行，然后我再无视你大摇大摆地离开，这样才够面子。"

我愤愤地拂袖而去，震惊刚刚居然会为他没走而感到欣慰。

五 光堆砌的高墙

1

"快跟我说说，你敲我们家门的那一刻心里在想什么？

"我要是不开门你是不是就在门口跪下号啕大哭了？

"我会不会错过了世纪性的大告白？"

傅雨希上学路上一直吵个不停，似乎要把最近少说的废话悉数补上。我一路捂着耳朵快步往前走装作不认识他，绥靖的结果是他走到桥上还在喋喋不休。

"你有完没完？"我终于不耐烦地吼了出来。

他却一脸得意的笑容，"谁让你一直不理我，明明心里乐开了花却在这里装高冷。"

"我什么时候乐开花了？"我脸上划过几条黑线。话刚出口我就心里暗叫不好，我居然对傅雨希的话提了一个设问句，让他可以滔滔不绝胡说八道的设问句！

不出所料，他嘴角浮现奸诈的笑意，"你明明就有，刚才……"我正准备防御他下一波废话攻击，他却停了下来。我顺着他目光看去，谢安璃正在不远处望着我们。

发现我注意到了他，他微笑着向我招手。明明只是几天没见，对我来说却像隔了很久很久的时间。不知道是不是心境的原因，我感到他此时的笑容似乎放下了很重的包袱，终于愿意向我敞开心扉。于是我情不自禁地向他微笑起来，一步一步向他走去。

虽然有过那么多痛苦和辛酸，但终于期盼到这一天了。

而当我终于站在他面前的时候，我的笑容却僵在脸上。因为我发现，他充满笑意的眼睛凝望着的人，是我身后的傅雨希。

我怎么忘记了呢，让他放下包袱的人，让他重新振作的人，让他从心底相信的人都是傅雨希啊。

我终于期盼到这一天，可惜他对之敞开心扉的人并不是我。

谢安璃和傅雨希的关系在一夜之间变好了，他们课间常常在一起说话，连体育课也会在一起。连韩默萧也在傅雨希笑脸如花地拉着谢安璃一起去洗手间的时候被震惊到，问我他们两个之间到底发生了什么。

与此相对的，我和谢安璃的距离却越来越远。我知道是我在有意疏远他。每当他要跟我说话，我总像逃走般地离开。晚上我也不再去步行桥上，虽然现在的他不会再站在那里等着辰溪了，我还是害怕会不小心和他遇见。

我害怕和他遇见的那一刻，会忍不住告诉他真相。

把谎言当作誓言守护是很痛苦的事。我说了一个让自己痛苦的谎言，现在还要更加痛苦地去维系它。

好在我们的座位已经不在一起了，只要我走路注意一点不要遇见他，大概就可以被他渐渐淡忘了吧。

2

被大雨冲散的地画比赛又重新举办了一次，听韩默萧说是在我脚扭伤请假的那天下午，谢安璃亲自替我上场几乎没有悬念地赢了傅雨希，不过两个人是老老实实照杜老师发的简笔画卡片画的，按傅雨希的说法是谢安璃那张卡片本来就比他的好看，所以胜负也没什么意思。

同为美术社的成员，除了参加地画比赛，艺术节就没我什么事了。而傅雨希却依旧忙碌着，不是帮话剧社客串，就是给篮球社替补，每天跑来跑去累得够呛。好在轰轰烈烈闹了快一个月的艺术节终于快要结束了，我也不用再听他那些明里抱怨暗里炫耀的酸话。

就连班里喜欢热闹的同学也对冗长的艺术节失去了热情，所以班主任用整整一节班会的时间宣传新年晚会的事情，底下也没有一个人响应，都罕见地认真复习着功课。

"这可是你们高中毕业前最后登台的机会了，只要现在举手直接就能上台啊。"许老师激情地演说着，教室里依然寂静一片。新年晚会是艺术节最后一个项目，每个班都要出一个节目，因为强制参与又要校领导打分，所以成了最不受欢迎的项目。

见此情境她只好拿出惯用的推诿杀手锏，"那这事我不管了，交给文化委员安排吧，明天把名单报给我。"

"那个文化委员还真倒霉，许老师最后没辙了就推给他。"中午吃饭时，我幸灾乐祸地向韩默萧吐槽。

她的脸色难看起来，"其实我就是那个倒霉的文化委员。"

我的筷子顿时停住了。

韩默萧苦笑着解释："因为文化委员琐事太多，高三没人愿意做。我从小没当过班干部，觉得应该在最后争取一下，心里一热就到许老师那里自告奋勇了。我很感激她给我机会，所以这次不想让她失望。"

"我会尽力帮你的，"我认真地说，"扛桌子搬凳子我都行。"

"真的么？"她惊喜地看着我，"那你可以上台拉小提琴么？"

"小提琴？"我愣愣地望着她，话多就是容易惹祸上身。

"是啊，"她笑着说，"我记得你初中在茶话会上表演过《Jingle bells》。"

"什么《Jingle bells》，不就是《铃儿响叮当》么？"我有时真恨韩默萧的记性这么好，我是在初一的茶话会上拉过这支曲子，可现在的观众早就不是好糊弄的小朋友了。

"那首歌很适合新年的气氛啊，"韩默萧不放弃地劝说我，"反正班上的人也不在意输赢，随便什么节目都能交差。"

"可是……"

"小简求你了，"她泪汪汪地看着我，"你不帮忙就真的没人帮我了。"

她都这么求我了，我实在无法拒绝。不过许老师有一句话是打动我的。这是高中最后的机会了，让更多人看见我的机会。

午餐后我们正要去音乐教室借琴，班长过来说班主任让我去办公室一趟。

这是高中以来我第一次被请进办公室，此前我以为班主任不知道我这个人存在。许老师示意我坐下，指着桌子上我的志愿表格，"我想和你谈预报志愿的事，我看见你填的是 Z 大。"

"是。"我点点头。

她拿出一张成绩表，"这次月考你是班上的二十多名，Z 大几乎是不可能的。给自己高的目标是很好，但也要讲求实际。我建议你参考一下录取分数在军检线附近的学校，橙市有几所大学也不错。"

"老师，"我忍不住打断她，"我成绩下降是因为最近美术社活动耽误了学习，以我之前的成绩，考 Z 大是有希望的。"

"我记得没错的话傅雨希也是美术社的吧，"她冷冷地反驳道，"这个月他参加的活动也不少，人家为什么还是第一呢？"

我看着成绩单最上面傅雨希的名字握紧了拳头，还真是风水轮流转啊。

心里臭骂着傅雨希从办公室出来，想着现在绝对别让我见到他，但招人嫌的人就有这种本领，他们总会降临在你不想看见他们的任何地点。当我走进美术教室，看见韩默萧和傅雨希一人抱着一把小提琴正在聊天。

"小简，"韩默萧开心地向我跑来，"好消息，你不用一个人表演了。"

"什么意思？"我有一种不好的预感。

"雨希也会拉小提琴，而且答应和你一起表演，这样你就不用一个人在台上尴尬了。"

"感激我吧陈简佳，"傅雨希笑着举起两把琴，"连琴都帮你借来了。"

"默萧，"我冷冷地说，"如果傅雨希参加的话，就用不着我了吧。"

韩默萧没想到我会生气，急忙解释："我不是那个意思……"

"我知道，"我理解地笑笑，"但是我最近很忙，所以就交给傅雨希吧，他一个人也肯定没问题的。"说完便准备离开。

"这样啊，"傅雨希的声音在身后响起来，"那我也不能参加了，韩默萧你自己想办法好了。"

我愤怒地回头瞪他，"开什么玩笑，你不帮忙让她那怎么办？"

"我怎么知道，"他懒懒地倚在窗台上，"反正本来就不关我的事。"

我瞪了他半天，最终郁闷地把琴接了过来。

3

班主任批准我们体育课在教室练琴，此后的体育课班上女生都会跑回来围观。她们唏嘘着傅雨希闭上眼睛拉小提琴的画面如何如何美丽，我却不明白拉《铃儿响叮当》他有什么好闭着眼睛装模作样的。真想让这些人见识一下他曾经倒着拿小提琴被戳到脸的情景。

不过仔细回忆一下，傅雨希这些丢脸的事情只有我一个人知道，而曾经的我也只有傅雨希见过。如果我们把记忆中的彼此说出来的话，我一定会被看作诽谤傅雨希的骗子。

世事就是这样不公平。

"请问，我可以加入你们么？"

我惊讶地看向眼前满脸通红的女生，居然会有人想加入这种无聊的队伍。

"其实我也想加入……"又一个女生走了过来。

"那我也要！"

"我也要！"

女生全部涌了过来，万人嫌的演出如今在傅雨希手里成了香饽饽，如果班主任看到这一幕该有多么寒心。

"你们也会拉小提琴么？"韩默萧好奇地问。

"不会啊。"最前面的女生自信满满地说，"我们可以唱歌啊，这首歌谁不会唱啊。"

"那试试看吧，"韩默萧不好意思拒绝，"傅雨希和陈简佳你们两个伴奏，大家来唱，毕竟人多热闹一些。"

一曲过后所有人都尴尬得说不出话来，乱七八糟的歌声配上参差不齐的琴声简直绝了。韩默萧硬着头皮说："效果好像不太好，要不然还是……"

"那就去掉小提琴只唱歌好了，简单还可以人人参与。"班上最漂亮的女生徐瑶打断她，她把傅雨希的琴抢过来扔在了一边，他还没说话就被几个女生亲切地拉走了。

"没错，就改成全班大合唱吧。"大家附和道。

"快点，你们也来参加！"徐瑶冲下体育课回来的男生们喊道，他们立刻点头哈腰地过来了。

主动的也好，被动的也好，班上的人总算全部凑在一起准备排练合唱。只有我一个人拿着琴像傻瓜一样站在旁边。

我想起一个漫画。一个人在电影院帮所有人占了座位，电影开场时所有人都冲进来，他被嫌弃地推来推去，结果只有他一个人被挤在门外。

当时可笑的故事，现在却分外可悲。明明开始好心一个人接下这个大麻烦，现在却被单独排除在外，就算摆脱了麻烦我也无法赶到庆幸。我比那个占座位的人更可悲，至少他是一个人去占座位的，如果是两个人一起去占座位，而他被排除在外时，他的同伴却被热情地邀请就座了，那么他大概就能体会我的心情了。

"陈简佳，这边！"傅雨希笑语嫣然地在人群里向我招手，我则面无表情地离开了教室。

傅雨希一路跟着我到家门口，气急败坏地拦住我，"你到底在生什么气啊？"

"我没生气。"我心平气和地找钥匙开门。

他把钥匙抢了过去，"那我让你和大家一起练合唱，你为什么扭头就走？"

我不爽地眯起眼睛，"我不想参加那个白痴合唱所以就不参加，还是说只要你傅雨希开了口我就必须服从，我没有对你言听计从让你觉得很没面子，所以特地来质问我？"

他委屈地扁扁嘴唇，"你还说你没生气，明明一直在闹别扭。"

"我怎么闹别扭了，"我顿时觉得一股无名火在胃里烧，"我不愿意参加不行么？谁规定我就一定要看别人的脸色，谁规定我非要贱兮兮地跟在别人后面不可！"

"谁给你脸色看了？"他疑惑地问。

"你！"

"你简直莫名其妙，"他也生起气来，"我什么时候给你脸色看了？"

"你自己心里清楚！"我抢过钥匙，狠狠关上门。

我知道的，傅雨希从不曾给过我脸色看，是我一直在观察着他的脸。

我观察着他随着岁月越来越好看的脸，总是被人围绕着而意气风发的脸，没有烦恼而笑容灿烂的脸。傅雨希比我出色，比我受欢迎，这是我早就承认的事实，我只是在一边面无表情地看着，从来都不痛不痒，就像我早就习惯并接受了自己的黯淡无光。

可是从我想重新成为发光的人的那天开始，我像是打翻了心中常年平静的那碗死水。我拼命努力却除了疲惫一无所获，这一切让我委屈和痛苦。所以看着什么努力都不做就集光芒于一身的他，感到气不打一处来。

我知道我在嫉妒。我在发自内心地嫉妒着他，同时对有一天居然在嫉妒着傅雨希的自己感到震惊和悲哀。

4

第二天韩默萧向我道歉，她没想到事情会变成这样。我摇摇头，"昨天是我冲动了。"

"那你愿意参加班里的合唱了？"她开心地说，"不对，现在已经不算合唱了，你不知道雨希的编排多厉害……"

"默萧，"我不想再听下去，"请你帮我一个忙，不要撤销原来的小提琴演奏。"

"你是说……"

"我根本不想参加有傅雨希伟大创意的节目，"我坚定地说，"我要一个人上台。"

"你还是在生气是吗，"韩默萧的笑容黯淡下来，"可是小简，我觉得最后一次新年晚会还是全班一起比较好，我不想你错过珍贵的回忆。"

"你错了，"我微笑起来，"我正是不想错过珍贵的回忆。"

至少让我在最后，留下一次打败傅雨希的回忆。

我从十级课本中选了一首《流浪者之歌》。只有表演这样的曲子，才能跟傅雨希这类手拉着手高歌《铃儿响叮当》的家伙拉开距离。

静下心来想想，我真的是丧心病狂。一个立志成为画家的成绩刚刚遭遇滑铁卢的高考生，居然每天抱着小提琴练习到凌晨。

为了不被傅雨希他们发现，我白天在学校睡觉，晚上也不敢在家练琴。好在韩默萧愿意收留我，每天陪我到凌晨。但她不是特意不睡，而是我拉得太难听害得她无法入眠。

终于比赛前一天，我把这首曲子练到了偷偷掐掉难的部分可以糊弄人的程度，我们两个抱着欢呼了半天。这一幕被认真学小提琴的人看到一定活活气死。

我背着琴离开了韩默萧家，久违地在桥上停下来望着城市争相闪烁的灯光，唯独我的那份光芒依然不在。

我以为我已经习惯了这一切，最近却越来越不甘。

"陈简佳？"

我回头，谢安璃站在身后静静地望着我，目光落在我身后的小提琴上。

"你背的是吉他吗？"

"是小提琴好不好。"我无语地说。

"你不是美术社的么，"他一脸疑惑，"怎么拉起小提琴来了？"

他久违的声音让我心酸。我好想跟他说说话，说说傅雨希的事情让我多沮丧，说说小提琴的事情让我多委屈，可我却什么都说不出口。

我第一次感觉谢安璃离我好远，从未有过的远。

就算是我对他一无所知的时候，也只把他当作邻座的冷漠怪而已，我们相隔的只是一条桌子的缝隙。现在他虽然微笑着站在我面前，我却觉得他远得让我几乎看不清他的样子。

如果最初我在桥上遇见他的那一刻背着的是小提琴而非画板，那么所有的故事是不是就不会开始。我依然可以用我早已冷却的眼睛望着他，望着这座消耗掉我所有光芒的城市。

"我还以为你不会在这里了。"我淡淡地说。

"为什么？"

我苦涩地笑了，"因为你已经见到辰溪了，不用在这里等他了。"

他沉默了一会儿，"其实我在等你。"

我蓦地睁大了眼睛，如果不是紧紧地抓住栏杆，几乎要跌坐在地上。

他眼中划过一丝遗憾，"我一直没有机会跟你说一声谢谢。"

我心里松了口气，亦涌上淡淡的失落，"没什么，我说过我并不是为了你。"

"我是不是做错了什么？"他突然问，"我感觉你一直在躲着我，我是不是做错事情或者说了什么话让你不高兴了？"

我怔怔地望着他闪烁着隐隐火光的眼睛，他是在乎着我的么？

即使知道我不是辰溪，依然在乎着我的么？

忍耐着的委屈铺天盖地涌了上来，我微笑着将它们强压回去，"怎么会，你知道我之前接近你是为了傅雨希，现在你决定要重新画画，我当然没有再接近你的理由了。"

"原来是这样，"他释然地笑了起来，"看来真的没有再见面的理由了呢。"

心像被刺穿一般，血液代替眼泪一直往外流。

我知道，他再也不会站在这里等我了。

5

我走到家门口闻到有炒虾仁的味道，立刻猜出了谁在我们家，进去却只有傅雨希趴在餐桌上像饿鬼一样扒着饭。

"我妈呢？"我懒得正眼看他。

"去上班了。"他头也不抬地把最后一口吃下去。

"那你为什么还在这里？"我无语地问。

他放下碗舒服地倚在椅子上，"我在等你啊。"

"等我给你刷盘子还是切水果？"

"才不是呢，"他抬头认真地看着我，"我终于想明白你为什么生气了，你是不是气我让他们加入进来才退出的。"

"我没有。"我面无表情地说。

"你早说不就好了，"他讨好地拉住我，"不过现在也不晚，我退出他们的节目，和你一起拉小提琴。"

他大概以为我会感动得涕泪横流，可我却冷笑起来，"你还真把自己当回事啊。你是不是觉得我陈简佳离了你傅雨希就一无所成，所以特地跑到这里施舍冷饭。"

"你怎么这么不识好歹，"他气急败坏地说，"亏我特地跑来帮你，真是狗咬吕洞宾。"

"用不着你这么好心，"我冷着脸送客，"我的事不用你管，你吃完了就走吧。"

他百般委屈地被我轰出去，隔着门抱怨道："你最近怎么了，一点都不像你。"

我狠狠踢了一脚门作为回应。那怎么样才像我，站在你身边不争不抢像个默默无闻的傀儡么？

我刚要收拾完碗筷，电话就响了，我没好气地接起来，"你又干吗？"

"是陈简佳么？"对面是一个成熟男人的声音，"我是《初雨声》的赵编辑，你还记得我吗？"

"记得。"他和何冷杉的对话我永远不会忘记。

他感觉到了我的淡漠，声音局促起来，"是这样。你周末有时间来帮我们拍照么？你的气质真的很特别，我想请你再来一次。"

"是吗，"我淡淡地说，"我一个人去就可以了么？"

他顿了一下，"如果可以的话，请带上次和你一起的男生一起来。上次没有留下他的联系方式，能不能请你……"

我面无表情地挂断了电话。

6

第二天我走进教室，到处都堆着花花绿绿的衣服和亮眼的饰品，讲台上还放着几顶小丑的帽子。

"这是什么？"我嫌弃地拎起韩默萧桌子上一件贴了大片红花的绿裙子。

"晚上表演用的衣服，"韩默萧抱着一堆衣服坐下来，"待会儿还有一箱要搬呢。"

"你晚上准备穿这个？"我皱起鼻子把衣服递给她。

"是全班都穿，"她大方地把那件衣服展示给我看，"不过每个人的都不一样，话剧社社长人很好，我和雨希求了她一会儿，她就打开仓库任我们拿。"

"社长是个女生吧。"我冷笑着问。

"你怎么知道？"

我同情地看着韩默萧，居然有比我还不懂人情世故的人。

"这些衣服也是雨希的主意，"她一脸崇拜地说，"他说大家穿着华丽抢眼的衣服一起跳舞特别热闹，于是全票通过了。"

我不屑地撇撇嘴，傅雨希就算提议全班都穿泳装大家也会买他的账。

我环视了一圈，这些花里胡哨的衣服不仔细看倒真的很华丽。不愧是话剧社的存货，公主王子的服装就不用说了，还有海盗的、骑士的、鬼怪的……奇怪的装束应有尽有。

"你表演的时候要不要也穿一件？"韩默萧笑盈盈地拿起一件递给我。

我嫌弃地走开了，我虽然演奏的是《流浪者之歌》，也不至于真的打扮成要饭的。

新年晚会礼堂里我们班的座位区十分显眼，连平时面无表情的校长路过时也着实吓了一跳。我作为其中唯一穿着校服的人，看起来却是最古怪的一个，像混进妖怪群的人类一样。

班上的节目排在最后一个，我的节目是倒数第三个。我暗自庆幸着不用在座位上欣赏这场群魔乱舞，同时接受其他班投来的鄙夷视线。

我准备去后台练一会儿琴，而我打开琴盒时失声叫了出来，琴弓竟然断掉了！那把弓子断掉的地方很整齐，是被人用锯子之类的东西割断的。

"谁这么缺德。"韩默萧咬着嘴唇说。

几个同学听到我的叫声，围过来看出了什么事。

"这也太过分了。"一个女生同情地说。

"我看未必，"旁边的男生意味深长地打量着我，"不会是你拉得太差劲怕丢人，自己偷偷折断了吧。"

周围立刻传来窸窸窣窣的议论声。

"我就奇怪她报了那么难的曲子，明明那么简单的都拉得很糟糕。"

"对啊，也没见过她练习。"

"你们别这么说！"韩默萧生气地打断她们。

"默萧，"我拉住她，"你能再帮我去音乐社借把琴么？"

十分钟后韩默萧哭着跑回来，"怎么办，音乐老师说琴全被借走了。"

"怎么会？"我疑惑地问。

"她说十三班有小提琴合奏，琴都给了她们。"

十三班……是秦夕颜和苏梦柯的班。我们去了十三班座区，果然他们班的女生每人拿着一把琴。我找到秦夕颜说了借琴的事。

她漠然勾起嘴角，"可是你看到了，我们也要用琴。"

"不是每个人都用吧，"我看向苏梦柯，"至少据我所知，你不会拉琴吧。"

秦夕颜挡在她前面，"梦柯虽然不会，但可以在上面做样子，就像南郭先生一样。"

滥竽充数居然被她说得很了不起的样子，我无语地问："你们的节目是第几个？"

"倒数第五个。"

我松了口气，"我的是倒数第三个，你们用完我再来借可以吗？"

"真不巧，"她歉意地笑了起来，"我刚想起来我们的是倒数第二个，抱歉了。"

她绝对是故意的。

"好了，"苏梦柯拉住秦夕颜示意她别再跟我浪费时间，"准备上台吧。"

秦夕颜高傲地看了我一眼便离开了，她的高跟鞋发出的声音此刻听起来格外刺耳。

而我和韩默萧唯一能做的就是去主持人那里把我的节目取消掉。

7

我躲在礼堂后面，看到班上的人都去后台准备才敢往回走。而当我回到座位，却发现傅雨希还留在那里。

这家伙不会睡着了吧，我用力拍拍他的脑袋，"醒醒！"

"你打我干吗，"他生气地捂住头，"没看见我眯着眼睛么？"

"那你怎么还在这里？"我不解地问，"你们的节目不是要开始了么？"

"是啊，那又怎么样？"他一脸事不关己的样子。

"什么怎么样，"我无语地说，"全班都要上台吧，你还坐在这里干什么？"

"那你还不是坐在这里。"他挑起眉毛看我。

"我和他们又不是一起的。"

"所以没错啊，"他耸耸肩膀，"谁让我和你是一起的。"

我干瞪了他半天，终于无言以对。

出乎我意料的是，这个被傅雨希瞎指挥一通的节目居然意外出彩。

就像有些人尽管五官都不好看，但凑在一张脸上却变成了大美女。幼稚到不能再幼稚的旋律，愚蠢到不能再愚蠢的服装，笨拙到没有一个动作整齐的舞蹈，但这些凑在一起却拼出了明艳动人的青春。简单又欢快的旋律中，所有人拉着手在台上旋转，男生们做着各种逗乐的动作，女生们华丽的裙子转来转去，绽放出如马戏团一般的欢快气氛，只是远远看着就能感觉到快乐。连台下的观众也情不自禁地跟着他们一起晃动起来。

舞台上最抢镜的徐瑶对着话筒喊道："大家拉起手跟我们一起唱歌跳舞吧，让我们一起度过这灿烂美丽的新年！"

台下爆发出一阵欢呼，所有人拉起旁人的手纷纷起身，随着音乐一起歌唱，场面比今晚任何时刻都要热烈。

也许我该感激那个弄断琴弓的人，即使没有上场我也知道，这一次我又输了。

阴暗晦涩的《流浪者之歌》在这种时刻真的比不上光明灿烂的《Jingle bells》，就像黯淡无光的我永远都无法胜过散发着光芒的傅雨希。

我正望着舞台发呆，傅雨希却把手伸了过来。

"干吗？"我嫌弃地瞪他，我才不会跟他手拉手呢。

他却开心地笑了起来，"我们也上去吧。"然后他不容分说地把我拖到了后台，二话没说就把我往舞台上推。

"我不去！"我生气地挣脱了他，"要去你自己去，我可没那么厚脸皮！"

他眼睛亮了一下，指向我的身后，"你看那个！"

"我才不看呢，"我冷冷地说，"你休想趁我不注意推我上去。"

"服了你了。"他无语地走到我身后，颇有兴趣地摆弄着上个班表演魔术穿的几套小丑的衣服，他捡起一个镶满粉色花花的眼镜戴上，"我们戴上眼镜或面具，再穿上这些衣服不就没人认出来了么？"

"这么丢脸的衣服我才不穿。"我嫌弃地看着他把红色的小丑衣服往身上套。

"他们穿的也强不了多少好不好，"他显然对自己的扮相很满意，"这样混进去才不会被看出来，难道你想穿校服上去？"

我极不情愿地穿上蓝色的小丑衣服，戴上面具，被傅雨希拖上了舞台。

我不安地想如果有人质问我该怎么解释，结果我还没站稳就被前面的同学迅速拉进了队伍里。肩膀被后面的人搭上了，我被推着跟前面的连成一个圆圈，我尴尬地把手搭上前面人的肩膀。

然而没人理会我的尴尬，所有人都开心笑着，大声唱着歌。我的心情渐渐放松下来，之前的担心和顾虑竟是那么多余。现在我只感受纯粹的快乐，虽然很丢脸，但真的很快乐。

被快乐感染的并不止我一个人，越来越多的学生从观众席跑上来加入我们，围成一个又一个圈，欢快的舞蹈的队形随机变换，和我拉手转圈的人也不断更换。

我偷偷溜到舞台的角落坐下来休息，微笑着望着舞台明亮的灯光在不远处舞动的人群头顶上闪烁。

"你居然在这里偷懒。"傅雨希抱怨着在我身边坐下来。

"你怎么找到我的？"我好奇地问。

"很容易啊，"他坏笑着拽了拽他的衣服，"别忘了我们穿的可是情侣装。"

我愣了一下，刚才居然没有发现这一点。

"傅雨希！"我刚要反驳，身穿公主服的徐瑶急急忙忙地跑过来，"你去哪儿了，我们到处找你！"

"我刚才在后台迷路了。"傅雨希忘了自己带着那样一副眼镜，依然以为自己笑容无敌。

徐瑶焦急地拉起他，"快到前面去，再唱一遍就要谢幕了。"

8

仿佛会永远持续下去的舞蹈终于结束了，舞台的灯光渐渐暗下去，聚光灯打在站舞台前面几个谢幕的人身上。傅雨希站在最中间的位置，因为是被人突然拽过来的，他有些手足无措，令我欣慰的是他那个花眼镜已经摘下来了。

徐瑶作为领舞首先致辞，她声音好听而且完全不紧张。班主任和男领舞都讲完，话筒不知道怎么传到了傅雨希手里，他完全没想到会被委以重任，居然对着话筒傻了眼。而整个礼堂因为他的傻眼陷入了沉静。

我着急起来，什么都好，你倒是说话呀。

傅雨希很少有词穷的时候，而他每当词穷就会傻笑。我只是没想到他居然在这种场合依然对着话筒傻笑起来，整个礼堂被他回荡着的笑声惊得一愣一愣的。最后他大概是决定破罐子破摔了，开心地大喊一声："新年快乐！"

几秒钟的寂静后，观众席爆发出阵阵笑声。我都为他感到脸红，环顾了四周想找人交流一下嫌弃的眼色，却惊讶地发现找不到这样的人。因为他们全都在望着傅雨希。

而他们的眼中，没有丝毫我想寻找的嫌弃。

台下的观众瞪大眼睛看着他，期待着他接下来想要说什么。

周围的同学认真望着他，眼神中全是欣赏和宽容。

所有人的目光全都凝聚在他身上。

这种场景好熟悉……不愿回想的事情，避免触碰的东西，在脑海中翻滚起来。

何冷杉得意地笑着，"和她在一起的那个男生看起来很不错，赢过他会很有成就感吧。"

赵哥严肃地叼着香烟，"和她一起来的那个男生条件真的接近完美，我需要她的帮助。"

秦夕颜高傲地扬起下巴，"我是为了傅雨希才会放下姿态接近她，真是浪费我的时间。"

我妈一脸失望地叹息，"雨希今天没来？"

谢安璃温柔地勾起嘴角，"果然是这样。"

为什么……为什么都只看着他？

这个只会傻笑的人，这个从来都没有努力过的人，到底有什么好看的？为什么所有人的目光都凝聚在他身上，为什么所有的光芒都聚集在他身上？

我委屈地望向傅雨希站立的，被聚光灯的光芒锁定的地方。那是我曾经以为我会一直伫立着的地方。而现在的我躲在他身后黑暗的角落里，显得格外灰暗和不起眼。

我变得黯淡无光的原因，其实我早就有所感觉了，却总下意识地避开，不愿去想这个可能性。而现在答案那样清楚地摆在我眼前，令我避之不及。

——我离傅雨希太近了。

周身散发着光芒的他太耀眼，无论走到哪里都会吸引所有人的眼光，所以离他最近的我显得格外平淡黯然。

也许我的光芒还在，只是被他遮住了而已。

他就像一道光筑成的高墙一样，把我的光挡得严严实实，让所有人都无法看到。

因为有他在，所以没有人能看得见我。

只要有他在，就没有人会看我……

眼泪流在面具里，连呼吸都变得困难，面具上却依然是小丑的笑脸。可笑又可悲的我，居然选择了一套如此适合我的装扮。

9

光芒是比黑暗更可怕的东西，因为光芒可以驱散黑暗，亦可以吞噬光芒。

就像我寻找着的那些光芒被城市的光芒吞噬一样，傅雨希他吞噬了我的光。

一点点，一天天，一年年……

我为自己光芒的流逝痛苦得不能自已，而他却毫不知情地在我身边傻笑着。正如他此刻的笑容，明亮又碍眼。

凭什么，凭什么他夺走了我所有的光芒还可以这样心安理得地笑着！

我恨他！

我被心里发出的尖叫吓到了，但心脏却一遍一遍嘶喊起来，一声比一声刺耳，一声比一声强烈。

我恨他！

我恨他！

我恨他！

再也无法忍受的我摘下面具向后台跑去，我看着镜子中覆满泪水的脸，因为恨意变得狰狞。

"你怎么了？"诧异的声音响起，苏梦柯抱着小提琴站在我身后。

我无视她擦干眼泪往外走。

她拦住我，"傅雨希呢，你不等他一起回去么？"

我皱起眉头，"不要跟我提这个名字。"

"为什么？

"因为我恨他。"我咬牙切齿地说。

"你说什么？"苏梦柯无法相信地看着我，"我还以为你喜欢他……"

"喜欢？"我哭笑不得，"他抢走了我所有引以为傲的东西，抢走了我所有珍视的人，抢走了属于我的一切，我恨不得他永远消失！"

苏梦柯沉默着没有说话。

"你能理解我的对不对，"我期待着她的一丝认同，也许世上唯一能认同我的人只有和我一起长大的苏梦柯了，"梦柯我该怎么办，我不想再看见他了，一分钟都不想再看见他了……"

"啪！"耳光狠狠地落在我脸上。苏梦柯脸上从未有过的厌恶，"就凭你也配说不想看到他？傅雨希真是瞎了眼才会跟你在一起！"

傅雨希，又是傅雨希。每个人都珍惜爱护着的傅雨希。

我抚摸着痛得麻木的脸颊笑了起来，边笑边流眼泪。

小时候我绝对不会想到，苏梦柯有一天会为了我们都看不起的傅雨希给我狠狠一巴掌。

我狼狈地跑了出去。一切都变了。我的世界，因为傅雨希一切都改变了。

我不知不觉跑出了学校，被泪水蒙住视线的我不知道自己要去哪里，只在路上横冲直撞。我只知道我不要去桥上，也不要回家，凡是有傅雨希的地方，我通通都不要去！

我要逃吗，在我的光芒还没有全部消逝之前，我一定要逃！

不能再让你抢走我的光芒了，求求你不要再抢走我的光芒了！

"砰"的一声，我撞到一个人身上，被弹到地上的瞬间我还以为撞到了车子。我抱着被撞痛的头坐在地上大哭起来，一只手伸到我面前。

我像抓住救命稻草般紧紧抱住那只手臂，歇斯底里地喊道："带我走好不好，求求你带我去一个没有傅雨希的地方好不好！"

"你没事吧？"担忧的声音令我的哭声戛然而止。我愣愣地望着面前的谢安璃，眼泪鬼使神差地收了回去。

"你说话啊，"他更着急了，"发生了什么事，你和傅雨希怎么了？"

"什么都没发生，"我摇摇头，"我只是不想再见到他而已。"

谢安璃眼里闪过一丝迷茫，"可你不是喜欢他么？"

我怔住了。是啊，我喜欢傅雨希。我是这样告诉谢安璃的。

差一点我就忘记了。差一点所有的努力都要白费了。

要忍耐，陈简佳。无论多痛苦也一定要忍耐。只有这个谎言，一定要坚持到最后。

"是啊，我喜欢他。"我喃喃地说。

"那为什么……"

"因为太喜欢了，"我微笑着望向谢安璃，"明明喜欢却不能告诉他。就算是离他很近很近，就算是这样面对面地看着他，我是谁，我的心情，却一点都无法让他了解……"

"这样不痛苦么？"他的目光中全是心疼。

"痛苦啊，"我苦涩地闭上眼睛，"苦涩到快没有办法忍耐了。"

"那为什么不告诉他呢？"他不解地问，"这么痛苦的话，告诉他不

193

好吗？"

"不能告诉他。"我摇摇头。

"为什么，"他皱起眉头，"你不是对我说过么，只要有勇气的话……"

"是啊，"我的泪水缓缓流淌下来，"可是不告诉他，就是我能做到的最有勇气的事了。"

10

冷静下来的我坐在谢安璃家的沙发上，他递给我一杯热牛奶，"好点了么？"

我尴尬地不敢抬头看他。

"放心吧，只有我一个人住。"他误会了我的尴尬，"我是一个人来橙市的，公寓也是临时租的。"

谢安璃把我带回了家，感觉像领回一只无家可归的流浪狗。我偷偷打量着周围浅米色的沙发和壁纸，架子上摆着一些擦得干干净净的玻璃饰品。独居的环境最能看出一个人的性格，谢安璃的家就像他的人一样，简单、干净，给人温柔舒服的感觉。如果是傅雨希一个人住就会是另外一番景象了。

我硬着头皮解释，"其实今天晚上……"

"没关系，"他打断我，"我没勉强你说，所以你也不用编谎话骗我。"

谎话还没出口就被猜中，我也够失败的。

"但我还是无法认同你说的话，"他严肃地对上我惊讶的表情，"忍耐是所有事情最有效的方法，也是最糟糕的方法，因为它改变不了任何事。你很痛苦不是么，但如果继续忍耐着什么都不做的话，这种痛苦的状态就会一直持续下去。别忘了，这种感觉我比谁都要了解。"

我的心仿佛被狠狠抽了一下，可是除了忍耐我还能做什么呢。

"放心，"他温暖的手抚上了我的头发，"一切都会好起来的。无论你做什么决定，我都会尽力帮你。"

他手心的温度让我那么安心，安心到有一种昏昏欲睡的感觉。谢安璃无奈地笑了，"我去帮你拿毯子，你把牛奶喝完就睡吧。"

我红着脸站起来，"不用了，我马上就回家去。"

他指指墙上的时钟，"快十二点了，路上很不安全。而且你不是怕黑么？"

"那……"

"你可别想让我送你，"他故意往沙发上缩了缩，"别忘了我也是怕黑的。"

他幼稚的动作让我忍不住笑起来，"那就麻烦你收留我一晚了。"

"有件事要提前告诉你，"他想了想说，"你要和我一起睡沙发。"

"你为什么不睡床上？"我警惕地后退了两步。

他耸耸肩膀，"你在这里坐了这么久还没发现么，我家根本没有床。"

我惊讶地环视四周，怪不得这里看起来简洁得过了头。

"不过你不用担心，"他丝毫没发觉自己发言的惊人性，"这里有两张沙发，我们一人一张，你可以先挑。"

"你平时就睡在沙发上么？"我不知道自己应该同情多一点还是崇拜多一点。

"是啊，"他大方地介绍着，"我看书吃东西在这张沙发上，睡觉在旁边这张。"

真是家家有本难念的经，我现在觉得傅雨希那间乱七八糟但有着一张软绵绵的大床的房间相比起来要好得多。

我躺在硬邦邦的沙发上，纳闷为什么傅雨希每次躺在我家沙发上却像躺在龙床上一样快活。

听着谢安璃安静均匀的呼吸声，我渐渐进入了睡眠。然而久违进入熟睡的我居然又做了那个梦。

梦里依然是那座巨大的步行桥，坐在桥栏杆上的女孩又一次站起来呼喊。

"你们为什么都不看见我！"她撕心裂肺的喊叫让我从未有过的

心痛。

我微笑着回答："也许是傅雨希把你的光芒全部挡住了吧。"

我从梦中惊醒过来。难道梦里的那个女孩，是我自己么？

我望向谢安璃，还好没有吵醒他，看来在沙发上睡觉的人睡眠质量就是不一样。

11

清晨我回到院子，欣慰地想着我妈应该还没下班。结果走到二楼的时候门"砰"的开了，傅雨希像鬼一样站在门口看着我。

我吓得差点从楼梯上滚下去，如果不是邻居都在睡觉我一定大声骂他。结果我还没来得及抱怨，他倒先质问起来了，"你昨天晚上去哪里了？"

"在家啊。"我心虚地回答。

"骗人！"他生气地瞪着我，"昨晚你家根本没人，我一直站在这里等着，你明明是刚回来！"

"你一直在这里等？"我吃惊地看着他。

"当然了，"他没好气地说，"大半夜到处找不到人，我都要报警了。"

他眼睛里的血丝让我一阵心疼，他这么担心我，我却……

"我去默萧家了。"我编了个理由。

"真的？"他怀疑地打量着我。

"当然，"我装作不耐烦地上楼，"看了一夜电视，我要回去补觉了。"没等傅雨希追问，我就逃回了家里。

我回到房间，打开衣橱旁边的柜子，被辛爱琳一直觊觎着的柜子。

柜子里没有衣服，更没有木乃伊，有的只是一些落上厚厚灰尘的杂物。

里面最显眼的是一把小提琴，退出小提琴社后我就把它放在里面，再也没有碰过。垫在小提琴下面的是一张围棋棋盘，角落里放着两盒棋子。柜子里还有各种各样的东西，网球拍、毛笔、笛子，象棋……都用了很短的时间，就被我丢进了柜子。

柜子右边空着的地方，曾经放着我的画笔和颜料。如果不是溪辰的《光芒》，它们现在依然躺在那里。

这些都是曾经被我封锁起来，永远不想再看见的东西。

是我因为不想输给傅雨希而放弃的东西。

我知道的，傅雨希并没有错。他一直像刚才那样关心着我，忍让着我，从未刻意与我争夺任何一样东西。

是我自己不甘心而已。因为不甘心，所以才会那么痛苦。

可是谢安璃说得对，如果什么都不做，这种痛苦的状态会一直持续下去。

这个柜子里的东西已经够多了，真的够多了。

我不想再为了傅雨希放弃更多的东西了。

12

周一我把新的志愿表格交给许老师，"老师您说得对，Z大的确不适合我。"

她露出了欣慰的笑容，"你想通就好，不过这只是拟报，最后还是看你的高考成绩，说不定你还有考Z大的希望。"

我摇摇头，无论取得多高的分数我也不会去Z大的。

因为那里有傅雨希在。

放学后我请傅雨希吃东西，他像太阳打西边出来一样看着我。但他一点也没跟我客气，在商店街吃了一圈后，最后还打包了两份虾球。

回家路上他得意忘形地把手搭在我肩膀上，"你今天怎么这么懂事，对我这么好？"

我难得没有把他的手打开，"你喜欢的话，我每天放学都陪你出来玩。"

他的手迅速缩了回去，警惕地打量着我，"你没发烧吧？"

"你才发烧了呢！"

能和傅雨希这样在一起的时间，也许不到半年了。至少在这些时间里，我希望他可以一直这样开心。

记得我生日那天，他也像现在一样走在我身边，"你不是要考 Z 大么，我也会去 Z 大的，怎么可能会分开？"

"那工作以后呢，你也跟着我？"

"当然了，你去哪里我就去哪里。"

我心里一阵酸楚。对不起傅雨希，我要害你食言了。

我也曾经以为，我们会一直像这样走在一起。

尽管我舍不得你，非常非常舍不得你。可是，我真的不能再失去再多东西了。我也不忍心再为了自己的不甘心继续恨你。去恨无数次包容我任性的你，去恨真心把我当成朋友的你。

所以我们也许就只能走到毕业那天了。让我们开开心心地走完这几个月。在我的回忆中，你依然会是我最珍重的朋友。

我抬头望着夜空，"傅雨希，你知道北极星是哪一颗么？"

他仰起头傻乎乎地转了个圈，指着最北边最亮的那颗星星，"那个啊。"

"你怎么知道？"

"它是最大最亮的星星不是么？"他理所当然地说，"这种事小学生都知道吧。"

"那么离北极星最近的那颗星星，你知道叫什么？"

"不知道。"

"为什么？"

他想了想："因为它没有名气吧。"

"为什么没有名气？"

"因为它不如北极星亮？"他终于想出一个理由。

"猎户座、仙女座都不如北极星亮，为什么大家能叫出它们的名字呢？"

"干吗啊陈简佳，莫名其妙地抬杠，"他恼羞成怒地说，又抬头幼稚地跳了几下，"北极星旁边有星星么，我怎么看不到？"

"因为太近了。"

"什么？"他愣了一下。

"因为它离北极星太近了，被北极星明亮的光芒挡住，所以大家都看不见它的存在，"我微笑着望向他，"不觉得很可悲么？明明也是发亮的星星，却被当作天空中黑暗的部分。"

傅雨希纳闷地看着我没再说话。

也许我们分开后的某一天，你会明白我的意思吧。

13

在楼下看见苏梦柯的那一刻，我知道和傅雨希仅剩的和平时光要提前结束了。

趁傅雨希喋喋不休没看到她，我掏出二十块钱塞在他手里，"我想吃冰淇淋，你去超市买吧。"

"不用了，"他良心未泯地把钱推给我，"你都请我吃了一晚上东西了，我请你吃就好了。"说完他开心地跑去了旁边的超市。

"我记得某人亲口说讨厌傅雨希，现在又笑嘻嘻地走在一起算是怎样？"苏梦柯不知什么时候站在了我面前。

"关你什么事？"我皱起眉头。

"当然关我的事，"苏梦柯挑起眉毛，"怎么说傅雨希曾经是我的朋友，我不忍心看他像傻瓜一样被你欺骗。"

想到傅雨希知道真相后失望的表情，我的心狠狠地拧成一团。

"怎么样，"她轻轻勾起嘴角，"是你亲自说，还是我代替你？"

"不劳你费心，"我坦然对上她的视线，"我会自己告诉傅雨希的。"

"告诉我什么？"傅雨希抱着两盒冰淇淋站在身后疑惑地看着我。

"没什么。"我心虚地别开脸，却正好迎上苏梦柯幸灾乐祸的目光。

"你怎么在这里？"傅雨希充满敌意地看向她。

苏梦柯微笑起来，"回来看看你们不行么？"

我推了傅雨希一下，"你先上去吧，我们还有事要说。"

他却警惕得很，"有什么不能当着我面说的，一起去我家说不行么？"

"就是啊，"苏梦柯笑得意味深长，"有什么不能当着傅雨希说的呢？"

我只好跟着他们上了楼，傅雨希进门后瞪了苏梦柯一眼，"有事快说，说完快走。"这是他每次去我家时我的台词。

苏梦柯却没在意他的态度，"不是我，是陈简佳有话跟你说。"

"什么事？"傅雨希好奇地看我。

"我……"一旦说出口，一切都无法挽回了，我尴尬地低下头，"我想问你除了冰淇淋还买了什么，我肚子饿了。"

"我还以为你要说什么呢，"他无语地说，"你等一下，我去厨房看看有什么吃的。"

苏梦柯一副早就料到我不敢说的样子在沙发上坐下来，预想中的逼供大会居然演变成了三个人围在茶几旁吃东西的局面。

"你是故意放在我面前的么？"我愠怒地把装虾球的盘子推给傅雨希。

"挑食的毛病一点没改。"苏梦柯冷冷地说。

"那又怎么样，喜欢和讨厌分得清清楚楚的不是很好么，"傅雨希皱起眉头反驳她，"总比那些虚伪的人好得多吧。"

我被可乐狠狠呛了一下。

"没事吧？"傅雨希递过来一杯水。

苏梦柯发出一声讥讽的笑声，"大概是心虚了吧。"

"心虚也是你吧，"他像小狮子一样怒气冲冲地瞪着她，"陈简佳虽然不会说什么好听的话，但绝对不会说谎，喜欢和讨厌都会清楚说出来，和你这种人可不一样。"

我愣愣地看着他。傅雨希原来是这样看待我的，这份信任让我感到无地自容。

我居然坐在这里边说谎边堂而皇之地接受着他的信任，只为了几个月后安心地从这份友情里全身而退。

就算失望也没关系，我不想再辜负他的信任了。

我"啪"的把杯子拍在桌子上，"傅雨希，我有话和你说。"

"怎么了？"他吓得缩了下脖子，第一反应就是以为什么地方惹我生气了。

我认真地看着他，"我骗了你，其实我……"

"其实你去超市的时候她往虾球里吐了口水。"

我和傅雨希同时惊讶地看向苏梦柯。

"陈简佳！"傅雨希先反应过来，愤怒地瞪着我，"我就知道你突然对我这么好没安好心！"

我依然呆呆地望着苏梦柯，她却若无其事地笑了，"怎么，没整到他生气了？"

我把苏梦柯送到楼下，忍不住问："为什么阻止我？"

"说了又怎样，"她面无表情地说，"受到伤害的人只有傅雨希。"

"你喜欢傅雨希是吗？"我认真地问，"如果不是喜欢他，你怎么会怕他受伤害？"

"没错，我喜欢他，"苏梦柯倔强地笑了，"既然你知道了，就请你记住，如果你敢伤害他我就让你好看。"

苏梦柯的笑容让我难过。她一定很喜欢很喜欢傅雨希，否则不会明明那么讨厌我，却还是帮我掩饰过去。

就像我选择把我是辰溪的秘密埋在心底一样。不希望喜欢的人受伤的心情，都是一样的吧。

"陈简佳，我要你发誓，"她的表情严肃而不容拒绝，"如果今天你没有说，那么永远都不要把这个谎言说破。"

我认真地点头，"我发誓。"

只是苏梦柯你不知道，我和傅雨希之间早就没有永远了。

14

这一年虽然波折不断，但剩下的日子还算平静。我和傅雨希依然和平相处，谢安璃也在努力为画展做准备。转眼间就到了除夕。

除夕夜我妈和每年一样在医院值班，我则是带着她包好的饺子去傅雨希家过年。唯一不同的是今年傅雨希的爸妈在城南不回来，而谢安璃和韩默萧也来和我们一起过除夕夜。

谢安璃比我想的好请得多。但他并不是怕一个人在公寓过年孤独，而是担心李希心血来潮会来找他串门，于是不得不主动求助于我。于是当傅雨希乐呵呵地吃着零食开门看见提着礼物的谢安璃的时候，条件反射般"啪"的把门关上。

"你关门干吗？"还好我刚好从厨房出来看到这一幕。

"你可没告诉我他要来。"他臭着脸说。

我警告地看着他，"他是来找你的，你不是他的好朋友辰溪么。"

他悻悻地把门打开，对一脸迷茫的谢安璃说："抱歉，刚才把你看成查水表的了。"

虽然傅雨希他妈不会做菜，但对饺子这类能在开水里滚熟的食物还是很擅长的，所以过去我们每个除夕靠着我妈包的饺子过得也算充实。可现在我们对着这些饺子傻了眼。

韩默萧从到傅雨希家就一直在帮他打扫，我实在不好意思再叫她做饭，就和傅雨希两个人在厨房里研究。

"我要不要问一下谢安璃？"我往客厅看了一眼。

"问他还不如去问垃圾桶，"他不屑地撇撇嘴，"一个生活品质低下到家里连床都没有的人，怎么可能会做饭。"

虽然傅雨希的话冲了些，但这次我却认同了他的观点。

我们决定先下几个饺子试试看，烧好水后便开始了无休止的争论。

"应该用碗放进去还是用手放进去？"

"一个一个放还是一起放？"

"慢慢地放么？这样么？"

我和傅雨希互相抢问着，却没有一个人回答。

"准备好了么？一二三——啊！"

"怎么粘成一团了？"

"怎么在锅底吱吱啦啦的响？"

傅雨希笨手笨脚地想把饺子捞出来，我嫌弃地把他推到一边，"笨死了，我来。"

我拿着铁铲想把那些饺子分开，没想到手一滑把饺子拍扁了，馅撒得到处都是，成了一锅烂泥。

傅雨希幸灾乐祸地笑了，"干得好啊陈简佳。"

我把铲子扔到一边瞪他，"你有什么资格说我。"

"当然有资格，"他意气风发地说，"我可是我妈的儿子，不会做饭也没什么奇怪。你却连你妈一丁点优点都没遗传到。"

我被他的歪理噎得无话可说。

"你们两个在干什么？客厅里都有一股怪味，"谢安璃捂着鼻子推开厨房的门，睁大眼睛看着那锅惨不忍睹的东西，"这是什么？"

"你问陈简佳，"傅雨希一副事不关己的样子，"这可是她的杰作。"

我硬着头皮说："无敌好吃宇宙无敌特级无敌饺子。"

他难以置信地往冒着热气的锅里看了一眼，表情好像查看一口传说有女鬼的井。他一脸嫌弃地把锅里的东西倒掉，然后把手伸向我，"饺子给我，我来煮。"

傅雨希赶紧挡在锅前面，"其实我觉得陈简佳做的虽然样子难看了点，至少是能吃的对吧。"说完拼命向我使眼色。

"是啊，再试一次一定能成功的。"我难得和傅雨希站在同一阵营。

"你们什么意思？"谢安璃脸色变得不太好看，我们只好乖乖让开了。

接下来的十分钟，谢安璃不仅在我们两人面前呈现了一盘完美的水饺，还顺手炒了一盘色泽亮丽的西芹炒山药。

狗眼看人低……这是我和傅雨希交换眼神的那一刻对我们的准确认知。

"好了，厨房就交给我，"谢安璃毫不客气地下了逐客令，"再做几道菜就可以吃饭了。"

我们像两个小丑一样灰溜溜地走出了厨房。

15

吃饭前傅雨希不知道跑去哪里了，我找了一圈才发现他趴在父母床底下翻箱倒柜，我狐疑地走过去，发现他正从小箱子里拿出一样东西。

"傅雨希你竟然敢在卧室里藏酒？"我目瞪口呆地看着他手上那瓶高粱酒。

"吓死我了，"他手一抖差点把酒摔到地上，回头抱怨道，"你刚才声音那么粗，我还以为我爸站在背后呢。我哪有钱买这个，"他继而得意扬扬地解释，"这是我偶然发现的，原来我爸还藏着这种好东西，我尝了一口味道还不错。"

我皱起眉头，"你敢喝你爸的酒，就不怕他揍你？"

"你现在又像我妈了，"他无奈地叹了口气，"今天是除夕啊，除夕的意思不就是一起喝酒嘛。"

除夕的意思就是一起喝酒，小学文化课的老师听到会哭的吧。

"小简，吃饭了，"韩默萧好奇地把头探进来，"你们在聊什么呢？"

"没什么……"傅雨希赶紧把酒往背后藏。

我冷冷瞥了他一眼，对韩默萧说："傅雨希说除夕夜要喝酒庆祝，你觉得怎么样？"

我以为韩默萧会尖叫一声"这怎么可以呢"，然后整整一晚对傅雨希进行酒危害的教育。看傅雨希垂头丧气的样子，他大概也预测到结果了。

"真的？"我和傅雨希愣住了，因为她的语气中明显充满……兴奋？

"太好了，"她一脸期待地说，"其实我早就想试一次了。"

"对吧对吧，"傅雨希的气焰立刻嚣张起来，他放心地把酒亮出来，拍拍韩默萧的肩膀，"我果然没看错人，让我们痛痛快快地喝到天亮吧！"

我看着他们的背影一阵毛骨悚然，真是人不可貌相，如果韩默萧再早一点认识傅雨希，在他的指导下估计现在性格比辛爱琳还要张扬。

好在傅雨希那句"喝到天亮"只是大话，他喝了两杯就红着脸倒在沙发上高唱古天乐那版《神雕侠侣》的片尾曲，"啊啊啊啊"地号叫个没完。

"新年快乐。"谢安璃微笑着把酒杯端给我。

我微笑着接过来。虽然只喝了一小口,但我辣得眼泪都流出来了。没过一会儿就头昏眼花。

"小简你喝醉了,来这边休息一下。"恍惚中我被韩默萧扶着坐到傅雨希那个醉鬼旁边。难道我真的喝了一口就醉了,岂不是说明我比傅雨希更不济?

"这么难得的机会,我们就窝在这里看电视么?"傅雨希终于停止了唱歌,不满地盯着电视上千篇一律的歌舞。

"那我们出去转转吧。"谢安璃提议道。

"好啊,"我拍拍傅雨希的肩膀,"你不是有风筝么,我们出去放风筝吧。"

听到自己的话,我确定我是真的喝醉了。谢安璃和韩默萧看我的目光充满了震惊。

"太好了,我也是这么想的。"傅雨希开心地从沙发上跳起来表示配合,然后他东倒西歪地跑进了房间。

"来,让你们观赏一下我的风筝。"他拿着那个巨大的蝴蝶风筝晃晃悠悠地从屋里走出来,风筝翅膀在谢安璃肩膀扫过的时候,他嫌弃地闪了一下。

"怎么样?"他炫耀地把风筝展示在他们面前。

"和你很配。"谢安璃即使喝了酒也依然做出了中肯的评价。

16

我们拿着风筝去了天台。除夕夜所有的邻居都待在家里,否则我就算喝醉了也不会站在这么显眼的地方做这么丢脸的事。

韩默萧的脸被冻得红红的,她往手上呵着气说:"我听说新年在风筝上写下愿望再放飞很灵的,我们也试试看吧。"

"好啊,"我拍了傅雨希一下,"把风筝给我。"

"不给,"他小气地抱着风筝躲开,"这是我的风筝,你们都不许写。"

说完他掏出一支签字笔，在风筝翅膀上写了几个字。

"你写了什么？"我凑上去想看个究竟，他却用手紧紧捂住，"我才不给你看呢，否则就不灵了。"

我一阵无语，忽然意识到今晚我对他的风筝表现得如此感兴趣实在丢脸，于是赶紧走开了。

"小简，你要不要和我们一起放烟花？"韩默萧手里拿着两支闪烁的烟火向我奔跑过来。

"你从哪里弄的？"我好奇地问。

"我来的时候买的，"谢安璃抱着一堆烟火从她身后出现，"不过傅雨希好像把它们当成吃的放进厨房了。"

我居然在那个放满烟花爆竹的厨房里下了那么久的饺子还能全身而退真是命大。

于是我们三个人开心地玩起了烟花，看着那些明亮的火光我才觉得自己又回到了新年的正常气氛，当然，必须要忽略那个不远处津津有味放着风筝的人。

"小简，"韩默萧突然激动地拉住我，"我好像看见流星了。"

我惊讶地看向天空，却什么都没有看到。

"怎么可能有流星，你是不是喝多了眼冒金星了？"傅雨希凑了过来，他肯定早看见我们在放烟花心痒得不得了，只是在找台阶下而已。

"也许吧，"韩默萧失落地说，"反正新年看见流星又不是什么吉利的事情。"

"你喜欢流星么？"我遗憾地看着她。

"是啊，"她眼中闪烁起流星般的光彩，"可能因为我自己没什么存在感，所以我喜欢那种很亮很亮的东西，就算只是一瞬间也喜欢。"

我沉默了一会儿，向她露出了一个大大的笑容，"那么我做个流星给你看。"

我趁傅雨希没注意一把抢过他的风筝，把烟花绑在风筝上点燃然后放飞出去。我发现冬天放风筝意外的合适，即使上面绑着烟花也能飞得很高。闪烁着光亮在黑夜中飞行的风筝很美，黑暗掩盖了风筝本身，只看见火焰在空中划过，就像是带着闪烁着火光的星星。

"很漂亮吧。"我得意地看向韩默萧，她一个劲儿地点头。

但是没过多久，那团火光却越变越大，还冒出了浅色的灰烟。

"怎么烧起来了？"我吃惊地看着风筝在空中烧成一团火焰，直到把连接我手中的线烧断飘向远方。

"想也知道会烧起来的吧。"傅雨希阴沉的声音在身后响起。

我尴尬地看着他越变越黑的脸后退几步，"我奶奶说过年的时候不能发脾气，来年会招霉运的。"

他的脸比刚才更黑了，"你把我的风筝烧了，还诅咒我招霉运……"

"对不起，"我忍住笑道歉，"我赔你一个就是了。"

"算了，"他无奈地叹了口气，"反正我也习惯了。"

"你们快看，"韩默萧指着远方惊喜地叫了起来，"真的像流星一样啊！"

我们往风筝的方向看去，那团明亮的火焰在风中越飞越远，渐渐成为一个亮亮的点。

傅雨希别扭地哼了一声，"更像被炸飞的灰太狼吧。"

我们放完所有烟火，天空开始泛出微白。于是我们在天台上坐下来一起等待日出。

这大概是我人生中最幸福的一个新年了吧。最重要的朋友，最喜欢的人，可以和他们一起迎接新年的太阳。

然而这样的幸福也是最后了吧。明年的这个时候，我们不知道各自要在什么地方，看着陌生的城市里同样的太阳。

但是，我会永远记得这一刻的。

在我的满心期待中，太阳慢慢升了起来，染红了东边的天空。

我望向身边的三个人，却发现他们已经睡着了。可惜在这么美丽的日出下，醒着的却只有我一个人。

以后怀念着的，大概也只有我一个人吧。

六　战场

1

新年的第一天，我醒来居然躺在傅雨希的床上。

我记得清晨明明和大家一起在天台看日出，为什么现在会在这里？

难道是我做梦了？可是这个梦是从什么时候开始的，是日出前还是喝醉的时候，或许是更早？

我走出房间到处寻找傅雨希，发现他在厨房里津津有味地吃着昨晚的剩菜，看来至少谢安璃他们来过这一部分是真的。傅雨希这家伙昨天一口咬定谢安璃做的菜吃了会中毒，现在却连凉的都吃得这么起劲。

"你醒了？"他尴尬地把盘子往后藏。

我顺势拿了两个凉饺子塞进嘴里，"我怎么会在你家，我们不是去看日出了么？"

"你说呢？"他翻了个白眼，"真服了你们，看个日出也能睡着，还不是辛苦我把你背回来。"

我一阵纳闷，为什么我记忆里睡着的是他们。

"他们呢？"

"不知道，"他继续把东西往嘴里塞，"我走的时候他们还在睡，大概已经回家了吧。"

我疑惑地看着他，"在哪里睡？"

"天台上啊。"他理所当然地说。

"我真是服了你了。"我无语地往天台跑，怎么会有这种不负责任的人，新年第一天把熟睡的朋友扔在天台上。但当我赶到时，那里只有我们放烟花留下的一堆黑色痕迹。

"我说他们回去了吧。"傅雨希没有丝毫愧疚地打了个呵欠。

我只希望他们在心里骂他的时候不要把我当成帮凶才好。寒假结束前，我应该没有机会和他们见面解释了。而我的假期到大年初五就结束了，初五开始我要去辅导班。

难得这几天傅雨希去城南和他父母住，我正为短暂的清静感到欣慰，辛爱琳却半夜拖着行李箱出现在我家门前。

她眼泪汪汪地盯着我，"怎么办陈简佳，我们就要告别了。"

"什么意思？"我不明白她在说什么。

"你不知道么，"她拖着箱子往里走，"我爸和你妈的事儿吹了，看来我们这辈子有缘无分了，我不能再来你家了，也吃不到你妈做的饭了。"

最后一句才是真心话吧，我无语地问："你带箱子来干吗？"

"来和你住几天啊，"她亲热地拉住我，"度过我们仅存的甜蜜日子。"

我后背一阵发冷，瞬间开始期盼初五赶紧到来。

终于等到这一天，我好不容易逃离辛爱琳寄生的家，居然在院子门口遇见拖着行李回家的傅雨希。

"我们出去转转吧。"他兴冲冲地拉住我。

"我是很想去，"我装作遗憾地说，"可惜我要去辅导班。"

"什么辅导班？"

"当然是寒假高考冲刺班了，"我指指鼓鼓囊囊的书包，"难道你以为我是去学瑜伽么？"

"太过分了，"他不出所料地生气了，"你报辅导班为什么不告诉我？"

"我为什么要告诉你，"我不以为然地撇撇嘴，"再说你这个年级第一名也没什么去辅导班的必要吧。"

"我不管，我就要去！"他不讲理地尾随我去了辅导班。但他不管自然有人管，凭他是谁，没交学费就是不让进。

晚上傅雨希果然站在院子门口堵我，我赶紧躲到围墙后面，却发现谢安璃居然也在，两个人的表情都很严肃。

"你什么时候走？"傅雨希问。

"明天。"

我心里咯噔一下，明天谢安璃就要走了么？

"那你还回来么？"

谢安璃沉默了一会儿，"之前说过了，不会回来。"

巨大的失落感顿时席卷了全身。

"这几个月谢谢你，"谢安璃微笑起来，"但愿能再见面吧。"

傅雨希拧起眉头，"你就这么走了，不跟陈简佳说一声么？"

谢安璃轻轻摇头，"没这个必要。"

没这个必要……初次相遇我向他介绍自己时，他也是这样回答。原来经历了这么多事情，你给我的答案从未改变过。只是那时的微微心痛现在却蔓延为撕心裂肺的痛楚。

我的一切努力，最终连你的一句告别都没有换到。

直到谢安璃离开，我都没走出那个角落。只是当那个背影消失时，我终于忍不住捂住嘴哭了起来。

我哭着冲进家门的样子吓坏了辛爱琳，她开始还担心地问我出了什么事，最后便不耐烦地拿毛巾使劲在我脸上擦了几下不管我了，继续拿起电话聊天。我听着她无聊的电话内容不知不觉睡着了。

2

第二天早上，我是被辛爱琳用力摇醒的。

"你快醒醒！"她像打了鸡血一样兴奋地摇晃我，"门口有一个帅哥在敲门！"

"别给他开，"我烦躁地把头埋进枕头里，八成是傅雨希一大早来找麻烦，"你就跟他说我烦着呢，让他滚回去。"

辛爱琳吃惊地看着我，"真的要这样说？"

"快把他赶走！"

她不情愿地走回门口，打开一条缝，"陈简佳说她烦着呢，让你滚回去。"

我以为会听见傅雨希愤怒的叫声，没想到他礼貌地说："我知道了。"

等等，这个声音是……我掀开被子，光着脚跑了出去。谢安璃拖着一个灰色的箱子站在门口，向我投来诧异的目光。

"你怎么来了？"我惊讶地问，如果不是知道他今天要走，我还以为他也要来我家住几天。

他指指自己的箱子，"我要走了，去蓝市参加比赛。"

即使我已经知道了，但亲耳听他讲一遍，还是会鼻子发酸。欣慰的是他良心发现，还是来跟我告别了。

"一路平安。"我勉强自己微笑起来。

他却一言不发，大概很难开口说再见吧，于是我善解人意地推了他一下，"快走吧，小心误了火车。"说完就准备关门。谁知他突然伸进一只手挡在门框上。

"没事吧？"我紧张地检查着他的手。要是弄坏了，我可负担不起。

他不悦地蹙起眉毛，"我不是来跟你告别的。我是想问你，愿不愿意和我一起去。"

我呆呆地望着那双澄澈的眸子，一瞬间仿佛经过了无数大悲大喜，整个人慒掉了。

"陈简佳？"谢安璃疑惑地推了推石化状态的我。

我顿时清醒过来，歉意地说："我是很想去，可是我完全没有准备，所以……"

"你有什么好准备的？"旁边的辛爱琳忍不住插嘴，"人家又不是跟你求婚，你考虑那么多做什么？"

"你别胡说！"我赶紧阻止她说下去，连谢安璃的脸都尴尬地红了起来。

"给你，"辛爱琳把她之前带来的箱子塞进我手里，"你发呆的时候我连衣服都帮你收拾了，还塞了几包泡面，包你几天饿不死。"

"可是……"

"别可是了，赶紧走！"她嫌弃地把我往外推，"阿姨回来我会跟她解释的。"

一切好像一场梦，我仿佛一路被谢安璃领着走在云彩上，感觉下一秒就会一脚踩空跌落下去。直到摸到火车座位坚硬的把手，我才确定一切都是真的。

我像吃了延迟笑容的药一般，幸福现在才在脸上绽放开来。

如果所有事情都能像此刻一样该有多好。每当心灰意冷，认为一切都无药可救的时候，却发现那扇封锁住你所有希望的门后面是能够给你幸福笑容的灿烂光芒。

写生那天我也和谢安璃肩并肩坐在一起，那时的我幻想着有一天我们能像电影主人公一样坐在火车上看窗外风景飞快变换，却未想到这个愿望居然实现得如此之快。

火车到达蓝市还有七个小时，而这七个小时我可以一直和谢安璃这样安静地坐在一起。

"你要不要睡一下？"谢安璃突然问。

我愣了一下，"我不困啊。"

"可是你的眼睛肿得厉害，"他担心地看着我，"不是昨晚没睡好么？"

我的脸瞬间红了，如果他知道我是因为偷听到他离开而哭了一晚上该有多丢脸。

"呕，真恶心……"鄙夷的声音从上方传来，我狐疑地抬头，站在过道上的人有一张十分熟悉的脸。

"李希？"我和谢安璃同时惊叫起来。

李希高高扬起眉毛，"抱歉打断了你们你侬我侬的气氛，但我实在看得要吐了。"

"你怎么在这里？"我万般嫌弃地问。

"我可是《如画》的主打作家，画展的大热门，在这里有什么奇怪的？"他无视我们厌恶的表情径自在我旁边坐下来。

方才的好心情因为他的出现而烟消云散，难道这七个小时都要和这个家伙坐在一起？

谢安璃颇有经验地小声说："不想听他说话的话，你可以睡觉。"

"不行，我也要睡觉。"李希的耳朵尖得很。

我无奈地说："我睡觉又没碍到你。"

"那也不行，"他不讲理地说，"我睡觉的时候不许弄出声音，更不许在我旁边吃苹果。"

"现在你知道我为什么除夕夜会跑去投靠你们了吧。"谢安璃幽幽地说。

这七个小时堪称地狱七小时，火车到达蓝市已经是晚上了，我偷偷推推谢安璃，"我们不要叫醒他，把他留在这儿怎么样？"

"你想也别想。"李希的眼睛"啪"的睁开，幸亏车上光线很亮，否则我一定被他吓死。

我和谢安璃一人只带了一个箱子，而他自己就带了三个，我们不得不一人帮他拿一个，可气的是他自己拿着那个最轻的。

"这个箱子里都是重要物品，被你们偷走怎么办？"他不但没有感谢的话，还把刺耳的话说得毫无掩饰。

但这些话听多了，我现在基本可以免疫了。怪不得谢安璃面对傅雨希可以那么淡定，和李希比起来傅雨希简直是天使一样的存在，我要是和李希再相处一段日子，估计以后也能百毒不侵了。

3

"你为什么还跟着我们？"从火车站出来，我忍不住问道。

李希得意地笑起来，"看来谢安璃没告诉你。"

我困惑地望向谢安璃，他表情复杂地别过脸，"这段时间李希都要和我们住在一起。"

这个让谢安璃和李希无比重视的画展每年春天举行一次，参加者是全国所有美术类杂志旗下的画家。画展分为三天，第一天主办方对一年来所有杂志人气投票票数最多的二百幅作品进行展览。比赛在画展第二天，第三天则是公布成绩。

比赛开始前几天，所有画家都集中住在主办方提供的公寓里，入住的房卡半个月前寄到画家本人手中。住在我们这个套间的画家有三位，分别是溪辰、朱莲和枡月。枡月是黑暗系杂志《魔羽》的签约画家，虽然是女生的名字，但我能感觉出他是男生，因为他画中的线条和用色都非常强硬，和朱莲的画风形成了对比。

进门后谢安璃叫住李希，"我有事和你商量，你的房间能让给陈简佳住么？"

我和李希都诧异地望着他，而后我为自己惊讶的表情感到十分丢脸。

"为什么？"李希皱起眉头。

"她是女生啊，"谢安璃无语地说，"你把房间让给她，到我房间来睡。"

谁知李希别有深意地一笑，"我还以为你们两个很期待住在一起呢。"

"你胡说什么？"我恼怒地瞪着他。

"我说的是实话啊，"他得意地撇撇嘴，"否则你紧张什么，反正不管怎么样，我都不会把房间让给你。"

"请问这里是六号套房么？"一个清新干净的女声响起来。我往门口看去，却在看见来人时怔住了，女生也是一样惊讶。

第四次见面了，记忆当铺的女孩。

互相介绍后，我才知道她就是枡月，而真名就叫胡枡月，是橙市二中的学生。

"你应该就溪辰吧，"她冲谢安璃笑笑，"那朱莲是……"

"不是我！"李希突然大叫起来，接着把我用力往前一推，"朱莲是这家伙，我只是陪他们一起来而已。"

我惊讶地看着他，不知道这家伙又犯了什么毛病。

"原来是这样，"她微笑着向我伸出手来，"怪不得我们总是遇见，原来是命中注定。"

我不知道怎么接话，谢安璃却拉起我的手放在她手上，然后对李希轻轻一笑，"我突然想起一件事，你今晚要住哪里呢？"

"那还用说，当然是住我自己的……"李希怔住了，一脸挫败地说，"当然是和你住一起了。"

"那可不行，"谢安璃为难地说，"我不太喜欢和别人住一起。"

"你……"李希咬了咬牙，"求求你收留我。"

我现在觉得李希之前对谢安璃咄咄相逼，除了竞争关系外可能还有别的原因。

4

比赛前几天我都不敢去找谢安璃，怕打扰到他练习，而且就算去了除了遇上李希并跟他拌起嘴来也不会有第二种结果。

胡枔月倒是经常邀请我去她的房间，我还是不太相信那些充满力量的黑暗作品出自她的笔下，无法把作品中沉重的黑暗和她明亮的笑容联系在一起。直到她向我展示她的各种骷髅模型收藏，还找出一沓灵异照片给我一一讲解，吓得我那晚连做好几个噩梦。

她望着那些东西时眼睛闪闪发光，简直就是为《魔羽》而生的。

有一天她神秘兮兮地捧着一个黑盒子来找我，"你猜里面是什么？"

我本能退了两步，对她的东西我从来不敢妄加揣测。

她无奈地在床上坐下来，"不是可怕的东西，是占卜用的纸牌。"

"上次在占卜屋那个么？"我好奇地问。

"是占卜屋的新产品，"她得意地说，"我从住进来就一直在研究，终于研究好了。"

我一阵无语，这个人比赛前居然在夜以继日地研究这种东西。

"怎么样，我再给你算一下吧，保证比那次还要准。"她信心满满地开始洗牌。

想到那张把我坑苦了的谎言牌，我苦笑着说："这次可不可以不算运势？"

"我明白了，"她会心一笑，"你是想算姻缘吧。"

我红着脸刚要否认，门就被踹开了。李希一副我欠了他二百块的样子站在门口，"谢安璃问你要不要一起吃饭？"

"你进房间能先敲门么？"谢安璃不满的声音在他身后响起来。

"你们来了，"胡枠月笑着挥挥手，"进来一起玩么？"

李希看见胡枠月明显缩了一下，然后不自在地低下头，"不用，我们有事要出去。"

我没看错的话，他对胡枠月好像有点……害怕。而谢安璃的表现更证明了我的猜想，他笑着说："好啊。"然后固定住李希的肩膀把他往里推。

李希一脸防备地盯着我床上的纸牌，"这是什么东西？咒符？巫蛊？封印纸？"

我拿起两张纸牌绕到他身后，趁他不注意往他身上一拍，"答对了，这是诅咒用的符纸！"

"啊！"他尖叫了一声，像被猫追赶的老鼠一样围着房间跑了一圈，一头扎到床上紧紧捂住脑袋，右手在背上摸来摸去，"谢安璃，你快帮我拿下来！"

他这副幼稚的样子让我实在无法把他跟那个出现在学校大摇大摆走到谢安璃面前耀武扬威的人联系在一起，亏他还能对谢安璃堂而皇之地说出"胆小鬼"三个字，谢安璃之前怎么会被这个贴张纸就吓得抱头鼠窜的家伙弄得那么惨？

等李希恢复高傲的姿态并用杀人般的目光盯着我已经是十分钟后的事了，但我已经完全不怕这个外强中干的家伙了。

"这次要算什么呢？"谢安璃感兴趣地观察起纸牌上的花纹。

"算姻缘啊。"胡枠月笑着回答，把那些纸牌排列成十分诡异的形状，然后交代我们，"整个过程中我心里都要默念那两个人的名字，所以你们千万不要跟我说话。"

于是我们都沉默着看她不停地洗牌翻牌，我无聊到快睡着了。

"好了。"终于她露出满意的微笑，然后不满地看着无精打采的我们，"你们怎么一点都不激动？"

"有什么好激动的，"李希冷冷地说，"我们连你算的是谁都不知道。"

她歉意地吐了下舌头，"我忘记说了，我算的是溪辰和朱莲的姻缘。"

"什么？"我们三个同时震惊地望着她。

"有什么好奇怪的，"她指指我和谢安璃，"我觉得你们很相配啊。"我才想起现在我才是朱莲。

我悻悻地等待着占卜结果，一想到两个男生灰暗的心情，顿时觉得心情开朗了许多。

胡枔月完全没发现周遭的诡异气氛，她翻开几张牌，严肃地审视一番，然后开心地笑了，"太好了，溪辰和朱莲一定会在一起的。"

我僵硬地转动脖子，谢安璃和李希的表情只能用一个词来形容：面如死灰。

"你们不开心么？"她不解地看着我。

"开心……"我勉强笑着拍起了巴掌。

"这就对了，"她满意地继续说着结论，"虽然你们偶尔会争吵，但一定会相伴一生的。"

"拜托你不要再说了，"谢安璃面色苍白地站了起来，"我头有点晕，先出去一下。"

胡枔月开心地推了我一下，"刚才他在这里我没好意思说，相伴一生就代表着会结婚生宝宝呢……"

"呕！"李希干呕着冲出了门外。

"他怎么了？"胡枔月一脸疑惑，"我是不是说错什么了？"

我忍不住趴在床上笑了起来，"谁知道呢，大概是不希望我们在一起吧。"

"原来是这样！"她恍然大悟，接着她说出一句惊天动地之语，"他喜欢溪辰对么？"

5

比赛前一天晚上我和谢安璃出去散步。蓝市是一座很优雅的城市，同样是沿海的城市，但蓝市的空气清凉里多了份温柔。难怪在这里成长起来的谢安璃身上带着和这座城市如此相似的气息。

我们在小公园的长椅上坐下来，即使是二月蓝市的风也并不冷，吹在脸上很是舒服。

"喜欢蓝市么？"谢安璃微笑着问。

"喜欢，"我闭上眼睛，"很漂亮，也让人感觉很舒服。"

"和橙市比呢？"

"橙市么？"我试着回忆橙市的样子，却诧异地发觉我对橙市的了解除了那座步行桥几乎一无所知，只能摇摇头，"我不知道。"

"那你愿意留下来么？"

我不敢相信地望向谢安璃，"你说什么？"

"你愿不愿意留下来，"谢安璃认真地看着我，"留在蓝市，和我一起生活。"

"这是……什么意思？"我脑子一片混乱。

"你之前不是问我为什么带你来这里么？"他温柔地望着我，"本想比赛结束后再说的，但还是忍不住早点告诉你。如果我在比赛中获胜重新回到《如画》，我希望你和我一起去。"

"和你一起去？"

他点点头，"你不是想成为画家么？"

我明白了他的意思，尴尬地说："你不需要这样帮我的，再说凭我的能力怎么可能……"

"怎么不可能，"他皱起眉头，"那天在天台上大声说要成为画家的陈简佳到哪里去了，该不会又是骗我的吧。"

"怎么会，"我着急起来，"我是真心的！"

"这就好了，"他嘴边浮起温柔的笑意，"放心，我不是要帮你走旁门左道。如果你留下来，我会认真地教你。我想你的基本功还可以，好好练习一定会进步很快，到时候我会向《如画》的编辑推荐你，你就可以从《如画》起步成为真正的画家了。"

我怔怔地看着他。成为真正的画家，在《如画》工作，和谢安璃在一起，让溪辰教我画画。这曾是我能想象到的最幸福的四件事情，但它们现在全部降临在我身上时，我却没有感到想象中的幸福。

"为什么要这样帮我？"我不解地望着他，"如果是为了感谢我就真的没必要，我说过帮你只是为了……"

"我知道，是为了傅雨希，"他眼神暗了暗，"但如果没有你，我绝没有勇气重新回到这里，所以我想回报你。"

他轻轻抚上我的脸，清澈的眸中掺杂着淡淡的心痛，"你不是想去一个没有傅雨希的地方么，那么我来帮你。留下来吧，我感觉你在橙市生活得很不快乐，留在让你痛苦的地方不能改变什么，这是我的经验。我希望你像我曾经逃离蓝市那样远离那个地方，换一个新的地方重新开始，一切都会变得好起来。"

我胸口一阵酸涩，原来连谢安璃也能感觉到我的不快乐。那个我最熟悉却也最陌生的橙市，我在那里生活了十七年，每天都在感受着物是人非的苦楚。那里有我逝去了的亲情，淡漠了的友情，磨平了的笑容，还有那些再也看不见了的光芒。回去，也只是眼睁睁地看着更多东西消失而已。

"谢安璃，"我的笑容像覆上了沉重的霜雪，"虽然很厚脸皮，以后蓝市的一切都要拜托你了。"

他欣慰地笑了，"放心吧，等你成了名画家，再把房租和学费还我。"

6

比赛当天我比谢安璃本人都要紧张，吃早餐的时候手不停地抖，胡枔月安慰地拍拍我的肩膀，"别紧张，以你的实力一定会进前三名。"

李希得意地笑了起来，于是我冷笑一声，"怎么会，我的画都是抄袭别人的。"

"你胡说！"李希差点把手里的水果刀扔过来。

我悠然自得地把面包往嘴里塞，"我说我自己，你激动什么。"

他们离开后，我去了谢安璃的房间，在床上轻轻坐下来。

时间真的是很神奇的东西。几天前我还在为谢安璃的不辞而别失声哭泣，而明天开始就要和他一起在蓝市生活了。

他的枕头下面果真放着那本笔记本，这本笔记本我一共翻开过三次，但每一次都是截然不同的心情。一次大喜，一次大悲，而现在是百感交集。

当傅雨希以他的名义把它交给谢安璃的那一刻起，里面的一字一句就跟我再无关系。写下它们的人依然是辰溪，而辰溪却不再是我。

所以辰溪一直等待着的光芒，我也不用再等待了。辰溪曾经骄傲着的一切，我也可以全部放下。辰溪深爱着的橙市的一切，我也没有必要再执着。

我现在只是陈简佳，喜欢着谢安璃的陈简佳，想成为画家的陈简佳。我选择的是对现在的自己最好的道路。

离开傅雨希生活，我能变得更坦率一些吧。坦率说出自己喜欢的，想要的，坦率地努力追寻它们。放下曾经负担的沉重，以一个崭新的陈简佳的身份在新的城市重新开始，实现我所期望的全部梦想。

不再在暗地里较劲的我，可以和傅雨希分别在不同的地方发光，再相见的时候，一定能成为更加坦诚相待的朋友。

胡柃月是晚上唯一回来的人，她看到我十分惊讶，"我刚刚在会场一直找你，想不到你回来这么早。"

"柃月，"我走过去认真地望着她，"可不可以请你帮我再占卜一次，但这一次，请你用陈简佳的名字。"

"好啊。"她开心地答应了，领着我进了房间，找出那副牌。

"我们这次用更准确的方法，"她快速地洗着牌，然后把厚厚一沓牌递给我，"抽一张。"

"这么简单？"我怀疑地看着那些牌，上次她明明大张旗鼓变了那么多花样。

"我反思过了，"她解释道，"再漂亮的形式都是没用的，自己的牌还是要自己抽才对。"

我认同地点点头，从中抽出一张牌。

她接过那张牌莞尔一笑，"是'黑暗牌'呢。"

我的脸抽搐了一下，"是说我的前途一片黑暗么？"

"不是的，"她说着把牌翻过来亮在我面前，"上面写着解释哦。"

"黑暗使你的心更加明亮。你所爱之人，命定之人，总会将你从黑暗中解救出来。"

总是把我从黑暗中解救出来的人……果然是这样吧。

7

第二天醒来已经是中午了，谢安璃他们早就去了会场，我也赶紧背上书包赶过去。

比赛结果以画展的形式展示，只有前五十名的作品在展厅里展出，离展厅门最近的是第五十名的画作，按照名次由低到高向内厅排列。展厅里人很多，除了各家杂志的画家和编辑还有电视台的记者。

不愧是专业画家的比赛，即使成绩排在四十多名的画也很出色，我边欣赏边感叹着，不一会儿就看到了胡枒月的画。她依然坚持了黑暗风格，画中是一双钢铁铸成的翅膀，根部被铁链紧缚破碎掉落下细碎的土沙。虽然我并不偏爱这种风格，却敬服她画笔下和她气质截然不同的男性力量。

走进前十名的位置，眼前越来越技艺精湛的画作让我不由得为谢安璃捏把汗。

终于我看到了第三名朱莲的作品《兔精》。我鲜少见到朱莲画这种大幅肖像人物，但此一见真的让我吃了一惊。李希的画仿佛每一个细节都覆盖着魔法，画中妖精的眼神、嘴角、指尖都散发着千娇万转的妖艳气韵，我只在画前站了几秒就险些被吸进魂魄。

妖里妖气的人果然擅长画妖里妖气的妖，我悻悻地想，但心里却更紧张了，如果谢安璃拿不到更好的名次就糟糕了。

第二名的画名字叫《蓝》，作者也是一个叫蓝的画家。

第一名的画前围满了人，我费力挤进去，屏住呼吸望向面前的画作。

那是一面的窗户，上面隐隐映出一个女孩的脸。透过那张脸，能看见窗外大片金黄色的树林，一条闪烁着光芒的小溪流淌而过。

《你》by 溪辰。

我呆呆地望着画中女孩的眼睛，忍不住泪流满面。是写生时我们在车上看到的风景，原来那时谢安璃温柔凝望的风景中也有我的参与。

"陈简佳。"

我转身，谢安璃站在不远的地方望着我。四目相对的瞬间，我们相视而笑，什么都没说却什么都懂了。

"溪辰，这边。"一个中年编辑揽住谢安璃的肩膀。谢安璃歉意地看了我一眼，跟他离开了。

"你是溪辰么？"两个女生闻言激动地凑过去。

"你是第一名么？我们是电视台的记者……"几个扛摄像机的人拦住他。

"帮我们签个名吧！"

一堆人哗啦一下围住了他们，抢着要和谢安璃说话。而谢安璃脸上依然是往常的不悲不喜，淡淡地应答着每一个人的提问。

这就是我仰望的溪辰吧，光芒万丈却宠辱不惊。

8

傍晚谢安璃都没从包围中脱身，我干脆去外面等他。大厅除了几个聊天的画家已经没什么人在了。

我走出会场，看见台阶上坐着一个人，走近一看才发现是李希，他很沮丧的样子，托着下巴不知道在想什么。

"你不会是在哭吧？"我好奇地在他旁边坐下来。

本以为他会暴跳如雷，谁知他真的在擦眼泪。本想奚落他一番的我见他这样反倒不知道怎么办了。

"四年了，"他苦涩地笑了，"每年的今天我都一个人坐在这里，还以为今年会不一样，结果什么都没有改变。"

"四年？"

"是啊，"他耸耸肩膀，"从我和谢安璃第一次参加这个画展，他就永远是最瞩目的那一个，不对，是从我们一起学画画开始，所有人就只认可他。后来我们一起进了《如画》，只有他独占封面专栏，画展上大家也只看着他。"

"你在嫉妒他？"我从来不知道李希会有这种自卑的想法。

"也许吧，"他自嘲地一笑，"我那么拼命地努力，终于编辑答应我如果比赛赢了谢安璃就考虑把封面专栏给我，可这个软弱的家伙居然故意把自己的手弄伤了。我虽然代替了他的位置，但你知道别人怎么说么，说如果不是溪辰没来参赛，朱莲怎么可能得第一名。他们就像你一样，认为我卑鄙，认为我只是侥幸求得了谢安璃不要的冷饭。本以为这次终于可以赢他了，没想到还是这样。"

我没想到这个自大狂背后还有这样的心酸，"那你为什么还要来找谢安璃参加画展？"

"为了我自己。"

"为了你自己把最棘手的对手找来？"我不解地问。

"没错，"他一脸的倔强，"对我来说，不战胜和不战败是一样的，都比失败者还没出息。"

我实在无语他的敏感，"只要能赢就行了吧。"

"那样的赢有什么意义！"他愤愤地说，"所有人只会认为我是幸运而已。不面对面把他打败的话，对手也好，观众也好，都不会知道我比他强吧。我和谢安璃那种缩头乌龟可不一样，无论结果怎么样，一定要堂堂正正地和对手较量！"

我愣愣地看着他，想不到他能说出这样的话。

"不过真的出乎我意料，"他冷笑一声，"我还以为他会继续躲着，没想到真的来了，听说是你劝他的。"

"算是吧。"我暗暗担心他会迁怒于我。

"这家伙真是幸运，"他不满地哼了一声，"每到重要时刻总会有人出现帮他，小学那个辰溪就已经够神奇的了，这次到这种地步了居然还能奇迹般地杀回来。"

"跟别人没关系，是谢安璃自己努力。"我不悦地否认。

他不以为然地耸耸肩，"不过你就这样跟着谢安璃出来你男朋友不会生气么？"

"什么男朋友？"我疑惑地看着他。

"就是那个笑得很欠揍的家伙啊。"

不用想也知道他说的是谁，我无奈地撇撇嘴，"我们只是关系很好的邻居。"

"这样啊，"他失望地说，"我本来还有情报要卖给你。"

"什么情报？"

李希神秘兮兮地贴近我耳边，"我有天晚上看见他和一个女生从电影院出来。我还以为是你，走近才发现不是。"

"看个电影有什么大惊小怪的。"我嫌弃地说。

"谁说只是看电影，"他眨了眨眼睛，"他们还抱在一起哦。"

我惊讶地看着他，这么劲爆的事件我居然一点都不知道。

"陈简佳……"这是李希第一次叫我的名字，虽然感觉怪怪的，却莫名地有点开心，"那天的地画比赛我去看了，那幅画真的画得很好，和状态最佳时候的谢安璃有一拼……当然比起我还是差得远。"

"真的？"我有些受宠若惊。

"当然，我朱莲的画可是天下第一！"他鼻子都快翘到天上去了。

"我是说我画得很好是真的么？"我无语地问。

他极别扭地点头，"如果不是比赛取消的话，你一定会赢的。"

李希居然表扬我了，我的惊讶程度像亲眼看见狗嘴里吐出象牙一样。

我会赢么……我真的会赢么……

"谢谢你李希！"我用力拥抱了他一下，转身跑向会场，身后传来他愤怒的嫌弃声。

差一点，就差一点，我的又一个自欺欺人的谎言就完成了。

谢安璃是善良的，他没有拆穿我，而是试着帮我把这个谎言圆起来。他是厉害的画家，所以用绚烂的色彩勾画出美丽的未来把这个谎言包裹得无比甜美诱人。

　　离开橙市真的是一个很有勇气的伟大选择么，离开后我就能勇敢追求自己的未来了么？

　　不是的。我只是在逃避而已。逃避自己的生活，逃避傅雨希，逃避辰溪的一切，甚至在逃避着谢安璃。

　　明明是不战而败，却可笑地认为重新赢得了世界。

　　连背后被贴张纸都会抱头鼠窜的胆小鬼李希都不稀罕不战而胜，我这个不战而败的人在沾沾自喜什么呢。

　　我不想以一个失败者的身份，在这里接受谢安璃的怜悯和施舍。虽然现在的我只是单纯作为陈简佳喜欢着他，但如果有一天他能够回应这份喜欢，我希望他喜欢的陈简佳依然未割舍掉辰溪闪闪发光的部分，是可以和他一样散发耀眼光芒的人，而不是曾经逃避自己的生活来投靠他的胆小鬼。

　　我想要在某天堂堂正正地告诉他我是辰溪，现在依然没有放弃这个想法。即使有一丝希望，我也想把这个名字从傅雨希那里赢回来。

　　如果放弃了，如果离开了，那么这个某天就真的不会来临了。

　　橙市于我而言是座充满悲伤的城市，那里有我逝去了的亲情，淡漠了的友情，磨平了的笑容，还有那些再也看不见了的光芒。但也唯有在那里，我才能把它们寻找回来。

　　我唯一确定的是，如果我无法在橙市找回它们，那么在蓝市也是同样的结果。

　　所以我必须回去，回到橙市，回到抢走我一切的傅雨希的身边，因为那里才是我的战场。

9

　　大厅里只剩谢安璃一个人。他看见我回来，脸上露出了安心的笑容。

我不敢看他温柔的眼睛，硬着头皮说出口："对不起谢安璃，我不能和你一起留在蓝市了。"

他沉默着没有说话。

"对不起辜负了你的好意，"我愧疚地盯着地面，"但我还有很重要的事没有做完，不能离开。"

"我和你一起回去。"

我惊讶地看向他，却发现他脸上依然是方才的温柔笑容。

"可是……你现在要回《如画》了，必须留在蓝市吧。"我不解地问。

"我和杂志社沟通过了，半年后才开始工作，更重要的是，"他认真地看向我，害得我心跳漏了一拍，"我那间公寓是年租的，不住满一年太不合算了。"

我脸上划过几条黑线，那种没有床的房子有什么好留恋的。

但我还是很开心。本来是怀着永别的沉重心情来跟他说再见的，做梦也没想到还有更多的时间和他在一起。

"陈简佳！"我正沉浸在幸福感中，李希却杀气腾腾地冲了进来，"你居然在外面造我的谣！"

"我造什么谣了？"我本能地躲在谢安璃身后。

他气势汹汹地瞪着我，"是不是你把我是 Gay 的事告诉胡枔月的！"

我倒吸了口凉气，谢安璃更是嫌弃地往后退了几步。

他意识到自己话里的古怪恼羞成怒起来，"你等着，我回来再跟你算账。"说完他气呼呼地跑了出去。

就算没做亏心事，我也不打算留在那里等他。第二天一早，我和谢安璃就向橙市出发了。

10

回到家里已经是晚上了，我惊讶地发现门口摆着三双陌生的鞋子。我疑惑地走进去，两个初中模样的男生正坐在沙发上看电视，一个中年男人端着盘子往厨房走。

听到厨房里我妈的声音，我才松一口气，把箱子放在一边走进厨房，"妈，我回来了。"

我妈看见我时依然是以往的平淡表情，她指指那个中年男人，"这是你李叔叔。"

男人面色僵硬地向我点了下头，"你是小简？以后我们就是一家人了。"

我吃惊地望向我妈，她却低着头继续洗碗，仿佛完全没有向我解释的必要。

以前她和辛爱琳的爸爸在一起的时候就是这样，然而我还是一阵委屈。有人要取代我的父亲，我得到的仅仅是一句通知么？

我沮丧地回到房间，没想到有更大的惊喜等着我——床被换上了海绵宝宝图案的床单，床上堆满了玩具，零食丢得到处都是，空气里有一股臭烘烘的味道。

我大致能猜到是怎么回事，打开衣橱，果然里面放满了男生的衣服，而我的衣服被皱巴巴地塞进了箱子，就算是辛爱琳也不曾这么放肆过。

"你到我们的房间来干什么？"那两个男生进了房间，正义凛然地质问我。

"你们的房间？"我想笑却笑不出来。

"当然！"他们理直气壮。

我妈听到争执声赶了过来，她讨好地扶上他们的肩膀，"小正小航你们先去客厅看电视，阿姨做好吃的给你们。"

两个男生骄傲地看了我一眼，迈着胜利的步伐往客厅走去。

"你怎么这么不懂事，"她皱着眉头责备我，"我和你李叔叔准备办手续，他们要暂时住在我们家。我们结婚后他们就是你弟弟，你要让着他们。"

手续、结婚、弟弟，短短一句话里包含着这么多重大信息，我却木然地听着，仿佛是和我无关的事情，"我只想知道，我今晚睡哪里。"

她愣了一下，仿佛刚刚意识到这个问题。

"我去傅雨希家。"我从垃圾桶里拎出书包，收拾好就出了门，只想在听到她说"睡沙发"之前离开。

之前回来的路上我有那么一点期待，我妈也许会为我感到担心。

我不奢望得到她的嘘寒问暖，只期望能有那么几句质问和责备，就像傅雨希回家晚了他爸会骂他一样，这样的事情在我眼里都是奢侈的幸福。

我在傅雨希家门前敲了半天门没人开，只好去了韩默萧家。

韩默萧开门看到我吃了一惊，她听了事情经过立刻把我拉进屋里，还跑到厨房给我下面吃。她父母已经睡了，她铺完床就坐在对面看着我吃面。

虽然这样想很奇怪，但那一刻我在她身上找到了母亲的感觉。在我满身疲惫回到家，坐在我对面用心疼的目光端详着我的母亲。我鼻子一酸，眼泪大滴大滴地掉到碗里。

"怎么了小简，"韩默萧发现了我的不对劲，"难吃的话我重新帮你煮。"

"没有，"我和着眼泪把面吞进去，"很好吃，真的很好吃。"

自从和苏梦柯分开后，我就再也没有关系好到能睡在一起的朋友。韩默萧睡觉的时候很安静，身体可爱地蜷起来变成小小一只。谁知半夜她突然抽泣起来，表情十分难过。

她一定做噩梦了，我使劲把她摇醒。

她费力地睁开眼睛，却被我的脸吓了一跳，然后委屈地抱住我，"我做了一个很可怕的梦，真的很可怕。"

"没事的，"我抱着她安慰道，"只是梦而已，何况有我在。"

"是啊，有你在……"她喃喃地说。

11

作为昨晚收留我的谢礼，我请韩默萧吃早餐。买好早餐，我远远地看见傅雨希站在桥上，闷闷不乐地往嘴里塞豆沙包。

这家伙半个月找不到我一定闷坏了，我开心地走过去想吓他一跳。结果我的手刚要碰到他，他就突然回过头来。

怎么每次都是这样？

可令我惊讶的是，他脸上既没有惊喜也没有生气，而是冷冷地看着我，"回来了？"

我尴尬地点头。以为他接下来会有一连串的质问，他却什么都没说。

之前就算是吵架，他也从来没有对我冷眼相对过。我正纳闷着，他脸上却变戏法般绽放出灿烂的笑容，不过是对着我身后的韩默萧，"你怎么迟到了，我还买了豆沙包给你。"

韩默萧尴尬地看着他，"对不起雨希，我们已经买了早餐了。"

傅雨希却拉住她的手硬是把豆沙包塞进去，"要吃就吃我的，反正昨天我也抢了你一个。"

"昨天也抢了你一个"的意思是，他们昨天也在这里一起吃饭了。心里涌上一股酸涩的味道，我还以为我不在傅雨希会沮丧得不得了，看来只要有人陪他吃饭换了谁他都一样开心。

"你吃完了啊，我们去学校吧。"傅雨希看都不看我一眼拉着韩默萧就走。

韩默萧像只脆弱的小羊羔一样求助地看向我，却被傅雨希硬拖着走了。

这下我也生气了。亏我昨天从家里出来时那么难过都记得把蓝市买来送他的点心放进书包，他却是这种态度，好像我做了什么对不起他的事情一样。

对不起他的事情……苏梦柯的脸在我脑海中闪过。难道他知道了？

不会的，苏梦柯不会告诉他的。但如果她以为我不回来了，为了不让傅雨希担心把我的话全部告诉他也不是不可能。

他那样冰冷冷的态度，我能想到的就只有这个解释。

如果我知道我真心相待的朋友是那样看待我的话，也会是一样的态度吧。毕竟苏梦柯曾让我有过切身体验。

整整一天我都提心吊胆地观察着傅雨希，纵使心怀鬼胎却什么也不敢问。我总不能走过去一脸爽朗地打招呼，"嗨傅雨希，苏梦柯有没有把我讨厌你的事告诉你？"

傅雨希对我的态度依旧冷淡，就连中午我好心约他去美术教室吃饭都被他无视了。如果是以前我早就发火了，但偏偏心里有鬼。他对我越冷淡，我就越心虚。

美术社活动结束后，傅雨希留下值日。我殷勤地走向他，"我帮你扫地吧。"

"不用。"他气呼呼地抢过扫帚，扔下手里的拖把。他本来只想用拖把把地面弄湿糊弄一下，现在却为了拒绝我不得不把地扫一遍。

"你在生气么？"我试探着问道。

"没有。"他淡淡地说。

我终于忍不住问出："你是不是从苏梦柯那里听说了什么？"

他愣了一下，冷笑起来，"如果听说了又怎样？"

我呆呆地望着他，他果然知道了。

"陈简佳，"他眼中闪过隐隐的疼痛，"我一直以为就算你装出一副讨厌我的样子，就算总是对我爱答不理，可即使这样，我们依然是能够相互信任的朋友……其实不是这样的么？"

他受伤的样子让我那么心痛，我却不知道怎么跟他解释。

"连苏梦柯都知道的事情，却只瞒着我一个人，"他声音中带着压抑不住的愤怒，"对你来说我是什么，到底是什么呢！"

我羞愧得无地自容，最后居然选择了最没出息的方式，落荒而逃了。

12

我一路狂奔回家，却发现钥匙插不进锁眼。仔细检查了一下钥匙，是我平常的那一把没错，我胸口一凉，不敢相信地用手去摸锁眼的形状，居然真的跟以前不同了。

为什么……我用力敲门。

"吵死了，"屋里响起男生的声音，"航，你去开门。"

门上的监视窗开了，叫航的男生疑惑地看着我，"你谁啊？"

"我们昨天见过。"我冷冷地说。

"是你，"他嫌恶地拧起鼻子，"你今天怎么又来了？"

我今天怎么又来了。我妈还真令我心寒，难道连我是她的女儿这件事都没跟他们提起，如果我一直不回来，是不是就当从来没我这个人？

"航你在磨蹭什么，"另一个男生抱怨着走过来，"如果是推销的人就打发走。"

正比航看起来大一点，一副不好惹的样子，估计正处在叛逆期。我口气客气了一点，"正，拜托开门让我进去。"

"为什么？"他挑起眉毛看着我。

"因为这也是我的家。"说"也"字的时候，我心里重重拧了一下。

"你的家？"他笑了起来，"那你为什么没有钥匙呢？"

为什么我没有钥匙呢，我也想知道。

"今天阿姨找人换锁的时候，一共有四把钥匙，我们四个各一把，她特地交代不要把钥匙弄丢，因为只有家里人才有钥匙。"

"只有家里人才有钥匙……"我喃喃地重复。

"是啊，"他骄傲地昂起头，"所以这是我们的家，凭什么让你进来。"

我第一次感到，俯视比仰视更加可悲。

我站在门口俯视着他，却找不出一个能让我回到家里的理由。

我的父亲已经不在了。

我唯一的亲人已不再把我当作亲人。

这间房子已经有了崭新的和睦的一家人。

我凭什么进去呢？

我神情恍惚地走到院子门口，遇见正提着菜往回走的我妈。

"你怎么在这里？"她停下来问。

你怎么在这里？是担心我为什么站在这里吹冷风，还是在问你为什么要回来？

我看了看她手中的菜篮，"你要回去做饭么？"我已经好多年没有看到我妈在工作时间匆匆跑回家为我做饭了。

她点点头，"回去吃饭吧。"

"可以吗，"我自嘲地笑了，"不是做给我的饭菜我却厚着脸皮吃了，会不会遭天谴？"

"什么？"她惊讶地看着我。

"没什么，"我摇摇头，"我只是觉得我真是个有福气的孩子，以前可以跟着傅雨希偶尔蹭上一顿好饭，现在他们两个来了就更好了。"

我妈皱起眉头，"陈简佳你好好说话。"

"陈简佳？"我开心地笑了，"妈，我很好奇除了这个名字，你还记得我多少？你记得我的生日么？记得我喜欢吃什么么？你大概早就忘记了我这个人吧。"

我妈抿起嘴唇不再说话，大概是默认了吧。

只不过这份沉默还真是残忍，我发出凄凉的笑声，"我一直认为，就算你对我很冷淡，就算我不讨你喜欢，可即使这样，我们依然是可以相互依靠的家人，其实不是这样的么？"

"陈简佳……"她没有否认，只是叫了我的名字。

"我对你来说我是什么，到底是什么呢！"我哭着抢过她的篮子摔在地上，"我到底做错了什么你要这样对我！不过你不用担心了，我现在就走，如你所愿永远不会回来了！"

我哭着跑出院子，却迎面撞上了傅雨希。

"你怎么了？"他惊讶地拉住我，把我狼狈的样子看得一清二楚。

"别碰我，"我用力扯开他的手吼道，"我的事不用你管！"

他愣了一下，听话地放开了我。

对啊，从一开始就不要和我这种人扯上关系不就好了吗？卑鄙又懦弱，嫉妒自己最好的朋友，有胆量背却没胆量承认，还像疯狗一样乱发脾气！

我哭着继续跑，身后却响起了脚步声，傅雨希居然重新追了上来。

我冲上路边的公交车，幸运的是车立刻就发动了，我隔着窗户看见他像傻瓜一样跑着追车子，最终还是被远远甩在后面。

公交车上挤满了人，我被压在门边几乎透不过气来，得幸于车上熙熙攘攘的噪音，没有人能听见我的哭声。

橙市闪烁着灯火的街道在我眼前迅速闪过，建筑渐渐从熟悉变得陌生。不断掠过的耀眼的风景似乎在嘲笑我的自不量力，在这个偌大的橙市，就算是一辆公交车都没有可以让我喘息的位置，我却妄想着要在这里找回失去的所有东西。

在蓝市面对谢安璃的时候，我心里信誓旦旦地说要回到我的战场，而现在，我却连家都回不去了。

战场？这个世界上大概连可以让我生存的地方都不存在了吧。

13

车子在一个很荒凉的地方停了下来，周围的人纷纷下车。

"为什么大家都下车了？"我问旁边一个阿姨。

"到终点站了。"她冷漠地回答。

我被人群挤下了车，附近除了荒草之外了无人烟，只有很远的地方有一座工厂，估计那些人都是在工厂上晚班的吧。我走到站牌前，借着昏暗的路灯研究着到底该怎么回去，却惊讶地发现我刚刚坐的已经是末班车了。

我在路边坐下来，不知道自己为什么会在这一刻感到心安，也许是因为我已经放弃挣扎了，只是庆幸今天晚上我不用再想办法回去，不用再想办法找回我丢掉的东西。

我太累了。从为了重新成为辰溪努力开始到今天，我从来没有停下来休息过。努力着的时候没有感觉到的疲惫，现在掺杂着悲哀全部卷土而来。

我甚至希望明天早上的第一班车永远不要到来。因为我不知道怎么回去面对我妈和傅雨希，不知道怎么解释刚才在院子里的疯狂行为，最可悲的是，如果没人问起又该怎么办。

他们这时候应该都在我家开心地吃饭吧，怎么会有人想着我的事呢。

初中我看过一个故事：一个男人失去了爱人，他痛苦地想随她而去，但最后他放弃了。他这样告诉旁人："一个人只要有人记得就不算死去。所以我要活下去，否则她就真的死去了。"

如果生存是这样定义的，那么明明呼吸着却被所有人遗忘的我，又算是什么呢？

刚才那盏路灯已经熄灭了，我从不知道橙市有这样的地方，像被遗弃的荒野一样。想到这里我笑了，我不也是被遗弃的人么，所以跟这里搭得很。

虽然故意说着这样的话，但我依然说不出的委屈。

这半年我不是一直在努力着么？努力把傅雨希当作我的假想敌，努力想重新成为发光的人，努力想得到所有人的承认。我明明不应该被遗弃在这里的啊。

眼泪忍不住掉了下来，如果有路人经过，说不定会以为我是野外的女鬼。

"女鬼"两个字吓得我闭上眼睛，刚要冷静下来，一只手却轻轻落在我的肩膀上。

"别过来！"我吓得大叫起来，拼命挥舞着拳头。

"是我啊陈简佳！"

我惊讶地睁开眼睛，傅雨希担心地看着我，"你没事吧？"

那一刻我真的想拥抱他，如果他没有接下来的发言。

"你脸上是眼泪么，"他指着我笑得点头哈腰，"你不会是害怕到哭了吧，太没用了！"

本来就够惨了，居然又多了一个人在这里看好戏。

我顿时想到一个问题，"你怎么来的，刚刚我坐的不是末班车么？"

"你那个样子跑掉怎么能让人不担心，我就打车跟过来了。"他不满地瞪着我。

"车呢？"

"什么车？"

"你来时坐的那辆出租车！"

他嘴巴张得老大，"大概走了吧……"

"白痴啊你！"我一掌拍在他脑袋上，"你当时就没想过怎么回去吗？"

刚刚得救了的心情现在完全没有了。真是祸不单行，我真的要在这种地方和这样的傻瓜待一夜么？

14

乐观的人和悲观的人对半杯水的态度是不同的，也许对很多女生来说能够和傅雨希静静坐在郊外遥望星空默默等待天亮是十分浪漫的事情，对我来说却格外煎熬。

十二点之后，就连远处工厂的灯光也熄灭了。

"好想要部手机啊，"傅雨希无聊地拨弄着路边的小石子，"我爸大学前就是不给买。如果现在有手机的话就可以玩游戏之类的了。"

"你抱怨的点错了吧，"我无语地瞥他一眼说，"有手机不就可以找人来接我们了么。"

"反正我毕业后第一件事情就是买手机，"他不以为然地撇撇嘴，"我们还可以买情侣款！"

"我拒绝。"

"那你一定要把我的号码存在第一个！"

"我不要。"

"我不管，"他跳到我面前，手臂像大鸟一样扑闪，"我就是要第一个第一个第一个……"

他独自吵了半天，见我不理他便没趣地停了下来，"还好我爸妈搬走了，否则不知道要怎么收拾我，不过你不回去阿姨不会着急么？"

"这个你不用担心，"我耸耸肩膀，"她也许根本没发现我没回去也说不定。"

"你怎么这么说话，"他皱起眉头，"你们是家人，吵架归吵架，你妈怎么可能不担心你。"

"她的家人现在都陪在她身边，"我淡淡地说，"那里已经不是我的家了，从我爸走的那个时候起，我就已经没有家人了。"

"陈简佳……"

"别用这样的眼光看着我。"他同情的目光让我觉得格外恼火。

"陈简佳。"

"闭嘴！"我凶巴巴地瞪他，却发现他开心地对着天空摊开手心，"下雪了。"

我惊讶地抬头，夜空中果然有细小的雪花落下来，而后渐渐变大。

这场雪，我从冬天就开始期待。

我想在下雪的那一刻与谢安璃在步行桥上相遇，想和他一起遥望这座在光芒中漫天飞雪的城市。

可惜，等了一个冬天的雪却在这个时候下了起来。

我无奈地抬头望着雪花在黑暗的夜空中飘落。谢安璃一定会去桥上吧，此时凝望着完全不同背景的飘雪的他是什么样的表情呢。我闭上眼睛，试着感受他此刻的感受。

雪因为城市的光芒而带上温暖的颜色，城市亦因为漫天的雪而失去它犀利的锋芒，当那些冰冷而美丽的雪花落在脸上的时候，我能感受到一种叫作"宽恕"的东西，心也仿佛一点点被净化干净。所以我害怕不会下雪的城市，也害怕生活在不会下雪的城市的人。

我打了个喷嚏，因为下雪，空气又冷了许多。

"你冷么？"傅雨希担心地看着我。

"冷。"我期待地看向他，等着他把外套脱下来给我披上。

"我就知道，"他下意识地紧了紧自己的大衣，"还好我穿得多。"

我真是困糊涂了才会指望他！我没好气地推了他一下，"你书包里还有没有吃的，拿出来。"

"没有了，"他别扭地说，"中午生你的气全吃光了。"

我叹了口气，这个人关键时候从派不上用场。

"对了，"他眼睛一亮，兴奋地从书包里翻出一个小盒子，"我忘了还有这个。"

"这是什么？"我好奇地问。

"化学课上偷的火柴啊。"他居然一副了不起的样子。

"你准备吃了它么？"

"它有更好的用处，借我围巾用一下，"他没经我同意就扯下我的围巾，在自己头上缠了一圈，然后颔首低眉做出一副娇羞状，"看，卖火柴的小女孩。"

我真心觉得就算世界上只剩下他一个人，他也不会感到寂寞的。

他十分慷慨地把那盒火柴放在我手上，"看在你心情不好的份上，我可以让你许个愿。"

"谢谢你的大方，"我嫌弃地捏起一根火柴，"你觉得这玩意儿能变出烤鸭么？"

"是烤鹅！"他认真纠正我。

我没趣地擦亮一根火柴，安静的雪地里响起清脆的声音，那小小的红色火焰在黑暗的雪夜中颤抖着，显得格外诱人。我竟然一时被这样的光芒迷住了，直到被烫到了手才将它吹灭。

也许是刚才对火光盯得太紧的缘故，火焰熄灭的瞬间四周变得格外黑暗。于是我又擦亮一根火柴，让眼前再次亮起来。

卖火柴的小女孩也许也是贪恋这样的光芒，所以才会一根接一根地划亮手中的火柴吧。人其实是生来不怕黑暗的，只害怕在给了他们光芒之后又让他们回到黑暗，黑暗才会变得格外煎熬和恐怖。如果卖火柴的小女孩没有划亮第一根火柴，也许就不会对那些温暖和光芒迷住深陷其中，也就不会死去了。

依存着这个城市某处未知光芒而生存的我，与她又有什么区别。至少她成功地迷惑了自己，重新拥抱了爱着她的祖母。而我却再也看不见我爸微笑的脸了。

"傅雨希，"我喃喃地说，"卖火柴的小女孩看见奶奶的时候，是擦亮了几根火柴？"

他想了想，"全部。"

"是吗。"我拿出剩下的所有火柴，用力一划，瞬间燃起了好大的火焰。我好想这么想象，像书里描述的那样——那美丽的火焰越来越强烈，把四周照得像白天一样亮，然后我看见父亲在那光芒里向我走来，那么高大，那么慈爱，然后向我微笑着张开怀抱……可就算是我也知道，臆想是该有个限度的，那火光再美也只是一把烧着的木棍而已。除此之外，我什么也看不见。

"简简佳。"

我蓦地睁大眼睛，眼泪瞬间倾泻出来。火焰已经快要烧到我的手指了，可我不敢熄灭它，我怕我会失去这唯一一次的，与他相见的机会。

我不敢相信地回过头去，却只有傅雨希一个人站在那里。

"混蛋！"我愤怒地把那团燃烧着的火柴扔向他，吓得他赶紧躲开。我冲过去抢起书包就往他脑袋上砸。

"好痛，别打了，"他挡不住我的攻势，委屈地叫道，"我做错什么了！"

"谁让你那样叫我的！"我越打越用力，"你知道我听到那个名字会难过，所以才故意那样叫我是不是！"

"名字？"他一脸疑惑地看着我，然后摇摇头，"我没听过啊，不知道刚才为什么会突然想叫叫看，还没思考就脱口而出了。"

我愣愣地看着他，确实只有我和爸爸两个人的时候，他才会这样亲切地叫我。

拿着书包的手垂了下来，我定定地看着他，"你没骗我对么？"

"我骗你干吗，"他不满地瞪我，却在看见我眼里的泪水时慌张起来，"你怎么了……你干吗！"

我扑过去抱住了他。直到现在回忆起来，我都认为我那一刻一定是疯了才会有那样的行为。可是我从没有一刻那么想要相信他，即使他是撒谎大王傅雨希，即使他骗过我无数次。我紧紧地抱住他，哽咽着在他耳边小声叫了声："爸……"

傅雨希的身体僵住了，我以为他会嫌弃地推开我或是笑得滚到地上，可是他没有。他只是安静地站在那里任我抱着他，任我把眼泪抹到他的领子上。

我相信在火光亮起的时候父亲一定有出现在这里，他看见我难过的样子很不忍心，于是他通过傅雨希叫了我的名字，叫我简简佳。我不知道他是否还在这里，甚至不能确定他是否真的出现过。我只是固执地相信，那声简简佳是他在呼唤我。至少那一瞬间，他就在我身边。

而除了抱住傅雨希，我不知道自己还能做什么来挽留他。

"我很努力了，真的很努力了，"我哭了起来，一直以来堵住泪水的堤坝瞬间崩塌，"我努力地去做我们约定好的事情，我想照顾她，想让她开心，想让她为我骄傲，可是我什么也做不好……我不知道怎么能让她开心起来，不知道怎么能让她在意我。为什么会变成这样？你回来好不好，回来好不好……"

放在我肩膀上的手渐渐收紧，我闻到很干净的洗发水的味道，是属于傅雨希的味道。不是我爸。而我明明知道拥抱着我的人是傅雨希，却贪恋着他身上的温度，依然紧紧抱着他不放。

我总是这样，明明讨厌着他，嫉妒着他，却依然说不出那句最伤人的话。我知道我不说的原因不是害怕伤害他，而是害怕如果连傅雨希都要离开我的话，这一点仅存的温暖也会消失不见了。

也许我真的一直在依赖着傅雨希吧。

我第一次觉得傅雨希改变了，虽然他比起小时候越来越完美，但是在我眼里傅雨希就是傅雨希，从来没有真正改变过。可是这一刻，我感觉到他身上有一些说不出来的重要的东西已经变化了。在我印象里一点都靠不住的傅雨希，不知道什么时候已经成了能够依靠的人。初中时不经意触到的瘦弱肩膀，不知什么时候变得这样宽厚温暖。

15

我的情绪渐渐平静下来，理智重新回来的时候，尴尬也随之而来。我居然在傅雨希的面前如此失态地哭了。

一些细小的气体在我耳朵周围骚动起来，我疑惑着声音的来源，却发现这家伙居然在笑！

我恼羞成怒地推开他，伸手去抓地上的书包。

"对不起，"他一脸求饶地拉住我，"我不是故意的，我就是太高兴了……"

世界上怎么会有这么欠揍的人，这家伙居然笑得眼泪都出来了，满脸都是掩饰不住的喜悦！

"我知道很好笑，"我懒得跟他计较了，"但你稍微掩饰一下好不好，何况有什么值得高兴的。"

他擦擦眼睛望着我，"我当然高兴了，因为你对我说了这些话。"

"什么意思？"

"我知我不应该笑的，下午也不该发脾气，"他别扭地撇撇嘴，"可是从来只有你知道我的事情，你却什么都闷在心里，高兴的事情，生气的事情，烦恼的事情我都一无所知。我明明是离你最近的人好不好，你假期突然消失了不告诉我，刚刚在院子里哭得那么伤心也不肯对我说，都是我一天到晚像个傻瓜一样地报告我的事情。"

"是你自己非要讲给我听的好不好。"我脸上落下几条黑线。

"就是这样才让人生气啊，"他像泄了气的皮球一样"咻"地蹲在地上，"我会害怕好不好，害怕我是不是对你来说和旁人没什么不同，会不会根本无关紧要，是不是你觉得我不能信任……所以才生你的气。"

我扑哧一声笑了。傅雨希居然是这么在意我的么？曾经的我做梦也想不到他会对我说这些话，更想不到看起来什么也不在乎的他原来有认真想过这些东西。莫名有一种母亲看着终于长大懂事的儿子欣慰地感叹"总算没白养这小子啊"的感觉。

"你笑什么，我很严肃的好不好！"他立刻恼羞成怒起来。

只是那一刻，我清楚地在他的眼睛里看见我的影子，那么清晰、那么真实，也许那就是我方才祈祷着的，可以属于我的生存之地吧。我不知道它的面积大小，分量轻重，只知道那是确实存在着的。

果然每一场初雪都是宽恕的祭礼，无论来得多晚，那些积累着的伤痛都会不负等待慢慢痊愈，那些无法原谅的纠结都会渐渐释然。

但是我告诉傅雨希，"今天真是倒霉，倒霉坐上那辆车，又倒霉遇到你，最后倒霉到和你在这里待一晚上。"

也许我已经潜意识地将所有的"倒霉"替换成了"还好"也说不定。

其实我想说的是：还好，还好，还好。

16

早上六点，第一班公交车压过积雪出现在我们面前。

车上的人大部分都是昨晚见过的面孔，大概在工厂上完夜班现在要回家。不知为什么，昨晚那些人脸上的烦躁和冷漠全都不见了。此刻他们的脸上虽然疲惫，却带着淡淡的幸福。大概是因为要回家的关系吧。

令我惊讶的是，玻璃上映出的自己有着和他们一样的表情。已经无家可归的我，为什么会有这种表情呢？

"你在开心什么，"傅雨希不解地望着我，他从上车就被人挤来挤去烦躁得很，"真不知道你昨天怎么想的，居然跑来这种地方，亏你现在还笑得出来。"

我也不知道自己在开心什么。怀着被全世界丢弃的心情，被满载的公交车遗落在荒山野岭，然后又遇见傅雨希这个话痨，错过了和谢安璃一起在步行桥上看雪的机会，在郊外饥寒交迫待了一整夜。可我却像个白痴一样傻笑着。

车子在步行桥附近停下来。"下车吧。"我们默契地相视而笑。明明还有一站就能坐到家门口，但是我还是想走路回去，和傅雨希一起走路回去。

我在搜寻着有没有早到的小吃摊，傅雨希却和一位发广告的阿姨聊起天来。阿姨见我走过来，便一脸期待地问我们住不住店。

"是免费的么？"傅雨希笑嘻嘻地问。

我抬头看了一眼她身后酒店的牌子，赶紧拉着傅雨希走开了。这家伙居然连情侣酒店都不认识。

"我想好了，我要回家。"走在桥上，我微笑着对傅雨希说，"我还是很害怕，害怕回到家她正在安心地睡觉，对我离开没有半点反应。可是我突然想做早餐给她吃，把她叫醒，然后端一杯温热的牛奶给她。"

"那我和你一起回去。"傅雨希认真地说，然后对惊讶的我傲娇地撇撇嘴，"都怪你，我现在都快饿扁了，怎么说也赔我一份早餐吧。"说着他就带头往前走去。

"傅雨希！"我跑过去追上他，"我们牵手吧。"

"什么？"他震惊地看着我。

我笑盈盈地把手伸给他，"牵手啊，手拉手。"

"为什么？"他戒备地退了两步。

"什么为什么，"我天真烂漫地笑着，"我们不是好朋友嘛。"

他一脸狐疑地看着我，最终别扭地拉住了我的手。

我发现脸皮厚是容易上瘾的，原来以前他就是一直这样对付我的。

也许在北极星的身边也是有那么一点好处的。就是当你没有力气继续发光的时候，觉得自己快要被黑暗吞没的时候，他的光就会投射过来，慷慨地照亮你身边的空气。它遮盖你的光芒，却永远不会让你沉于黑暗。

麻烦的是，到家时他还是紧紧地攥着我的手。

"松手。"我嫌弃地推了他一下。

"不要。"他的表情比要跟他牵手的时候更加别扭。

我无奈地说："你不松手我怎么找钥匙？"

他不情愿地松开手，同时我也想起我根本就没有钥匙。就在我发愁的时候，门突然开了。

我妈站在门口两眼发直地盯着我，她脸上全是干掉的泪水，眼睛肿得厉害，头发乱糟糟的，完全不像她平常的样子。

我担心地去摸她的脸，一个巴掌狠狠地落到了我脸上。

"阿姨……"傅雨希在旁边着急地叫了一声，却不敢拦着。

"你去哪里了！"她抓住我的胳膊，歇斯底里地尖叫。我的眼泪刷的流下来，不是因为害怕，也不是因为委屈，而是因为……想念。

十年来从未对我展露笑容的妈妈，从未对我发过脾气的妈妈，总是面无表情的妈妈，现在正在对我大吼大叫，因为我的离开而大吼大叫。

下一秒，我被她猛地拽进怀里，她的手勒得我快要窒息。

"我以为你走了，我以为你不要我了，"她颤抖的声音满是悲伤和恐惧，"我不结婚了，你不要走好不好……"滚烫的泪水打湿了我毛衣的领口，刺痛感和灼烧感一起传来。

我不知道那个晚上到底发生了什么，我妈也没有对我说起。只是我的床单重新换了回来，房间里的垃圾也被清理得干干净净。那对父子的痕迹完全从家里消失了，干净得仿佛从来没有出现过。

七 誓言比流言更容易粉碎

1

我和傅雨希那天都请假没有去学校。我在交代遭遇之后，我妈一言不发地进了厨房，一会儿端出一碗热腾腾的姜汤。傅雨希就没有那么幸运了，他爸刚好回来拿东西，于是被抓了个现行臭骂一顿，怒吼声我躺在卧室都能听得见。

同样在家里睡了一天之后，傅雨希回了学校，我却因为发烧依然躺在床上。

我妈请假照顾了我一天，可惜难得她有时间照顾我，我却烧得糊里糊涂的什么都不记得。傍晚醒来的时候，我妈正在打电话请假，她一个劲儿地道歉，满脸为难。

"你怎么起来了？"我妈发现了摇摇晃晃的我，赶紧把我扶到沙发上。

"妈，我没事，"我咳了两声，"你去上班吧。"

"不行。"她坚决否定了我的提议。

"我一个人没问题的。"

"我不放心。"

正在我们陷入僵持的时候，傅雨希来了。我妈亲热又不失威严地拉住他，"雨希，你说阿姨说得对不对，她这个样子怎么能一个人在家。"

我以为这个狗腿子会像往常一样倒戈，结果他认真地对我妈说："阿姨要不这样吧，您去上班，我来照顾她。"

"妈，"我装出虚弱的样子，"要不还是你留下陪我吧。"

"我工作也是很忙的，"她脸上完全没了刚才的温柔，"一晚不去你知道工资扣多少么？"

你刚才可不是这样说的。我心灰意冷地躺在沙发上看着傅雨希乖巧地笑着送我妈离开，他这么乐于助人肯定没安好心。

果然门一关他就指着我毫无掩饰地笑了起来，"真没用啊，吹了几个小时风就变成了这样。"

"真是对不起，"我讥讽道，"我的围巾不知道被谁抢走了。"想到他披着我的围巾扮演卖火柴的小女孩的样子，我就恨得牙痒痒。

他一屁股坐在沙发上，"你把遥控器藏哪里了，今天有我喜欢的节目。"

"傅雨希同学，"我无语地看着他，"请问我可以吃饭了么，我一天没吃东西了。"

他这才想起来对我妈的保证，跳起来向厨房走去，"我去给你热一下饭菜。"

看到他自信满满的表情，我的心绷了起来，"不用热了，你就这么端上来吧。"

"病人怎么能吃凉的呢？"

"那我也不要吃有毒的东西。"

"少瞧不起人了！"他瞪了我一眼，气呼呼进了厨房。

事实证明，激将法不一定都会达到好的效果。我眼睛盯着电视，耳朵却时刻听着厨房的动静，在他自言自语"我真是个天才"后不到10秒，我就听见他说"糟了……"

如果能让傅雨希说出"糟了"这个词，那就说明事情真的很糟糕。所以当他垂头丧气地端着一盘黑乎乎的东西向我走来时，我装作没看见他。

"对不起。"他沮丧地认了错。

"你是看到我没死透不甘心，跑来补刀的么？"我叹了口气，"这样吧，你去楼下那家店买点粥。"

他穿上外套，刚跨出门猛地回头瞪着我，"你是不是想骗我出去，把我锁在外面！"

"怎么会……"可惜我已经露出的奸笑还没收回去。

"太过分了！"他生气地跑回沙发紧紧抓住一个抱枕，"今晚你休想让我迈出大门一步！"

看来这家伙今天是赶不走了，我无奈地往房间走去，"我睡觉去了。"

"陈简佳！"他追上来直直地盯着我，"你喜欢我么？"

我像被雷劈到一样怔住了。

他的目光一暗，"那讨厌么？"

"我当然……"我刚要说讨厌他，却发现他的眼神无比认真，让我无法说出奚落他的话，只能别扭地撇撇嘴，"不讨厌。"

"那说好了好不好哦，"他伸出右手小指，"不管发生什么事情，你都不许讨厌我，不管发生什么事情，我和陈简佳都和以前一样。"

"好。"我勾住了他的手指。我不知道我为什么会附和傅雨希，也许是因为那个时候的他有一种悲伤的感觉，让我觉得再不答应的话，他下一秒就会哭出来了。

可是我们没想到的是，只是这样一个简单的约定，我们却都食言了。

2

早上醒来，傅雨希居然离开了。他在桌子上留了张字条说他有事先去学校，字条旁边摆着楼下那家店的粥。

我难得一个人去学校，在校门口遇见同班两个女生，我向她们打招呼，她们却厌恶地瞪了我一眼，让我有点发懵。操场上三三两两的学生都偷偷地往我这边看，夹杂着细小的议论声。

突然一群男生抱着球冲过来，最前面的人用力撞了我一下，他们默契地发出一阵哄笑，怪叫着跑走了。

真是莫名其妙，我揉着胳膊无语地走回教室。原本热闹的教室瞬间静了下来，我敏锐地感觉到他们的目光都在跟着我移动。

一向不引人注目的我，今天怎么有这么高的待遇。一定是发生了什么事情。我看向傅雨希，他不但没有如往常那样像一只金毛犬一样巴巴地盯着我，反而在埋头苦读，更让我对自己的想法深信不疑。

"傅雨希，我有事问你。"我敲敲他的桌子，这是我第一次在教室主动找傅雨希说话。

没想到傅雨希冷冷地别开脸，"不好意思，我没空。"

他的态度让我火冒三丈，以至于他偷偷给我使眼色我也没发现。

"讨厌啦雨希，对人家这么冷淡！"两个男生扑上来勾住他的脖子尖声尖气地说，旁边的人都笑起来。

简直莫名其妙，我疑惑地看向韩默萧，发现她正担心地看着我，与我对视的瞬间低下了头。

于是中午我把她堵进美术教室，问她到底发生了什么。

韩默萧咬着嘴唇犹豫了一会儿，"学校里传言你和雨希去了情侣酒店。"

我瞪圆眼睛看着她，这也太可笑了，这年头居然还有这么土得掉渣的谣言。

"傅雨希没否认么？"我疑惑地问。

"他否认了，但没人相信，"她满脸无奈，"因为有照片"。

我惊讶地看着她，"什么照片？"

"昨天早上我们来学校的时候，操场和教学楼里贴满了你和雨希从酒店出来手牵手走在桥上的照片。"

"绝对是合成的！"我愤怒地拍了下桌子，"我怎么会和傅雨希进酒店，又怎么会和他牵手……"我怔住了，那个早上我们的确牵手了，在那之前我们路过一家酒店，照片一定就是那个时候拍的。

"这个傅雨希居然没告诉我。"我愤愤地说，怪不得他昨天晚上阴阳怪气的，他要是告诉我我也不会毫无准备。

"他可能还没想好怎么跟你讲，"韩默萧摇摇头，"昨天我们撕照片的时候他那么沮丧地对我说，'我好庆幸陈简佳没来学校，你说她看到这些会不会再也不理我了'，看上去好可怜的样子。"

我的眼眶热了起来，那个傻瓜担心的居然是这样的事情。

于是我识时务地没再在学校和傅雨希讲话，放学也默契地没有一起走，一路上两人一直保持着二十米左右的距离。傅雨希站在院子门口等我，看到我一脸别扭地问："你都知道了是吗？"

我点点头。

"那你想怎么办？"他试探着问。

"当然是和你绝交了。"

"什么！"他顿时慌了手脚，"哪会有人蠢到为了这种事就绝交的！"

我悻悻地看着他，"就是说，你觉得我是这种蠢货才一直担心我会和你绝交的？"

"就是说你不会和我绝交了？"他惊喜地看着我。

"废话。"我无语地说，这个人变脸像翻书一样快。

"傅雨希你笑得口水都快流出来了，不怕再被拍下来么？"

我惊讶地回头，谢安璃无奈地走向我们，"这家伙昨天一天都哭丧着脸，现在却这么得意的样子，真让人不爽。"

"要你管，"傅雨希瞪了他一眼，"你怎么在这里？"

谢安璃没理他，而是担心地看着我，"你没事吧，在学校没找到什么机会和你说话，就来找你了。"

我脸红了起来，我根本不在意这种虚假的谣言，如果有在意的事情，那就只有一个。

"谢安璃，"我紧张地望着他，"你不相信那些照片对吧。"

"当然。"

"那就好。"我顿时安心下来。

"什么叫那就好，"傅雨希嚷嚷道，"我可不会就这么算了，一定要找出这个人狠狠揍他一顿！"

"你省点力气吧，"我叹了口气，"这种谣言越抹越黑，我们除了等事情过去什么也做不了。

谢安璃盯着我们看了一会儿，"我倒觉得傅雨希说得有道理。"

"你是说狠狠揍他一顿？"我不敢相信地问。

"当然不是，"他无语地撇撇嘴，"我认为不能消极地等事情过去，而是找到那个贴照片的人当面对质，让他对大家解释清楚。"

我觉得他简直在开玩笑，"学校有那么多学生，我们要怎么找？"

"从证据开始，"谢安璃亮出几张照片，"检查一下这些照片可能会有线索，这个人拍了这么多照片，说不定哪一张里有他的影子或者有关的东西。"

傅雨希警惕地看向他，"你怎么会有照片？"

"昨天撕照片留下来的，"谢安璃淡淡地回应，"你早这么有警惕心的话，就不会人家在旁边对着你猛拍也注意不到了，你那里还有多少？"

傅雨希支支吾吾地说："我一气之下都撕掉了。"真是成事不足，败事有余。

3

庆幸的是，韩默萧手中也留下了一些照片，我们在谢安璃家集合一起研究。傅雨希失望地拎起韩默萧那沓照片，"就 10 张，还有一张和谢安璃是重复的，真是没用。"

"一张没拿出手的人有什么资格说别人，"我瞪了他一眼，"默萧你不用理他。"

韩默萧会意一笑，她越来越习惯傅雨希的个性了。

照片铺了满满一桌子，但他们说这只是一小部分，学校有多少可想而知。照片如我所想是那天早上拍的，不知情况的人只看照片真的会以为我和傅雨希是从酒店走出来的。每两张照片时间间隔极小，看来这个人除了有闲情逸致，还有一只能如此密集按动快门的强健的大拇指。

"有件事从开始我就很好奇，"谢安璃打量着我和傅雨希，"你们两个为什么会出现在那里？"

我苦笑了一下，"如果我说我前一天晚上被困在荒野，傅雨希打车找到我却把出租车放走了，于是我们在路边坐了一晚，第二天早上回来路过那家酒店，他一定要和发传单的阿姨搭讪，我们就在那个时候被拍到了，你们会相信吗？"

他和韩默萧默契地摇摇头。

"怪不得你昨天都不解释。"谢安璃同情地看了傅雨希一眼。

我瞪着照片里的我和傅雨希，心里数落着你们两个白痴那时候就没想到会有这样的麻烦么，然后觉得更加沮丧了。说到底那天是我要和傅雨希牵手的，一时冲动上了车的也是我，不知道傅雨希有没有想到这一点。

"如果拍到那个阿姨就好了，"傅雨希郁闷地说，"就可以找她来作证。"

我叹了口气，"一定是故意没拍到的，就是不想让我们有洗白的机会。"

"这样吧，"谢安璃想了想说，"我们明天中午去酒店查入住记录。"

"对啊，"韩默萧反应过来，"如果登记簿上那晚没有你们的名字，不就证明你们没去过酒店么？"

"今天先到这里吧，你们吃了晚饭再走。"谢安璃起身走进厨房，很快就端着香喷喷的饭菜出来了，因为昨天见过傅雨希的作品，他的料理比除夕夜看起来更加吸引人。

但就算是这么诱人的东西，心里装着事情也吃不下。

"不好吃么？"谢安璃失望地看着我堆满食物的盘子。

我摇摇头，"很好吃，我只是……"

"首先要吃饱肚子。"他端起我的盘子，我惊讶地看着他舀起一勺米送到我嘴边。

"喂，"他在我耳边小声说，"我手都伸出来了，你不吃我很尴尬的。"

我红着脸吃下去，无视韩默萧偷笑的样子。

和我不同的是，傅雨希的情绪却越来越差，回去的路上他一句话都没跟我说。

我担心的事情还是发生了。虽然不想向傅雨希低头，可是理论上、原则上、人情上，我似乎都应该道歉。

"对不起。"我突然停下来看着他。

他明显吃了一惊。

"别装了，我知道你很生气，"我不自在地撇撇嘴，"不过我能理解，要不是我那么固执地跑去坐公交车，后来在桥上又非要和你……事情也不会这么糟糕。"

如果那时"牵手"这个词也像现在一样说不出口就好了。

他却一改刚才的冷漠不怀好意地笑起来，"非要怎么样？"

"不知道！"我恼火地说，这个人真是蹬鼻子上脸。

"是这样么？"他笑嘻嘻地抓住我的手。

"白痴啊，你又想被拍到是不是！"我嫌弃地把手往回抽，他却要赖地抓着我的手晃来晃去，"那也不错啊，你害我一次，我再害你一次，不就抵消了么？"

我愣住了，"原来你真的在怪我。"

"怎么会，"他使劲摇头，"你没有怪我那晚多事追过去，我就谢天谢地了。"

我无奈地看着他，在他眼里我到底是多不讲理的人啊，"拜托，要不是你找到我，还不知道会发生什么事情呢。"

"所以说我松了口气啊，"他一脸后怕地说，"我不敢想你那天没有上车会怎样，我没有追过去又会怎样。也许还在彼此误会着，冷战着吧。如果在那种情况下谣言传出来，我们可能真的就那样保持距离渐渐疏远也说不定。我很庆幸我们现在能站在同一阵线上一起对抗恶势力，而不是被动地相互不说话。我好感激那个晚上给我们和好的机会，而且还有特别奉送。"他得意地扬了扬我们握在一起的手。

他明亮的笑容让我从未有过地安心，一天来的委屈全部烟消云散。

"陈简佳你要答应我一件事，"他认真地看着我，"如果这件事继续严重下去，严重到我们到毕业都不能再讲话也没关系，但是我们之间绝对不能相互疏离，七月我们还是可以回到这里，一起开心地笑着出发去新的城市。"

"嗯，"我别扭地答应，"谁知道呢，说不定到时候我就不想理你了。"

"你不理我也没有关系，"他笑着举起我们相握的手，"因为就算陈简佳放手，我也绝对不会放手的。"

我愣愣地看着他，心像被施了魔法一样狂跳不止。傅雨希神神秘秘地凑过脸来，"不过我有一个好对策，就算现在也可以光明正大地在一起。"

"什么？"我期待地看着他。

"就是我们真的交往啊，"他开心地笑起来，"反正谣言都传遍了，我们也不能白白被冤枉嘛……好痛！"

我一拳打在他脑袋上，头也不回地走了。

4

第二天中午我们去了那家酒店，发现那根本不能算酒店，只是个住宿的小旅馆。前台和经理是一个人不说，登记用的也不是现代酒店的电脑系统，而是账簿一样的大册子。起初他不肯给我们看，直到傅雨希财大气粗地说我们要订 10 个房间，他才乐呵呵地答应了。

我在旅馆外面去找上次的阿姨，她却不记得我了。我沮丧地回到前台，看见谢安璃和傅雨希垂着手傻站着，"你们在干什么，快找啊！"

"已经找到了。"谢安璃面无表情地说。

"找到了？"我惊讶地看着他。

他把册子递给我，那晚住房名单最下面写着我和傅雨希的名字，连字迹都和我们一样。

怎么可能……我神情恍惚地跟着他们离开。

"你们不住了？"身后响起经理愤怒的声音，而我们连道歉的心情都没有。

谢安璃冰冷的表情让我的心不断往下沉，我不想被他误会，不想被他看轻，就算无法被他认可，也不想被他想象成不堪的人。

"谢安璃，"我拉住他，"你不相信我们了，是吗？"

"我相信。"他的语气依然生硬。

"哼，明明一副不相信的样子。"傅雨希讽刺道。

"我是在想别的事情，"他突然看向我，"陈简佳，那天这个阿姨也是站在那里么？"

我点点头。

"我最担心的事情发生了，"他表情沉重地拿出那张我和傅雨希和阿姨说话的照片，"你们看看这张照片，不觉得很奇怪吗？"

"你不会是说我的表情吧？"傅雨希尴尬地说，"我只是笑得有点过。"

"我作证，他平常就这副样子。"我信誓旦旦地补充。

"我说的是角度，"谢安璃无语地说，"那些照片虽然数量惊人，但你们正面的照片很少，只有和这张连续的几张。本身相机正对你们却没发现就很奇怪，如果那个阿姨也像现在这样背对酒店的话……"

我不敢置信地看着他，"你是说，当时那个人就在酒店里面。"

"到底是谁做这种无聊的恶作剧！"傅雨希生气地踢了电线杆一脚。

"这已经不是单纯的恶作剧了吧，"谢安璃冷冷地打断他，"你们的名字出现在登记簿上就说明，就算你们那天不路过那家酒店，他也准备编造这个谣言。只不过你们的出现给了他更多惊喜罢了。"

5

我走进教室，等待我的依然是诡异的安静和窃窃目光。我实在没有心情面对这些，于是我躲进厕所隔间，疲惫地倚在冰凉的瓷砖上。

现在只有厕所才是唯一对我充满善意的地方吧。我本想去美术教室，却怕在那里遇见杜老师，我不知道这个谣言传得有多广泛，总之现在我不想遇见任何人。

"是这里吧。"外面响起一个女生的声音。

"没错，我看见她走进洗手间了，"另一个女生说，"不过哪扇门我没看清。"

"挨个找找吧，然后我们……"声音突然变小了，然后我听见隔间的门一扇一扇被打开的声音。

我下意识地感觉她们的要找的是我，于是警惕地把门反锁上。门被狠狠拽了两下，门口的女生说："这里。"

我屏住呼吸听着门外的动静，却没再听到说话声，只有沉重的东西拖过地面的声音。我惊觉不妙想推门出去，门却被那个东西堵住了。

"有人么！"我拍了拍门，觉得自己真是白痴，因为有人我才被关在里面吧。

门外传来了那些女生的笑声，"你这么脏的人，藏在厕所里最合适吧。"

我皱起眉头，只等她们笑够了走开。

"真无聊，她怎么都不说话。"

"是不是睡着了，我们帮她清醒一下吧。"

她们又想干什么？但我还没思考就得到了答案，一桶冰冷的水从上方浇了下来，隔间很小，到水浇完为止我根本无处躲藏。

我捏着拳头一声不吭，绝对不能发出狼狈的声音让她们得意了去。

"真没劲，就你这种胆小鬼也配喜欢傅雨希。"水桶被扔到地上，她们抱怨着离开了。

第一节上课铃声响了，看来暂时没人会救我出去了。正好我也不想被人看见我狼狈的样子，虽然我已经完全没有公众形象可言。

过了一会儿，我听到了水龙头的声音，"有人在外面么？"

水声停止了，重物重新被拖过地面，门终于打开了。我刚要道谢，却惊讶地发现面前的人是苏梦柯。

"是你？"她更是嫌弃地看着我，"早知道我才不会帮忙。"

旁边是两张放满书的课桌，我大概就是被它们堵住的。我放弃了和她抬杠，说了谢谢就往外走。她却拉住我，"跟我去舞蹈教室，我有备用衣服。"

"不用了。"

"你还没被看够笑话么？"她皱起眉头，"我有话对你说。"

这是我第一次来舞蹈教室，宽敞的屋子，光滑干净的木地板，给人一种很舒服的感觉。

"比你们画画的地方干净多了吧。"她得意地打开柜子找衣服。

"可你的柜子够乱的。"我幽幽地说。

"啰唆，"她红着脸扯出一条毛巾丢给我，"先擦干净。"

我接过来放在鼻子下面闻着味道。

"我刚洗过好吗！"她无语地瞪我。

我这才开始擦头发上的水。

她叹了口气坐到我旁边，"陈简佳，我真搞不明白你的个性到底是太别扭还是太直接。"

我放下毛巾，"那么如果我直接地问你问题，你能不能直接地回答我。"

"可以。"

我认真地看着她，"是你做的么？"

"不是。"我话音刚落，她就坚定地给出答案。

"回答得好快，"我挑了下眉毛，"我还没说什么事呢。"

"不会有其他的吧，"她没好气地说，"我就知道你在怀疑我，我找你就是为了说明白，我是讨厌你，却懒得在你身上花这种心思。"

"心虚。"

"你……"

"好了，我知道不是你。"我开始不紧不慢地换衣服，"你虽然讨厌我，但伤害傅雨希的事情，你是不会做的。"

如果这件事情是苏梦柯做的，那么照片上能看清楚脸的绝对只有我一个人。

"下午上课的时候你去哪里了？"傍晚在桥上会合时，傅雨希凑过来追问我。

"心情不好出去走走，"我转开话题，"你们中午又去哪里了？"

"你觉得他气冲冲的样子回学校合适么，"谢安璃叹了口气，"老实说我也被打击到了，觉得还是先冷静一下比较好。"

傅雨希的气又上来了，"我真想不明白到底是什么人要这么整我们。"

谢安璃认真地看着我，"你们有没有关系特别恶劣的人，或者有谁特别讨厌你们？"

"苏梦柯！"傅雨希大叫一声从栏杆上跳下来，"绝对是苏梦柯，她去年还找过陈简佳麻烦呢。"

"不是她。"我一口否定。

"你怎么知道？"他不服气地扬起眉毛。

"我问过，她说不是她。"

"她说你就相信了？"他不敢相信地看着我。

"我为什么不相信？"我皱起眉头，"你这样怀疑她才奇怪吧。虽然我和她有过节，但她没有找过你麻烦吧，你凭什么这么说她？"

"我……"傅雨希被我突如其来的质问弄得完全傻了眼。

"你这样和那些捕风捉影到处传我们谣言的人又有什么区别！"我摔下这句话就头也不回地走了。

他用那样厌恶的表情谈论苏梦柯的样子让我不能忍受，虽然我比他讨厌苏梦柯更多。但一想到苏梦柯被她放下自尊全心喜欢着的人那样误会，我就忍不住为她抱不平。

如果有一天谢安璃谈论起我也是那样的表情，我一定会很难过吧。

6

第二天我在学校门口遇见了韩默萧，尴尬地跟她打了招呼，"我昨天吓到你了吧。"

"还好。"她的表情也很尴尬。连一向宽容的韩默萧都这么说了，看来我昨天真的有点过分。

我苦笑着问："那我走之后傅雨希有没有骂我。"

"他怎么敢，委屈倒是真的，"她扑哧一声笑了，"不过我也觉得他把事情赖在那个女生身上有点过分了。因为喜欢雨希的又不止她一个人。"

"什么意思？"我顿时一头雾水。

韩默萧沉默了一会儿，"我们昨天下午讨论过，这件事很可能是喜欢雨希的女生做的。"

"喜欢傅雨希干吗要坏我名声，"我更迷糊了，然后难以置信地望着她，"不可能的，我和傅雨希在学校从不讲话，不会有人误会的。"

"小简你知道吗，"她犹豫了一下，"我们成为朋友前，我一直以为你和雨希在交往。我有几次看到你们一起回家，你们走在一起那种气氛……怎么说呢，很温馨，所以我就误会了。昨天我突然想到，你们天天走在一起应该不止我一个人看见，那些人可能和我想的一样。"

"谁跟他走在一起很温馨了，"我无语地说，"至少我们在学校根本没交集吧。"

"有一件事也许只有你不知道，"韩默萧吞吞吐吐地说，"雨希上课的时候常常看着你发笑，如果是喜欢他的女生一定会发现这些的。"

"都怪那个傅雨希！"我恼火地跺起了脚。

"嘘！"韩默萧紧张地四周看看，无奈地说，"这不是他的错吧，是那个贴照片的人不好。"

"那也是他行为不检在先。"我没好气地说。要不是他整天像只花蝴蝶一样招惹女生，就不会发生这样的事了。

我气这件事根本不公平。你喜欢傅雨希，有什么事冲他来啊，追求他威胁他绑架他囚禁他怎么都行，干吗带上我？我什么都没做凭什么莫名其妙地当了炮灰？

"那只是我们的假设，不一定是事实。"韩默萧后悔把刚才的话告诉我，努力试着挽回。

"那会是谁，喜欢我的男生么？"我冷冷地说，"真可惜没有这样的人。"

我知道这句话说得特别没水平，摆明了就在嫉妒。

我一直觉得，因为嫉妒而愤怒是一件特别丢脸的事情。而深知这一点依然愤怒不已的我，让我更加恼羞成怒。

这样的我在操场上迎面碰上班主任，被她领进了办公室。很多老师都抬头看我，大概是因为照片吧。想不到我毕业前还能以这种方式红一把。

许老师示意我坐下，"你知道我为什么找你么？"

"大概知道。"

"我知道你们也不好受，但如果做事情之前先想到后果，不就能够避免了么？你知道这件事给学校风气带来了多大影响么？"没想到她对我劈头盖脸就是一堆质问。

"我们没有。"我严肃地否认。

"我不管你们有没有，影响已经在这里了，"她像是盯着已被定罪的犯人的法官，"还有几个月就要高考了，发生这样的事情，所有同学的精力都不在复习上，怎么会考出好成绩？如果是那样，你们又怎么负起这个责任！"

我不禁好笑，他们精力不在复习上关我什么事，又不是我让他们传我的谣言的，她说得好像是我和傅雨希拿着大喇叭在走廊里边跑边宣传我们关系非比寻常一样。我们才是受害者吧，平白无故地被抹黑，被羞辱，平白无故地成为众矢之的，谁又来为我们负责呢？

"总之你们两个不要再接触了，"她冷冷地说，"我会把你们的座位调开，估计过不了多久这事就能过去了。"

"知道了老师。"我面无表情地站起来，不想再和她费口舌。

"陈简佳，"她像是商量，又像是无奈地望着我，"傅雨希的成绩一直很好，学校希望他能拿到市状元为校争光，他的未来是不能被耽误的。现在的时间很关键，请你不要拖他的后腿好吗？"

我怔怔地望着她，为什么面前的人能如此语重心长地，说出这么残忍的话呢？

傅雨希是伟大的，傅雨希是了不起的，傅雨希的未来是耽误不得的，其他人的未来也是很重要的，那我的未来呢，我的未来就是无所谓的么？

我到底做了什么就成了别人成长道路上的绊脚石！

回到教室，傅雨希像往常一样和吴畅他们在教室里说说笑笑，那些女生钦慕的目光仍旧毫无褪色地投向他。

我这才发现，这些天的冷眼和嘲笑全部是我一个人照单全收的。

我知道不应该生傅雨希的气，他没有做错任何事情，甚至和我一样是受害者，可是我就是无法克制自己。

两个闯了祸的孩子被抓了起来，而人们只围着一个孩子毒打，另一个孩子却被无条件地宽恕，并在一旁晃悠着双腿看他挨打。那么那个被打的孩子心中的委屈就自然从那些大人转移到另一个孩子身上。仿佛被背叛了一样。

因为我们一直保持着距离，傅雨希并没有机会发现我对他的不满。

晚上我最后一个收拾好东西从美术教室离开，惊讶地发现画板上夹着一张纸条，打开后却发现了更让我惊讶的事。纸条上的文字居然是那种特殊的金红色，虽然和溪辰的金红色很接近，但是细看还是有差别。

亲爱的陈简佳：

你对我的礼物是否满意？从你的悲惨表情来看，你应该很喜欢吧。如果想感谢我的话，就周一早上六点半在教室对我当面道谢吧。期待与你的愉快会面。

是那个恶作剧的人。他不但没有藏起来担心东窗事发，还公然留言挑衅。可是我最在意的，是那些字的颜色。

我想起去年我去记忆当铺时丢失的几瓶颜料，虽然不能确定，但颜色真的很相似。如果真是这个人偷走的，那时候他就计划好一切了吧。

几天来我第一次感到害怕。如果再不把这个人揪出来，不知道他还会做出什么事情。

7

周六傅雨希来找我，我开门没好气地说："我妈不在，没东西给你吃。"

"我不是来蹭饭的，"他一副被冤枉的样子，"我可是好心给你送东西来的。"

"什么东西？"

"照片！"他笑着举起手里的牛皮纸袋。

这两个字对我的震慑力如晴天霹雳，我冷冷地盯着他，"你是故意来找麻烦的吧。"

"不是那些照片，"傅雨希无语地递给我，"打开看看。"

我将信将疑地打开，顿时眼睛一亮，"是我生日的照片，你都洗好了？"

"早就好了，总忘记给你，"他一屁股坐在沙发上，"别忘了还钱给我。"

我鄙夷地坐在他旁边看了起来，然后将所有合照挑出来，大部分都有点模糊，只有一张很清晰，好在那也是我笑得最开心的一张。

他得意地靠过来，"是不是被我高超的摄影技术震慑了？"

"有什么好震慑的，"我不屑地把几张照片扔给他，"这几张都拍花了。"

"这就叫抓拍啊，快门一秒钟好多次，"他像小扇子一样摇着那张清晰的照片，"天才如我也不能保证每一张像这张一样完美嘛。"

我嫌弃地瞥了他一眼，"明明就是你相机没放稳吧，你老老实实用手拍不就没事了。"

他却盯着那张照片没再理我，估计是词穷了干脆放弃辩解。

"对了，你看看这个，"我翻出那张纸条递给他，他果然像我想象得一样惊讶，"怎么样，我们一起去会会这个人吧。"

我正在思考怎么劝说他放弃带武器去和这个人拼命的打算，结果他闷闷地说："我不去。"

"为什么？"我吃惊地看着他，"难道你不想知道这个人到底是谁么？"

"不想，"他打了个呵欠，打开电视看起来，"过去那么多天了，我早就没兴趣了。"

"这跟兴趣没关系吧，"我愤怒地把电视关掉，"这个人把我们害得这么惨，难道你都不生气么！"

"我是很生气，"他认真地看着我，"但现在快高考了，不能总把注意力放在这些没意义的事情上，赔了夫人又折兵就不好了。"

我有没有听错，这个像老师一样拖着长腔教训我的人是傅雨希么？当初最生气的人，嚷嚷着要把那个人揪出来揍一顿的人不是他么？为什么现在却一副事不关己的样子。

事不关己……我心里重重落了一下，"因为和自己没关系，所以没意义对么？"

"你说什么？"他一脸茫然。

我直直地望着他，"因为你发现这件事就算放着不管，也没有人会刁难你，对你不会造成任何困扰，所以才会若无其事说出这些话不是么？"

"我不是这个意思，"他皱起眉头，"我是觉得这件事真的不重要……"

"当然不重要，"我冷笑一声，"我的处境如何，正在遭遇什么样的困扰，对你来说怎么会重要呢。"

被老师看成学校之耻的，被关在厕所里泼冷水的，遭受所有冷眼和嘲笑的只有我一个人。说什么是和我站在同一战线的人，说什么和我一起对抗恶势力。还不是发现自己没有遭到谴责，就完全原谅了那些莫须有的议论，还反过来谴责我的心胸狭窄。

叛徒！他和那些伤害我的人站在一起，高高在上地欣赏着我痛苦的样子。就算他也是名义上的受害者，可是和那些伤害我的人又有什么区别！

明明早就知道他只会说漂亮话，我居然还满心感动地相信了。

"不是这样的……"他还想解释什么，却被我不耐烦地打断了。

"抱歉刚才对你提出无理的要求了，"我漠然地看着他，"从现在开始，这是我一个人的事，跟你傅雨希没有任何关系。"

我不想再听他的解释，一路把他推出门去。

8

周一早上六点，我拿着一根擀面杖忐忑不安地站在教室门口，我知道自己的样子一定很好笑，但是家里没有可防身的其他工具。因为我知道这很可能是一个陷阱。

门没有上锁，我屏住呼吸刚要把门推开，却听到走廊尽头有脚步声，一个黑色的人影在墙角闪过。

一定是他！我就知道他不可能真在教室等我，一定躲在附近偷看我的行动。

我追了过去，却听到楼下响起玻璃摔碎的声音。跑到一楼大厅，我立刻知道了声音的来源，被摔碎是我们班新年晚会获胜发的奖杯。

身后再次响起了脚步声，我戒备地举起手里的擀面杖，但令我惊讶的是，走进来的居然是班主任。

"你在干什么？"她被我的样子吓了一跳，又看了看地面，吃惊地问："是你把奖杯打破的？"

"不是。"我赶紧否认。

"那你手上拿的什么？"她愤怒地看着我，"这是班级一起争来的荣誉，是高中三年的纪念，你怎么能这样做！"

我终于明白这是个陷阱，我真是个傻瓜，居然连这种当都会上钩。

我们正僵持着，外面又进来两个女生，居然也是我们班的。她们听完许老师描述都明白了发生了什么，然后用"人类怎么能堕落到如此地步"的目光看着我。

"陈简佳！"这时我听到了最不想听到的声音，傅雨希远远向我跑来，然后他发现了摔碎的奖杯，脸色变得很难看。

我们一行人走在回教室的路上，中途遇见了几个因为训练早来的男生，他们完全不会看气氛地吵吵闹闹地跟在我们身后。

然而许老师刚进教室就尖叫起来，所有人都被眼前的景象惊呆了。

所有课桌都被掀翻在地，书和私人用品被扔得满地都是。在一片狼藉之中，我的课桌依然立在原来的位置，桌上的东西整洁得格外显眼。

和它一样显眼的是拿着擀面杖傻站着的我。

"你们所有人都给我去死。"我旁边的女生喃喃地说，所有人都惊讶地望向她。她颤抖着指向黑板上方，"那里写着啊。"

在那面墙上我再次看见了自己的字迹，只是比酒店登记簿上的放大了无数倍，大到占据了整个墙面。用无比美丽的金红颜色写就，内容却恶毒到让人不忍直视。我从来不知道有一天我看见这美丽的颜色，感到的只是满心的冰冷和恐怖，现在我已经肯定那些就是我丢失的颜料。

"陈简佳，"一个女生怯怯地望着我，"我在美术社待过一段时间，见你调过这个颜色。"

"你还有什么解释的么？"许老师的眼神不再愤怒，只有毫不掩饰的鄙夷。

教室里的人渐渐多起来，其他班的学生路过，看到我们班的人汇集在门口也过来凑热闹。我感觉到身边围绕的人越来越多，真是久违的感觉呢，只不过他们的眼神能友善一些就更好了。那堆碎片不知道被谁捡了回来，像是烘托我的罪行一样摆在我脚边，我唯一庆幸的是没有被要求拿着那根擀面杖摆个造型。

那群早来的男生作为第一发现者荣幸得红光满面，他们正穿梭在人群中添油加醋地讲述着我的故事，像是看见我猛地拿起奖杯往墙上一砸，大笔一挥在墙上龙飞凤舞等等，完全不介意旁边的我。比这些更难听的是周围毫不掩饰的议论。

"没想到她是这种人。"

"装的呗，都能跟男生开房间了还是装出一副清纯样子。"

"新年晚会就她一个人没参加，眼红我们就把奖杯砸了。"

"还在墙上写这种字，一定是心理扭曲。"

那些刺耳句子同时响起，每一句却都格外清晰。

"你们够了吧！"傅雨希忍无可忍地冲出来，"凭什么说这些是陈简佳干的？"

女生吓得不敢说话了，男生却有勇敢者坚决质疑："那你怎么知道不是她干的？"

"我就是知道！"他第一次在学校拿出这种要赖的姿态。

可惜他的要赖就只能唬住我，最前面的男生挑挑眉毛，"她在酒店房间里告诉你的？"周围立刻发出一阵爆笑。

"你再说一遍试试！"傅雨希的眼睛因为愤怒红了起来。

"哟，恼羞成怒了，"那男生往后躲着还不忘挑衅两句，"说不是她，你能证明么！"

"我当然能证明，"傅雨希面无表情地说，"因为是我干的。"

他突然发表的言论让周围的议论声戛然停止，所有人都惊讶地看着他。

"你为什么要这样做？"许老师不敢相信地问。

"因为看他们不顺眼！"傅雨希一脸厌恶地说，"为了一些捕风捉影的照片，每天像苍蝇一样嗡嗡叫着没完没了，一气之下就这么做了。"

霎时间所有人都被吓得不敢吭声，没一个敢跟他顶撞。一面顶了所有的罪责，一面又气焰嚣张地把所有人都教训了一顿，也只有傅雨希能做到这样的事情了。

"不对，"班长勇敢地挺身而出，"刚才方晓琪说那个罕见的颜料她只在陈简佳那里见过，如果真的是你做的，能调出这个颜色给我们看看么？"

傅雨希怔住了。

"我就知道，"他露出拆穿一切的表情，"那个颜色一看就很难调，连你这个画画高手都不会，除了陈简佳自己谁还能调出这种颜色嫁祸她呢？"

"谁说很难调的？"淡然的声音响起，谢安璃拨开人群挤过来，望着对我发难的班长说："我觉得普通人只要看一眼就能调出来。"

"那你调调看啊。"班长不服气地说。

谢安璃微笑起来，"我能不能理解为，如果我能调出来，你们就相信这些事和陈简佳没有关系。"

班长点点头。

谢安璃望向傅雨希，"能借你颜料用一下么？"后者立刻明白了他的意思，跑去柜子给他拿。他装模作样地思考了一会儿才开始调色。不出我所料，雪白的调色盘里很快呈现出了比墙壁上更完美的金红色。

教室里大概只有我不觉得惊奇了吧，班长将信将疑地看着那个盘子，"可我记得你也是美术社的。"

"是啊，"谢安璃无辜地耸耸肩膀，"可大家都知道，我根本不会画画。"

9

我本以为事情可以就此平息，却没想到发展到了更糟的地步。

曾经被我错过的宏大场面，再次给了我一睹为快的机会。第二天早上，学校里再次被贴满了照片。只不过这次照片的主角换成了我和谢安璃。

照片时间是新年晚会那晚，照片上的我在谢安璃怀中哭泣着，然后跟他回家，第二天清晨才离开，照片效果比之前那些更加夺人眼球。

我低着头在走廊里一张一张撕着照片，试着忽略周围鄙夷的目光和恶毒的议论。

"她不是在跟傅雨希交往么，怎么又和另一个男生？"

"脚踏两只船吧，居然有这种人。"

"她这个样子，喜欢她的居然都是些帅哥。"

"肯定有过人之处啊，比如说……哈哈。"

离谱的是，人群中突然冲出来一个女生，以迅雷不及掩耳之势给了我一巴掌。我还没反应过来，她却先哭了起来，"不要脸，你怎么可以这样伤害傅雨希！"

我愣愣地看着她，连生气都忘了，只记得高一她给傅雨希递过情书。

我的妥协却使她更加激进，居然扬起手想再打我，结果被傅雨希狠狠推倒在地上，他凶狠地瞪着她，"你再碰她一下试试看！"

那女生委屈地指着我，"可是她……"

"不许指她！"傅雨希吼了一声，吓得她眼泪流得更厉害了。

男生中发出一阵哄笑，有人大声喊了一句："真伟大啊傅雨希，被戴了绿帽子还巴巴地护着呢！"

傅雨希刚要发火，却被谢安璃挡了回去。

那人见他忍着闹得更厉害了，"她真的这么厉害吗，要不要改天借我试试？"

"谁说的！"傅雨希红着眼睛向他们冲过去，"刚才是谁说的！"

这种时候傻瓜才会站出来，那些男生只是怪叫一声就哗啦一下子散开了。

"这样的行为，你可以不要再做了么？"谢安璃无奈地转向傅雨希。

"什么样的行为？"傅雨希疑惑地问。

"你说呢？"谢安璃扬起眉毛，"我知道你想袒护陈简佳，但是你能不能不那么冲动，想清楚再做事？"

傅雨希冷眼看着他，"想清楚的意思是让我站在一旁冷静观看她挨打么？"

"你明知道我不是那个意思，"谢安璃看到他的态度也上火了，"你阻止就阻止，为什么要做得那么过激，否则那些男生会那么说么？还有昨天你那些意气用事的话，除了让别人更加怀疑陈简佳之外没有一点用处。在他们眼里，你反应越强烈，对她越袒护，就越是证明那些照片是真的！"

"那我该怎么做？"傅雨希懊恼地叫道。

"继续保持距离，"谢安璃认真地看着他说，"你们之前不是一直做得很好？我觉得那个人是故意弄出这些事来打乱我们的阵脚的，所以无论发生什么，你也要控制好自己别再像今天这样冲动了。"

"我做不到。"傅雨希冷冷地说，"我和你不一样，没有你那么冷静有耐心，我本来就是不能忍的人，让我在一旁安静地看着自己的朋友受人侮辱，我做不到！"

"你别这么自私好不好！"谢安璃湖水般的眸子里闪动着火光，"你口口声声是为了陈简佳，其实还不是为了你自己！你只顾着生气把自己想说的说了，有没有考虑过陈简佳的感受，想没想过会给她添多大的麻烦，会有多少人在背后用更恶毒的语言说她！"

"我……"

"你还没发觉么，"谢安璃紧紧揪住他的衣领，"你离她近一分，给她带来的伤害就多一分！"

我从没见过谢安璃如此失控的样子，对李希也没有过，可不得不承认，他说出了我一直以来想说的话。

"那陈简佳你呢？"不知道什么时候，傅雨希已经走到了我面前，"你也觉得，我在你身边是在给你添麻烦么？"

他的眼睛里布满了受伤，生病那晚他也是用这种目光看着我。可是这一次，我却沉默着没有说话。

"是吗，"他苦涩地抽了下嘴角，"既然这样我有个提议，不只我和陈简佳，我们四个在学校彼此都装作陌生人，不要相互靠近也不要说话。"

"你赌什么气？"谢安璃蹙起眉毛看着他。

"不是赌气，是公平，"他淡淡地说，"说我冲动，你昨天那么理智，今天还不是这种结果。既然只要靠近就会互相连累，那就干脆做得彻底一点，谁也不要给谁添麻烦，这样不就没事了么。陈简佳你说呢？"

他突然把问题抛给我，让我十分尴尬，"其实我觉得……"

"还是说你只想借机甩掉我这个麻烦？"

他受伤的眼神让我不得不点头，"我知道了。"

10

我们四个按照约定，半个月来完全形同路人。然而传言并没有因为我们的疏远而减退，反而增生出了无数后续版本。

因为谢安璃和傅雨希对我的冷漠态度，我的"恋情"被传因为脚踏两只船东窗事发而告终。

这是至今为止的最好版本。后来不知道是谁传出了另外一个版本，而且得到了广泛认可——

"其实我们都误会了，她跟傅雨希和谢安璃都没有交往过。"

"那那些照片是假的了？"

"当然是真的，你还不明白我的意思么，她其实……"

"怪不得他们两个不理她了，和那种女生扯上关系也只会弄脏自己。"

"好像不止他们两个，她和其他男生好像也有过关系。听说我们班的姜彬就试过呢。"

如果不是在洗手间里偶然听到，我还不知道故事版本进化得比病毒还快。一瞬间恶心、愤怒、委屈全部涌上头顶，我的指甲陷入手心才控制住自己不冲出去和她们理论。

更让我无语的是，男生就是男生，开什么玩笑都不在意。当那些女生跑去找三班的姜彬求证时，他居然笑嘻嘻地承认了，我的罪名就这样莫名其妙被坐实了。

男生们对我的态度倒比女生友善许多，只不过看我的眼神都怪怪的。我每天都能在课桌里收到几封约我出去的信，上面写着联系方式，最糟心的是有几封还夹着钱。我被那些钱气得发抖，但不得不一个一个还给他们。没想到第二天照片又在学校出现了，照片上的我看起来就像是正从那些男生手里接过钱一样。傅雨希黑着脸在一旁咬牙切齿地看了很久，最终还是忍住了一言不发地离开。

体育课比从前更加难熬，以前我还可以在女生队伍里默默找一个位置，现在只要站在谁旁边，那个女生就像蹭到脏东西一样挪开。

今天体育老师让我们两人一组练习羽毛球，偏偏韩默萧头痛去了医务室，于是我自觉地坐在草坪上免得碍到别人，却没想到我这般避世却还不能被放过。

"就是她，一班那个女生。"

"他们班都没有人愿意跟她一组，真可怜。"

"可怜什么，是活该吧。"

尴尬的感觉涌了上来，我强迫自己不去理会这些话，然后吃惊地发现傅雨希正向我走来。周围的目光立刻追随而来，我警告地看着他，他却像没看见似的在我旁边坐下来。

"你走开，"我压低声音说，"用不着你和我一组。"

"谁说我要和你一组了。"他看也不看我，从地上捡起一片叶子拨弄。

"那你过来干什么？"

"我只是很好奇，"他冷冷地看向方才议论的那些女生，"一个人一组到底有什么好丢脸的？"

那些女生红着脸离开了，我也不愿意继续跟他坐在这里被人围观，于是就一个人去操场透透气。有个脚步声一直跟在身后，我以为傅雨希又跟来了，不耐烦地回头，"离我远点！"

然后我错愕地发现不是傅雨希，而是同班的徐遥，便道了歉继续往前走。谁知她拉住我质问道："刚才傅雨希跟你说什么了？"

她已经不满足背后传八卦，而是直接来问我了么？我皱起眉头，"关你什么事？"

"快说！"她生气地瞪着我。

反正我说什么她也不会相信，不如破罐子破摔。于是我微笑起来，"当然是约我晚上出去玩。"

"你……"她牙齿磨了几下，"不要脸。"

可惜这是我最近听得最多的三个字了，对我已经完全失去了攻击力。我依然笑着，"你明明知道，为什么还要过来问我呢？"

徐遥一脸厌恶，"傅雨希怎么会跟你这种人在一起？他绝对不是认真的。"

"不好意思，"我轻蔑地哼了一声，"或许在你们眼里傅雨希宝贝得不得了，可惜我根本不稀罕。"

徐瑶愤怒地指着我，"你也不看看自己是什么样子，说这种话真是可笑！"说完她就愤然离去了。如果她再坚持一秒就不会那么生气了，因为她转身的瞬间我的眼泪再也控制不住地流了下来。

傅雨希，你知道在你看不见的地方我因你承受了多少羞辱么？

我宁愿每句羞辱的话都出自你之口，如果是那样的话，我就能毫无愧疚地好好跟你大吵一架然后划清界限。可是看着你那张带着无辜笑容的脸，我却只能和着泪水继续忍耐下去。

11

我擦干眼泪回到教室，居然又在课本里发现了一张纸条：今晚六点半，美术教室。

美丽的金红颜色让我下意识打了个冷战，这次他又想干什么？

我是那种不懂吃一堑长一智的人，即使知道是个陷阱，我还是决定去会会这个人。反正我也没有更多可以失去的了。

下午美术社没有活动，我在教室里待到六点半，便背上书包去五楼赴约。

美术教室一片昏暗，夕阳落在暗红色的窗帘上透出诡异的光，让人不禁心里发毛。我想要把窗户打开透透风，却听到门被关上的声音。

我诧异地回头，门口站着四个女生，其中三个是上次遇见的以徐湘为首的不良少女，另外一个是徐遥。这种诡异的组合一看就没有什么好事。

"就是她么？"徐湘点上一根烟，询问地看向徐遥。

徐遥边点头边对我露出示威的笑容。

徐湘扬扬下巴，旁边的女生一左一右靠上来把我夹在中间。

"我有几个问题要问你。"徐湘冲我吐了一口烟圈，眼睛在昏暗中发出寒冷的光芒，我本能地确定此地不宜久留。

"我没空。"我说着就要离开，头皮却一阵钻心的疼痛，原来我的头发被徐湘扯住了。

"放手！"我试着去掰她的手，肚子却重重挨了一拳，摔倒在一尊石膏像旁边。

"湘姐跟你说话呢，你什么态度！"我还来不及抬头，脸上又挨了一巴掌。

几个不良少女把我围在中间，不断地缩小圈子。我怒视着她们，虽然不知缘由，看来一顿拳脚是少不了了，但我也不至于跪地求饶。

徐湘蹲下来看着我的眼睛，"我问你，你为什么要抢我妹妹喜欢的人？"

妹妹？我瞥了眼徐遥，原来她们是两姐妹，怪不得都一样简单粗暴。

"说！"她用力捏住我的脸，"你们两个是不是那种关系？"

她是这么多天来第一个问我真相的人。如果是其他人我一定会感激涕零，然后把我和傅雨希的关系撇得一干二净。

但我抬起眼冷冷地看着她，"是又怎么样呢？"

"你找死！"旁边的白发女生猛地踢上我的胸口，我疼得像虾子一样缩起身子，"你算什么东西！傅雨希居然能看上你这种婊子！"

刚才那一脚并没有让我多委屈，这句质问却刺痛了我的心。我和傅雨希在别人眼中的差距真的如此巨大么？

我自嘲地笑了，"在你们面前我可不敢以这个词自居。"

一个巴掌甩过来，她警告地挥挥拳头，"你要是再敢接近傅雨希，别怪我们不客气！"

我接近他？我不禁冷笑，从来都是那家伙赖着不走吧！你们为什么不去警告他离我远一点？

徐湘的长指甲划破了我的脸，她恶狠狠地威胁道："说你不会再接近傅雨希，说了我就放过你。"

这本不是什么艰难的事情，让我说一万遍我也会毫不犹豫地照做，但我最讨厌的就是别人威胁我，所以我就算死也不会说。

"快说！"徐遥也在旁边帮腔起来。

我无语地笑了，就算我不接近傅雨希，他也对徐遥一点兴趣也没有吧，何况她们要找也应该找苏梦柯。

"笑屁啊！"我不合时宜的笑彻底激怒了她们，在那三个女生架着我准备动手的时候，徐湘仍然冷静地站在原地。虽然在这时候称赞敌人怪怪的，但是我还是感叹果然处变不惊的人才能当首领。但徐湘下一秒的决定让我的钦佩之情变成了冰冷的绝望——

她拿出一个数码相机冲我晃了晃，"既然你这么不配合，我们就只有扒光你的衣服拍几张写真照，明天贴上墙让你再火一把，看傅雨希会不会再要你。"

"你敢！"我恐惧地瞪大了眼睛，用力挣扎起来。

校服外套被生生地扯下来，衬衫领子被猛地撕开，长指甲再次割伤了我的脖子。我叫痛的空当，居然有一只手伸向了我的裙子。

"别碰我！"我拼命阻挡，却被用力按住了。

"放心，"徐遥笑着向我摇摇相机，"我会把你拍得很漂亮的。"

276

"有没有人在！"我竭尽全力地呼喊着。和屋外的寂静相反，屋内的几个人饿狼般凶狠地撕扯着我的衣服，闪光灯在昏暗中快速闪烁着，快门声分外巨大而恐怖。

一切都完了……一直隐忍的眼泪彻底崩溃流下来。

"你们干什么！"韩默萧一脸惊讶地站在门口，她趁她们发愣冲到我身边，迅速帮我整理快被扯掉的衬衫。而那些人只是慌乱了几秒钟，就确定了只有她一个人进来。徐湘低声喝道："快滚，不然连你一起扒光了拍照！"

韩默萧已经抖得站不起来了，却还是紧紧护住我，"你们敢……小心我告诉老师！"

几个女生大笑起来，那个白发女生更是笑得上气不接下气，"小朋友，你真的要告诉老师么，我好害怕啊！"

徐遥嘴角浮现出诡异的笑容，"既然这样，我们可要争分夺秒了。小白你把灯打开，阿罗你来拍。"说着她把相机丢给旁边的短发女生。

我绝望地闭上眼睛，却在下一秒听到一声惨叫。而发出惨叫的，是去开灯的白发女生。她捂着肚子倒在门边，傅雨希和谢安璃站在门口冷冷地看着她。

傅雨希夺过相机狠狠摔在地上，银色的外壳碎成一片。

"那个三千块呢……"阿罗心疼地嘀咕道，却不敢发脾气。徐湘倒是颇具大将风范，她笑着走过去摸他的脸，"你就是傅雨希？我妹妹眼光果然不错。"然而她话语没落就被他抓住肩膀狠狠摔在桌子上，躺在地上爬不起来了。

傅雨希无视她微弱的咒骂，径直走向徐遥。他掐住她的脖子，恶狠狠地逼问："是你吗？所有的事都是你做的么？"

"不是我，"徐遥惊恐地喘着粗气，"我只知道她会来这里，所以才让湘姐帮我教训她，只有这一次……"

"教训她？你凭什么教训她！"

"我是为了你……"徐遥的眼睛开始翻白，"她这种人居然敢背叛你……所以我教训她……"

"你再说一遍'这种人'试试看！"傅雨希的脸阴沉得像从地狱里走出来一般，我从没见过这么可怕的他，眼睛里没有一丝光亮。

"已经够了，"谢安璃理智地拉住他，"她毕竟是女生。"

"她要是男生，我早就杀了她了！"他不甘心地松手，凶狠地瞪着她，"滚，别让我再看见你们！"

阿罗她们架着徐湘狼狈地跑了出去，而徐遥是慢慢走出去的，我看见她哭了。

不知为什么，尽管遭受了这样的侮辱，我也并不恨她。

看见傅雨希向我走来，韩默萧赶紧挡住我，"等等雨希，她衣服还没穿好……"

"刚才说的话没听见么？"他冷冷地看着她，"你们两个也滚。"

"傅雨希你发什么疯？"谢安璃皱起眉头，"发生这样的事我们也很生气，但你不能见谁咬谁吧。"

"你们？"傅雨希冷笑一声，"如果不是你们出的馊主意，让我和陈简佳保持距离，怎么会发生这样的事？这半个月我忍耐着离她远远的，结果怎么样呢？谣言消失了么，照片不见了么，没有！他们反而更变本加厉！"

"雨希你冷静一点……"韩默萧试着劝他，却被他厌恶地推开。

"我也真是傻瓜，居然会听你们的建议，"傅雨希脱下外套把我裹起来，咬牙切齿地说，"我不管了，从此以后我就待在陈简佳身边，谁敢找麻烦我就跟谁拼命。至于你们，如果看不惯就滚开，陈简佳身边才不需要这样的胆小鬼！"

"你不管……"我抬起眼睛冷冷地看着他，"你当然什么也不用管，因为别人说什么，受伤害的人都不会是你。"

为什么明明都是受害者，只有我要承受这些莫名的侮辱和指责，而你却依然被所有人宽容和保护着。

谣言已经让我心力交瘁，却还要因为你遭受更多的伤害。

被学校的女生憎恶和孤立是因为你，被人锁在厕所里泼冷水是因为你，被班主任指责是因为你，现在被人脱掉衣服毒打拍照也是因为你。而你却一副救世主的样子出现拯救了我，让我连一句抱怨都不能说出口！

他没想到我会说这种话，愣了半天没反应过来。然后他瞪了谢安璃一眼，"你们快滚，我有话跟她说。"

"该滚的人是你吧，"我凄凉地笑了，"算我求你了，离我远一点好不好？"

"陈简佳……"他像被主人无端责骂的小狗一样委屈地看着我。

"那么我滚。"我推开他扶着墙站起来，一瘸一拐地走了出去。

12

事情过去很多年之后，我又回想起那个晚上。

如果傅雨希肯好好听我的话没有追上来的话。

如果我一口气跑回家，而不是在桥上停留哭泣的话。

如果我们没有在那时候遇见的话。

那么之后那些悲伤的事情一定都不会发生了。

我对傅雨希的谎言，就像对苏梦柯承诺的一样，直到我们分开都会成为秘密。所有的人都不会受到伤害，所有的回忆也不会因为失去虚伪的色彩而挫骨成灰。

可是仿佛是上天注定一般的，我们在那时那地相遇了。让我亲手为所有的故事画上了悲伤的结点。

我神情恍惚地走在桥上，路人都在打量我邋遢又古怪的装扮，中间发出窃窃的嘲笑声。

是啊，我这个样子一定很可笑。

我扶着护栏慢慢跪下来，望向远处灯火通明的城市，大团大团的光芒透过泪水刺痛了我的眼睛。这些可恶的光芒，它们遮住了我的光，也把我的狼狈照得无所遁形！我突然感觉喘不过气来，无法抑制地干呕起来。

"陈简佳！"傅雨希果然追来了，他一脸担心地过来扶我。

我没有擦掉脸上的泪水，而是任它们不停流着，然后望着他甜甜地笑了，"还满意么傅雨希？"

他不解地看着我。

我依然开心地笑着，"我很久以前就在想一个问题，这么多年过去了，大家都离开了我，为什么你却留了下来？但就在刚刚，我知道答案了。"

"是什么？"他目光闪躲了一下，却被我看得清清楚楚。

"就是为了像现在这样啊，"我像个醉鬼一样转了一圈，笑得花枝乱颤，"为了像现在这样看着我狼狈的样子，十年来，你一直都在等着这一刻吧。"

"你在说什么啊……"他疑惑地挑起眉毛。

"在教室里看得不够过瘾吧，所以就跟到这里来，"我摇摇晃晃地伸开双臂，"怎么样，我的眼睛是不是还不够肿，样子是不是还不够狼狈，还是说仍然没有达到你的期待？那么你告诉我要怎么做好不好，我让你一次看个够。看够了，你就可以离开了吧？"

傅雨希皱起眉头，"我知道你现在心情不好，所以你说什么我都不会当真的。"

"真的不看？"我惋惜地说，"再不看就没机会了哦，毕竟我们在一起的时间就只有几个月了。"

"什么意思？"他惊讶地问。

"我告诉你一个秘密吧，"我轻巧地跳到栏杆上坐好，"本想毕业再告诉你，但现在说也不错。我把志愿表改了，我不要跟你一起去 Z 大了。"

他睁大眼睛看着我，"你开玩笑的吧？"

"我真的改了，"我信誓旦旦地举起右手，"不信你去问许老师。"

"可是……为什么？"他慌乱起来，"我们不是说好报同一所学校的么？而且，读 Z 大不是你从小的梦想么？"

"没错，读 Z 大是我的梦想，"我的笑容从脸上消退下去，"可只要不和你在一起，我连梦想都可以放弃。"

他眼中闪过一丝伤痛，"你就这么讨厌我……"

那张好看的脸上受伤的表情任谁看了都会心疼吧，我拍拍手由衷地赞美道："演得真好啊傅雨希，明明是不甘心以后没有好戏看，却做出一副被背叛的样子。每次都被你骗到，都忘记你是撒谎大王了。"

"不许这么叫我！"他果然生气了。

"难道不是么？"我紧紧锁住他的视线，"抢走我所有的东西，却一副完全不知情的圣人表情笑着看我失去一切，看着我迷茫，看着我挣扎，看着我痛苦。为什么偏偏是我啊，我到底哪里得罪你了，你到底要抢走我多少东西才会满意？"

"抢走你所有的东西……"他满脸疑惑，"什么东西？"

"我所有重要的东西，我所有骄傲的东西，"我终于忍不住吼了起来，"你知不知道我想和我妈坐下来好好吃一顿饭，就一定要叫上你？你知不知道我想和别人做朋友，都要卑鄙地透漏给她们我和你傅雨希私下里很熟？就连谢安璃都是……明明我才是真正的辰溪，却不得不在他面前说谎被你取代。还有以前参加的那些社团，每换一个社团，你就会跟过来，害我不停地放弃。每当我重新拥有重要的东西，你就会装作一脸无害地跟上来，然后毫不犹豫地把它们夺走，你以为我都不知道吗！"

"不是的，"他拼命摇头，"我从来都没有这样想过……"

"就是这样我才不甘心啊！"我绝望地哭了起来，"你知道我有多痛苦么？看着我最重要的东西一点点离我而去，无论我怎么努力都没有办法挽回。而你呢，就这样傻笑着，完全不费吹灰之力地把它们从我这里夺走。你能理解这种感觉么，一个饿得要死的小矮人拼了命地想要跳起来去摘树上的香蕉，他试尽了所有的方法，摔得遍体鳞伤。这时候有个高大的人走过来，他就那样当着他的面轻松地把香蕉拿到手，可是只是尝了一口，嘴里说着'味道一般般'就随手丢到一边，你懂得这种感觉么，你不觉得自己很残忍么！"

"我……"

"你又知道我因为你忍受着什么样的羞辱么？"我抓住傅雨希的领子撕扯着，"你听过别人是怎么说我的么？陈简佳，你不要耽误傅雨希的前程；陈简佳，你凭什么和傅雨希在一起……这些议论你一定也听到过吧，听到这些的你很得意吧！"

"我没有，真的没有……"他的声音小到几乎听不见。

我苦笑着松开手，无力地靠回栏杆上，"傅雨希你还记得去年秋天我在这里给你讲了一个故事么，我说我寻找的光芒被城市里更明亮的光芒挡住了。你知道吗，对我来说你就像那些该死的光芒一样！只要有你在旁边，没有一个人会注意我的存在，没有一个人会正视我的努力。都是因为你，因为你的存在，我的光彻底地被挡住了，就连我自己也看不见了！我相信着的东西，引以为傲的东西，深爱着的东西，什么都看不到了！"

"不是的陈简佳，"他焦急地抓住我的肩膀，"你别这样说好不好，其实我……"

"你真碍眼！"

喊出这句话的瞬间，我们同时愣住了，而我愤怒的声音却仍然没有停止——

"都是因为你！如果没有你的话，这些事情全都不会发生了，这些痛苦就全都不会存在了！"

我知道自己说得过分了，想阻止自己讲下去，却完全无法控制。

"如果你傅雨希消失就好了！"

"别说了……"

"如果从来没遇见过你就好了！"

歇斯底里的叫喊声过后，四周变得格外安静。

傅雨希呆呆地站在那里看着我，脸色像纸一样苍白。他仿佛是一具抽干了灵魂的木偶，不会呼吸，也不会眨眼，就只是安静地看着我。

八　笑颜

1

整个晚上我像失魂的女鬼一样缩在墙角，一下一下撞着脑袋，不敢相信我真的说了那些话。

明明都已经藏了这么多年，为什么最后没有忍住呢？

我不知道该如何面对傅雨希，而第二天他根本没有去学校。

一个星期后傅雨希终于出现了，然而站在教室门口的他满身寒气，像是古堡里放出来的鬼。

我期待地望向他，期待他能像从前那样在看到我的顷刻露出笑容。

可是他没有。那双曾经含满笑意的眼睛里仿佛积满了整个冬天的冰。

吴畅抱着球冲过去搂住他的脖子，"你回来了，这些天我可闷坏了。"而傅雨希没有像从前一样笑嘻嘻地回抱住他，只是面无表情地说："放开。"

教室所有人都惊讶地看向他。吴畅尴尬地拍拍他，"干吗啊，装得这么冷淡。"

"我再说一遍，放开。"他甩开吴畅大步回到了座位。

傅雨希仿佛一夜之间改变了。

以前的傅雨希无论生多大的气，脸上也是有温度的。而现在的他，与其说脸上没有了笑容，不如说那些笑容就像从来没有在他脸上出现过。

已经好多天了，课间他的朋友笑嘻嘻地找他聊天，他总是冷漠地站起来离开。女生们围过来想跟他搭话，也被他瞪了几眼吓跑了。

我不能想象，一个星期前还满面笑容的人，为什么会突然冰冷到这种地步。

是因为我说的那些话么……除了这个，我找不到其他理由。

我终于忍受不了良心的谴责，中午去天台找傅雨希。他这几天饭都不吃，每天中午就一个人坐在天台吹冷风，身上散发出的寒气把在天台上吃饭的那些情侣也吓走了。

傅雨希懒懒地倚在栏杆上，我知道他看见我了，但依然无动于衷，好像他前面的只是一团空气。

我深吸了一口气，"我想和你谈谈。"

他像没听见一样准备离开。

"傅雨希，"我拦住他的去路，"你在生我的气是吗？"

"没有。"他淡淡地说。

"你明明就是在生气，"我皱起眉头，"否则你怎么会不来学校，怎么会不接我的电话，而且现在还是这种态度！"

他露出了几天来的第一丝笑容，可惜是完全没有感情的冷笑，"不是陈简佳你说的么，让我不要再装了。你说得没错，我一直在伪装着，每天笑着去迎合你真的好累，这样反而比较轻松。"

这些话我听秦夕颜说过，但我不愿意相信。傅雨希一定是被我那些话伤害了，才故意说这些来气我。

"对不起，"我诚恳地对他道歉，"我那天不是故意的。"

"不是故意把实话说出来的么？"他自嘲地一笑。

心脏被狠狠刺了一下，现在我说什么都是欲盖弥彰，只会伤害他更深而已。

"对不起，"除了道歉我不知道还能说什么，"我没有卑鄙到认为你能原谅我，你可以生我的气，但不要这样子对你自己……"

"你只是说了实话而已，我有什么好生气的呢？"他摇摇头想要离开，可我仍然倔强地挡住他的去路。

"陈简佳，"他无奈地叹了口气，"算我求你了好吗，别再来找我了，否则我会真的感觉自己很可悲。"然后他绕过我走向楼梯。

别再来找我……是什么意思？巨大的恐惧感涌上心头，我疯了一样追上去拉住他，"我们不是约定过么，无论发生什么事情，我们的关系都和以前一样不会改变不是么？"

"好像是有这么一回事，"他的笑容从未有过的疏离，"可是那时我们心里想着的'从前'，本来就是不一样的吧。"

他推开发呆的我，头也不回地离开了。

这算是报应么？

报应我随意践踏他的心意，报应我背叛誓言，报应我滔滔不绝的谎言，所以我失去了最重要的朋友。我再也忍不住蹲在地上大哭起来。

"还以为你晚上在教室里哭的习惯改掉了，原来只是换了时间和地点。"温柔又无奈的声音轻轻响起，谢安璃不知道什么时候坐在了我身边。他递给我几片纸巾，"你跟傅雨希吵架了？"

我诧异地看着他，"你知道了？"

"看那家伙阴阳怪气的样子就知道了，"他耸耸肩膀，"你觉得他跟我吵架会出这种怪招么，绝对纠缠不休直到吵赢为止。"

我破涕为笑，"原来你已经这么了解他了。"

"那么，到底发生了什么事？"他的表情变得严肃。

我的目光重新暗淡下去，"我对他说了一些很过分的话，我想他不会原谅我了。"

"那家伙不是抗力强得很么，"谢安璃疑惑地问，"尤其是对你，怎么会几句话就受不了了。"

"是一些很伤人的话，"我轻轻摇头，"如果我是傅雨希，我也绝对不会原谅自己。"

"可毕竟你不是他不是么，"谢安璃微笑起来，"原不原谅还是由傅雨希来决定的。相信傅雨希吧，我想过不了多久他就又笑着缠上你了。"

"但愿吧。"我勉强笑了起来。

2

当我等待着笑容重新出现在傅雨希脸上的时候，却等来一个十分糟糕的消息——三班的姜彬从楼梯摔了下去，导致左腿和右手严重骨折。

这件事原本跟我毫无关系，可这位姜彬同学居然指控是傅雨希在身后推他的。

傅雨希下午被叫去了教导处，由教导主任亲自"审问"他。

听到这个消息我松了口气。教导主任对傅雨希的喜欢是出了名的，别说这件事不是他干的，就算真是他，只要他狡辩几句，教导主任也会努力为他开脱。

我本来以为他进去五分钟就会被无罪释放，然而已经两个小时了还没有出来。

"不好了！"一个男生像报八百里加急一样冲进教室，"傅雨希被记过赶回家反省了！"

"怎么会这样？"所有人都惊讶地围住他。

男生像播独家新闻一样声势浩大，"我听学生会的人说的，开始是教导主任一个人问话，后来连校长都去了。说是傅雨希一直臭着脸不说话把校长惹火了，说校长是决定了要开除他，还好教导主任帮他拦着，让他先回家反省。但他们是定了个期限的，如果傅雨希那之前不做出解释，就按开除处理。"

"太草菅人命了吧！"人群里爆发出一阵抗议声。

"可是傅雨希为什么不反驳呢？"

"不会真的是他吧？"

"你胡说！"

刚才还同仇敌忾的一帮人，现在又分成几派吵了起来。

现在还处于最初愤怒状态的就只有我一个人。但我不是气校长和教导主任，而是气傅雨希。我气这个家伙脑子被门挤了跟我赌气就算了，去教导处撒什么气。这是你要个性的时候吗，为什么要拿这么重要的事开玩笑！

就算知道自己不受欢迎，我还是敲响了傅雨希家的门。虽然没人开门，但我知道他一定在家，于是我锲而不舍地在门口一直敲。

事实证明，论相互较劲的耐心我永远都比不过傅雨希，我敲到手都红了他还是不肯开门。最后无计可施的我喊道："再不开门我就打电话给你爸！"

门瞬间打开了。傅雨希一脸嫌弃地看着我，"我不是说过别来找我了么？"

我无视他的态度挤了进去，刚进门就闻到房间里有股怪味，然后看见床边扔着七八个酒瓶。

"你居然在家里喝酒？"我不敢相信地瞪着他。

他完全没当回事地抄起一瓶酒喝了一口，然后放在我鼻子下面，"一起喝么？"

看到他这副没出息的样子，我恼火地一把把瓶子夺过来。

"不是来陪我喝酒的啊，"他撇撇嘴，"可惜我只想要个喝酒的朋友，不想要个说教的老师，你回去吧。"

我攥了下拳头，在他惊讶的目光下把瓶子里剩下的酒咕咚咕咚全喝了下去，"现在可以听我说话了么？"

他盯着被我扔到一边的酒瓶没吭声。

"为什么不说话？"我质问道。

他不解地看我，"你让我说什么？"

"我问你在教导处为什么不说话！"

他耸耸肩膀，"没什么好说的。"

"那你至少要否认吧，"我真想拿酒瓶抢他，"难道你想就这么白白背黑锅么？"

"无所谓啊"，他轻笑起来，"而且你怎么知道那个姜彬就不是我推下去的？"

"傅雨希！"我愤愤地把他从床上拽了起来，"我跟你说过了，你生我的气就冲我一个人来好了，你跟自己赌什么气？你知不知道你再沉默就要被开除了，你该不会觉得你被开除了我就会惭愧，就能报复到我吧！"

他愣了一下，扑哧一声笑了，"你这个人也太自作多情了吧。你以为你那些话能对我产生多大影响，我都告诉你我没生气了，你为什么就是不信呢？我只是看那个姜彬不顺眼顺手就把他推下去了。"

"你不是这样的人。"我皱起眉头。

"那我是什么样的人呢，"他眼睛直直地盯着我，突然露出了像从前一样的灿烂笑容，"只会这样傻笑着的傻瓜么？"

"不是的……"

"那么是像那天你说的，一边看你痛苦的样子，一边在旁边偷笑的卑鄙小人么？"

"不是！"我拼命摇头。

"你就这么肯定？"他居高临下地看着我。

"我相信你。"我坚定地说。

"你不是相信我，是相信你自己，"他笑了起来，"陈简佳你知道你最大的弱点是什么么，你太自以为是了，总是把所有人都想象成你相信着的样子。一旦和你期许不同的现实摆在眼前，你就固执地闭上眼睛。"

"我不明白你的意思。"我烦躁地闭上眼睛。

"看吧，又把眼睛闭上了，"他无奈地望着我，"真正的傅雨希是什么样子，笑容和冷漠哪个才是我伪装出来的表情，你想都不愿去想。因为你害怕我不是你相信着的样子，害怕我是和你想象中完全不同的人……"

莫大的悲哀感像是要把心脏撑开，傅雨希没有冤枉我，我就是这么一个自以为是的偏执怪。

他自嘲地笑了起来，"我们两个还真可悲不是么？每天都在一起，理所当然地以为最了解对方，事实上却是离得最远的人。就像我从没想过你会这么讨厌我，你呢，对我真的像你认为的那么了解么？"

"别说了……"我难受得想推开他，却发现他像铜墙一样无法移动。

290

傅雨希的眼神比刚才还要咄咄逼人，"陈简佳你没有好奇过？如果我不是傻瓜，又不像你说的那样为了观赏你的痛苦，那是为了什么要一直在你身边呢。这个问题你想过吗？"

我怔住了，发现自己可悲到找不出一个理由。

"难道是放学不想出去玩才陪你在美术教室饿着肚子画到手发麻？还是周末不想睡懒觉才和你一起做无聊的功课？"

"我不知道……"我用力摇头，原来他这么讨厌和我在一起。

"话说你进我房间从来不敲门吧，"他的嘴唇贴上我耳边的头发，"这样好吗，进男生的房间没有任何顾虑。还是你真觉得我是个什么都不懂的傻瓜，对我完全不用防备。"

"那是因为……"

"让我猜猜你想说什么？"他轻轻捂住我的嘴巴，"你想说你相信我不会做伤害你的事情是吗？"

我点点头。

"所以说陈简佳就是好骗啊。"耳边响起吃吃的笑声，下一秒他居然把我按在墙上，狠狠地吻上我的嘴唇。

我惊恐地睁大眼睛。我做过傅雨希吻我的梦，而这个吻和梦里的完全不一样，没有一丝温柔，而是凶狠到让我害怕，这样粗暴地吻着我的人一定不是傅雨希！我羞愤地咬了他，厌恶地别过脸去。

"待遇还真是不同啊，"他发出一声不屑的嘲弄，"明明去谢安璃家就那么心甘情愿。"

"你胡说！"我愤怒地瞪着他，他居然相信那些照片。

"我胡说？"他冷笑起来，"你们去蓝市不是一直住在一起么？就算被贴出那种照片也没什么好抱怨吧，我没捞到什么好处可不想白白被冤枉。"他的吻又重重地落下来。

没什么好抱怨的……他居然这样说，和那些议论着照片说我不要脸的人有什么区别？

"滚开，你这个恶心的混蛋！"我不知道从哪里涌出这么大力气，居然把傅雨希推倒在地。

"终于愿意承认了，"傅雨希靠在墙边，笑容里带着一丝悲哀，"虽然很可悲我们十几年都在互相欺骗，但是今天终于互相了解了也不算太晚。"

他的话像刀子一样一道一道划在我心上，我却只能落荒而逃，身后的声音如最后致命的寒刀一样正中靶心。

"我们就当作从来没有认识过吧。"

3

我闷在被子里哭了一夜，早上把傅雨希生日送给我的那些画带到了学校。既然他亲口说出当作从来没有认识过我，我也不配再留着它们。

一上午我都在找最佳时机把它们重重拍在傅雨希桌子上，帅气地留下一句"还给你"，头也不回地走回自己的座位。

可我终究没有拿出来。

我不是不屑像个矫情的女生一样做作地表演，只是单纯地舍不得还给他。如果我们就这么分道扬镳，那么这些画就是我唯一的纪念了。

"雨希呢？"中午韩默萧笑容满面地走进美术教室，"我特地准备了他最喜欢的虾仁炒饭。"

"他不会来了。"我顿时没有了食欲。

"为什么？"

"我们绝交了。"我忍住眼泪把米饭往嘴里送。

"怎么可能，"她不敢相信地说，"你昨天不是去找他谈了么，还说无论如何都会跟他和好。"

"是啊，"我勉强笑了，"可惜完全搞砸了。"

她皱起眉头，"我觉得雨希不是小心眼的人，好好道歉的话他一定会原谅你的。"

我叹了口气，"我们之间的问题，不是道歉和原谅那么简单而已。我脑子现在很乱，乱到自己都不明白了，还是吃完饭再说吧……"我大概真的乱了，竟然从她的饭盒里夹虾仁往嘴里送。

"不许吃！"

我惊讶地望向韩默萧，她居然为了虾仁生这么大的气？

她夺下我的筷子，眼睛充满了怒气，"我虽然不懂你在说什么，却比你明白得多。虽然只有几个月的相处，但雨希对你有多么重视我看得清清楚楚。如果你真心跟他道歉的话，他不可能不理会的。"

我感到分外委屈，我曾经也是这样想的，可是经过昨天的事情我真的不确定了。

"小简你知道吗，"韩默萧认真地看着我，"以前我奶奶说过，人在痛苦的时候就像被笼罩在黑暗里。一个人无论怎么努力都很难从痛苦里挣扎出来，那种难度就像是自己拉着自己的手想把自己举起来一样。这时他就需要另一只手把他从黑暗拉到光明的地方，而这样的人就叫作朋友。曾经的我没有朋友，所以比谁都明白这种感觉，那时候的我想着一定要好好努力，如果有一天有人愿意和我做朋友，我也想有把他从黑暗里拯救出来的力量。"

"默萧……"

"我觉得雨希现在就是那样一种状态，一个人在苦恼中乱打乱撞不知道怎么出来，他在等待着的就是你的手，"她紧紧握住我的手，"不要放弃他，不要相信他故意说的气话，只要把你想说的话告诉，他一定会原谅你的。"

我点点头，昨天的绝望感竟慢慢释然。

我还是不能相信我和傅雨希就这样结束了。我想再试一次，即使换我热脸去贴他的冷屁股也好，也不甘心我们最后是这样的结果。

我在半路遇见吴畅，他说傅雨希回了教室，于是我往教室跑去。明明是要去面对傅雨希那张臭脸，我的心却一点一点变得明亮起来。

我满怀希望推开教室的门，傅雨希站在我的课桌旁边，一手提着我的书包，一手拿着一把碎纸片。我的课桌上堆满了碎纸片，即使这样我也能认出来，这是傅雨希送我的那些画的碎片。

是十年来陈简佳的碎片。

他看见我愣了一下，指尖的碎片掉落在桌子上那堆碎片上面。

我的心瞬间冰冷死寂。傅雨希他，居然亲手撕碎了所有的画。

为什么要这样……就算是讨厌我，就算是不想再和我讲一句话，为什么要用这样的方式来表达？

我昨天因为你那么委屈，那么生气，哭得差点晕过去，甚至在心里狂揍了你一百遍。但是想到你画这些画时认真的样子，我都没舍得把它们弄坏，哪怕是一点点。而你呢，你怎么可以这么毫不犹豫地把它们毁掉？

昨晚无论他望着我的目光有多冰冷，传递给我的语言有多恶毒，受到伤害的也只是现在的陈简佳而已。而此刻，他把十年来的陈简佳撕得粉身碎骨、遍体鳞伤。

傅雨希却笑了起来，他抓起那些碎片轻轻撒在我的脚下，"这种垃圾，陈简佳你早就不需要了吧？"

"是啊，"我凄凉地勾起嘴角，"早就不需要了。"

我怀着满心希望想要挽回的友情，对傅雨希来说原来只是一堆可以随手撕碎丢弃的垃圾而已。

既然这样，我又何必一个人小心翼翼地珍惜着。

我们一起的时间，共同走过的记忆，就像他说的——"已经不需要了"。

很多年以后，我每当回忆起这段日子，总觉得不能相信。我们十年来坚不可摧的友情，居然仅仅在一个月内就溃乱崩塌，灰飞烟灭了。

我打开了特洛伊的大门，傅雨希冲进去烧掉了里面的一切，如果是战争的话，军章应该颁发给谁好呢。我毁掉我们的现在，他毁掉我们的回忆。终究是什么也没有剩下。

现在是怎么样，难道要我哭着蹲在傅雨希脚边把这些碎片一张一张捡起来，然后珍惜地捧回家黯然难过一辈子么？既然都不珍惜，既然都不珍惜的话……

我拿来扫帚，当着傅雨希的面把桌上的碎片划到地上，面无表情地把它们扫进垃圾桶。

经过傅雨希的时候，我看见他攥紧了拳头。他是有那么一点不舍得，还是为我没有示弱感到不满，我已经不想去分辨了。

对现在的我们来说，这些回忆留着，只会彼此加深伤害而已。

4

我不想让人看见我红肿的眼睛，于是在美术教室一直坐到天黑，然后默默收拾东西走人。

往外走的时候，我不小心撞到了傅雨希的画架。他好久没来这里，画架仍然占据着窗边最好的位置。几个月前，他还坐在这里专心致志地画着要给我的礼物，那么认真，那么小心地勾勒着每一笔，就像对待易碎的宝物一样。

眼眶突然热了起来，我飞快地跑回教室，无视正在锁门的班长，把垃圾桶里的东西通通倒在地上。

"这是我刚打扫的！"他难以置信地喊道。

我徒手翻起垃圾，却一无所获。我抬头问他："中午的垃圾呢？"

"下午就倒了啊。"他没好气地说。

"倒在哪里了？"我红着眼睛冲向他，吓得他躲到门后。

"就是学校门口那个大垃圾箱啊……你去哪儿？"

我再次无视他往楼下跑去，学校门口停着一辆大垃圾车，正在把那大垃圾箱里的垃圾倒进车厢。

不要！

绝望的感觉涌遍全身，我拼命冲过去，然而垃圾车已经开走了。

我像个傻瓜一样站在原地看着它离开。也许我人生如此失败的原因就在于此，对于想要的东西，想挽回的东西，从来不敢努力去追，而是期盼着它们能够为我停下来，能够回到我身边，永远都是这种可悲的侥幸心情。

也许是不甘心，也许是恨自己没出息，也许是仍然抱着一丝希望，我像个疯子一样地掀翻了校门前的几个垃圾桶，然后望着被清理得干干净净的空桶傻了眼。

"你干什么？"传达室的大爷闻声而来，劈头盖脸地开始训我，"老师怎么教你的，就这样破坏公物吗！"

"没有了……"我喃喃地说，蹲在地上大声哭了起来，"什么都没有了！"

他被我这副样子吓坏了，忙在旁边劝我："刚才爷爷不应该那么凶，你是不是丢东西了，去别的地方找找看好不好？"

我哭得更大声了，"找不回来了，再也找不回来了！"

我最终，连仅存的碎片也失去了。

5

情绪的低气压，往往本人感觉不到，而身边的人却体会深刻。

我以为已经把低落的心情掩饰得很好了，可偶尔路过镜子发现自己的脸居然比傅雨希还臭。怪不得最近议论我的人见我经过没有像以前那样故意发出怪声，而是害怕什么似的躲开了。

实在无法忍受教室里各路窃窃目光，我中午拉着韩默萧去礼堂看美术社的画展。

美术社每年春天会筛选出社员去年的优秀作品进行展览。其实作品里面鱼龙混杂，真正好的画作很少，因为大部分都是我们为了应付作业交的。

礼堂里人不多，唯一围满人的地方不用想也知道挂着傅雨希的画。我好奇地走过去想看看他被选上的是哪一幅顺便吐槽一下，突然想起我们已经绝交了，仿佛吞了一口苦水，直直地流到胃里。

现在的我有什么资格再用一副熟人的语气和面孔去谈论他的画？但我还是忍不住挤到前面。是去年写生时他画的那幅《麦田》。

如果时间永远停留在那时该多好，傅雨希就可以一直那样开心地笑着。我轻轻地抚上画纸，仿佛触摸到那美丽的金红色，就能重新闻到那片麦田的暖暖香气。

美丽的……金红色。我愣愣地看着那幅画，写生那天我觉得很奇怪，但没多久就把这件事忘记了。

可是现在我不得不记起来，因为那颜色比谢安璃的偏淡一些，换一种说法，和我收到的纸条上的颜色一模一样。

不过这也不能代表什么，喜欢溪辰的傅雨希会调这种颜色不是什么奇怪的事。

可是……那天早上班长质问傅雨希的时候，他好像真的不会调的样子。而且写生那晚在树林里我问他颜料的事的时候，他的态度也很揶揄。

如果这些颜料不是他自己调的，难道……

我拍拍脸让自己清醒过来，我在干什么，我居然在怀疑傅雨希！

我没跟韩默萧打招呼就回了教室，再站在那幅画前我不知道自己还会有什么可怕的想法。

教室门口围着一大群人，我条件反射地往墙上看去，没发现异样才安心地走进去。

班上叫陆文清的女生站在人群中哭得一把鼻涕一把泪，好像是她吃饭回来发现桌子上的钱包不见了。

居然还有人把钱包放在桌子上出门的，要不是她实在可怜我真想说一句活该。

"现在只有一个办法了，"班长大手一挥，"那就是搜身。"

"讨厌！"旁边几个女生尖叫起来。

班长的脸立刻红了，"我的意思是，搜一下每个人的课桌和私人物品。"他瞬间组织了一个小分队，让所有的同学站到讲台前面，他们开始一张张课桌搜查。

"这样要查到什么时候？"跟在班长身后的学习委员抱怨道，"不如我们重点突破。"

"什么意思？"

学习委员冲他使了个眼色，班长恍然大悟地带队走向我的座位。

我本以为按这种狗血剧情发展下去，一定会在我书包里搜到钱包，或许还不止一个人的，但他们翻了半天后一脸纳闷地说："居然没有。"

我一阵无语，原来他们早就认定了是我。

"这是什么？"学习委员把我的书包反过来，一堆花花绿绿的东西掉了出来。所有人都好奇地围过去看，跑在前面的几个男生大笑起来。虽然我比他们还要好奇，但从他们的笑声里，我能猜出绝对不是什么好东西。

女生都红着脸躲到离我很远的地方，嫌恶地捏着鼻子。

"原来传说是真的，她真的是那种人。"

"居然会把那种东西带到学校来。"

"还随身带那么多，一定不止跟一个男生……"

我差不多明白那是什么了，好在我早已习惯这种莫须有的侮辱。

"那不是我的东西。"我只说一遍，没指望任何人相信。

"不是你的，难道是我们放进去的？"学习委员好笑地说。

我也很奇怪，我的书包一直放在身边，只有刚才去礼堂没带而已，但那个时间所有人都在看着陆文清哭，谁还顾得上我。

昨天中午傅雨希拿着我书包的样子在我脑海中一闪而过，我赶紧强迫自己忽略掉这个镜头。不是他，不可能是他！

"你们堵在这里干什么？"冷冷的声音响起，傅雨希站在门口一脸厌烦。

"哟，男主角来了！"一个男生抓起那些东西笑嘻嘻地展示在他面前，"你一晚上用得完么？"

傅雨希的脸顿时黑了下来，"我跟她没关系。"那表情就像是在嫌弃黏在身上的脏东西一样。就算我小时候想跟傅雨希撇清关系，也从来不曾这样。

我身后的女生又在议论纷纷。

"我说得没错吧，他们分手了。"

"傅雨希从她身边走过去看都不看她一眼。"

傅雨希突然停住脚步，她们吓得赶紧住嘴。他冷冷地盯着她们，"再说一遍，我跟她从来就没有关系。"

他面无表情地从我身边走过时，我听到自己的心坠落在地然后被一脚踩碎的声音。

"雨希你先别过来，"班长这才想起自己是做什么的，"我们在找一个钱包，全部查完了才能回座位。"

傅雨希完全不理会他径直走回座位，趴在桌子上开始睡觉。

"傅雨希……"班长都快哭出来了。

"你们烦不烦，"傅雨希烦躁地睁开眼睛，提起自己的书包把东西哗啦啦往外倒，"查完就没事了吧。"

班长尴尬地点头，下一秒钟他的眼睛瞪得老大。

一个粉红色的钱包，"啪"的一声脆响，掉落在桌子上。而傅雨希只是冷笑一声，不屑地把钱包丢给班长，然后趴在桌子上继续睡觉。

下午傅雨希再次被请进了教导处，这次他听进去了我的劝告，终于开口说话了。只不过他说的是："是我拿的又怎么样，最近手头有点紧。"

教导主任的咆哮声在走廊上都能听得到，"傅雨希你到底想干什么？伤害同学还偷东西，你是在自毁前程知道吗！"

他骂累了终于打开门放傅雨希出去，"本来我觉得无论如何都要保住你的，你再这样下去，我也无能为力了。"

这次消息传来的时候，班上的人并没有像上次那样愤慨。

"你说那个钱包会不会真的是傅雨希拿的？"

"应该没错吧，我们都看见了，他自己也承认了。"

"话说回来，傅雨希最近就像变了个人一样，看起来好可怕。"

"是啊，那副看不起人的样子真是让人生气。"

"以前的傅雨希一定不会做这种事情的，可是现在就……"

"该不会三班那个姜彬真是他弄伤的吧？"

"那教室里的涂鸦和奖杯会不会也……"

人与人之间没有绝对的相信，相信只是相对的东西，就像和我比起来他们更愿意相信傅雨希一样，只是这种相信并不是没有底线一直延伸下去的。

6

陆文清课间主动来找我道歉。

"对不起，"她的态度很诚恳，"如果不是我，你的东西也不会被大家议论。"

"那不是我的东西。"我皱起眉头。

"我说错话了，"她怯怯地说，"陈简佳，我想说的不仅是中午的事，以前那件事你可以原谅我么？"

我和这个陆文清之间，还有一点小小的纠葛。

她是谢安璃转来之前我最后一个同桌。自从她为了那个和我同桌成绩会变差的可笑理由毅然地搬着桌子离开后，就没有愿意和我同桌的人了。所以我多少对她有些芥蒂。

我认真地看着她，"如果我原谅你，那么这件事情可不可以到此为止，不要再追究傅雨希了好吗？"

她愣了一下，"好吧，不过没想到你人这么好，傅雨希那样对你你居然还帮他。"

"什么意思？"我不解地问。

"你不知道么？"她惊讶地看着我，"其实当初是傅雨希说和你同桌成绩一定会跌到最后一名，我才向老师提出调座位的。他说证据就是他从小学到初中和你同桌的时候一直都是班里的倒数第一，直到高中座位分开才跳到了班里的第一名。"

她见我没说话，惭愧地低下头，"真的对不起，你也知道我家庭条件不好，必须拼命用功赚奖学金，所以很害怕成绩会变差。"

"那之后呢？"我打断她的话，"之后你又把这个传说告诉别人了么？"

"绝对没有！"她委屈地摇头，"我怎么可能说，我本来就不喜欢别人说我是就只知道念书的穷酸人家。"

那么，有可能传播这个谣言的就只有一个人了。不管傅雨希是故意的还是说着玩，造成整整一年都没人愿意跟我同桌这个恶果的人就是他错不了。

　　"还有一件事我觉得应该告诉你，"她吞吞吐吐地说，"有一天我看见傅雨希和韩默萧在五楼吵架，韩默萧还哭了。"

　　"吵架？"

　　她点点头，"我听到傅雨希威胁韩默萧不许再跟你做朋友，但是韩默萧怎么都不同意，我当时还很奇怪，但现在想想他是不是在孤立你？"

　　"拜托你别再说了，"我扶住发痛的额头，"谢谢你告诉我这些，不过我要一个人想想。"

　　陆文清离开之后，我立刻去找傅雨希。我不会轻易相信一个陌生人的话，就算这些都是真的，我也要让傅雨希亲口告诉我。

　　我去了美术教室，刚要推门，却听到谢安璃愤怒的声音："你到底有完没完？"

　　我从门缝看进去，谢安璃和傅雨希面对面站着。傅雨希依然是一脸欠揍的冰冷表情，反而是谢安璃看起来满脸怒气，两人的角色仿佛完全和从前掉了个。

　　谢安璃见傅雨希爱答不理的样子，索性抓住他的衣领强迫他看着自己的眼睛，"已经够了吧，就算再怎么闹别扭，你们也是朋友不是么！"

　　傅雨希嫌恶地拨开他的手，"不是朋友。"

　　"什么？"谢安璃不敢置信地看着他。

　　"朋友什么的，只是她一厢情愿而已，"傅雨希冷冷地笑了，"我从来没有把陈简佳当作朋友，哪怕一分钟也没有。"

　　我扶住门框的手瞬间变得冰凉，寒意顺着血管流淌到全身。

　　怪不得人们说，偷听别人说话是没有好下场的。

　　就像我在杂志社门口偷听何冷杉说话，明明气得浑身发抖，却不能进去质问。就像我在墙角偷听谢安璃和傅雨希告别，就算伤心到蹲在地上哭成狗，也只能紧紧捂住嘴巴不能出声。

　　这次也是一样，就算心痛得仿佛下一秒就会栽倒在地，我还是像个傻瓜一样站在门口。

何冷杉那次是愤怒，谢安璃那次是悲伤。可是这次，我不知道自己该有什么样的心情。

我不明白为什么我会站在这里，为什么傅雨希会坚定地说出那些话，为什么我们会变成现在这个样子？我固执地相信我是在做一个梦，只有这个解释才能说服我理解眼前的一切。

可我知道这不是梦，否则在傅雨希开门的时候我就不会慌乱地躲到一旁，试图麻痹自己的方式就这样失败了。

也许傅雨希是对的，我太自以为是了，总是按照自己相信的样子去看所有的事情，一旦和我相信的不一样，我就立刻闭上眼睛视而不见。别人是先看再相信，而我总是相信了再去看。

可惜他用了一种如此残忍的方式让我完全理解。

7

这一次，我想试着先用自己的眼睛看清楚。

我去十三班找苏梦柯，被告知她已经回家了。

"找她有事么？"秦夕颜抱着胳膊出现在我面前。

我们去了天台，她发出不屑的笑声，"该不会这种时候你还要说会帮我接近傅雨希吧，你都自身难保了。"

"是吗，"我无所谓地耸耸肩，"不过傅雨希变成现在这样，你还有兴趣么？"

她的脸上闪过鄙夷，"别把我和那些女生相提并论，我喜欢的从来就是这样的傅雨希。"

"从来都是？"

"没错，"她高傲地点点头，"我从来都知道他不像表现出的那么明亮自信，但即使这样我也喜欢他，或者说我喜欢着的从来就是真正的他。"

真正的他……我心里一阵悲哀，那一直和我在一起的又是谁呢？

去年秦夕颜在树林里也说过这些话，原来她那么早就已经知道了。

我疲倦地闭上眼睛，"你是怎么发现这些的？"

"因为我喜欢他，当然会留心这些，"秦夕颜的回答和树林里一样，我真的很敬佩她无论面对谁都可以表达自己真实的想法，但她的目光里还是充满了失落，"虽然他在意的只有一个人。"

"苏梦柯么？"

她讥讽地勾起嘴角，"我还以为你会觉得是你自己。"

原来我的自作多情人尽皆知，我苦笑着反问："你怎么知道不是我？"

"他对你和对其他人都是一样的，宽容、体贴、笑脸相迎。只有面对苏梦柯的时候他才会变回真正的自己，用他真正的表情说他真心想说的话。"

"是吗？"我苦涩地说。

"别摆出一副被背叛的样子好吗，"她嫌弃地皱起鼻子，"傅雨希并不像表面上那么拿你当回事，你不是早就知道吗？"

"早就知道？"我不解地皱起眉头。

"难道你忘了自己初中突然被孤立的事了么？"她不耐烦地说。

"这件事和傅雨希有关系么？"我睁大眼睛看着她。

她愣了一下，突然意识到什么似的移开视线，"我刚才记错了，你别在意。"

不在意，我怎么可能不在意？秦夕颜这样的人是不屑说谎的，她这样说一定有什么原因。

回到家我犹豫了很久，最终拨通了苏梦柯的电话。

"你怎么会打给我？"她冷漠的声音响起。

"我想问你一件事，请你诚实地回答我。"我严肃地说。

"你说。"

"初中时候你跟我绝交，是傅雨希强迫你的么？"

苏梦柯沉默了一会儿，"他还是告诉你了……"

"为什么？你为什么要这样对我！"我绝望地哭了起来，初中校门前听到她冰冷的话语，我也不曾掉一滴眼泪。

为什么你们都要这样对我……

"对不起。"她挂断了电话。

我捧着电话呆呆地坐了一夜，天亮后我决定最后再找傅雨希谈一次。有些事，我必须要亲自问他。

8

我对自己越来越刮目相看了，居然到了这样绝望的境地还是不死心。明知道跟傅雨希见面只会得到更多的冷漠与羞辱，我还是不肯放弃。

现在我才发现，我的脸皮比傅雨希要厚得多。

第二天早上教室里的人凑在一起议论着什么，我还以为我又造了什么孽，后来发现我连在谣言界的地位都让贤了。

"听说了么，周五是最后一天了。"

"傅雨希再不解释的话就要被开除了。"

"那不就是明天么？"

"其实解释也没什么用，那个姜彬一口咬定是傅雨希推他的。"

"搞不好真是他推的呢。"

我最近一直都在纠结自己的问题，居然把这件最重要的事情忘了。

课间我去了三班，如果可以的话我真想蒙面，门口的男生一听说我要找姜彬，欢呼一声冲进去大喊道："姜彬，你的小宝贝来找你了！"教室顿时沸腾了起来。

我恨不得找个地缝钻进去。如果不是为了傅雨希，我一辈子都不想知道这个姜彬长什么样子。但我还是一眼在人群中认出了他，因为他的右手和左腿都打着石膏，看起来格外悲惨。

他看起来很普通，个子不高，还算眉目清秀。他疑惑地打量着我，"找我有事？"

我点点头，"我是为了傅雨希的事。那天你看清楚了么，确定是傅雨希推你的？"

"你什么意思？"他不爽地挑起眉毛，"你是说我故意冤枉他么？"

"没有，我只是想确认你是不是看清楚了。"

"我又不是瞎子！"他愤愤地吼了一句回了教室。

本以为能让他凭着对我的歉疚对傅雨希手下留情，现在看来是我想多了。

回到教室，所有人都去上体育课了。我本来和韩默萧约好帮她补习数学的，她却不在，只有桌上放着一张纸条。

虽然不应该偷看看别人的东西，但最近我真的对纸条太敏感了，所以还没思考就已经打开了。

我的手颤了一下，上面居然真的是金红色的文字——"我在美术教室等你。"

和之前不同的是，这张纸条上有着清晰的落款。那是一个对我来说无比熟悉而悲伤的名字——傅雨希。

"我听到傅雨希威胁韩默萧不许再跟你做朋友，但是韩默萧怎么都不同意。"陆文清的声音在我耳边响起来。

不可能，我拼命打消自己的念头，一定是有人想要栽赃给他，一定是的。但我还是忍不住往美术教室跑去。

美术教室的门半开着，里面传出桌椅翻倒在地的声音和不小的争执声，然后韩默萧尖叫起来。

我急忙推开门，却被眼前的景象惊呆了。韩默萧被傅雨希牢牢按在窗台上，她哭得像个泪人，拼命挣扎着。傅雨希见状用手掐住她的脖子，让她无法发出声音。

他居然想把她从窗户推下去！我反应过来刚要冲进去阻止他，韩默萧却惊恐地哭着喊了起来："我答应你！我不会再待在小简身边，不会再和她做朋友！"

"那么你发誓，"傅雨希的声音像来自最寒冷湖底的冰，"你不会再和她说一句话，以后你们就是完完全全的陌生人。"

"我发誓，"韩默萧大口地喘着气，泪水无助地流下来，"我不会再和她说一句话……以后我们就是完全的……陌生人……"

我愣愣地看着他们，无法相信眼前的一切。

"傅雨希你在干什么！"许老师的尖叫在身后响起，几个男生冲进去把韩默萧从傅雨希身下抢救下来。

傅雨希毫不在意地让开，只是在看见我的刹那眼中闪过一丝惊讶。

9

韩默萧的眼泪，许老师的愤怒，其他人的离开，我通通没有注意到。我只是站在原地静静地看着傅雨希，十分钟，半个小时，甚至更久。

"是你吗？"我终于问出了这句话。

他沉默着一言不发，真难得傅雨希也有这么安静的时候。

我忍住泪水又问："写信给我的人是你吗？"

他面无表情地点点头，"是。"

"那么，在墙上涂鸦、打碎奖杯的人也是你？"

"是。"

"告诉陆文清和我同桌成绩就会变差的人也是你么？"

"是。"

"那么，"我的声音颤抖起来，"逼苏梦柯和我绝交，让大家孤立我的人，是不是你？"

他可能没想到我会问这个，但也只是微微诧异了一下，依旧回答："是。"

我的希望，随着他的尾音终于全部破灭。

"问完了？"他如解脱般露出了轻松的笑容。

我没有说话，害怕一开口眼泪就会流出来。

他见我不回答，径自走到窗边坐下，"陈简佳你记不记得，我曾经在这里问过你一个问题。现在你可以回答我了么？"

"什么问题？"

他直直地望着我，"对你来说我是什么？"

我怔怔地看着他，两个月过去了，我居然仍不知该如何回答他。我唯一知道的是这次我不能逃，绝对不能逃。

傅雨希的话，最合适的词应该是朋友吧。我刚要开口，他冰冷的声音却在耳边回响起来："我从来没有把陈简佳当作朋友，哪怕一分钟也没有。"

是啊，我们已经不是朋友了，差一点又要说出自以为是的话了。

可如果不是朋友，那应该是什么呢？

我和傅雨希每天一起上学回家，在一起的时间比家人还长，但他不是我的家人。

和傅雨希在一起的时候我很开心，他总是在我需要他的时候出现，总是把意想不到的惊喜放在我眼前，这种感觉就像恋人一样，可是我们并不是恋人。

他总是很吵又难缠，永远一副欠揍的笑脸，虽然热心却一直在帮倒忙，常常让我很生气，我嘴上总说讨厌他，却不是真的讨厌。

那么他到底是什么呢？

"什么都不是，对么？"

我惊讶地看向他。

"你那天也是这样的表情，也是这样不说话，那时候我以为你只是尴尬说不出口，"傅雨希认真地观察着我的脸，"原来那时候你已经给了我答案，你什么都不说是因为我对你来说什么都不是。"

不是这样的！我的眼泪因为焦急不住地往下流，却一个字也无法说出口。我不想伤害他，却也不想骗他。

他安静地望我，然后笑了起来，笑容从未有过的温柔，"对不起陈简佳，最后还是把你惹哭了。"

10

我一个人在步行桥上待到晚上，满脑子都是傅雨希离开前温柔的笑容。温柔的傅雨希，冷漠的傅雨希，大笑的傅雨希，到底哪个是真正的他，我已经完全想不明白了。

所以等我发现的时候，谢安璃已经站在我旁边很久了。

"谢安璃，"我认真地看向他，"先看见再相信，和先相信再去看，你选哪个？"

"什么意思？"他不解地问。

"我在画一幅很重要的画，想来请教你，"我慢慢向他描述，"这幅画最重要的位置我始终不能确定颜色。我用了所有学过的技巧，依然无法断定哪一个颜色才是对的，反而越比较就越难选择。如果是你会怎么办？"

谢安璃想了一会儿，"我会闭上眼睛。"

"闭上眼睛？"

他点点头，"忘记一切方法，让你的心来选择。选择哪种颜色你不会后悔，放弃哪种颜色你会舍不得，这样想着大概就有答案了。"

我苦笑起来，"可是那样的话就跟之前一样了。之前我就是这样，总是自以为是地用我相信的样子去看所有的事情，以后我不想再这样了。"

"为什么？"他微笑起来，"相信自己想相信的，不是很好么。对我来说喜欢的颜色就是喜欢，怎样也不会为了故作成熟地全局考虑而放弃它，真正想相信的东西从来不用考虑逻辑和真实。"

"可是这样不是自欺欺人么？"我疑惑地问。

他却笑了起来，"自欺欺人又怎么样呢？你那么心甘情愿地被自己骗，不就是因为你能感觉到自己在相信着它的时候是最幸福的么。"

我呆呆地望着他，眼泪大滴大滴地掉下来。

是啊，因为想要相信，所以我才一次一次地试着相信傅雨希。即使在这么绝望的时候，我还是想要相信他。就算是完全没有值得相信的理由，就算是欺骗自己也无所谓，因为知道放弃了我一定会后悔。

"你去哪里？"谢安璃在身后大喊。

"去把画画完，"我笑着向他招招手，"我已经想好我想要的颜色了。"

我好后悔下午回答傅雨希说我问完了，我只顾着眼前看到的，却忘了问傅雨希最重要的问题。

下次见到他，一定要好好问他。

曾经那个总是对我露出灿烂笑容的人，是你吗？

曾经那个总是厚着脸皮跟在我身后的人，是你吗？

曾经那个尽管生我的气却因为我一句话瞬间喜笑颜开的人，是你吗？

曾经那个毫不犹豫地跑到荒野去找我，牵着我的手会羞到满脸通红的人，是你吗？

就算他下午的那些答案也是真的又怎么样，我相信着的，从来都是这样的傅雨希。因为相信着这样的傅雨希，我会感觉到很幸福，就像现在一样。

就算是自欺欺人也好，但只有对傅雨希，我愿意闭上眼睛用心去相信！

11

我找到了姜彬家，其实地址我早就偷偷从教导处查到了，只不过后来被傅雨希气得够呛差一点就不想管他了。但是现在，我决定无论如何都要管到底。

姜彬家住的居然是别墅，而且是类似电视剧里豪宅的那种，门前还自带草坪。我没想到他是有钱人家的少爷，不是我有眼不识泰山，就是他太深藏不露。

我在那扇铜质大门上敲了半天也没动静，然后我发现门上有一个键盘似的东西，便在上面乱按起来，直到它响起"滴滴"的报警声。一个穿西装的中年大叔给我开了门，他打量了我一会儿问道："您是少爷的朋友？"

居然还有管家，傅雨希找哪个粪球推着玩不行非要惹上这么个家伙。

我厚颜无耻地点点头，"我是。"

少爷姜彬从高级的木质楼梯上走下来，然而用这样高级的房子当背景，他看起来还是挺普通，就像在大户人家借住的穷亲戚。他看见我脸马上皱起来，不爽地盯着管家，"谁让你给她开门的？"

他这种没有少爷的脸却摆出一副少爷架势的行为更让我讨厌了。但我依然强颜欢笑，"我想和你谈谈。"

他嫌弃地看着我，"我说过我眼睛不瞎，你让我回忆多少次都一样！"

"我不是来找你回忆的，"我定定地看着他，"我想请你原谅傅雨希。拜托你明天去学校解释，说是你自己不小心摔下去的可以吗？"

"你在开玩笑么？"他震惊地看着我，"你以为我的腿变成这样会这么算了么？更何况傅雨希到现在对我连一句道歉也没有，你居然让我去学校撤销告诉？"

"那我替他道歉。"

他不屑地哼了一声，"那也不行。"

"那这样呢？"我跪在了他面前。

"你干什么？"他刚要扶我，最终还是收回手来，"你回去吧，无论怎样我也不会原谅他。听说他下午差点害死你们班一个女生，就算我不再追究，为这件事学校也不会放过他！"

我依然一言不发地跪在那里。

"真不知道你为什么为这种人求情，"他无语地撇撇嘴，对旁边的管家说，"打电话找她朋友来接她。"然后他就回了屋子。

韩默萧来的时候我依然跪在门前，她惊讶地把我扶起来。

我紧紧抓住她，"默萧，你能不能答应我一件事情？"

"好，"她点点头，"只要能帮上你我都答应。"

我认真地望着她，"那你能不能答应我，明天去学校澄清你和傅雨希的事是一个误会。"

她的眼睛中闪过浓浓的惊讶和委屈，一言不发地看着我。

我意识到我的话深深伤了韩默萧，明明她才是最大的受害者。她为了我受了那么大的委屈，我却还在口口声声为傅雨希说话。即使这样，我还是忍住巨大的愧疚感，再次问她："可以吗？"

"我明白了，"她苦涩地笑了起来，"明天我就说什么都没发生过。"

"对不起。"

"别这么说，"她轻轻摇摇头，"能成为你的朋友对我这种人来说已经很幸运了，我又怎么能跟雨希比呢。"

"我不是这个意思……"

"对不起小简，我先回去了。"她松开我的手跑了出去，我知道她哭了。

　　整整一夜我都坐在姜彬家门口，可是再也没人出来。凌晨时候下了一场雨，姜彬出来看了一眼，见我还在外面，便一脸嫌恶地把门关上。

　　好在这场雨天亮前就停了，春天温度明明比冬天要高，我却冷得浑身发抖。我记得两个月前那个下雪的夜晚，我和傅雨希在野外也是这样待了一晚，没有食物，一片漆黑，可那时我心里明明是那样温暖。而现在我坐在这座灯火通明的别墅前，为什么会感到这么冷呢？

　　早上姜彬背着书包出门，看见被淋成落汤鸡的我像见到了鬼，"你怎么还不走？"

　　我用布满血丝的眼睛看着他，连语气都像极了女鬼，"你不答应我就一直跟着你。"

　　他叹了口气，把一条干毛巾盖在我头上，"傅雨希到底是你什么人，为什么要为他做到这种地步？"

　　我愣了一下，居然又是这个问题。

　　昨天头脑清醒的我绞尽脑汁都没有回答出来的问题，现在一夜没睡头痛得快要炸开的我怎么可能回答出来。

　　"我也不知道。"我只能诚实地回答他。

　　"不知道？"他疑惑地挑起眉毛。

　　我点点头，"我唯一知道的是，他是我很重要很重要的人。"

　　是啊，很重要很重要的人。昨天傅雨希问我的时候，我为什么没有告诉他呢？

　　"喂，你怎么了！"

　　模糊中听到姜彬的喊声我才知道我晕倒了。

　　明明再求他一下，就会成功了。然后我就去学校找傅雨希，告诉他，他是我很重要很重要的人。

　　他听到的话，会高兴么……应该不会再生我的气了吧。

　　可惜我再也没有力气睁开眼睛。

12

　　我醒来的时候正发着高烧躺在自己床上。我没有思考自己是怎么回来的，而是东倒西歪地冲出房间，把正在做饭的我妈吓了一跳。

　　"妈，现在几点了？"我嗓子疼得要命。

　　"晚上九点了，"我妈不放心地扶我回床上，"快回去躺着，真让人不省心。"

　　我妈一走我立刻打电话给韩默萧，问他傅雨希的事怎么样了。

　　"我刚要打电话告诉你，"她欣慰地说，"不用担心了，姜彬说他是不小心从楼上摔下去的，学校也决定不追究了。"

　　没事了……松了口气的我顿时感到浑身疲惫，重重倒在床上睡着了。

　　这是这段日子里我唯一听到的好消息，虽然发烧头痛得难受，但我睡得意外舒服。

　　上次有这种轻松的心情，是和傅雨希从荒郊野外回来的那次吧。从那天开始，发生了好多好多的事情。

　　然后我说了伤害傅雨希的话……

　　可是，他也有不对的地方……

　　算了，让那些都过去吧。

　　等我醒来，就去找他，告诉他他是我很重要的人，他一定会重新开心地笑起来的吧。

　　等我醒来，一切都会好起来的。

　　我做了一个奇怪的梦。梦里我和傅雨希去学小提琴，学的是那首《洋娃娃的摇篮曲》。他开心地对我说："陈简佳，我拉给你听听。"我本来还托着腮认真地听，没想到他拉完一遍又拉第二遍，完全没有停下来的意思。我渐渐有点不耐烦了，捂住耳朵说你别拉了，可是他还是没有停下。他拉了至少一百遍，最后我忍无可忍地喊道："你别再拉了行吗！"他一脸迷茫地望着我，泪水从漂亮的眼睛里慢慢流出来。

　　我心里一慌就醒了过来，竟然真的听见了隐隐的琴声，但当我仔细去听的时候，琴声却消失了。是因为和傅雨希冷战太久所以怀念起从前了么？我看了眼时间，才凌晨四点，傅雨希那个懒虫怎么可能起来练琴呢？我再次沉沉睡去。

再次醒来的时候已经是上午十点了。我拉开窗帘，惊喜地发现外面下雪了。

这场雪不知道是从什么时候开始下的，外面的屋顶和树木都蒙上了一层白色，就像涂了一层厚厚的糖霜，地面也被厚厚的雪覆盖了，大概因为周末没什么人出门，仍然保持着雪白干净的样子。

床头的电话响了起来，我接起来，是一个陌生的阿姨的声音："五号楼501么？我是小区义务管理员，这次轮到你家扫雪，请负责打扫五号楼下公共区域……"

我妈这周末轮班不在家，我无奈地披上衣服拖着病躯出了门，在楼下拿了扫帚开始扫雪，边扫边感叹自己境遇凄惨。一身病痛还积极地挥舞着扫帚这种事，只有林黛玉才做得来吧。

我家楼下空地的面积是院子里最大的，我费了半天劲才扫掉一小部分，渐渐露出了红蓝相间的地面。

红蓝相间？我愣了一下，以前的水泥地是这种颜色的么？

我抱着好奇心越扫越快，也越扫越惊奇。因为扫帚下面不仅出现了蓝色和红色，还渐渐出现了金色、绿色、橙色、紫色……

这块空地的积雪全部消失之后，我终于看清楚了，这是一张脸。一张画在地上的、涂满鲜艳色彩的巨大笑脸。

也许别人看不出来，但是我知道这是我的脸，是傅雨希第一次画的、硬塞给我当生日礼物的《我的朋友陈简佳》。无论是那傻瓜一样的笑容，还是乱七八糟的颜色都和原版一模一样。只不过现在它被放大了几百倍，重新出现在楼下的空地上。

这幅"巨作"的作者，除了傅雨希不会有别人了。

他是什么意思？我扔掉扫帚，跑到傅雨希家门口用力敲门，却半天都没人开，最近我真是习惯了在他这里吃闭门羹的感觉。

"谁啊？"对门的王阿姨生气地打门，她发现制造噪音的人是我时惊讶地问，"你干什么呢小简？"

"吵到您了，"我赶紧道歉，"我找傅雨希有事。"

"雨希？"她愣了一下，"雨希今天早上搬走了啊，他没告诉你么？"

"搬走了？"我不敢相信地睁大眼睛。

"我想起来了，"王阿姨拍了下手，"昨天我看他收拾东西忙不过来，就帮他一起收。我还问他怎么小简不来帮你，他笑了笑说他上去敲过门了，但你不在家。我以为他是脸皮薄不好意思，我就又上去敲了一次果然不在。你昨天去哪儿了，这么好的朋友也不来送送。"

我整个人在震惊中无法缓过神来，这时张奶奶提着菜篮下来，对我露出慈祥的笑容，"小简昨晚拉了一晚上琴吧，真是好孩子。"

"拉琴？"我惊讶地问。

"是啊，越拉越好了，"她夸奖着，"不过太辛苦了也不好，居然一刻不停地练到凌晨。"

一刻不停地练到凌晨……如果不是我的话，那就只有一个人。那么昨天的琴声真的不是梦……

原来他在离开之前敲过我的门，原来他在离开之前拉那支曲子拉了整整一夜，可是我这个傻瓜居然没有听见，还把那琴声当作是梦，心安理得地继续蒙头大睡！

我错过了最后的机会，和傅雨希和好的最后的机会。

他一定以为我不想理他。

他怎么会以为我不想理他！

我哭着打电话给韩默萧，"傅雨希走了，傅雨希走了你知道吗！"

她沉默了好久，"我知道。"

"你为什么不告诉我！"我对话筒吼道，抓起手边的水杯摔在墙上。

"对不起，"韩默萧的声音小得几乎听不见，"他不让我告诉你，而且我昨天偷偷打电话的时候你不在家。"

她战战兢兢的声音让我感到无比愧疚。

我在干什么，为什么要对韩默萧大喊大叫，为什么要把对自己的怒气全都发泄在她身上。

就像那晚在步行桥上，明明是气自己无能为力，气自己不够坚强，却把所有的脾气都发泄在傅雨希身上，说了那些伤害他的话。

我真是太差劲了。

"小简？"韩默萧的声音还在响着，我眼神空洞地滑坐在地上，任凭眼泪不停流下来。

13

后来的我总是回忆起傅雨希离开的那天。那天的我比起悲伤，其实是有点懵了。听到傅雨希离开的瞬间，一下子不知道怎么办了。

一直笑嘻嘻地跟在我身后赶也赶不走的傅雨希突然不见了。从我有记忆以来，他就一直在我身边，虽然有时候会很烦，虽然有时候会觉得讨厌，但总觉得他在我身边是理所当然的事。我从没想过有一天他会离开，更没有想到这一天来临的时候，我会这么不知所措。

所以那天虽然流了很多眼泪，却也只是因为无措，根本没来得及感到难过。

那天下午我甚至还想，怎么可能呢，那可是傅雨希啊。脸皮那么厚的人，怎么会因为这么一点小事就离开呢。或许他只是闹个别扭，只是和我开个玩笑，就像上次那样，我都相信他要搬家了，第二天早上他还不是大摇大摆地出现在我面前。

可是许多个早上过去了，许多个傍晚也匆匆经过，他却再也没有出现。

吃饭的时候，我像播报新闻一样没有感情地告诉我妈傅雨希搬走的事，她比我表现得要难过的多。

"那么好的朋友走了，你还吃得这么香。"她唉声叹气地数落我。

我没有说话。那天的饭菜尝起来有一种苦涩的味道，但是我却吃了很多很多。

回学校后我才知道，周五姜彬为傅雨希做了证明撤销处分后，他就在班上说了转校的事情。周六那天班上为傅雨希办了欢送会，其他班的同学也来了，他们一直送到学校门口，一齐喊着让傅雨希留下来，他也只是笑着说谢谢，说三年来给大家添麻烦了。

"如果那个时候你能来的话，他就会留下来了吧。"韩默萧无比惋惜地说。

我苦涩地笑了。如果那个时候我也站在人群里，会和大家一起喊"傅雨希留下来"么。

如果那个时候我听见了傅雨希敲门的声音，他站在我面前告别，我会拉住他说"你别走"么。

我大概会骄傲地沉默着，然后对他说"一路顺风"吧。

一个星期后，我才真正相信傅雨希真的离开了这个事实。悲伤的情绪像服下了后知后觉的药水，慢慢席卷而来。

清晨的步行桥，中午的美术教室，傍晚回家的路，再也没有了傅雨希的身影。我这才发现，傅雨希在十年里居然悄无声息地覆盖了我所有的时间和地点，而现在覆盖着它们的，是他的影子。无时无刻出现在我脑海里，让我泪流满面的他的影子。

某天我一个人在美术教室吃午饭，有人在我对面坐下。

"你不骂我么？"我放下筷子。

苏梦柯冷冷地盯着我，"打你可以吗？"

我耸耸肩，"随你。"

"这个给你。"她从口袋里掏出一样东西递给我，是一张照片，"他走那天大家一起拍的，肖扬他们托我给你，否则我才懒得见你。"

我接过来看了一眼，肖扬、大于、洛晶还有大旗他们都在。照片上他们抱在一起，每个人脸上都带着落寞的笑容。终于我发现了不对的地方，"怎么没有傅雨希？"

"因为你没来，"她淡淡地说，"他说没有陈简佳在，他就不拍。"

鼻子重重地酸了一下，我不屑地哼了一声，"还是那么幼稚，白痴一样。"

"也许两个人都是白痴吧，"她意味深长地看着我，"你真的像新年晚会说的那样讨厌他么？"

"什么意思？"我皱起眉头。

她冷笑起来，"正因为这样，我现在才忍住没动手打你。"

看着苏梦柯的背影，我第一次感到愧疚。我能感觉到她很伤心，伤心到连骂我的力气都没有了。

14

没有傅雨希的日子，并没有我想象得那样无法面对。

我依然上课认真睡觉，依然中午在美术教室吃午饭，放学依然会站在桥上看着那些灯光，晚上依然会复习到深夜。这些多年养成的习惯，并没有因为傅雨希不在而改变，依然有条不紊地进行着，只不过变成一个人了而已。

所以，我会反过来嘲笑自己，在发现傅雨希不见了的时候居然会惊慌失措成那个样子。

我的世界从来不会因为少了什么人而变得兵荒马乱。以前的肖扬是，后来的苏梦柯是，傅雨希……大概也是吧。

只是认真听课的时候听见后面有人说话，会条件反射地狠狠瞪过去，结果却对上后排男生错愕的脸；

只是在自己的饭盒里发现虾仁的时候嫌弃地挑出来，筷子却悬在空中找不到伸过来的手；

只是站在桥上吃着早餐的时候，突然会觉得周围安静得太过分；

只是晚上看书看得头昏眼花的时候，会呆呆地盯着床头的电话看好久。

韩默萧说要陪我一起上下学，被我歉意地拒绝了。我想如果傅雨希突然回来，看见我和韩默萧开心地走在一起，一定会生气的吧。

无论发生过什么，无论我原谅与否，都没有人可以代替傅雨希的位置。尽管我连那是个什么样的位置都回答不出来。

天气渐渐暖和起来，为了高考前不再生病，我每天晚上出门跑步半小时。今天出去得比较晚，回来时楼下只有一盏快坏掉的路灯亮着，昏暗的灯光正巧打在地上那张滑稽的大脸上。

这暗淡的灯光，让我想起了和傅雨希在荒郊野外的那个晚上。那天我们一起看了雪，我居然还抱着傅雨希哭了，但却是发自内心地开心着。

　　而此时同样的灯光下，只有我孤独地站在这里。

　　那时的我，会想到一切变成这样么？那个怎样都甩不掉，连追到荒郊野外都要缠着我的傅雨希，有一天会在家门口也找不到人。

　　傅雨希欠揍的笑脸出现在脑海里，"放心吧，就算要走我也要先看到你哭得稀里哗啦依依不舍求我留下来的表情，然后再无视你大摇大摆地离开，这样才够面子。"

　　明明我还没来得及哭得稀里哗啦依依不舍地挽留你，你怎么甘心就这样离开了呢。

　　我在那张色彩斑斓的笑脸中央蹲下来，抚上她带着笑意的彩色眼睛，"你是陈佳简么？为什么我这么难过，你却笑得这么开心？"

　　"其实我也很难过的。"

　　我吓得惊叫一声，却发现谢安璃站在我背后。

　　"抱歉吓到你了，"他虽然嘴上道歉，却在拼命忍着笑，"这是傅雨希画的？"

　　"对。"我愤愤地瞪着他，依然余惊未定。

　　"很有他的风格。"他发表了一句微妙的评论。

　　我们在路灯下面坐下来，虽然天气暖和了许多，但地面仍然很凉。

　　"有件事我想告诉你，"他犹豫了一下，"毕业前这段时间我可能都不会去学校了。"

　　我的心重重一落，"之前不是说毕业之后才走的么？"

　　"嗯，"他轻轻点头，"可是在走之前，我有一件很重要的事情要做。"

　　"什么事情要用两个月？"我好奇地问。

　　他叹了口气，"我只害怕两个月也不够啊。"

　　他的睫毛在灯光下变得有些透明，他和傅雨希的睫毛，谁的更长一些呢？可是，谢安璃的看起来更加柔软吧。我就这样安静地看着他，没再说话。

　　"最近在学校里，我们都没怎么说过话吧。"他突然说。

最近我在学校一直回避着谢安璃，怕他问起傅雨希的事，怕他指责我没有挽留他。因为对他来说傅雨希就是辰溪，没有人比我更了解辰溪对他的意义。

"我以为你不想再理我了。"我淡淡地说。

他吃惊地看着我，"为什么？"

"因为傅雨希的事情，"我落寞地笑笑，"我知道他走了你很难过。"

谢安璃呆呆地看了我半晌，"你不会以为我是 Gay 吧……"

"当然不是，"我忍住笑，"他是你重要的朋友吧，我以为你一定恨死我了。"

"你也是我重要的朋友啊。"

"我不是。"我摇头。

他无语地瞥了我一眼，"你也不用否认得这么直接吧。"

我急忙解释，"我是说虽然都是朋友，但是意义是不一样的。毕竟你是因为傅雨希才和我成为朋友的……"

"你是这样认为的么？"他眼睛里有隐约的怒气，"就算没有傅雨希，你也是我重要的朋友。至于意义当然是不一样的了，我欣赏傅雨希是因为他有我欣赏的地方，我喜欢你是因为……"

他怔住了，脸刷的变得通红。我愣愣地看着他。

"我，我的意思是……"谢安璃红着脸努力解释，我从没见过他这么慌张的样子，忽然感到有那么一点想哭。

傅雨希走后，我一直认定我和谢安璃好不容易建立起的羁绊就这么结束了。像这样和他坐在一起安静地说话，这样的时光，我以为不会再有了。

可是谢安璃并没有像我想的那样怨恨我，他反而还会担心我，跑到这里安慰我，告诉我，我也是他重要的朋友。

就算只有一点点，他也是在意我的吧。

15

那天之后，谢安璃真的没再来过学校。

我没有再难过，而是凝聚起所有理智把精力放在学习上，就连吃饭的时候面前也摆着英语单词表。

偶尔有人过来找我填写纪念册，我也不理睬。我没有心情去在意别人的评价，谣言盛行的时候我都不在意，现在就更用不着了。

日子一天天过去，学校里也没有人再提我和傅雨希的传闻。学校里的话题人物快速地更新着，学校里的风云人物也总是在更换。傅雨希离开之后，那些红着脸讨论着他的女生们也只是难过了几天，马上有了新的讨论对象。渐渐的班上没有人再提起傅雨希的名字。原来就算傅雨希也逃脱不了被淡忘的命运。

初夏几场雨过后，院子里的画经过冲刷，颜色比之前淡了不少。

几个月前它刚出现的时候，院子里的小孩子因为新鲜天天跑到这里玩，在那张脸上开心地踩来踩去，现在终于厌倦了纷纷去找新的玩具。

复习强度越来越大，半夜觉得很累的时候我会走到窗边静静地看着路灯下那张傻笑着的脸，然后不由自主地笑出声来，疲惫感也随之消退，然后再坐回书桌旁继续复习。

即使有一天那些色彩完全褪去，我也不会把傅雨希忘记。

16

高考结束的第二天，杜老师通知高三社员去美术教室整理柜子，其实是为新社员腾地方，不禁感叹他的寡恩薄义。

回到美术教室，我感慨万千。因为我三年最多的时间，就是一个人坐在这里。这里有各种鲜艳的颜色和复杂的静物摆设，有水墨汁和油画颜料不相融的奇怪味道，密不透风的屋子，无人注目的色彩，像极了我的世界。

我收拾好自己的柜子后，开始帮韩默萧收拾，却发现她柜子里只有上次放在她架子上的那个画图本。

我记得她说毕业时要送给我一幅画做礼物，现在偷看一下应该没关系吧。

我翻开那个本子，前面几页全是空白，又往后翻了几页还是一样。

她还没开始画么？我纳闷地把本子放回原处，却有什么东西掉了出来。我好奇地捡起来一看，是我和傅雨希牵着手的照片，大概是谣言刚开始传的时候保存下来的。

这些东西她还留着做什么，我一阵无语，随手翻开一页想把照片夹回去，却忍不住倒吸了一口凉气，因为那页贴满了我和傅雨希在桥上的照片，大约有四五十张的样子，密密麻麻让人看起来格外惊悚。

下一页是我和谢安璃拥抱的照片。

再下一页，是我把钱还给那些男生的照片。

看到这些照片，几个月前的心酸再次涌上来，不过好在一切都过去了。无论拍这些照片的人是谁，我都不想再追究了，因为后来发生的一切归根结底并不是因为那些照片，而是我的意志不够坚强。

我想把本子收起来，脑子里却有一种莫名的感觉控制着我继续往下翻。

而看到最后一页的瞬间，我尖叫一声把它丢了出去，恐惧感带着无限凉意迅速席卷了全身。

那页纸上用大片的金红色写满了"去死！"，在那些恐怖字眼中间贴着一张小小的照片，像是从毕业照的合影里剪下来的。照片上是一个漂亮的小女孩，脸上的笑容像是春天最明媚的阳光。

那是小时候的我。

此时她的脸上画满了诡异的涂鸦，涂上了鲜血和獠牙，使她看起来像个狰狞的恶魔。那张脸被刀片划满了深深的伤痕，能看出割照片的人对女孩的恨意。这种涂鸦方法和我生日那天被涂鸦的画一模一样。

我呆呆地看着被扔在地上的本子，不知道该怎么对自己解释眼前这一幕。

"小简？"韩默萧的声音响起来，这是此刻的我最害怕听到的声音。

她一步一步走近，蹲下来捡起地上的素描本，目光落在我脸上，"你都看到了？"

"是，"我勉强撑起笑容，"我知道不是你。"

我不想再像那时质问傅雨希一样质问她，不想给她默认的机会。

我不想再因为怀疑而失去最后一个朋友。

"很遗憾，"她嘴角浮起淡淡的笑容，"确实是我。"

"我不相信。"我坚定地看着她。

"你忘了么小简，"她的笑容渐渐放大，"我说过要送毕业礼物给你。"

她撕下一把照片在我头上撒下来，笑容在我惊讶的目光中愈发灿烂——

"这就是我送给你的礼物，喜欢么？"

九　光芒

1

韩默萧送给了我一个礼物，一个让我毕生难忘的礼物。

我绝望地望着她，"那些谣言真的是你传的？"

"谣言？"她无辜地眨眨眼睛，"你说哪一个？是你和傅雨希他们开房间的事呢，还是告诉陆文清和你同桌就会倒大霉的事？"

"为什么你要做这些？"我不解地问。

"当然是因为讨厌你。"她眼中闪过浓浓的厌恶。

我凄凉地笑了，"可是你为什么要装作我的朋友，为什么要在教室对我说那些话，只是为了让我不会怀疑你么？"

"有两个原因，"她慢慢走到旁边的桌子坐下，"第一，我想看看你被朋友背叛时这副凄惨的嘴脸，果然没让我失望。第二我想知道，我能够恨你到什么程度。"

"什么意思？"我皱起眉头。

她浅浅地笑起来，"我在这里说我一直憧憬着你的时候，你感动得快要哭出来了是吗，所以你一定不记得，这些话我十年前也对你说过一遍。"

"你可能误会了，"我否认道，"如果听到这样的话，我怎么会不记得？"

"是现在的你吧，"她用同情的目光看着我，"可是曾经集万千宠爱的你，怎么会把我放进眼里。你知道吗，曾经的我真的很喜欢你，自卑的我从小就习惯被人忽视，所以小学时看见像公主一样被大家喜欢着的你，我真的好羡慕。即使知道没有资格，我还是鼓起勇气问你愿不愿意和我做朋友。你记不记得你说什么，你骄傲地扬起头说对不起，我已经有好多朋友了，而且我不喜欢闷闷的女生。"

"对不起，"我懊悔地说，"可是我真的不记得了。"

"别跟我说对不起！"她尖着声音喊道，"你每次装模作样地说对不起都让我想起那时的样子。可那时的我没有一点生气，因为我觉得是应该的。可是你不知道吧，那天下午傅雨希凶巴巴地对我说陈简佳是我一个人的朋友，你给我离她远一点！最后他鄙夷地看着我说，像你这种阴沉的丑八怪也配和陈简佳做朋友吗？"

我不敢相信地看着她，"傅雨希不会那么说的。"

"你以为你有多了解傅雨希，"她冷笑一声，"小学他跟谁没有说过这样的话，初中他又偷着扔掉多少你柜子里的情书。不巧的是，傅雨希对我说的话被班上的人听见了，然后我受到了所有人的奚落和嘲笑，说我不自量力，居然想和你做朋友。甚至有人大声笑着说：'你以为跟小简做了朋友我们就会连你一起喜欢么，才不会呢，你这样的人就应该一辈子生存在阴暗的角落里！'我站在那里一直在哭，不知道自己做错了什么，我只是想和自己喜欢的人做朋友，为什么大家都要这么对我。而回家的时候我又遇见了你，你像不认识我一样骄傲地从我前面走过去，傅雨希像个小跟班一样跟在你身后，还警告地瞪了我一眼，你在一群人的围绕中笑得那么好看。我站在一边看呆了，我为你受了这么大的委屈，你却完全不知情，甚至连我的样子都没记住，依然笑得那么开心。而我呢，我第一次鼓起勇气，换来的却是无尽的冷眼和嘲笑！我变得越来越自卑，每当我想试着为什么而努力的时候，你的笑脸，他们厌恶的表情就会出现在我眼前，让我一次一次地对自己丧失信心。那个人的诅咒真的灵验了，我一辈子都生存在阴暗的角落里，无论怎么努力都不会被人看见。可这都要归功于你们，是你们夺走了本应该属于我的光芒！"

她咬牙切齿地说："所以我决定了，有一天我一定要让你陈简佳也尝尝这种滋味，让你体会一下千夫所指是什么感觉，让你知道被没有理由地看轻又是怎样的感受。可惜那时的我除了把你参加比赛的画偷偷扔掉泄愤之外，根本什么也做不了。"

"比赛的画……是你扔掉了？"我脑中仿佛有什么爆炸了，随着一声鸣响遍地浓烟。

"没错，你交给我后就扔掉了，"她没有发现我的异常，依然满脸怨恨，"一幅画而已，比起我为你受到的伤害，还差得远呢！"

我想起来了，交作品那天下午我迟到了，又被数学老师拦住帮她统计分数。我为难的时候，美术课代表热心地说："我正好要去搬作业，顺便帮你交上好了。"我把画递给她就跟数学老师走了。原来那时候的美术课代表，就是韩默萧。

怪不得美术老师会用那种失望的眼神看我，不是因为我没有得奖，而是她认为我胆怯没有参加比赛！

2

韩默萧不知道她已经成功地报复了我。那次比赛成了我人生的转折点，从那之后我的人生慢慢变得自卑而暗淡。如果不是溪辰，我或许真的就这样放弃了成为画家的梦想。

不过一幅画而已。韩默萧毫不在意地做了一个随手丢弃的动作，却改变了我的整个人生。

"可是你没想到吧，"她目光中带着讥笑，"我没有做到的事情，傅雨希居然帮我做到了。曾经如众星捧月的你，有一天会和我一样成为阴暗角落的一员，而总被你瞧不起的傅雨希却取代了你的位置，这样的感觉很不好受吧？你明明不甘心，明明嫉妒他，却还要在他面前摆出不在意的样子，真是让我觉得可怜又可笑，我无数次都想冲到你面前指着你放声大笑。

"但是我忍住了，我来找你，对你说了那些让我想起来就恶心的话，你居然感动到哭了。如果你还像十年前那样回答，我可能不会这么恨你，可是你感动的表情让我怒不可遏！你知道你为什么会感动么，因为那是你最沮丧的时候，你无论怎么努力都没有人再愿意和你做朋友的时候，我伟大的韩默萧出现救了你。曾经对我不屑一顾的你居然感动成那样，真是可恨又可笑！"

她的笑声像刀子一样刺进我心里，我从不知道我的感动居然那样伤害了她。

"不对，"她若有所思地摇摇头，"最好笑的应该是那天，我写了纸条告诉徐遥你放学会来美术社，她果然带着那个流氓姐姐来堵你。被脱掉衣服拍照感觉很开心吧，我在外面看着也很开心，要不是看见傅雨希他们返回来我才不管你。最开心的还是你对傅雨希说'该滚的是你'的时候，我差点捂着肚子笑到上地。你终于明白我的感觉了，被所有人误解，被所有人看低，而这个害你被看低的人却毫不知情地享受着他们的追捧和谅解。很委屈对不对，很愤怒对不对，不过你再委屈也只有这一瞬间，而我却怀着这样的委屈过了整整十年！你让我怎么不去恨你？这都是你的报应，就算你死掉我也不会原谅你！"

我的嘴唇现在一定没有血色，因为它们已经冰凉到快要僵硬的程度，"让你这么痛苦我很抱歉，我不求你原谅我，可是你把所有的恨意记在我一个人头上就好了，为什么要连傅雨希也一起伤害！"

"不愧是一起长大的好伙伴，连说的话都一样，"她笑了起来，"不过傅雨希当时比你更愤怒一点。"

我睁大眼睛看着她，"傅雨希也知道吗？那他为什么不告诉我？"

"当然是怕伤害你了，"她耸耸肩膀，"我说如果把真相告诉你，被背叛的陈简佳会有什么样的表情，他整个人都傻了，立刻反过来求我不要告诉你，还答应为我背什么黑锅都不会否认。"

"你！"我强忍着给她一个耳光的冲动，"所以我的颜料是你偷拿的，只为了栽赃给我和傅雨希？"

"没错，我还把你的颜料分了一半放在傅雨希的柜子里。不过他也不算冤枉，因为姜彬确实是他推的，只不过是我让他推的。"

"你为什么要把无辜的人扯进来？"我越来越不能理解了。

"无辜？"她笑了笑，"如果我说那些事情都是我和姜彬一起做的，你还会觉得他无辜么？"

"什么意思？"我惊讶地问。

"字面上的意思，"她撇撇嘴，"拍照片的人就是姜彬，我哪有钱买那么高级的相机。还有一件事你该庆幸，去年美术社写生那晚，你跟傅雨希分开后我把所有指示牌都换了方向，而姜彬就在树林深处等着你。要不是谢安璃来找你，他早就对你动手了。"

我感到愤怒又疑惑，"他为什么要做这些事，我根本不认识他吧！"

"就算是我这种人也是有追求者的，"她自嘲地一笑，"但他太难缠了，还没做多少事就想要回报，于是我就拜托傅雨希收拾掉他。可我不明白那晚你去姜彬家说了什么，为什么第二天他会背叛我为傅雨希作证？"

我不屑地哼了一声，"就算我说了你也不会明白。"

"也许吧，"她甜甜地笑了，"不过我倒是有一个秘密想告诉你。某天中午我在你书包里放东西的时候，看见了一些肖像画，我感觉上面的脸看起来好讨厌，于是就撕了个粉碎。不巧的是我没走多远就看见傅雨希往教室去了，所以才急着劝你跟他重归于好。"

我愣愣地看着她，那些画原来不是傅雨希撕掉的……

"我偷偷在门外看你们说话，"她感慨万分地捂住胸口，"傅雨希真是好可怜啊，以为自己送了十年的礼物被你撕得粉碎，你还当着他的面用扫帚扫了个干干净净，全部丢进了垃圾桶。别说是他了，连我站在门口都要哭了。"

我的拳头狠狠打在桌子上，其实我只想打在自己脸上。

傅雨希自嘲的脸再次出现在我面前，"这种垃圾，陈简佳你早就不需要了吧。"

我现在才知道，他是用什么样的心情说出了这句话。

"啊，生气了，"她欣赏好戏一样拍起巴掌，"傅雨希最后也忍无可忍了呢，那天体育课他把我叫到这里来，要我以后离你远远的。我当然不可能答应，没想到他这么不经刺激，居然像个疯子一样想弄死我。还好我事先给你留了字条，要多谢你来救我呢。"

"啪！"我扇了韩默萧一耳光，红着眼睛冲她喊道："你这样伤害他不会觉得残忍么！居然没有一丝愧疚，还在这里说风凉话！"

"这些话应该说你自己吧，"她捂着脸冷冷地说，"真正伤害他的人是你还是我，你心里难道不清楚么？傅雨希会因为我这个刚认识的人就无法忍受到承受误会也要离开的程度么，那我还真是荣幸。可真的是这样么，把他害成这样的人真的是我么？"

"别说了……"我用手捂住耳朵。

"真正伤害他的人，应该是你陈简佳吧！"她尖厉的声音狠狠刺在我心上，"你这个从小一起长大的朋友没有相信他，哪怕是一点也没有！你怀疑他，一次又一次地伤害他，他才会失望离开的不是么！"

我愣愣地看着她，傅雨希最后的样子再次出现在教室里，他凄凉地望着我，"原来我对你来说什么都不是。"那双悲伤的眼睛，像被烈火焚烧过的滚烫烙印，深深印在我的胸口。那疼痛的感觉，终于让我发现那份悲伤的凝重。

韩默萧说得没错，是我害的，全是我害的！

"看看你自己痛苦的表情，真是虚伪到让人恶心。"韩默萧厌恶地看了我一眼，骄傲地走了出去。

3

我没有资格去恨韩默萧，因为我比她要恶毒得多。

她只是伤害了两个她讨厌的人而已，而我却伤害了傅雨希。

我把自己反锁在房间里。上次这样做是去年的秋天，那时的我因为失去光芒的自己无法回应谢安璃的期待而痛苦，此时我却感到更加绝望。

至少那时，我知道傅雨希一定会拼命在外面敲门直到我开门为止，现在却再也不会了。

我像被一个黑洞紧紧地包裹着，不能呼吸，也无法逃离，就连傅雨希离开时也不曾这样痛苦。几个月来的事情以慢电影的形式在脑中一遍遍上映，每一个片段，每一个镜头，都被我反复观看了无数次，从泪流满面变成面无表情。

直到现在我才发现，一切都是那么明白简单。是我的眼睛被太多纷扰弄得眼花缭乱，让本来闭着眼睛都能确定的东西被我生生忽略了。

我回忆起去年冬天在占卜屋里抽出的那张谎言的纸牌。现在想想，傅雨希才是我们之中唯一没有说谎的人。

从开始到最后，傅雨希从来没有改变过。他一直相信着我，拼命维护着我，在我不知道的地方默默地承受了一切委屈。

而我呢，妒忌他，误会他，甚至怀疑他会背叛我。

我就是这样回报他的。

我不敢出门，也不敢拉开窗帘，害怕会看见窗外那张色彩鲜艳的巨大笑脸。每当想到傅雨希是用什么样的心情在那个下雪的清晨画下了那张脸，我就心如刀割。

我一直知道，傅雨希其实是一个特别害怕孤独的人。可是那么害怕孤独的他，最后还是一个人孤独地收拾行李，一个人孤独地出门，一个人孤独地蹲在地上画画，再一个人对着画在地上的陈简佳告别。

不知道那个时候，他对"我"说了什么。

不知道那个时候，他有没有哭。

我妈只知道傅雨希一家去了城南，并不知道具体地址。而就算知道傅雨希在哪里又怎么样呢。那样伤害了他的我，让他彻底失望的我，要怎么厚着脸皮重新出现在他面前。

大概，他也再不想见到我了吧。

一周后的某个傍晚响起了敲门声。我妈开门后惊喜地说好久不见了，我心里顿时空了一拍，难道是那家伙回来了？

正当我手足无措的时候，房间的门被推开了，进来的人居然是苏梦柯。她风风火火地将我一把拽起来往外拖，"跟我走。"

我皱着眉头甩开她，"我不想出门。"

"你确定？"她冷冷地看着我，"那我就自己去了，不过我还是要通知你一声，杜宾快要死了。"

"什么？"我惊讶地看着她。

"上星期它就病了，肖扬把你家电话打爆了也没人接，傅雨希又不知道人在哪里。我本来好心带你去见它最后一面，既然你不想去就继续睡觉吧。"说完她就转身继续往外走。

"我去！"我随便穿上两只不成双的鞋子就冲了出去。

我跑出院子，跑上步行桥的台阶，跑上曾经熟悉的路线。

十年前，我也曾为了杜宾这样奔跑着。

那时的我把杜宾紧紧抱在怀里，仿佛那瓢泼的大雨和震耳欲聋的雷声都不存在，眼前所有的路人和障碍都不存在，只知道我要拼命地往前跑，一定要让怀里的小狗活下来。

那时的我，心里想着的只有这件事情。它活下来后会不会喜欢我，会不会感激我，十年以后会不会记得我，会不会对傅雨希比我更亲近，我根本不在乎。

而我有多少年没有这样为了一个单纯的理由拼命奔跑过了。

每次想要努力的时候，总是在想这样会不会超过傅雨希，否则会不会让我看起来很丢脸。每次交新的朋友的时候，总是在想说什么话会显得自己是个不错的人，如果这个人愿意和我做朋友，是不是就能显得比傅雨希受欢迎一些。

我曾经以为只要把所有的事情做到最好，只要重新交到很多朋友，我就可以重新成为可以发光的人，却遗忘了这些光芒到底来自何处。

而重新为了简单的理由奔跑着的我想起来了。曾经的陈简佳可以闪闪发光的原因，不是因为她有漂亮的外表，不是她有出色的天赋，也不是因为她有数不清的朋友，而是因为她总能为一个单纯到不能再单纯的理由拼命地努力。

曾经的我会开心地告诉每个人我想成为一个画家，只是因为我单纯地喜欢画画，从来不去在乎会不会比赛输给了谁而羞于启齿。

曾经的我上课会坐得端端正正，老师提问时总把手举得高高的抢着回答，只是因为被老师表扬会让我开心一整天，从来不去考虑这样会不会让我显得不够聪明。

曾经的我会把喜欢的糖果分给每一个朋友，只是因为我看到他们接到糖果时开心的笑容会由衷地高兴，从来不是为了让大家喜欢我。

这就是，我曾经发光的魔法吧。

原来傅雨希从来不曾夺走我的光芒，是我自己不知不觉中把这些魔法忘得一干二净。

4

宠物屋里挤满了人，洛晶冲过来抱住我的脖子哭了起来，"小简，杜宾它……"

我的身体顿时变得冰凉。还是来晚了么？

"就知道哭，害得大家都被你吓坏了。"肖扬无语地把她从我身上揪下来，"杜宾病了一个星期，今天洛晶来看它的时候校医说终于脱离危险了，这个白痴一激动就只在电话里哭，结果以讹传讹大家都以为杜宾出事了。"

"真的？"我害怕这是安慰我的谎话。

"当然是真的，你看。"肖扬身子一侧，身后狗屋里的杜宾探出半个身子吃着狗粮，虽然看起来瘦了一点，但精神还不错。

我鼻子一酸，冲过去抱着杜宾开心地笑了起来。它没像上次那样反抗，而是把头靠在我怀里，舒服地呜咽了几声。曾经的杜宾在淋过大雨醒来后，也是一模一样的动作。

"肖扬你干吗盯着小简出神，不会在打什么歪主意吧。"大于戏谑的声音响起来。

我抬起头，发现肖扬正呆呆地盯着我，他满脸通红地瞪了大于一眼，"才不是这样，我只是在想原来小简没变啊。"

"什么意思？"我好奇地看着他。

"上次你生日的时候，"他不好意思地说，"我觉得你跟以前有些不一样了，脸上一点笑容也没有。可是刚才我发现我看错了，小简的笑容还和以前一样好看。"

我怔了一下，想起六岁的一天，大家在我家里玩。傅雨希笨手笨脚地把我最喜欢的娃娃弄坏了，我哭得特别伤心。我爸摸着我的头说："简简佳，笑一笑。"

"为什么？"我委屈地看着他。

他温柔地笑了，"简简佳笑起来是最好看的，因为你是真正地喜欢别人。所以你的笑容也就有着一种魔法，让别人情不自禁地去喜欢你。"

所以我去年练习微笑的时候，傅雨希会有那么反感的表情。

所以他会一脸嫌弃地对我说"没有人告诉你你笑起来很难看么"。

所以他才会在院子里画下那幅画。

也许在他的心里，依然怀念着曾经那个有着单纯笑容的陈简佳吧，因为怀念，所以即使我变得黯淡无光依然对我不离不弃。

而现在的陈简佳终究还是让他失望了。所以他才会离开。

洛晶好奇地问："雨希没来么？"

"这个没良心的，"肖扬不满地撇撇嘴，"杜宾都那样了也不见他来看一眼，真是薄情寡义。"

我摇摇头，"他不是那样的人。"

"真稀奇啊，"吕大旗惊奇地叫道，"你居然会为雨希说话！"

"大概是心虚吧。"苏梦柯冷冷地说，弄得大家莫名其妙。

"陈老师来了！"有人喊道。

陈老师的出现缓解了眼前的尴尬，她跟大家打了一圈招呼，然后慈祥地看着我，"我记得你是傅雨希的女朋友。"

宠物屋的空气瞬间安静了，连杜宾都默契地停止了呜咽声，然后所有人"哇"的一声沸腾了起来。

洛晶和大旗像两个娱记一样向前挤着，以一秒钟三次的频率不停地问着："你们什么时候在一起的？""为什么不告诉我们？""上次为什么不承认？"

男生们则一脸难以置信，"你居然真的跟了那家伙，脑袋被门挤了吧？"

我真是一百张嘴也说不清，只能硬着头皮解释："对不起老师，上次是骗您的，其实我是陈简佳，不知道您还记不记得。"

"你是陈简佳？"她惊讶地打量着我，"当然记得，你是我教过的最好的学生。"

我的眼泪差点掉了出来，原来她没有忘记我。

她温柔地摸摸我的头，"这么多年没见了，我都认不出你了。"

"可是您认出傅雨希来了。"我别扭地说。

她笑了起来，"那当然了，因为雨希每个月都会回来看我嘛。"

我惊讶地看着她，"每个月？"

"是啊，你们毕业之后他每个月都回来找杜宾玩。不过他最近都没来，我很想他呢。"

原来是这样。所以张老师才会那么自然地和他打招呼，所以杜宾才会只跟他亲近。

我对傅雨希也许真的不像想象中那么了解。我总以为他傻笑着什么都不做，就可以得到所有的东西。所以我总是觉得不公平，总是因为上天偏袒于他而感到嫉妒和不满。

也许很多事情并不像我看见的那样。傅雨希或许也一直在努力着的吧，在我没有看见的时间和地方，一个人努力着。张老师和杜宾的事情是这样，其他事情也许也是这样，所以他才会成为那样光彩夺目的人。

每个人发光的魔法，也许都是一样的。

5

七月的最后一天，我在步行桥上送别谢安璃。

他坐在栏杆上回忆着，"你知道吗，傅雨希就是在这里劝我参加比赛的，他把信还给我的时候我还在犹豫，结果他狠狠给了我一拳。"

"他打了你？"我可从来没听说过这一段。

"嗯，然后他指着我说'看看你这副畏畏缩缩的样子，要是我爸在这里，早把你痛揍一顿了！'"他摸摸自己的脸，"真遗憾啊，最终没能和你们口中神一般的傅雨希爸爸见上一面。"

我尴尬地移开话题，"那你还有其他遗憾么？"

"没有了，"他微笑起来，"我来这个城市时的愿望都完成了，我找到了辰溪，重新有了画画的勇气，而且还在这里遇见了你。"

"少来，"我别扭地说，"不知道谁刚转学过来的时候，我还没开始自我介绍就跟我说不必了。"

他愣了一下，然后恍然大悟，"你说那时候，那是因为我已经知道你的名字了啊。"

"你知道？"我惊讶地看着他。

"是啊，"他点点头，"我来学校那天下午在教室外面等班主任，你们正好在上数学课。那个数学老师大声地叫陈佳简，你就站起来了。后来听傅雨希叫你陈简佳，我还想问你你到底叫什么呢。"

我震惊地瞪着他，我居然为了这件事纠结了那么久。

"对了，我有东西要给你。"他递给我一个信封。里面只有一张纸条，上面写着"城南区江宁路 567 号 3 号楼 31 层 3101"。

"这是什么？"我不解地问。

"傅雨希现在的地址。"

"我不要。"我面无表情地丢给他。

"我找了好久才找到的，"他委屈地把纸条塞回我手里，认真地望着我，"我知道你现在还不知道怎么面对他，但如果有一天你想清楚了就去找他吧，相信我，你所有重要的东西都会回来的。"

我疑惑地看着他，翻出口袋里揉得有些皱的信封，"我也有东西要给你。"

"居然也是信封，我们还真有默契。"他说着就要打开。

"等等，"我拦住他，"谢安璃你想继续画画么？"

"当然。"

"好，"我认真地说，"这封信你永远也不许打开，否则你一辈子都画不出画，就算画了也没有任何杂志肯用。"

他震惊地瞪着我，"你只是送了一个诅咒给我吧。"

我忍不住笑了起来。

"我想起一件很重要的事，"谢安璃从栏杆上跳下来，"你之前不是说有一个秘密要告诉我么？"

我怔了一下，"你想听么？"

"想。"他清澈的眼睛里充满了期待。他那么认真地在询问我，并且等待着我的回答。

我好想告诉他我是辰溪，不想在最后都对他说谎。

这是最后的机会了。

"其实我……"

我是辰溪。我是辰溪。我是辰溪！

而望着那双期待的眼睛，我最终还是咽了回去。

我喜欢着这样的谢安璃，喜欢他温柔的笑容，坚定的目光，和他此时心里充满的勇气，因为傅雨希，而再次充满的勇气。

所以，我想要守护这一切。

"其实我是开玩笑的。"我对着他做了个鬼脸。

他叹了口气，"果然是这样。"

送谢安璃上火车的一瞬间我有着隐隐的期待，期待他拉住我，像上次一样问："你愿不愿意和我一起去？"

可是我知道，即使他真的这样说，我也不会跟着他离开。

就像我最后也没有把那个秘密说出口一样。

我无数次地想把这个秘密说出口，又无数次地把它咽回去。但这一次，并不是因为自卑和胆怯。而是真心懂得，比起和傅雨希争夺那个记忆中的名字，有对我来说更重要的东西。

辰溪这个名字，带给了谢安璃勇气，这是最重要的。

那是我曾经的名字，这也是最重要的，但只要我一个人知道就够了。

真正的强大不是拥有重要之物，而是拥有保护重要之物的力量。

给谢安璃的那封信里，写着这样几句话：

亲爱的溪辰阿姨：

现在的我不再是学校最漂亮的女孩。

现在的我失去了所有的朋友。

现在的我几乎一无是处。

而这样的我依然想成为一个画家，像你一样坚强勇敢的画家。

所以这一次，请换我为了你努力。

辰溪

6

回家后我接到了班长的电话，说今晚全班在步行桥上集合，这是毕业前最后一次集体活动，希望我能参加。

"我们要在桥上跑越野赛么？"我有种不祥的预感。

而他的答案让我更惊奇，居然是全班一起看流星雨。

"最近学校都在谈论狮子座流星雨，步行桥是最佳观测地点。我觉得全班最后一起去看流星雨是非常有意义的事，比其他班级吃饭之类的庸俗活动要强得多。"

我无法相信这么狗血的话能从班长嘴里说出来。在我看来没有比流星雨更不靠谱的事了，奇妙的是每年有几个月网络都会疯传，更奇妙的是每年都会有傻瓜相信，过了这么多年我除了电视剧里到底也没见过流星长什么样子。高一的冬天傅雨希拿着张破报纸一脸兴奋地说着"这次是真的，绝对是真的"缠了我一整天，半夜又打电话把我吵起来，我无奈地从床上爬起来提着马扎跟他去楼顶坐到天亮，结果什么也没看到还感冒了。所以流星在我看来就是一个令人失望过无数次，最后连傅雨希这种笨蛋都不会再相信的谎言。

"其实我比较支持吃饭这种庸俗的活动。"我委婉地提出意见。

他尴尬地咳嗽了两声，"但份子钱是很难凑的，万一赖掉毕业后让我去哪里讨？"

这是三年来我听他说过最真性情的一句话。

我没想到的是这种活动居然真的有人捧场，晚上班里的同学都到了。

好在大家不至于真的像班长安排的排排站在桥上仰望星空，而是分散开来三三两两地聊天，也许他们来只是为了毕业前多见一次面吧。

我在桥中央找到了韩默萧。她安静地坐在栏杆上，冲我微微一笑，"你来了。"

"不是你让我来的么？"我在她身边坐下来。

"你怎么知道？"她有些诧异。

我耸耸肩膀，"最近连网络都没提过流星雨的事，能把流言在学校扩散得如此之快的人也没几个，而这种好事还能惦记着我的人也就只有你了。"

她挑起了眉毛，"那你还来，不怕我害你么？"

"因为我有话想对你说，"我望向她，"以后也许没有机会了。"

她轻蔑一笑，"怎么，想好怎么骂我了？"

我摇摇头，"我是来谢谢你的。"

她皱起眉头，"你什么意思？"

"很简单的意思，"我释然地笑了，"谢谢你承认是你做的，谢谢你让我知道傅雨希一直那么努力地在保护着我。虽然我很愧疚，但是比起认为被傅雨希背叛的那些日子好太多了。我承认被你背叛很痛苦，但背叛我的人是你不是他，真的太好了。"

"是吗？"她自嘲地笑笑，"虽然都被称作朋友，我比起傅雨希还是差远了吧。不过我也没想到你这么简单就原谅了我。"

"我没有原谅你，"我冷冷地说，"感谢你是一回事，可是我一辈子都不会原谅你，就像你一辈子都不会原谅我一样。"

她愣了一下，然后望着天空笑了起来，"还记得除夕夜你用风筝做流星给我看么，那一瞬间我差点放弃所有的计划。你知道我为什么喜欢流星么？因为它和我一样，只是一块不起眼的石头，可至少它生命中有那么一个瞬间能绽放出耀眼的光芒。那一刻所有眼睛都注视着它，期待着它，赞美着它，尽管是它生命的最后一刻。所以我一直想，从来就不被人看见的我会不会也有那么一个瞬间，可以像流星一样照亮所有人的眼睛。"

"不会的。"我斩钉截铁地说。

"你有什么资格这样说，"她冷笑起来，"现在的你明明也是不被人看见的人，居然还在这里否定我。"

"你说得没错，"我认同地点点头，"但看不见也是有区别的。生存在傅雨希光芒下我是只为自己的光芒是否存在而纠结，可是生活在黑暗里面的你如果看不见光芒，又能说明什么呢？"

她的脸瞬间变得煞白。

"默萧你知道吗，"我同情地看着她，"从你去伤害真心对待你的朋友的那一刻起，你的光芒就已经全部消失了。"

我说完所有想说的话便离开了，只剩她一个人在桥上发呆。

"为什么！"我刚下了几层台阶，突然听到身后韩默萧愤怒的喊声。我没有理她，继续往前走。

"为什么你们都不看我！"

我停下脚步，这句话好像在什么地方听到过……

"为什么你们都看不见我！"

我不敢置信地回头——远处的女孩颤抖着在栏杆上站起来，朝着远处发光的城市张开双手。

是那个梦！只不过梦中模糊的脸渐渐变得清晰。韩默萧的泪水掩盖不住目光中的绝望，她闭上眼睛，一只脚向前迈去。

"不要！"我发出了无数个梦里的呼喊，只可惜这次梦没有醒来。

我拼命地向她跑去，只有这一次我绝对不能让她摔下去！

7

我在最后一刻把韩默萧从栏杆上拽了下来，两人一起摔在地上。

"你到底想干什么！"我的声音抖得厉害，如果我刚才没有回头，是不是一切都完了。

韩默萧冷静地挣开我的手，"就像你看到的那样，我要跳下去。"

我难以置信地看着她，"为什么？就因为我刚才说的那些话？"

"你还真把自己当回事，"她凄凉地笑了，"我不过是想让你看看，即使只有最后一瞬间，我也可以像流星一样发出光芒，让你们不得不看着我，让你们永远忘不了我最后的样子！"

我呆呆地望着她，"这就是你今天把全班聚集到这里来的原因？"

"没错，"她摇摇晃晃地站起来，"所以你不要管我，即使是悲剧也好，不要打扰我唯一成为主角的这场戏。"

"那你先看看我的这场戏吧。"我开始解自己的扣子，把衬衫脱掉只剩背心，"韩默萧你给我仔细看好了，还有不要忘了赔我衬衫的钱。"

我手一扬，把衬衫从桥上丢了下去。

"你……"她目瞪口呆地看着那件衬衫像灰色的抹布一样毫无生气地在夜晚的稀薄的空气中坠落，最后消失在城市的灯光中。

"怎么样，好看么？"我直直地看着她。

她嫌弃地皱起鼻子，"有什么好看的？"

"没错，有什么好看的，"我认同地笑起来，"所以换了你也一样。你自以为华丽的壮举，在别人眼里就像这块破布一样丑陋，没有人注意到你，你甚至连一点声音都没发出来就彻底地消失在这个世界上了。即使明天哪家小报末版登出你的死讯，你给大家带来的也只有麻烦和笑料。"

"闭嘴！"她尖叫起来，泛红的眼中全是恨意，"差一点我就能被人看见了，就差那么一点！我这一辈子第一次鼓起勇气去做一件事情，全被你毁了！"

"真伟大，"我情不自禁地拍起巴掌，"你这辈子第一次鼓起勇气就是去死么，说得这么伟大，其实只是逃避不是么？"

"我没有！"她拼命地摇头。

"韩默萧！"我抓住她的肩膀，"既然你为了让人看见连死都能鼓起勇气，为什么不鼓起勇气活下去为了让别人看见你而努力呢！"

"没有用的！"她哭了起来，"你刚才说过不是么，我的光芒早就已经消失了！"

"那就再找回来啊！"我用力摇晃着她，"相信你自己，只要你愿意努力一定可以找回来的！"

"那你相信我吗？"她直直地望着我。

我因为她突然的发问愣住了，不自在地移开视线，"我相信你。"

"骗子！"她愤怒地推开我，我的身体失去平衡倾斜下去，身后栏杆断裂的声音恐怖地响起来。

我居然从桥上掉了下去。

好在最后一秒我紧紧抓住了栏杆的下缘，身体在半空中惊险地晃了几下，总算是稳住了。

明明悬空在夏天的空气中，我却因寒冷毛骨悚然。断开处的金属把我的手刺出鲜血，但却一点也不敢放松。我强迫自己冷静下来，试探着踩上一块凸出的砖块往上爬。

"你没事吧？"韩默萧从惊吓中缓过神来。

"嗯。"我的力气只够回应一声。

"手给我……"视线上方出现了一只颤抖的手。我犹豫了一下，抓住了它。

"陈简佳，"她露出诡异的笑容，"你记不记得我那天对你说的话。"

莫名的恐惧感袭上心头，我装作不在意地说："你说了很多，我不知道你指哪一句。"

她的眼睛渐渐被黑暗笼罩，"我说我恨你，就算……"

"就算我死掉你也不会原谅我。"我接了下去。

"你记得很清楚嘛，"她微笑起来，"可惜刚刚你忘记了。"

她的手一点一点松开着，一旦她完全放开，我的另一只手绝对无法支撑突如其来的重量，一定会瞬间坠落下去。

"我没有忘记，"我淡淡地说，"是你忘记了我刚才的话。"

"什么话？"没在我眼中找到她想要的恐惧，她有些诧异。

"我相信你。"我抬起头坚定地望着她，"我说我相信你，韩默萧。"

我在她惊讶的目光下松开左手，和右手一起握住她的手，把全部重量寄托在她身上，如果她愿意，我会毫无悬念地跌下去。

"疯子！"她气急败坏地说道，拼命把我往上拉，中途恶狠狠地威胁我，"陈简佳，你敢掉下去试试看！"

我的双脚终于重新触到地面，却软得没了力气，韩默萧也累得坐在地上喘个不停。

"怎么，最后还是舍不得我死吧。"狼狈到这种地步，我还是忍不住笑了出来。

她不屑地瞥了我一眼，"我只是不想和你一起掉下去而已。"

"难道不是把我当成朋友了么？"

"开什么玩笑？"她皱起眉头。

"以前你说过不是么，"我认真地望着她的眼睛，"当一个人无论怎么努力都无法从黑暗里挣扎出来的时候，他就需要另一只手把他拉到光明的地方，这样的人就叫作朋友。"

她别扭地别过脸去，"那是骗你的。"

"是吗，"我不以为然地笑笑，"我想说的是，虽然你不把我当朋友，但如果有一天你遇到一个真心喜欢的朋友，你已经有了能把他从黑暗里拯救出来的力量不是么？"

她呆呆地望着我，恼羞成怒地站起来，"都跟你说是骗人的了，白痴！"

可是我看见了，她离开的时候擦了一下眼角的泪水。

8

今年的毕业典礼我作为学生代表发言，原因是我考了全市第一名。我终于也可以像某人一样站在台上一脸欠揍地说着"我只是比较幸运而已"，却失去了那个想要炫耀的对象。

我在志愿表上填了Z大，只要傅雨希还想见到我，我们就一定能在Z大遇见。

毕业典礼第二天，所有班级在操场上拍摄毕业照片。大家在教学楼前站好，笑容满面地面对着照相机。

"陈简佳，你怎么不过来拍照？"许老师发现了独自站在一旁的我。

我摇摇头。我不是介意他们曾经对我的伤害，只是想起美术教室里苏梦柯拿着那张照片对我说："他说没有陈简佳在，他就不拍。"

那么我也是一样。

我喜欢在毕业那天在天台上俯瞰校园，用视线重演三年无数次走过的路线。小学时我身边坐着苏梦柯，初中时换成了傅雨希，现在却是我一个人。

不知什么时候，苏梦柯在我身边坐下来。她嫌弃地看着我，"初中我还以为以后毕业都不用和你坐在一起了。"

"不是你自己上来找我的么？"我无语地说。

她扬起下巴，"我只不过是来观赏你悲凉的样子罢了。"

和现在的互相讥讽不同，小学毕业时我们在天台上拥抱着边哭边说了些肉麻的话。我努力抚平身上的鸡皮疙瘩，"你记不记得我们那时说好的，高中毕业的时候就不是我们两个站在这里了，要各自带着喜欢的人一起向青春告别什么的。"

她也捏住鼻子做呕吐状，"当时我还很期待呢，说要四个人一起去游乐场玩。"

"没想到还是我们两个杵在这里。"我悻悻地说。

"是啊，"她自嘲地笑笑，"高二我认识了一个帅哥，本想毕业带到你面前炫耀一下，结果分手了。”

“那也比我好一点，”我的眼神暗淡下来，“好不容易遇见喜欢的人，却连喜欢都不能说。”

“是那个叫谢安璃的么？”

“你知道？”我惊讶地看着她。

“听傅雨希说过，”她耸耸肩膀，“就算他不说，你和他在一起低眉顺眼的样子谁看不出来？”

“谁低眉顺眼！”我瞪她，“我只是礼貌而已，对所有人都那样。”

“那你对傅雨希怎么就那么盛气凌人？”

一说到傅雨希，我们之间的气氛就变得异常沉重。明明小时候提到他，总是觉得好笑又开心。苏梦柯轻蔑一笑，“他比傅雨希差远了吧，真是没眼光。”

我皱起眉头，“这也是傅雨希说的？”

“这是我说的，”她说得理直气壮，“我真好奇你到底喜欢他什么？”

“你懂什么，你根本不了解他，”我不屑地撇撇嘴，“我还好奇你喜欢傅雨希什么呢。”

“你又懂什么，”她蹙起眉毛，“谢安璃我又不认识，他的优点我当然不知道。可是你和傅雨希天天在一起，十几年来你却一点他的优点都没发现，这才奇怪吧。”

我别扭地低下头。傅雨希有什么优点我当然知道，只是我从来都装作看不见。

她叹了口气，“真不明白傅雨希怎么会喜欢你这种人。”

“什么？”我眼睛瞪得差点掉出来。

“什么什么？”她完全没察觉自己说了什么不得了的警世醒言，“你是真不知道还是在装傻？”

“根本没有的事你要我知道什么，”我无语地说，“就算我从来不看他的优点，他可是把我各种糟糕看得够清楚了。我这种人不但……”

“不但傲慢自大，自我意识超强，而且又很自私，”她不解气地说，“可是你有没有想过为什么傅雨希一直和你在一起，难道是喜欢看你的脸色，还是喜欢跟在你身后被你冷眼相待？你自己就没想过原因么？"

这句话听起来好耳熟。

"陈简佳你没有好奇过么？如果我不是傻瓜，又不像你说的那样为了观赏你的痛苦，那是为了什么要一直在你身边呢。难道是放学不想出去玩才陪你在美术教室饿着肚子画到手发麻？还是周末不想睡懒觉才和你一起做无聊的功课？"

到底是为什么呢，他直到离开也没有告诉我。

"很简单吧，"苏梦柯像看一个智障病人那样看着我，"因为喜欢所以陪伴，因为讨厌所以离开，这么简单的事情你真的想不到么？"

看见我困惑的表情，她无奈地笑了，"你知道吗陈简佳，我对曾经的约定一直是很认真的。我那时想我们大概会有两种结局，一种是你回头看到傅雨希，另一种是他回头看到我，而无论哪种结局，现在他都会坐在这里。可我没想到最后却依然只有我们两个人。一个失去了喜欢自己的人，一个失去了自己喜欢的人，到底哪个更悲惨呢？"

"够了！"我忍不住喊了出来，"其实他喜欢的人是你！"

曾经的我怕苏梦柯抢走我最后一个朋友，看不惯傅雨希独享全部的幸福，刻意隐瞒了他们互相喜欢的事情。可是我无法再眼睁睁看着苏梦柯因为误会痛苦却装作一无所知，这样的我和韩默萧有什么区别！

而苏梦柯却像听到什么可笑的事情一样，"你听谁说的？"

"秦夕颜，"我认真地看着她，"我也是这样认为的，因为傅雨希只有在你面前才不会掩饰自己。"

"是啊，"她冷笑起来，"他讨厌我的事从来没有掩饰过，这有什么值得高兴的么？"

"我是说，他只有对你的表情才是最真实的。"而他对我，是和其他人一样的灿烂笑容。

"你怎么知道他对你的表情就不是真实的呢？"她仿佛看穿了我的心思，"他能够对我表现出真心的厌恶，你就没想过你就是那个他唯一愿意露出最真心笑容的人么？"

她的话像炸弹一样丢进耳朵，所有回忆被炸成碎片漫天飞扬。

"不会的，"我喃喃地说，"傅雨希他很讨厌我的，我还听见他说……"

"我从来没有把陈简佳当作朋友，哪怕一分钟也没有。"

我怔住了，从未想过这些话可能是另一种意思。

9

我想用假期的时间整理被苏梦柯炸飞的记忆，却没得到预想中的清净。姑姑的女儿陈芸今年刚上高中，姑姑拜托我帮她辅导功课，于是她每天下午都来我家。

有一天我心血来潮从床底拖出装满三年来买的所有习题的大箱子，霸气地在她面前打开，"这些送你了。"

她苦着脸求饶，"姐姐你饶了我吧，做完这些我会累死的。"

"那你就挑重点做啊，不做题怎么能出好成绩？"我仿佛被班主任附身了。

她嫌弃地拿起一本习题，"你有没有课堂笔记啊，我还和同学说我有个状元姐姐，想拿你笔记炫耀一下呢。"

"好，你等着！"我的虚荣心瞬间得到了满足，翻出课堂笔记打开，又"啪"的合上。

"怎么了？"她纳闷地看着我。

我讪笑着把本子往后藏。我居然忘记我上课一直都在睡觉了。

"对了，我怎么忘了这个！"我想起还有更好的宝贝，翻出几大盒子CD扔在床上。

"你有这么多CD，可不可以借我几张？"她惊喜地叫了起来，我把她做不出来的难题瞬间解开的时候她从来没如此崇拜我。

我骄傲地说："这可是比CD棒好多倍的东西，绝对是无价之宝。"

我得意扬扬地给她讲解这些CD的用途，意料之外的是陈芸完全没有用我想象的崇拜目光望着我。

"可是姐姐，"她满脸疑惑地问，"为什么上课可以直接听的东西，你要费这么多工夫晚上熬夜再听一遍？"

我顿时哑口无言，尴尬地翻出 CD 机，抽出一片放进去，"总之你听一下。"我倒了一下带子，开始外放。

"走啊雨希，打球去了！"

吴畅畅快的叫喊瞬间打了我的脸。一定是哪天课间我睡着了没有关掉，我默默忍受着她鄙夷的目光，快进了一段再次打开，一片静默之后，机器有了声音：

"我喜欢你，陈简佳。"

我的耳朵一阵空明。

我曾经成百上千次地在 CD 机里听见傅雨希的声音，可是唯有这句话，不该出现在这里。

我让陈芸先回家，回到卧室重新倒带。

这盘 CD 的时间是去年冬天，我和傅雨希约好看电影的那天。那晚我满脑子想着怎么跟傅雨希解释，就没有听白天的课程，再后来就专心投入在小提琴上了。

我认真地听着 CD 里的每个细节，体育课前教室里格外喧闹，还有刚才吴畅的声音，直到所有人都去上课了才安静下来。很长时间的空白后响起了脚步声，有人在我身后坐下来。

"陈简佳，我有话跟你说。"傅雨希的声音响了起来。

我屏住呼吸，整个心紧张起来。

"能不能答应我，在我说完之前不要回头，也不要笑我，就算生气也等我说完再骂我……毕竟我今天晚上就要走了，也许再也见不到了，所以有些话无论如何都要告诉你。"

我的心重重一落。难道他那天是真的要离开？

"我喜欢你，陈简佳。"

我愣愣地望着面前的机器，大脑一片空白。

"本来以为对你说出这句话会是在很久很久以后，至少是等我成为值得你喜欢的人的时候。在你面前我总是感到自卑，所以就算喜欢你，也从来不敢说出口，害怕你会生气，害怕你不再理我。记不记得我生日那天你在桥上问我，有没有如何努力都得不到回报的事情。我心想你是真的不明白么，还是故意这么问，但我静静地看了你一会儿才发现，你对我的心意是真的一无所知。每当我感受到这些的时候，就会无比懊恼。因为我知道无论我怎样改变，都永远是你记忆中跟在你身后拖着鼻涕的小屁孩，你永远不屑于回头看我一眼。

"怎么能一直待在你身边，怎么能让你看见我，这是我一直努力着的事情。我努力学画画，努力念书，努力交朋友，只是不想再做你心里的那个阴沉的撒谎大王了，我想成为和你一样好的人，成为值得你喜欢的人。我一直相信，就算陈简佳现在不喜欢我，但如果我一直一直努力的话，终有一天会让你喜欢上我的。可惜我忘记了你不会一直等我。

"如果我再努力一点就好了，再变得可靠一点就好了，那样的话你就不会喜欢上谢安璃了吧。那天你因为他重新画画开心地抱着我的时候，我才意识到你已经很喜欢很喜欢他了。你脸上已经很久没有那样的笑容了，虽然很不甘心，我只能认输了。答应我，你一定要常常这样笑……"

听到这里我已经泪流满面，傅雨希的声音却小了下去。我刚要把声音调大，里面却发出"砰"的一声巨响，然后是傅雨希愤怒的声音："陈简佳你就是个白痴！"

我愣住了，怪不得他那时候会那么生气，怪不得他那时候会那么委屈。在他那么难过地对我告别时，我却在悠闲地睡觉！

我狠狠甩了自己一耳光，流着眼泪一遍一遍念着："陈简佳你就是个白痴……白痴白痴白痴……"

可是傅雨希，连这种白痴都喜欢的你，更是个天大的傻瓜不是么？

10

这个记忆中最长的夏天，就这样结束了。

我每天都待在家里，没有人会无聊到跑来缠着我，也没有人半夜打电话，我才知道真正一个人的生活居然是这么安静。

太过安静的时候，我会拿出那些 CD 一遍一遍地听，听老师讲课时傅雨希在我身后不停讲话的声音，他的啰唆，他的抱怨，他无聊的冷笑话，曾经让我那么厌烦的声音，现在却让我泪流满面。

八月的一天，我去书店买《如画》，身后响起一个女生惊喜的叫声："朱莲！"

我以为李希在附近，便装作没听见赶紧离开，却被人拦住了去路。

胡柃月的笑脸出现在眼前，"想什么呢，叫你也没听到！"

我松了口气，心里暗想我到底要帮李希圆谎圆到什么时候。

"你还在当铺打工吗？"我好奇地问。

"当然，"她笑得一脸幸福，"我超喜欢这家店，如果以后画画赚钱的话，我就把它买下来。"

店里的装饰和一年前几乎没有变化，只是人少了许多，果然这种创意店铺都是昙花一现，这家店开了这么久已经是奇迹了。

柜台后面一个裸着上身头发不多的中年男人忙得满头大汗，他看见我们赶紧招手，"柃月，帮我把柜子里的东西收拾一下。"

胡柃月立刻过去帮忙，男人则进了后面的屋子。

"这个人是谁？"我好奇地问。

"老板呀。"

我不敢相信地看着她，想不到这么精致的店居然是一个打着赤膊的秃头大叔开的。

胡柃月会意地笑起来，"老板人很好的，经常给我加薪，和他儿子一点都不一样。"

"他儿子？"

"你们不是认识么，"她撇撇嘴巴，"就是李希呀。"

"李希！"我惊讶地睁大眼睛，这在此刻真是一个响亮的名字，"可是……他不是蓝市人么？"

"他父母离婚了，他跟着妈妈生活在蓝市。去年我才第一次见到他，他提着几个行李箱突然就来了，说有重要的事要在橙市住几个月，我也不知道是什么事。"

我倒是知道得很清楚。怪不得在蓝市时她和李希之间怪怪的，原来早就认识。

她打开上面的柜子，一堆盒子噼里啪啦砸到她脑袋上，和之前堆在地上的混在了一起。

"糟了，"她苦恼地蹲下来，"朱莲你能帮我把贴着星星的盒子挑出来么？"

"好。"我已经对这个名字坦然自若了。我挑着盒子，发现一个盒子上写着："治小儿拉肚，还是要选宝肚灵！"

这个完全没有品位的盒子好像有点眼熟。

"我想起来了，"胡枒月叫道，"这是和你在一起的那个男生几个月前存在这里的。"

原来真的是傅雨希的记忆盒，可之前他明明说自己忘记了。

"把它卖给我吧，"我豪爽地拿出钱包，"二十块对吧。"

"不行。"她坚定地摇头。

"为什么？"我开始跟她翻旧账，"我的盒子你不也是二十块卖掉的么？"我的盒子怎么也比这个看起来值钱吧！

"可你没说不能卖啊，"她为难地说，"他可是交了五十块保护金，让我们替他保管绝对不许卖掉。"

我满脸黑线，保护金，你干脆叫保护费得了。我无奈地抽出一百块递给她，"这样可以了吧。"

她笑语嫣然地接过，"谢谢惠顾。"

我终于明白这家店为何在风雨中屹立不倒了。李希的父亲归根结底和他有相似的地方。

回到家，我忍不住打开了盒子，想知道被傅雨希放进记忆盒的会是什么样的东西。

盒子里被塞得满满当当，最上面一堆快用完的铅笔，一把橡皮头，两条掉色的红领巾，还有一枚粉色的发卡。

这枚发卡我有印象，小时候有一次我和苏梦柯把傅雨希骗来我家打扮成女生，我硬别了一枚发卡在他头上，忘了问他要回来。

仔细看看，盒子里好像都是我随手给他的东西。果然，我很快找到了送他的那条裙子。

我翻出一个鼓鼓囊囊的牛皮纸袋，里面居然是我曾经写给他的所有纸条。

"中午来美术教室。""今天有饺子。""把数学作业给我看一下。"没有一句有意义的话，他却一张不漏地全部收藏着。

盒子最下面铺着什么东西，我把手伸进去半天抓不出来，只好倒在床上。当我看清那些东西的瞬间，眼泪止不住地落了下来。

是那些画的碎片，我以为这辈子都不会再看见的碎片，它们重新出现在我面前，一片也没有少。只是，为什么它们会在这里？

只有一个解释，那就是傅雨希先我一步把它们从垃圾桶里收回来了。可现在他也放弃它们了不是么，否则他怎么会把它们放到记忆当铺。

傅雨希，关于我的一切，你真的打算全部忘记么？

11

离开橙市的前一天，我拿着谢安璃给我的地址去找傅雨希。虽然我依然不知道怎么面对他，但是我一定要和他见一面。

这个夏天我每天都在回忆我和傅雨希的故事，而回忆最多的，却是我最后见到他的时候。

很久以前我以为我们永远不会有告别的一天。就算是决定放弃 Z 大的我，想到最糟糕的结果也不外乎是录取通知书寄到家里时我再告诉傅雨希改志愿的事，他冲我发一顿脾气再分道扬镳。

我从来没想到我们会用那样的方式告别。让他用那样悲哀的眼睛看着我，说原来他对我来说什么都不是。

我不甘心我们的故事以这样的方式结束，所以我决定去找他。

上次从荒野回来后，我愤愤地想着这是我最后一次坐公交车了。可是没过几个月我便食言了。唯一不同的是，这次换我去追傅雨希。

城北到城南是一段不小的距离，简直就像两个城市一样。我倒了好几班车，傍晚才到达江宁路车站，下车后却发现这个江宁路车站居然不在江宁路上。

我叫了辆出租车，车在一个有许多高层居民楼的院子前停了下来。中间最高的一座就是 3 号楼，看楼的保安问我找哪一家，我说我找 31 层 1 号，他神情古怪地看着我，"这座楼只有 30 层。"

我头皮一阵发麻，怎么搞得跟灵异事件一样。但也可能是谢安璃不小心写错了，我笑了起来，"我记错了，我是找 30 层的 1 号。"

他怀疑地打量了我一番才放我进去。我走进电梯，却发现电梯按钮上有 31 层。我一阵无语，那个大叔绝对老糊涂了。

然而电梯门在 31 层打开的时候，我却傻了眼。

这里不是天台么？空荡荡的天台中间是很干净的玻璃地面，周围堆着各种杂物，其余什么都没有。

我沮丧地在地上坐下来，数不尽的委屈涌上心头。从家里出发的时候，我怎么也没想到会是这样的结果。

一路上有好几次我都想回去。搭错车的时候，坐反方向的时候，发现天已经快黑了的时候，觉得没有办法面对傅雨希的时候。那些时候，我真的好想顺水推舟地转身回去。但即使害怕着种种可能性，我还是来到这里了，而眼前的一切只能用绝望来形容。

谢安璃大概是和我开玩笑的吧。只是这个玩笑太过残忍了。

我真心觉得这种事不像谢安璃能做得出来的，倒像是傅雨希的风格。而傅雨希却再也不可能再从某个角落跳出来，指着我大笑，"陈简佳你又上当了！"

我失落地走向电梯，地面却发出"啪"的一声声响。

我不敢相信地睁大眼睛，脚下偌大的玻璃地面居然全部亮了起来，照亮了头顶的整个夜空。大片大片的金红色光芒，没有丝毫预感地降临在我身上。

曾经的我幸福遥望着的光芒，现在的我竭尽全力寻找着的光芒，我以为此生再也无法见到的光芒，居然就这样出现在我面前。即使相隔这么多年，依然美丽得让人想要掉下眼泪，它们明亮而温柔地簇拥着我，将我轻轻拥抱起来。

终于有一天，我又看见这些光芒了。而这一刻我并不是在远远地眺望，而是站在这些光芒之中。

我的眼睛被那耀眼的光芒照得生痛，却一秒也不敢合上。我害怕一旦闭上眼睛，它们就会从我眼前再次消失。我依然不敢相信眼前的一切是真的，虽然我一直相信它们还存在着，却也早就不敢相信了。

开心的感觉，悲伤的感觉，惊喜的感觉，幸福的感觉在我早已麻木的心里挤成一团，我感到胸口快要被炸开了。大滴的眼泪，灿烂的笑容，在这一刻再也没有办法克制。

12

谢安璃没有骗我，他给了我全世界最好的礼物。

可我不明白，这不应该是属于辰溪的礼物么。

我发现天台的角落里有个很眼熟的东西，是谢安璃的画板。他除了写生带出去过一次就一直丢在美术教室，可它为什么会出现在这里？

我纳闷地走过去，发现上面用钉子钉了一封信，信封上写着："陈简佳收"。我好奇地打开，却惊讶得差点将信掉在地上。

信的开头写着——"亲爱的辰溪"。

亲爱的辰溪：

这是我写给你的第一封回信，很抱歉它迟到了整整十年。

我是怀着无比幸福的心情给你写这封信的。能在这座城市找到你，能够无数次与你在步行桥上相遇，能够和你成为朋友，都是我在离开蓝市的路上从未想过的幸福。

而最让我感到幸福的，是我意识到你就是辰溪的那一刻。

那一刻我心怀感激地想着，你是辰溪，真的是太好了。

看到这里你大概在怀疑是傅雨希把你是辰溪的事告诉我的吧。放心吧，他演得很不错，那天他把重新粘好的信交给我的时候我差一点就相信了，如果没有先遇见你的话。

比起你为什么要骗我，我更想不通的是你为什么会认为我想不到你是辰溪，我在你印象里脑袋到底有差啊。就算看见你在桥上一脸落寞地眺望远方的时候察觉不到，就算看见你对着我的笔记本掉下眼泪的时候察觉不到，可是当你为了让我参加画展一个人在大雨里拼命画画的时候，当你为了那些信奋不顾身地从顶楼扑出去的时候，我如果还意识不到你是辰溪的话，那我也太愚蠢了。虽然我不明白你为什么不告诉我，但我相信你一定有你的理由，所以你不说，我也不问。

你和我想象的辰溪有些不同。你不爱笑，性格也不坦率，你常常会莫名地困惑、苦恼甚至钻牛角尖，不像我想象的那样无所不能。可是这样的你却让我感到更加真实。因为即使是这样的你依然拼命努力着，勇敢地面对所有困难，虽然常常逞强，常常偏执，可这才是我记忆中的辰溪最重要的部分，能让辰溪闪闪发光的部分。因为看着这样的你，我才有勇气重新拾起画笔。

无论是十年前的你，还是十年后的你，都给了我重生的勇气。而十年后我亲眼见证的这份勇气，更加让我刻骨铭心。我不知道怎样表达我的感激，所以用在橙市最后几个月的时间走遍了城南，终于找到了这个和你描述的一样的发出耀眼光芒的屋顶。可以的话，我好想看看你在光芒亮起那一瞬间的表情，我想现在你一定是开心地笑着的吧。

还有一件事要告诉你，请你别生气。我拒绝了《如画》的邀请，想以一个独立画家的身份重新开始。之前的我总是小心翼翼地迎合着杂志的风格，不经意间开始被束缚。所以比起回到《如画》，我还是想按自己的意志自由地画画。你曾经说过，溪辰的画从来不会迎合流行，无论什么时候都能打动人心。你那时的话触动了我，虽然我没有你说得那么好，但我想尽我所能成为这样的画家。即使脱离杂志后未来的路会更加艰难，但有你给予我的勇气，我会一直努力下去的。

再见了辰溪。希望下次相见不用再等十年。

小安

我把信轻轻贴近胸口，信纸仿佛带着温度一般缓缓温暖了我的全身。谢谢你谢安璃，谢谢你让我在自己的光芒消失殆尽之前遇见你。谢谢你，帮我把它们重新找回来。

13

我抚摸着脚下耀眼的光芒，谢安璃温柔的话语在耳边回响起来："如果有一天你想清楚了就去找他吧，相信我，你所有重要的东西都会回来的。"

可惜最重要的东西回来了，最重要的人却不见了。

曾经的我一直认定因为傅雨希的存在，我的光芒才会被吞噬殆尽。

可是如果傅雨希从来没有存在过，我真的可以一直发光下去么？

其实我早就知道答案了。

如果在那些灰暗的日子里没有傅雨希在身边，如果没有他开心地对我笑着，如果没有他每天厚着脸皮缠着我，我又会变成什么样子呢？

每天一个人孤独地背着画板回家，因为怕黑一个人在桥上掉眼泪，也许会像韩默萧那样因为孤独越来越自卑，最后真的会从桥上跳下去也说不定。

可是因为有傅雨希在，这些全都改变了。

那天在桥上对傅雨希说的那些过分的话，其实应该反过来的。

因为有傅雨希在，所以我才能和我妈坐在一起吃上一顿热腾腾的饭菜；

因为有傅雨希在，所以我才能心安理得地站在谢安璃面前表达着我的心情；

因为有傅雨希在，所以许多事情因为不甘心没有放弃，一直在努力着；

因为有傅雨希在，所以我说不出来没有一个人相信我，没有一个人在意我这句话。因为我知道他相信着我，在意着我，无论怎样都不会离开，所以我才可以总是有着那么任性的表情，说着那么任性的话。

傅雨希他从来没有抢走我的光芒。恰恰是傅雨希，一直守护着我最重要的光芒。

去年生日那天，我望着相机后面的傅雨希情不自禁地微笑的理由，我终于明白了。

没错，这个讨厌的会发光的家伙，他的光芒就像这个城市的灯火一样，遮住了我的光芒。可这个遮住我光芒的人，却也是唯一看见我的光芒的人。

他相信着我的光芒，从来都没有怀疑过。

那时的我之所以感到那么幸福，原来是在他眼中看见了自己的光芒。

我曾经的相信真的没有错，我寻找的那些光芒依然在某处为我亮起，只是我不知道，我唯一相信着的事情，原来一直就在我的身边。

"谢谢你，让我这么幸福。"我望着眼前的光芒再次露出幸福的笑容，却在笑声中泪流满面。

因为我再也没有机会对他说出这句话了。

十　傅雨希：你的笑容啊，比起什么都要让我心动

如果可以回到过去某个时间，你会选择生命中最幸福还是最后悔的那一刻呢？

　　我想回到和陈简佳初次相遇的那一刻。因为那是我生命中最幸福的时刻，也是最后悔的时刻。

　　如果回到那天，我一定不会让我们以那样的方式遇见。

　　我会整整齐齐地穿上新衣服，而不是把自己弄得满身泥巴。

　　我会规规矩矩地敲三下门，而不是丢脸地在她家门口边哭边跺脚。

　　我会很有礼貌地跟她打招呼，而不是编那样幼稚的谎言骗她。

　　可如果是那样的话，她还会拉住我的手跟我一起奔跑么？

　　我不知道。

　　只是如果再一次和她来到这座步行桥上，我绝不会像个傻瓜一样放开她的手，而是认真地对她说："请你和我做朋友。"

　　虽然这也许不会对后来的故事产生任何改变。她依然是骄傲而闪闪发光的陈简佳，我依然是讨厌又不起眼的傅雨希，肖扬他们还是会从我身边把她抢走。

　　唯一确定的是，无论以什么样的方式相遇，我都会再次喜欢上她吧。

1

Chicago Poodle 有一首歌叫作《你的笑容啊比起什么都要让我心动》，每当听到这首歌的时候，我眼前就会浮现陈简佳的笑容。她笑起来的样子，像春天最温暖的阳光落在漫天飞舞的花瓣上，然后那些花瓣温柔地飘落进我从未照进阳光的心里，让那个阴暗荒芜的地方变得明亮温暖。

从我第一次看见她，她就那样笑着。那年六岁的我躲在楼道里，看见一个公主一样漂亮的女孩闷闷不乐地从搬家公司的车上跳下来，她爸爸小声对她说了什么，她就开心地笑了起来。我望着她的笑容几乎看呆了，心里仿佛有什么东西正在融化开来。肖扬他们把我推到一边争先恐后地跟她打招呼，她却怯怯地躲回了车里。

遇见陈简佳之前，我一直是一个人。院子里的孩子都不喜欢我，我便编各种借口骗他们到我家去，拿出零食和玩具讨好他们，反而得了个撒谎大王的称号。他们还玩起了故意躲着让我追的游戏，我讨厌这种被人当作傻瓜的感觉，干脆一个人躲得远远的。

所以看见肖扬他们败兴而归的我一脸得意地奚落他们，肖扬恼羞成怒地说："就算她不理我们，也轮不到你这种万人嫌来笑话。"

"那如果我能约她出来玩呢？"我瞬间燃起了斗志。

他冷笑一声，"那我就把院子里的树叶全吃下去！"

我满脑子想的都是让肖扬好好尝尝叶子的味道，所以把那个女孩的笑容完全抛到了脑后，抱着报复的心情跑到她家门口，说了那个让我后悔一生的谎言。

开始她很犹豫，但她爸爸很和蔼地拉起她的手放在我手上，她便羞涩地冲我笑笑，和我一起跑了出去。

每当我回忆起那一幕，整颗心都骄傲得旋转起来。原来那个时候，陈简佳的爸爸就已经把她的手交到了我的手上。我以后会自豪地告诉每个竞争对手，我可是你们没见过的岳父大人亲自承认的人。

可惜我这个傻瓜那时完全没想到这一点，只是兴高采烈地想着肖扬这下可要吃苦头了，于是我在桥上放开了陈简佳的手，无法压抑自己得意的心情指着她大笑起来。

她愣愣地看着我，眼里闪过一丝愤怒，然后就头也不回地走了。

望着她的背影，我所有的胜利感顿时索然无味。

曾经的我为了交到朋友不停地说谎，却从来没有人相信过我。现在终于有人愿意相信我了，我却把她气走了。

这时我才想起，我最初开始说谎的原因，只是想要一个朋友而已。

她握住我的手，就是答应跟我做朋友吧。我为什么要为了那些从来没有相信过我的人，伤害我的第一个朋友？

我追过去想跟她道歉，结果她已经和肖扬他们在院子里玩了。我躲在墙后看着他们开心的样子把自己骂了个遍，后悔没有珍惜这唯一一次机会，后悔自己那么轻易地放开她的手。

肖扬当然不会蠢到乖乖吃树叶，陈简佳也再没有理过我，每当看见她在其他人围绕下灿烂的笑容我就无比委屈，明明被那笑容注视着的人应该是我才对。

我找到肖扬，胡搅蛮缠地让他把陈简佳还给我，结果被他按在地上揍了一顿。我趴在地上没出息地哭着说："你们把她还给我好不好，只要把她还给我，我就把院子里所有树叶都吃掉！"

"那又怎么样呢，"肖扬鄙夷地看着我，"你就算吃再多树叶，陈简佳也不会理你了。"

肖扬的话让我绝望到连眼泪都流不出来。可是我不想放弃，无论怎样也不想放弃我的第一个朋友。于是我每天都去找她，送她各种零食和玩具，即使她不理我也满脸笑容地跟在她身后。

我从来不是爱笑的人，可只要待在她身边我就发自内心地开心。就算肖扬他们投来冷眼我也视若无睹，我的目光里仿佛只有她一个人存在，她的一颦一笑牵动了我的所有心情，再也无暇顾及其他。

我只期望着有这么一天，如果她愿意再次对我露出笑容，如果她愿意再次牵住我的手，那么我一定会牢牢回握住她，绝对不会再放手。

2

小学开学那天，陈简佳答应和我一起去学校，我在楼梯上等了一个多小时，直到遇见她妈我才知道她和肖扬一起走了。于是第二天我五点就站在门口等，等她下楼时就出现在她面前装作巧遇，看着她纳闷的表情我不停地偷笑。十年来我一直维持着这个习惯，生怕哪天她再把我甩掉。

最初放学回家我们也是一起的，结果某天下午她宣布她要开始学画画，以后不能和我们一起回家了。看着她趾高气扬地去了美术教室，我只能垂头丧气地一个人回去，却还是忍不住在桥上等她。

我在寒风里等到鼻涕快结冰了，终于看见了陈简佳的身影，但跑到她身后我才发现她在发抖，那是我第一次知道她怕黑。

我知道绝对不能戳穿她，否则她一定恼羞成怒再也不理我了。于是我装出胆小的样子说："我怕黑不敢回家，你可不可以带我回去？"

果然，她毫不留情地嘲笑了我。我正后悔不该编这么丢脸的理由，她却抓住我的手骄傲地说："那我就勉为其难送你这个胆小鬼回家吧。"

我怔怔地望着我们握在一起的手，庆幸自己终于做了一件不会后悔的事。回去的路上她紧紧抓着我的手，明明害怕得发抖却不停地嘲笑我是胆小鬼，而我除了无奈地承认就只能用力回握她。

我爸在我的纠缠下终于同意让我学画画。和陈简佳不同，比起早晨我更期待夜晚到来，只有那时我才能跟她单独在一起。她每天晚上都会在桥上等待城市的灯光亮起，眼睛眺望着很远的地方寻找着什么，却从来不告诉我。

我以为陈简佳开始慢慢接受我了，她却连生日会都没邀请我，还是她爸好心把我叫去的。我认真画了一幅《我的朋友陈简佳》送给她，想问她愿不愿意跟我做朋友，她却随手扔在了一边。在桥上拍照的时候，我被肖扬那家伙一把推开，只能站在离她最远的角落里生生闷气。

而这时，她对着镜头露出了幸福的笑容。

我像个傻瓜一样望着她的笑容，差点连呼吸都忘记了。

想要守护一个人的笑容，我在堂姐的少女漫画里看过这句话，觉得真是做作到了极点。可是那一刻我望着陈简佳的笑容，这句话却一次次出现在脑海里，一次比一次温柔，一次比一次强烈。

我想要守护陈简佳的笑容，想让她一直一直这样幸福地笑着。这是七岁那年，我对自己立下的誓言。

然后之后的十年里，我眼睁睁看着那些笑容在陈简佳脸上一点点消失，却无能为力。每当我看见陈简佳没有一丝笑容的脸，就会想起那个誓言，然后无法形容地难过。

3

陈简佳的笑容是从一年级的夏天开始消失的。她的爸爸过世，我和肖扬无数次地去找她，可她把自己关在房间里不肯出来。有一天我终于忍不住了，放学冲回家疯狂地砸她家的门。终于开门的她像个随时都会倒下来的纸人，眼睛里没有一点神采。

我看着这样的她心疼得要命，却不知道怎么安慰她，只知道不能让她一个人闷在屋子里痛苦，无论用什么办法都要把她拉出去，就算是骗她也无所谓。

于是我又说谎了，而她居然再次相信了我。一起跑向步行桥的时候，我既欣慰又难过，好不容易她再次相信我，发现这又是个谎言后说不定她再也不会理我了。可是我错了，陈简佳并没有愤然离去，而是望着安然无恙的大桥哭了起来，她脆弱的拳头打在我身上，用嘶哑的声音喊着："你这个撒谎大王，骗子，我最讨厌你了！"

那是我第一次看见陈简佳的眼泪，而且确定今生再不想看见第二次。她悲伤的表情，痛苦的哀鸣，还有在夏天里格外冰凉的泪水，让我的心痛如刀绞。我不知道我的谎言会让她这么难过，看着她哭泣的样子，我用自己也听不见的声音发誓道："我再也不说谎了。"

然而即使我不再说谎，陈简佳的笑容也不可抑制地每天减少着。而我除了赖在她身边想尽办法逗她笑根本无能为力，甚至仅仅是赖在她身边，就用尽了我所有力气。

和陈简佳同桌是很简单的。因为她永远是班上的第一名，所以只要我正常发挥考最后一名，就自然能占据她旁边的位置。

然而四年级时我爸不许我继续学画画了，他说我听小简说你去只是捣乱而已，干脆不要浪费钱。我哭着保证一定会好好画，他才同意我暂时留下。于是我开始玩命地练习根本不喜欢的画画，只是为了能继续和陈简佳一起回家。虽然我不怎么喜欢画画，但当我发现我能把陈简佳的脸画得越来越好看的时候真心觉得没有浪费时间，我希望有一天能画出陈简佳最漂亮的笑容，可惜我终于能做到的那天，我的模特已经不笑了。

我以为我只要这样努力下去，就没有什么能把我们分开。直到六年级我看到了她的升学志愿表格，惊讶地问："你要考一中？我们家旁边就有中学，为什么要跑那么远？"

"谁要考那种中学啊。"她瞪了我一眼继续做她的功课。

晚上我把这事告诉了我爸，他理所当然地说："这有什么奇怪的，人家陈简佳是全校第一名，怎么会跟你这种整天考不及格的笨蛋去一个学校呢。"

那晚我初次尝到了失眠的滋味。想到有一天我会被迫和她分开，想到有一天她的笑容可能属于别人，我慌张得不知如何是好。我害怕一切会像六岁那年一样，明明是我先找到她，明明是我先喜欢上她的笑容，却被其他人毫不留情地夺去。

虽然我常常被人嫌弃，但这是我第一次嫌弃自己。为什么我头脑这么差劲，为什么我这么懒惰，如果我有肖扬的头脑或者肯好好努力用功的话，一定能考进一中的吧。

待在一个人的身边，原来并不是一件容易的事。我这才发现，如果不是因为脸皮厚，我从来就没有站在陈简佳身边的资格。

我把从一年级开始发了就扔进床底的所有课本都找出来，周末拖着我爸去了书店，抱着一堆参考书结账的时候，他不敢相信地每本都翻开看看我是不是把参考书封皮撕下来贴在漫画书上。

我决定在一年内把六年落下的功课全部补上，于是我在六年级那年就体会到了高三学生的痛苦，即使后来到了高三也没那么累过。但只要想到我考不上一中就会被陈简佳丢掉，想到下一秒她就会被别人抢走。我就算睡着也会一激灵坐起来继续看书。

经过地狱般的一年，我以吊车尾的成绩考进了一中，还幸运地和陈简佳分到了一个班。开学那天我一直傻笑，戴眼镜的班长无语地看着我，"倒数第一名有什么好高兴的？"

他懂什么？我当然高兴了，因为我又能和陈简佳在一起了，而且我这个倒数第一名三年都可以高枕无忧地坐在陈简佳旁边。

而我飘飘然的心情，却在发现陈简佳柜子里第一封情书时荡然无存。

我把情书撕碎扔进了垃圾桶。以后每天来学校我都会抢先一步跑到她的柜子前，把里面的可疑信件全部丢掉。

我知道我越来越贪婪了。从前的我只是远远地看着陈简佳的笑容就可以感到满足，后来的我想要守护她的笑容所以赖在她身边，可现在我想要的却越来越多，甚至想独占她的笑容，让她闪烁着温暖笑意的眼睛里只看见我一个人。

我不知道我是什么时候喜欢上她的，但当我意识这一点的时候，就已经喜欢到不可救药的程度了。

当然我是不会告诉陈简佳的，因为我脸皮再厚也是有自知之明的。观察了信上那些署名我不禁嗤之以鼻，而且我知道陈简佳最讨厌这种没勇气告白只会偷偷摸摸写信的胆小鬼。可我还是忍不住写了一封信给她，而我比那些男生更没出息，因为我不但没加名字，连笔迹都是模仿别人。即使这样我依然心怀侥幸，期待她能感觉出写信的人是我，然后发生万分之一的奇迹她也有那么一点喜欢我。

当然奇迹没有发生。她读了一半就把信扔进了垃圾桶。

"谁让你给我的？"她一脸嫌恶地问。

"隔壁班的班长，"我心虚地说，"他给了我几包薯片。"

"傅雨希！"她怒视着我，"以后你再把这种垃圾给我我们就绝交！"

虽然早知道是这样的结果，但我还是一阵委屈。

那封信虽然没写名字，却有着我想传递给她的所有心情。我告诉她即使她不喜欢我，我也愿意为她做一切事情。我想知道如果是不喜欢的人付出这样的真心，她会不会被打动，哪怕只有一点点。所以我不知道应该为她毫不留情地拒绝了那个班长而开心，还是为被拒绝的自己而难过。

不到一个星期我就选择了前者。陈简佳本来和那个班长相处得挺好，那个班长其实很喜欢她，但他是个聪明人，一直采取着细水长流的对策。但陈简佳收到那封信后便对他的态度急转直下，如洪水猛兽避之不及。那个班长常常一脸纳闷，估计一辈子都想不通是谁害了他。

对陈简佳来说，被自己不喜欢的人喜欢是一件很讨厌的事情吧。我虽然沮丧，却绝对不会放弃，只是清楚地知道了我的喜欢绝对不能被她发现，否则就连继续待在她身边都不可能了。

但望着对我视若无睹的陈简佳，我总会莫名的焦躁。我没有办法向她传达自己的心意，也没有办法让她喜欢我，一切就像是鬼打墙一样找不到出路，坐在墙内的我是那么手足无措。

苏梦柯那段时间迷上了一部韩剧里的男二号，吃饭的时候也讲个不停。我无语地说那个人有什么好的，一副受气包的样子。她说你懂什么，就是这种默默守护在女主身边等待她发现心意的感觉才感人好不好。

我通宵把这部剧看完了，虽然作为一个男生看韩剧很丢脸，但最后这个男二号赢得了女主的喜欢时，我真心地感到开心。我欣慰地想如果我也这样等待着陈简佳，一直一直在她身边等待下去，某天一定也会等来这样的幸福吧。

4

一中有初一新生参加秋季越野的习俗，预示接下来的三年能够奋力拼搏。据上一届的学长说，其实就是沿着学校后面的商店街溜达一圈拿到小红旗之后再溜达回来。

越野赛果然是一场集体散步，到了商店街大家就分散逛起了街，连纪律委员也拿着两根炸串在不远处吃得香甜。我看见陈简佳和苏梦柯进了一家甜品店，刚要跟去就被龙飞那个胖子拉住了，他体育课总拖着我一起装病，以为越野赛我理所当然要跟他一起行动，硬把我拖去路边的果汁抽奖摊子。

体育课上蔫蔫的龙飞，在这里仿佛成了超人。我帮他喝了八瓶就想吐了，他居然一连喝了三十二瓶，可惜连末等奖都没有抽到。他边打着嗝边抱怨自己今天状态不好，平时他至少能喝四十瓶。我无语地想这家伙都倒霉成这样了还在从自己身上找原因。

其实最倒霉的是我才对，没和陈简佳一起逛街就算了，还得扶着这个打着苏打水气味的嗝的胖子在众目睽睽下踱步。

"体育老师来了！"有人大喊了一声，方才还在悠闲漫步的学生们撒腿就跑。我拉着龙飞跑到了安全一点的地方，他像个全身撒气的大皮球一样蹲在地上喘着粗气，"不行了，再跑下去我就要挂了。"

我嫌弃地瞥了他一眼，却惊喜地发现陈简佳走在不远的地方，开心地向她跑去。

"雨希你等等我……"龙飞见我想丢下他，紧紧扯住我的衣服不放。

"你拉着我干吗？"我无语地说。

"我跑不动啊。"他可怜兮兮地看着我。

真是个任性的家伙，眼看陈简佳的身影快消失了，我急躁地喊道："那你慢慢走啊，干吗让我等你！"

干吗让我等你……我被自己的话怔住了。

我不也是一样任性么？总是气喘吁吁地跟在陈简佳身后的我，常常暗自抱怨她为什么从来都不等我。

我突然想起六岁那年肖扬的话，他像看鼻屎一样看着我，"你就算吃再多的树叶，陈简佳也不会理你了。"

那时的我只顾着伤心，没有仔细去想这句话的意思。

陈简佳需要的并不是一个吃树叶的人，她喜欢的也不会是这样的人。

她喜欢的，至少是可以像她一样闪闪发光的人。

躲在阴暗的角落里偷偷望着她的笑容的我，吃力地跟在她身后狼狈又笨拙的我，她的眼睛根本看不见我的存在。而这样的我，居然可笑地在内心放出大话要一直等待她，等待有一天她会喜欢上我。

真是大言不惭啊……

"我会等待下去"，其实是那些失败者抱着侥幸的心情和矫情的态度说出来的气话。其实在说这句话的时候，就已经要放弃了。可他们不明白，不是所有人都配等待的，因为落在后面的人根本没有等待的资格。

差一点，我就沉醉在顾影自怜的幻想里，永远失去她了。

我丢下龙飞，拼命往陈简佳的方向跑去，跑到发小红旗的地方终于追上了她，她正和苏梦柯有说有笑地走在一起。我跳到她面前抢过旗子，把她吓了一跳。

"你干吗？"她生气地瞪着我。

"陈简佳，"我大口大口喘着粗气，"我不会让你等我了。"

她露出一贯的嫌弃表情，"你胡说什么，我本来也没准备等你。"

"我知道啊，"我释然地笑了起来，"不过你放心，我一定会在前面等你的。"然后我就在她惊讶的目光中跑远了。

我找到打破困扰着我的那道墙的方法了。

我会告诉陈简佳我喜欢她，但不是现在。在那之前我会拼命努力成为更好的人，好到能够配得上她的人，好到让她无法从我身上移开视线的人，好到让她会喜欢上的人。

信被撕掉的难过在这一瞬间全部烟消云散，侥幸地期盼着万分之一奇迹的我，真的是愚蠢又卑鄙。我连龙飞都不如，他喝了那么多果汁没中奖也没有怨天尤人，而我居然想什么努力都不做就让陈简佳喜欢上我，简直就像只买一瓶果汁的小气鬼为没有抽中欧洲豪华游而对天破口大骂一样，真是太逊了。

我对陈简佳的喜欢，不想去赌那万分之一的可能性。如果有一天我可以好到让她有百分之百应该喜欢我的理由，却依然被无情拒绝了。要哭，要喊，要委屈，要沮丧，都等到那个时候再说吧。

5

我本以为陈简佳初中会继续参加美术社，结果她居然进了小提琴社。以前我觉得画画我已经够不擅长了，拿起小提琴才发现还有更不擅长的东西，第一节课我就因为手笨被老师拿弓子敲了头。

如果是以前，我会觉得出丑逗陈简佳笑是很不错的事，可是现在的我想成为站在她身边能让她感到骄傲的人，不想让她为我感到丢脸。所以我每天半夜都偷偷起来练琴，一个星期后去上课果然在她眼中看见了惊讶的神色。

陈简佳仿佛在故意考验我一般，苦练了几个月的琴的我刚要睡一个好觉，她却突然退出加入了围棋社。当我放学抱着小提琴等她却看见她拿着棋盘走进围棋教室时简直惊呆了，她却冷冷地说："我想去什么社就去什么社，和你有什么关系？"我无奈地改报了围棋社，悲叹着今晚又要熬夜了。

围棋社、书法社、网球社、笛子社、象棋社……我跟着陈简佳几乎把学校所有的社团转了一遍，也习惯了凌晨三点后窗外的风景，眼下淡淡的黑眼圈到高中都没有消失。

尽管睡眠不足，我白天却不得不打起精神与班上同学友好相处。我努力对每个人投以真诚的笑容，他们渐渐和我相处得融洽起来。我想成为更开朗的人，让陈简佳发现我不再是那个阴沉的让人避之不及的傅雨希了，让她发现越来越多的人开始喜欢我，如果她发现了这些，会不会也开始对我改观态度呢？

令我欣慰的是，陈简佳疯狂的换社团行为初三前终于结束了，我开始认真准备中考。为了避免像小学备考那样仓促，我初中一直很用功，可要考上陈简佳要去的市立一中，依然要拼命复习。深夜疲惫不堪的时候我就会打电话给陈简佳，只要听到她的声音，我就能振作起来继续用功。

从七岁开始为了守护陈简佳的笑容努力的我，在十七岁那年实现了想要做到的一切。我终于有了和陈简佳并肩站在一起的资格，院子那些讨厌鬼也全部搬走了，我觉得自己简直像过关斩将打败怪兽的英雄一样。

让我失落的是，当我终于有了守护陈简佳笑容的力量，她的笑容却在我不知不觉中完全消失了。她越来越沉默，晚上依然站在步行桥上望着发光的城市寻找着什么。我很想问她在困扰什么，却知道即使问了也得不到答案。虽然站在她身边，却感觉离她很远很远。

6

高三开学前一天，我去陈简佳家找她。趁她去楼下超市买东西，做贼一样溜进了她的房间。初中开始她就不许我进她房间了，我总怀疑里面有什么秘密跟她困扰的事情有关。

她的房间和我印象里一样整齐，只是没有了那些可爱的洋娃娃。我环视了四周觉得最可疑的就是她桌子上蒙着黑布的东西，我怀着忐忑的心情把布一掀，里面居然放着一堆参考书。

真是幼稚的障眼法，我悻悻地倒在床上，却被一个硬邦邦的东西硌到了，疼得我眼冒金星。我咬牙切齿地摸出一个金属相框，惊讶地发现这是陈简佳七岁生日那天的合影，相片中间的陈简佳开心地笑着，肖扬他们亲热地围绕在她身边。

我的胸口隐隐痛了起来，原来她一直想念着他们，即使他们离开了这么久还一直想念着。

我轻轻抚摸上陈简佳笑容灿烂的脸，却摸到了泪水的痕迹。她对着这张照片掉过眼泪吧，也许是昨天，也许是这么多年。

她不再露出笑容的原因，就是他们离开了么？

之前高高垒砌的胜利感，在瞬间崩塌了。

如果当年留下来的是他们，陈简佳也许会依然像照片里一样幸福地笑着吧。

如果当年离开的人是我就好了吧⋯⋯

"妈，我回来了。"陈简佳的声音响了起来，我迅速把相框放回去冲出房间，却被她抓了个正着。

她警惕地打量着我，"你在我房间做什么？"

"找厕所。"我心虚地说。

"你来我家蹭饭十年了，不知道厕所在哪里么！"她恼火地说，"警告你最后一遍，不许进我的房间！"

是啊，不许进她的房间。我苦笑了一下，差点忘了这是我独享的待遇。以前肖扬他们来她都很开心地请他们进去，唯独我被排除在外。原来过了这么久，我和他们的待遇依然差别这么大。

在一个人心中的位置不是靠相处时间长短决定的，我说不定到了八十岁也比不上他们在陈简佳心里的地位。

我郁闷了一个晚上，天亮后决定把那些家伙找回来。我想在陈简佳生日的那天给她一个惊喜，如果那天他们回来为她庆祝，她一定会很开心的。我发誓我是真心地讨厌他们，可偏偏能让陈简佳重新笑起来的人，就只有他们了。

虽然找这些家伙的过程很麻烦，好在他们都答应得很痛快。最让我头疼的是我唯一知道明确去向的苏梦柯，我在走廊上面无表情地拦住她，"下周末陈简佳生日。"

她挑起眉毛，"你在邀请我么？"

"是通知你，"我冷冷地说，"你爱去不去。"

"我不去。"她黑着脸走了。

瞒着陈简佳行动的一个多星期，我努力防止被陈简佳发现。虽然她没有怀疑让我很欣慰，可每次告诉她不能一起回家的时候，她眉头也不皱一下的淡漠还是会让我失落。

生日前一晚所有人在我家讨论计划，他们像饿了一年的要饭的占领了地主家一样在我房间翻箱倒柜大吃大喝，我烦得要命的时候，陈简佳居然来了。

我正想着怎么把她劝走，结果那个没脑子的吕大旗突然叫唤起来让我给她拿可乐。

陈简佳大概发觉什么了，非要进去看个究竟，谁知道肖扬竟然唯恐天下不乱地走了出来，吓得我赶紧把门关上。

"刚才是谁？"肖扬完全不知道自己差点闯了大祸。

"不认识的人。"我没好气地说。

他耸耸肩膀，"我还以为是小简呢。"

"别这么叫她。"我闷闷地说。陈简佳从来不让我这样叫她，这些轻易离开的人凭什么自然地挂在嘴边。

"生气了？"张敏笑嘻嘻地拍拍我的肩膀，"莫非小简也允许你这么叫她了？我记得以前她在学校连话都不愿意跟你说。"

我的脸更黑了。以前么，我不好意思告诉他们，就算是现在也一样。

"没错，"肖扬同情地说，"她说如果让人知道她跟傅雨希认识的话该有多丢脸啊。"

我攥紧了拳头。和我认识很丢脸么。原来努力了这么久，她对我的看法依然没有改变。

虽然很难过，第二天早上我还是拿着礼物在楼梯上等她。可她不知道在气什么，居然过分地把画扔在桥上。下午在美术社不知道是哪个天杀的吃饱了没事干投了陈简佳一票，她却强硬地把罪名安在我头上，她愤怒地瞪着我，"跟你说过多少次不要在教室和我说话，你都当耳边风么？"

我的心瞬间变得冰冷，然后认真地问她为什么。

虽然常常被她警告，可这是我第一次这么想知道答案。

她不自在地别开视线，欲言又止。

肖扬得意的脸出现在我眼前，"她说如果让人知道她跟傅雨希认识的话该有多丢脸啊。"

我自嘲地笑了，不愿为难她所以代替她说了出来："因为会觉得丢脸么？"

莫大的悲哀感从心里很深的地方涌了出来。我好想问问陈简佳，我到底应该怎么做。

我要怎么做，才能让你看见我。

我要怎么做，才能让你在意我。

从喜欢上你开始，我就在拼命努力着，我得到了所有人的承认，却在你眼里依然一文不值。是不是无论我怎么努力，这一切都永远不会改变？

我居然以为自己是赶走了肖扬他们的英雄，其实我才是鸠占鹊巢赖着不走的怪兽。

就算是这样，我依然渴望她能否认，像曾经卑鄙的自己一样渴望那万分之一的奇迹。

"没错，会觉得很丢脸，"她的声音像冰雹一样砸下来，"所以麻烦你以后离我远远的，就算不是在学校也请装作不认识我。"

我愣愣地看着她，就算早知道会是这样的答案，心中还是剧痛无比。我忍住眼泪笑了起来，"如你所愿。"

如果这是她的希望的话，如果这样能让她重新笑起来的话，那么我愿意离开。

而我刚回家就被肖扬他们拦住了，肖扬恼火地勾住我的脖子，"等你半天了，晚上我们在哪里会合？"

"步行桥，"我淡淡地说，"你们自己去吧，我不去了。"

既然陈简佳已经不想见到我了，我不想出现惹她不高兴。

"那可不行，"肖扬冷笑一声，"万一发现你是耍我们的，可不能让你跑了。"

张路和张敏架住我的肩膀，像押犯人一样按着我往外走。

和我预想的一样，陈简佳见到他们是那么开心。被冷落在一旁的我看着她久违的灿烂笑容，既欣慰又委屈。他们既然回来了，陈简佳也就不需要我了吧。

我悔得肠子都青了，为什么下午要自我意识过剩地追问她，为什么好心帮她说出答案，最蠢的是我居然还补了一句"如你所愿"，让一切都无法挽回。

我正想着要不要骗她说我下午被什么东西附身了，却惊讶地发现她正向我走来。

而让我更惊讶的是，她那么轻易地原谅了我，那么温柔地微笑着对我说："傅雨希你没有搬走，我真的发自内心地感激。"

我呆呆地望着她的笑容，这是她第一次对着我一个人笑。

她没有赶我走，她没有讨厌我，下午期待着的只有万分之一的奇迹，居然真的发生了。

那么另一个只有万分之一的奇迹，会不会也会发生呢？

那一刻我几乎把所有顾虑都忘记了，如果不是吕大旗他们出现，我再也控制不住想告诉她我的所有心意。

结果这个吕大旗害我一次还不够，居然提议拍什么同一地点同一位置的照片。我不出所料地被从陈简佳身边拉开强制推到了角落里，还被肖扬那家伙指使着去拍照。

提示灯闪烁的时候，所有人一起喊着："生日快乐！"

那一瞬间，陈简佳的笑容变得无比幸福，像十年前照亮我眼睛的笑容一样明亮，一样温暖。望着她的笑容，我感动得差点流下眼泪。

是啊，我想守护的就是这个笑容。如果她能一直这样幸福地笑着，我愿意拼尽全力去守护它。就算某天这个笑容不是为我，我也会发自内心欣慰着，感激着。

几乎没有任何思考的，我向她奔跑过去，在她惊讶的目光中推开肖扬，对着镜头开心地笑了起来。肖扬愤怒的咆哮声让我那么得意，果然他们才是被打败的怪兽啊。

7

小学时我有一个叫作"幸福"的笔记本，上面写满了如果有一天陈简佳愿意和我成为朋友，我想和她一起做的所有事情。曾经的我每天上课都笑眯眯地望着陈简佳幻想，想到有趣的事情就写下来，竟写满了整整一个本子。

如果有人翻开那个本子，大概能深刻体会到一个少年的梦想慢慢由单纯变得贪得无厌的心路历程。本子第一页还忐忑不安地写着能和她一起上学，然后一页比一页得寸进尺。曾经我认为那些都是永远不会实现的事情，觉得幻想一下也好就厚着脸皮全部写下来了。

小学毕业时我把它放进记忆盒埋在了宠物屋后面，高二的暑假把它挖了出来，却惊奇地发现上面的事情我几乎全部完成了。和陈简佳一起上学、一起回家、一起吃饭、一起画画、一起逛街、一起写作业、一起过周末、一起看电影、一起打游戏……我居然不知不觉中完成了这么多幸福的事情，却像猪八戒吞人参果一样没来得及细细品味。

我拿着笔检查着还有哪些事没有做过——"一起去游乐场，一起放风筝，还有……"

我脸红了起来，如果被陈简佳看到，她绝对不会理我了吧。

不过放风筝这件事她是答应过我的，虽然是小学毕业那天我硬缠着她才答应。我兴冲冲地买了个风筝计划怎么哄她陪我去放，她却先问我记不记得毕业时说好回学校一起做的事情。

"当然记得。"我开心地说，没想到她这么主动。

然而第二天她看见我手里的风筝却一脸嫌弃地走开了，原来是我会错了意。

没想到我会在小学教室里遇上那个谢安璃，这家伙漫不经心的表情和说话时淡淡的语气都让我讨厌。陈简佳看他的眼神让我隐隐不安，我感觉她对谢安璃有些过度在意了。以前她从不关心别人的事，现在却为了这个刚出现一个月的家伙在教室当起了贼。

回来的时候陈简佳抱着她小学时候的记忆盒，我很想知道里面装了什么东西，甚至计划像上次潜入她房间一样一探究竟，可几天后她却把盒子带去了学校，还骗我说是要丢掉的。

下午动员大会陈简佳抱着盒子出了校门，我偷偷地跟在她身后，发现她去了那家记忆当铺，出来的时候手上的盒子不见了。

她难道把盒子给了这个邪门的当铺？我疑惑地走进去，盒子果然放在柜台上，于是我拿起盒子往外走。

"等一下！"上次见到的女生拦住我，"你怎么光天化日之下抢我们的东西？"

"这明明是陈简佳的东西。"我不满地说。

她惊讶地看着我，"是你啊。可是东西一旦交给我们就由我们保管了，直到有人将它买走。"

我无奈地拿出钱包，"多少钱？"

"二十块，谢谢惠顾。"

我揣着盒子走到步行桥上，却被陈简佳抓了个正着。她不仅抢走了盒子，还凶巴巴地吼了我一顿，完全没有感激我帮她赎回来的意思。

然而她抢走盒子没几天就不来学校了，某天下午我突然回忆起一年级的夏天，陈简佳也是这样把自己关在房间里不出来，她苍白的面孔和无神的眼睛一次次出现在我脑海里。于是我疯了一样冲回去砸她家的门，我不能让她一个人待在屋子里，不能让她再变成十年前那个样子，就算是硬拖也要把她拖出来。

那天晚上她给我讲了一个关于光芒的故事，我好似听懂了，又好似没听懂，只是下意识感觉陈简佳这次不去学校和那个谢安璃有关。

不过第二天她心情好多了，好像释然了什么的样子。我还是很担心她，周末特地买了许多零食去找她，她却跟一个女生出去了。她们走进KTV后便没了踪影，我正准备一个一个房间找，却听见服务台的姐姐问旁边的男生："602房付款了没有？"

"602？"

"就是那群来联谊的高中生啊。"

我怀着不好的预感直奔602房间，推开门震惊地看见陈简佳拿着话筒和一个痞子样的男生正要对唱，她看见我立刻尴尬地放下话筒。你还知道尴尬，我要是不进来你早就引吭高歌了吧！

我不明白陈简佳为什么会出现在这种场合，而且这群人怎么看都是她向来最讨厌的人。明明上星期还把自己锁在屋子里，现在就豁然开朗到参加联谊了，她心情也变太快了吧。更令我生气的是，她直到离开也没跟我解释。我几次想问她，但看见那个叫辛爱琳的怪女生看好戏的表情便把话咽了回去。

"嘿，小帅哥。"陈简佳去超市买冰淇淋的时候，她笑嘻嘻地凑过来。

我没好气地瞪了她一眼，毕竟是她把陈简佳带去那种地方的。

"还在生气呢，"她像逗小狗一样戳戳我，"我们打个赌吧。"

"打赌？"我莫名其妙地看着她。

"赌我说完一句话，你马上会笑，"她笑得神秘兮兮，"要是你笑了，冰淇淋就给我吃。"

"你说。"我倒要看看她有什么招数能让现在的我笑出来。

她踮起脚，在我耳边轻声说："其实陈简佳参加联谊是为了你。她想为了你变成更开朗的人，才主动到这里练习与人相处的。"

"什么意思？"我疑惑地看着她。

"这么说你明白了吧，"她眨眨眼睛，"她喜欢你啊，水表小王子。"

"我说了我不是查谁表的，"我无语地瞥了她一眼，然后全身僵住了，"你刚刚说什么？"

她扑哧一声笑了起来，"我说她喜欢你啊，白痴。"

然后我真的像个白痴一样咧开嘴笑了。

我按约定把冰淇淋给了辛爱琳。别说是冰淇淋，就算给她买个冰淇淋机我也愿意。她在我心中的形象瞬间变得神圣起来，送陈简佳回去后，我特意请她来我家做客，还把想和陈简佳一起吃的蛋糕拿出来招待了她。

辛爱琳看着我沾沾自喜的样子一脸嫌弃，"你居然这么容易满足。"

我当然满足了，这可是我从生下来听到的最幸福的消息了。

"你都没想过和她有进一步的关系么？"她无语地把蛋糕放下，"居然有你这么好打发的男生，还是你根本是个不敢告白的胆小鬼？"

"我才不是胆小鬼，"我皱起眉头，"那些不计后果也要把喜欢说出来的人，其实是认为就算被拒绝了从此再不说话也没什么关系。我对陈简佳可是很认真很认真的，在没有完全确定她喜欢我之前，我绝对不会让这种事发生的！"

她叹了口气，"那你要不要确认一下？"

"怎么确认？"

"你可以假装跟我交往试探一下她的反应啊，"她笑盈盈地说，"下周末聚会你装成我男朋友出现，如果她吃醋的话不就证明她对你有意思么？"

"不用。"我没好气地说。虽然我很在意陈简佳的想法，却讨厌那种拐弯抹角的方法。

但周末我还是去了，虽然没答应扮成辛爱琳的男朋友，却答应和她表现得亲近一点。意外的是陈简佳的情绪真的很低落，辛爱琳不停向我使眼色，一副"现在相信我的话了吧"的表情。

聚会结束后我到处找不到陈简佳，便不放心地去洗手间看看，却在门口听到了她和何冷杉的对话，内容句句让我爆血管。

见何冷杉想占她便宜，我愤怒地冲进去拉开她，她却不知道吃错了什么药，没对何冷杉发脾气，还答应了跟他交往。

我简直不敢相信自己的耳朵，"开什么玩笑，你根本就对这种人……"

"我做什么都不关你的事。"她一脸厌恶地看着我。

我知道我又自作多情了，人对自己喜欢的人是绝对不会露出那样的表情的。

8

我生气地把事情告诉吴畅，谁知他非但没有痛骂何冷杉，反而幸灾乐祸地说："我觉得她说得对。"

我顿时沮丧起来，"你也觉得我不如那个痞子？"

"我是说那个辛爱琳说得没错，"他无语地说，"你的确有点窝囊，堂堂大男生连告白都不敢。"

"可是……"

"我知道你怎么想的，"他拍拍我的肩膀，"可是你总不希望和陈简佳永远都是这样吧，你什么都不说她怎么能发现你的心意？你看看那个谢安璃，虽然不声不响，但是步步稳健啊。"

"你也觉得那个谢安璃有问题对不对？"我警觉地瞪着他，"他绝对对陈简佳图谋不轨！"

"有问题的是你才对，"他嫌弃地瞥了我一眼，"明明喜欢得要命，却一步都不敢靠近，我好心帮你你也从来抓不住时机。"

"你什么时候帮过我？"我居然莫名其妙欠了他人情。

"很多次好不好，"他一副不能忍的样子，"在走廊上打牌那次，我拼命暗示你给陈简佳让牌，你却像打了鸡血一样堵她。还有上个月我扮黑脸拿球扔她想让你来个英雄救美，你却被谢安璃抢了先。"

"你不提我都忘了，"我往他胸口来了一拳，"你明知道我比他站得远还扔，那家伙又惯会装可怜，我还没跟你算账呢。"

陈简佳最近变得越来越奇怪，周末跟辛爱琳出去就算了，在学校居然重新跟苏梦柯混在了一起，她就算跟不良少女徐湘勾肩搭背我都不会这么担心。她们中间有个叫秦夕颜的女生总是高高在上的样子，我看了都受不了，陈简佳却对她百依百顺，我怀疑她是不是被抓住了什么把柄。每当我看见陈简佳对她们笑着就会莫名地烦躁，我喜欢陈简佳的笑容没错，却不是这种硬挤出来的假笑。

周日我知道陈简佳不会来找我，就一个人去小学看杜宾，回来时在门口遇见了辛爱琳。

"我想跟你道歉，"她尴尬地低下头，"之前是我误会了，让你白开心一场，对不起。"

"没关系。"我闷闷地说。虽然早就明白，但还是说不出的沮丧。

"还有一件事，"她拦住我的去路，"可不可以请你放弃陈简佳？"

放弃陈简佳？我不禁好笑，这个人知不知道这对我来说意味着什么，居然这么简单地脱口而出。

"我是为了你好，"她同情地望着我，"陈简佳真的很喜欢那个男生，她是不会喜欢上其他人的。"

很喜欢……我嫉妒地问："她说过这个人是谁么？"

她摇摇头，"我只知道是你们学校一个会画画的男生。"

我稍微松了口气，据我所知那个谢安璃并不会画画。居然这样还在欣慰，我果然太容易满足了吧。

我悻悻地回到家，我妈一脸神秘地跑过来，"刚才小简带了好多漂亮女生去你房间，你什么时候交了女朋友连妈妈都不告诉。"

我瞬间一脸黑线，我觉得我小时候那么笨肯定跟我妈有脱不了的关系，我喜欢陈简佳几乎是路人皆知的事，她却依然蒙在鼓里。

等等，我疑惑地看向我妈，"你说她们在我房间里？"

"是啊。"

我黑着脸推开房门，一群女生躺在我床上嘻嘻哈哈聊着天，杂志零食扔得满地都是。我压着火把她们赶了出去。

其实我气的是陈简佳。这些女生根本就没有把她当过朋友，特别是那个秦夕颜，之前三番两次地向我投来古怪的暗示，摆明了就是在利用她。我早该把她们赶走了，苏梦柯的朋友都是物以类聚能有什么好人？初中陈简佳明明吃过亏，可她还记不住教训和她混在一起。

我想看见陈简佳的笑容，而现在她挂在脸上的假笑却让我感到格外刺眼。

"陈简佳，"我心痛地抚上她的脸，"有没有人告诉你，你笑起来真的很难看。"

就算陈简佳喜欢的不是我也没关系，只要她能开心，只要她能幸福，就算我再不甘心，也会为了守护她的笑容而祝福。

可是我想看见的是陈简佳发自内心的幸福笑容，不是这种比哭泣还难看的强颜欢笑。

如果她喜欢的人给予她的是这种笑容，我是绝对不会祝福他们的！

可是陈简佳喜欢的人到底是谁呢？

我把美术社那几个男生反反复复地打量了一遍，马可一脸麻子，齐飞是个胖子，剩下的也魑魅魍魉各有千秋，一想到可能输给他们其中一个我就恨得牙痒痒。

既然陈简佳这么喜欢会画画的男生，美术社纳新工作我也没有推出去。每个新社员我都坚持亲自把关，只要长得看得过去的统统不收，有画画基础的一概拒绝，所以我们坐了几天才招进十几个人。

那个奸诈的谢安璃不知从哪里得到了陈简佳喜欢会画画的男生的消息，投其所好也来报名。我千防万防防的就是这一刻，杜老师却突然出现坏了事，我郁闷地看他填表格，却被吴畅和马可叫到了一边。

"别不开心了，"马可搭上我的肩，"刚才我们想了一个好主意，包你满意。"

"什么好主意？"我鄙夷地甩开他，这两个不靠谱的人凑在一起能想出什么好点子。

马可笑了起来，"这次写生不是去郊外么，你可以趁机跟陈简佳告白啊。"

"是啊，顺便被她杀了弃尸荒野。"

"你别对自己这么没信心好不好，"吴畅笑脸如花地凑过来，"我们都想好了，马可那晚会办一个冒险比赛，你就在漆黑的林子里牵着陈简佳的小手走到终点，我们会在那里挂上彩灯，你就趁着她感动的时候跟她告白，说你是我最重要的宝物什么的。"

"好恶心。"我起了一身鸡皮疙瘩，却没想到自己居然真的遵从他们恶俗的计划参加了那个比赛，其实要对陈简佳说什么我完全没想好，只是能牵着她的手我就很开心了。

这种时候我还是很欣慰陈简佳怕黑的，这样她才会牢牢地抓着我不放。

"找到了！"陈简佳指着树上一张宝藏图案。

这和说好的完全不一样啊，我纳闷地蹲下来挖土，越想越觉得不对劲，突然意识到那个宝藏图案画风熟悉得有些诡异。

"陈简佳？"我想让她解释一下，却发现她不见了。

我整个人都慌了，她去了哪里，在这种漆黑的地方迷路她一定吓坏了。

秦夕颜却在这时出现了，她无视我的焦躁般说了一堆奇怪的话。我刚要甩开她，却发现陈简佳躲在不远处的树丛里，立刻明白了秦夕颜为什么会出现在这里。好样的陈简佳，你不喜欢我也不用把我往别人那里推吧，为了刚认识的人这么轻易地把我卖了，甚至一个人躲在树丛里连怕黑都忘了。

这是我第一次对陈简佳生气，我气她这么多年哪怕一丁点也没有察觉到我的心意，我气她连眉头都不皱一下就盼着我跟别人在一起。她是真的不知道我喜欢她，还是在故意践踏我的真心，用这种方式告诉我她对我一点也不稀罕？

气到失去理智的我居把她一个人丢在树林里一走了之，等我重新回去找她的时候，她已经不在了。那个晚上我走遍了整个树林，却怎么都找不到她。清晨我跑回帐篷找马可他们求助，却被告知她已经回来了。

"回来了？"我虽然松了口气，却还是感到不可置信。

"是啊，和那个谢安璃一起回来的，"马可疑惑地看着我，"你到底怎么搞的，我在终点等了你半天，结果是杜佳佳和齐飞先到了，这就算了，为什么她没和你一起回来？"

"我怎么知道。"我黑着脸钻进睡袋。

我自然没免掉被吴畅奚落一番，嘲笑完他想了想说："我又有一个好主意。"

"拜托你别说，"我捂住耳朵，"再听你的，陈简佳估计真的会跟我绝交了。"

"你居然怪在我头上，"他无语地拉开我的手，"你这几次失败都怪你自己担心得太多不敢开口吧，如果你实在担心她不理你，就选个她无法拒绝的场合吧。"

"比如？"

"比如在全班面前告白啊，"他唯恐天下不乱地说，"你生日不是快到了么，徐遥她们想在班上给你开生日会，不如你就在那天当着全班的面告白好了，那么多人她好歹也会顾及一下面子。"

"你不会是谢安璃派在我身边的奸细吧，"我嫌弃地看着他，"你别害我行么。面子？她什么时候给过我面子了？"

"她就算不给你面子也要给自己面子啊。你条件这么好的男生跟她告白了，旁边那些女生肯定会尖叫吧，她的虚荣心一下子就被满足了，没有女生会和虚荣心过不去的。"

"虚荣心？"我苦涩地抽了下嘴角，"被我告白她应该会觉得很丢脸才对吧。"

"我真服了你了，"他一副被打败的样子，"你对自己有点信心好不好，你再信我最后一次，再搞砸我就趴在地上装小狗。"

遗憾的是我没有机会让吴畅装小狗了，因为陈简佳根本不想和我一起过生日。

那晚全班热情地为我庆祝，我却失魂落魄提不起一点兴致。我很感谢他们，惭愧的是我宁愿饿着肚子和陈简佳一起吹冷风也不想独自待在这么热闹的地方。于是我从后门溜了出去，想一个人在街上散散步，却惊喜地发现陈简佳坐在路边。

看见她的那一瞬间，我全身都流动着幸福。我庆幸还好我出来了，还好我走的是这个方向，这个生日我又可以和陈简佳在一起了。

今天的陈简佳不太对劲，却意外地好说话。她说我可以向她要一件礼物，什么都可以。

我想了想，捏住她的脸说："陈简佳，笑一笑。"

我好想看见她的笑容，那是我能想到的最好的礼物。

她的脸却阴了下来，"我今天不想笑。"

那晚陈简佳陪我放了风筝，写在那本"幸福"上的事情又完成了一件。

"傅雨希，"她望着空中的风筝突然问我，"你有没有这种感觉，想要的东西明明就在眼前，却怎样都触碰不到，或者说不知道该怎么触碰，无论往哪个方向伸出手都会碰到厚厚的墙壁，无论怎么努力都没有办法得到回报？"

"有啊。"我回答。喜欢的你明明就在眼前，却怎么努力都触碰不到，或者说不知道该怎么触碰，无论往哪个方向伸出手都会碰到厚厚的墙壁，无论怎么努力都没有办法得到回报。

"是什么？"她清澈的眸子里全是疑惑。

我赌气地别过脸去，"不告诉你。"

"告诉我吧，我保证不说出去。"平时她明明对我的事都漠不关心，偏偏今天却拉住我问个没完。

"不要，"我别扭地说，"反正早晚会结束的。"

"你是说要放弃么？"她不解地问。

"才不是呢，"我生气地瞪着她，"我是说我一定会改变这种状态，就算是乱打乱撞也好，我也会找到出路，绝对不会以这种局面结束的！"

就算你现在不喜欢我也没关系，就算你完全无法察觉我的心意也没关系，因为我会继续努力下去，绝对有一天会让你看见我，绝对有一天会让你的笑容只为我一个人绽放。

10

市内新开了一家游乐场，票却很难弄到。我久违地联系了龙飞，带他去抽奖区喝了五十瓶果汁才抽到票。结果陈简佳居然把票给了谢安璃，我满心向往的二人约会就这么泡汤了。

我发现了一个鬼屋，兴奋地提议要进去，因为我知道陈简佳为了面子一定会逞强进去，然后我又可以牵着她的手了。可恨的是那个谢安璃再次站出来瞎搅和，我只能把陈简佳交给韩默萧，拉着这个没用的家伙往里走。

鬼屋里人很多，一下子把我们冲散了。我惊讶地看见韩默萧独自走着，立刻紧张起来，借着诡异的光到处寻找陈简佳，却发现她蹲在地上瑟瑟发抖，一群鬼把她团团围住。

她一定吓坏了，就算走廊这么阴暗我还是能看出她的脸一片惨白。可是她离我太远了，我一时挤不过去。

"我的眼镜掉到地上了！"我急中生智喊起来，顺手把眼镜藏进口袋。

混乱中那些鬼终于停止了攻击，打开走廊的灯帮我找眼镜。我匆匆地向她挤过去，望着她的眼睛松了口气，还好她没哭。

可回家后我却哭了。我爸说我们要搬到城南去，让我从今天开始收拾东西。我告诉他我要留在这里，否则我就放弃高考，他上来就是一拳。

我哭着发誓我一定会考进Z大，我爸向来吃软不吃硬，看我这样求他最终同意了。

学校的文化艺术节是我每年的噩梦，别人都是参加一两个项目，我却像万能工一样要从头忙到尾。可这个节日中依然有一个我期待的活动，就是被陈简佳称为弱智的地画比赛。只有这个比赛她才会因为懒得浪费时间和颜料和我一组，一想到我们可以在那么多人面前一起完成一幅画，这幅画还能在操场上保留两个月，我就会止不住地开心。

然而今年陈简佳居然报名跟谢安璃一组，分场地的时候我计划着最后一搏把她抢过来，谁知出现了一个不男不女的家伙，他笑容诡异地跟谢安璃说了几句话，后者脸色就变了，一个星期都没在学校出现。

我终于发现了谢安璃的克星，瞬间对他好感度增加。但我看见陈简佳的表情就笑不出来了，她每天都望着旁边的座位忧心忡忡，更令我没想到的是，她居然在教室门口打了李希。

从李希的话中我意识到他就是《如画》的朱莲，可他为什么会出现在这里，处处针对谢安璃，还说要在比赛上打败他，他们到底是什么关系？答案在胸口呼之欲出，我却不愿面对。

等我回过神来陈简佳已经不见了，李希嘴角挂着意味深长的笑容端详着我。

"你笑什么？"不怪谢安璃看到他不舒服，我看到他也是一股无名火。

"你是雨希是吗？"

我疑惑地看着她，"你怎么知道？"

"因为她是陈简佳啊，"他天真地眨眨眼睛，"我听到她叫你傅雨希。"

"那又怎么样？"我更莫名其妙了。

"你居然忘了，"他委屈地望着我，清了清嗓子像背课文一样念道，"我喜欢一个叫陈简佳的女孩，她是我的同桌，也是我最好的朋友。从第一次见到她……"

"闭嘴！我的脸涨得通红。

"你终于想起来了，"他欣慰地摊摊手，"我就说嘛，那封信的署名明明是雨希。"

如果不是他出现我都忘了有这回事，小学我们和外校有过一个交笔友活动，我傻乎乎地把喜欢陈简佳的事一股脑地写在信里寄了出去，完全没想到我的信会落到这么一个阴险的变态手里。

"你想干什么？"我警惕地看着他。

"我只是关心一下你罢了，"他无辜地撇撇嘴，"不过看样子你们这么多年完全没有进展嘛，她这么关心谢安璃，小心被他抢走哦。"说完他就笑着离开了。

我懊恼地攥紧拳头，都说敌人的敌人就是朋友，这个李希却比敌人还糟糕。

我正在家生闷气，陈简佳提着两大袋冰淇淋来找我。我立刻感到事有古怪，她这样无事献殷勤，绝对没什么好事。

我都做好了上刀山下火海的准备，她却只是让我在地画比赛上故意输给她。我不敢相信自己的耳朵，从不向人示弱的她，居然会为了她口中的弱智比赛向我低头。

我本能地觉得这件事跟谢安璃有脱不了的关系。在我的追问下她终于承认了，然后宣布了一个令我无比震惊的消息——谢安璃就是溪辰。

我怔怔地看着她，无法相信这个我一见面就讨厌的家伙就是我一直

388

崇拜着的溪辰。

所以之前辛爱琳说的陈简佳喜欢的会画画的男生就是他么。也对，还有谁比溪辰更会画画呢。

我只是没想到，我一直崇敬仰望着的人，有一天会跑到我身边抢走我的陈简佳。

陈简佳近乎哀求地望着我，要我为了谢安璃明天输给她。她的眼泪让我心如刀割，如果陈简佳想让我做什么事，她吼我，凶我，骂我，命令我，我都会义无反顾地为了她去做，我唯一不能接受的就是她求我。

那个该死的谢安璃，居然让她放下自尊流着眼泪这样求我！

就算他是溪辰怎么样，就算我曾经崇拜他又怎么样，他竟敢让陈简佳哭了，所以他输掉也好，再也不能画画也好，都是他活该！我才不会用陈简佳的眼泪交换这些破玩意！

于是我咬牙切齿地拒绝了陈简佳，她愤怒地离开了。

第二天陈简佳铆足了劲跟我比赛，我好多年没见过这么有斗志的她了。高中她几乎没怎么画过，今天我才知道她的实力依然可怕。本来我就技不如人，旁边又围着一群碍事的人让我更加手忙脚乱。

好在比赛因为大雨叫停了，我松了口气回到教室，却好久不见陈简佳回来。我拉开窗帘一看，她居然依然在大雨中继续画着。

他真的值得你做到这种地步么，即使弄到这么狼狈也要赢我。我无法忍受地冲出教室，抢过她的笔陪她一起上色。那漂亮的金红色和之前出现在我柜子里的颜料一模一样，当时我只觉得熟悉，现在我想起来了，这是溪辰《光芒》中的颜色。

原来陈简佳也喜欢着溪辰么，所以她喜欢谢安璃，喜欢到狼狈地跪在雨里一遍一遍涂抹着无法黏着在地上的颜料，也要让他重新开始画画。

雨停了，陈简佳像个不会呼吸的人偶一样跪在原地。我好想把她抱进怀里，可又知道她讨厌那样，只能对她说："回家吧。"

而我只是拿书包的空隙，她就从操场上消失了。我找遍了学校，决定回家看看，一上楼就看见她站在我家门口发呆。

我生气地跑向她，她却扑上来抓住我不放，哭着要我帮他。

我以为是什么要命的大事，结果又是谢安璃的事，而且这次的要求更莫名其妙。

又来了，我望着她的脸皱起眉头，又是那种让我抓狂的乞求表情，这次还哭得泪眼模糊。为什么你要喜欢一个让你露出如此痛苦的表情的人呢？

我说过，如果陈简佳喜欢的那个人不能让她露出幸福的笑容，我是绝对不会祝福他们的。所以我毫不犹豫地拒绝了她。

她把我送她的"陈简佳令箭"拿了出来，我伸手去抢，却害她从楼梯上摔了下去。我吓得连呼吸都停止了，急忙跳下楼梯扶她，她却大声哭了起来。

"我都那样求你了，"她哭着捶打我的胸膛，"都那样求你了，你为什么就是不答应！"

她脆弱的拳头每一下都打在我心上。傅雨希你口口声声说着要守护她的笑容，却每次都害她哭得这样惨，不是比那个谢安璃更可恶么？

"我答应。"我无奈地把她拥进怀里。这样你就可以不再哭了吧。

她的眼泪安静地流进我的脖子里，那泪水最初那么温暖，和衣服上的雨水混在一起却格外冰凉。

11

我认真读完了陈简佳给我的那个笔记本，那些发黄的纸页中仿佛存在着另一个世界，只有她和谢安璃两个人的世界。我明明一直在她的身边，却对这一切一无所知。

放学后我把谢安璃叫到步行桥上，把笔记本交给他，说了那些骗他的鬼话。

谢安璃却笑了起来，"她真的说服你来骗我了，我还以为你不会同意。"

我硬着头皮说："我没骗你，我真的是……"

"好了，"他打断我的话，"你不用演了，我知道辰溪就是陈简佳。"

"你知道？我瞪大眼睛看着他，"那你为什么不告诉她？"

他苦涩地抽了下嘴角，"她刻意瞒着我一定有她的理由，何况我也没准备好和她相认，甚至没想好要不要去参加比赛，我……"

"闭嘴！我狠狠一拳打在他脸上，"看看你畏畏缩缩的样子，要是我爸在这里，早就把你痛揍一顿了！"

他捂着脸不敢相信地瞪着我。

"我可是我爸的儿子，才不像陈简佳一样好脾气跟你软磨硬泡，"我用力抓住他的领子，"你那只破手有没有受伤，心理阴影好了没有我才不在乎，你输得头破血流也好，断手断脚也好，都给我像个男人一样滚去参加比赛！你再让陈简佳为了你掉一滴眼泪给我试试看！"

如果陈简佳喜欢的人是我该多好。只要是她希望的，无论什么我都会拼命去做。就算她让我从桥上跳下去，我都不会皱一下眉头。可这个家伙不过去参加一个比赛，居然让陈简佳哭成那个样子。

"我知道了，"谢安璃淡淡地说，"我会去参加比赛，不过你也要答应我一件事。"

"什么？"

他微笑起来，"既然陈简佳还不想和我相认，就请你继续扮演辰溪，再怎么讨厌我也要装作我的朋友。就像你说的，我也不想再让她失望了。"

谢安璃离开后，我一个人在桥上沮丧了很久。

我一直以为我是离陈简佳最近的那个人，对她的一切都无比熟悉。现在我却发现她的心里还存在着另一个世界，我从未见过也无法触碰的世界。在那个世界里，我才是她和谢安璃之间的外人，像一个无足轻重的传话员，卑微地游走在两人之间传递着那些我一个字也听不懂的密语。

我情绪低落地去了陈简佳家，虽然知道她在等我的消息，可我就是别扭地不想告诉她。

而当我别扭地告诉她成功了的那一刻，她开心地扑过来紧紧抱住了我。

她笑得那么幸福，幸福到连眼泪都掉下来了。

我也从不知道，有一天我望着陈简佳幸福的笑容，会感到那么绝望。

我以为只要我一直陪在陈简佳身边，总有一天她会重新露出幸福的笑容。这一天终于来了，只是那笑容不是为我，而是为了谢安璃。我努力了那么久都无法做到的事情，他居然如此轻易地做到了。

我曾经说过，就算陈简佳喜欢的不是我也没关系，只要她能开心，只要她能幸福，就算我再不甘心，也会为了守护她的笑容而祝福。可现在我才发现，这是一件那么艰难的事情。

我真的很自私吧，明明喜欢的女孩在面前笑得那么开心，心却像被撕裂一样痛。

我不想再看见了，陈简佳的笑容，仿佛再看一秒就会心痛而死。

那天晚上我吻了陈简佳。

她睡得很熟，所以并没有感觉到。她的嘴唇和我想象的一样温暖，我却感到那么悲伤。因为直到最后我也只能这样偷偷喜欢着她，一点都不敢让她发觉。

卑微的，只能藏在黑暗中的亲吻，还真适合我的风格。明知道怎样努力都得不到，却死皮赖脸不舍得放手，幼稚的我什么时候才能成熟一点啊。

"吻她。"这是我写在那本"幸福"的本子里的最后一件事情。

为什么我完成了曾经能想到的所有幸福的事情的那一刻，心里没有感觉到一丝幸福，却全是沉重的悲哀呢？

早知道，就不要急着完成那些事情了。这样我至少有很多理由让自己留下来，而不是告诉自己没有遗憾了。

第二天，我告诉我爸我同意一起搬家。

陈简佳已经不需要我了，她找到了那个能让她发自心底微笑起来的人。

吴畅知道了我要转学的事，不敢置信地问："你怎么想的？该不会告白被拒绝了吧？"

"你才被拒绝了呢。"我瞪了他一眼。

"那为什么不跟她说呢？"吴畅不解地问，"以前你怕她知道后再也不理你，现在这个顾虑已经不存在了吧，以后你们都见不到了还怕什么？"

"我……"

"你甘心么！"他严肃地看着我，"喜欢了她那么多年，一直拼命努力着，最后却连让她知道你喜欢她都做不到！比起好朋友傅雨希，成为喜欢她的傅雨希留在她的记忆里要好得多吧。"

我听了吴畅的话，想在晚上电影结束后告诉她一切。可是下午体育课我就沉不住气了，跑回教室找她。我心里存在着卑微的奢望，就算她不喜欢我，会不会有那么万分之一的可能性，我和初中那个班长是不同的。即使她拒绝了我，却依然舍不得我离开。

我悄悄从后门走进教室，她还像下课时那样托着腮坐在座位上，不知道在想什么。望着她的背影我一阵失落，我曾经骄傲地想着，总有一天我会堂堂正正地走到她面前，大声地告诉她"我喜欢你"。而现在我却依然像十年前一样，只能望着她的背影。

我对着她的背影说了喜欢她，她一直安静地听着，没有嘲笑我，也没有生气。我怀着隐隐的希望走到她面前，却瞬间被冷水浇灭。她居然在睡觉！

我恼羞成怒地把她推醒冲出教室，却在门口碰到了韩默萧。

"你都听到了？"我没好气地问。

她尴尬地点点头。

我别扭地瞪着她，"帮我告诉陈简佳，放学后我在步行桥上等她。"一次听不到我就讲第二次，我会讲到她听到为止。

然而我等到七点半，陈简佳的身影都没有在桥上出现。我怎么想都只有一种可能性，就是韩默萧把我那些话告诉了她，她听到觉得厌恶所以不想见我。

我沮丧地在桥边蹲下，自嘲地笑了起来。我嘲笑那个妄想她会在最后一刻挽留我的自己，嘲笑那个奢望她会有一丝动容的自己，嘲笑那个像傻瓜一样一直努力着的自己。

那个拼命努力着梦想终有一天会昂首挺胸地走在她身边的自己，有没有想到最后的结局会是这样呢？

十年的努力什么都没有改变，满怀希望折腾到遍体鳞伤的我，最后还是被她毫不吝惜地丢掉了。只是我总觉得不该是这样的……我明明那么努力了，那么努力的我明明不该被抛弃在这里的……

"傅雨希？"

我惊喜地抬起头，却发现站在面前的人是苏梦柯。

"你怎么了？"她担心地看着我，"出了什么事么？"

我本想像以前一样厌烦地推开她，却突然一阵不忍。

我和苏梦柯其实是一样的人吧，总被陈简佳一次次推开的我，却也从未顾虑到苏梦柯的心情。

我向她微笑起来，"你愿意和我去看场电影么？"

12

《那年初夏》讲的是一个悲伤的爱情故事。故事里的男生和女生一起长大，互相喜欢着彼此，却一次次地错过，最终连喜欢都无法告诉对方。

最后一个场景，男生偷偷来到女生的婚礼，躲在帷幕后面看着她幸福的样子，蹲下来小声哭了。

他哭的时候我没有哭。可是走出电影院的时候，我突然哭了起来。

我觉得好委屈。陈简佳就这么不要我了，连一声再见都不愿意跟我说就这么不要我了。

苏梦柯心痛地抱住我，轻轻拍着我的肩膀。

"苏梦柯，"我哭得几乎晕厥过去，"你说她为什么不喜欢我呢，为什么不喜欢我呢……"

我不甘心，好不甘心，自己就像只流浪猫一样被赶走了。

那天晚上我站在步行桥上，第一次如此平静地回忆了一遍我和陈简佳的故事。

初次相遇我就喜欢上了她的笑容，因为想要守护那个笑容而陪伴在她身边，渐渐地我就想要独占她的笑容，想让她只为了我一个人笑着，最后为了不能成为她笑着的理由而痛心。

而现在要离开的时候，我才重新想起来，最初的我只是单纯地看见陈简佳的笑容就可以那么开心。

我曾经以为，陈简佳的笑容让我的世界变得明亮了。现在我才发觉，我根本没有改变，只是从遇见陈简佳的那个时候起，我的眼睛再也看不见其他东西。只能看见她明亮笑容的我，视线里再也没有灰暗的位置。

也许真的是我太贪得无厌了。六岁那年卑微地跟在她身后期盼着她身边能空出一个位置的我，如果得知现在堂而皇之占据她身边所有空隙的自己居然要赌气离开，绝对会气得拿刀砍我吧。

我还是不甘心就这样离开，比起十年后躲在陈简佳的婚礼上没出息地哭泣，现在的挫折又算是什么呢。就算她喜欢的是谢安璃，就算现在的情况对我很不利，我也会拼命努力去改变结局。因为我从来就是阴暗卑鄙的小人，才不会大方到看着喜欢的女孩喜欢上别人，却含着眼泪默默离开的程度，那种唯美又没出息的做法，就交给更高尚的人去吧。我要成为的不是陈简佳回忆中的好朋友或是喜欢她的人，因为我根本不想活在她的回忆里。我要成为的，是和陈简佳在故事的最后相视而笑的那个人。

反正已经死皮赖脸了这么久，也不差这一次了吧。我厚着脸皮回到家，把打包好的行李放回去，边刷牙边心疼地抚摸着自己的黑眼圈，突然有人在外面砸门。我纳闷地开门，眼前竟然是一脸焦急的陈简佳。

听她说了半天我才明白，她刚知道我要搬走的事情，所以急着下来找我。看来昨天是我误会了，韩默萧没有把那些话告诉她。

原来她还是会舍不得我么……因她冻结的心又因她融化开来。我庆幸自己没有离开，否则会永远错过她此刻为我担心的表情。

13

后来的日子最艰难的就是在陈简佳面前跟谢安璃装作关系很好的样子。那种难度就好像把大便放在我鼻子下面，还强迫我发自内心地说好香好香。

然后那坨大便——不对——谢安璃居然连除夕也跑到我家来了。那晚我们去天台放了风筝，我把之前的愿望写在风筝上——"我想和陈简佳一起在故事的最后相视而笑"，结果风筝却被陈简佳烧掉了。我望着自己的愿望在天边变成一个小点，无奈自己早就习惯了这种事。

我们一起在天台看日出，不知怎么就睡着了。我醒来时太阳刚刚升起，他们还都睡得正香。我把陈简佳的头从谢安璃肩膀上移到我怀里，一个人望着新年的太阳越来越明亮。

如果有一天，能和陈简佳一起迎接新年的日出就好了。

我去城南的新家住了几天，初五才被放回来，刚进院子就惊喜地遇见了陈简佳，她却要去什么高考辅导班。我下午跑到吴畅家借了钱也报了那个辅导班，得意扬扬地在院子门口等着她，却等来了那个讨厌的谢安璃。

他告诉我他要离开了，听到这普天同庆的消息我却没有想象中开心。我很担心陈简佳，如果明天她知道谢安璃离开了会不会难过。想到这些我便不忍心再等她，怕看到她的脸就会受不住良心的煎熬说出来。

我安慰自己，等明天醒来谢安璃就会消失了，在她身边的人就只有我一个。而我没想到，等我第二天醒来，消失了的不只谢安璃，还有陈简佳。

辛爱琳告诉了我事情的来龙去脉，一脸欠揍地笑着，"他们可能永远不回来了哦。"

虽然知道她是在吓唬我，我还是不能停止不安。如果陈简佳真的不回来怎么办？谢安璃既然有本事把她带走，就有本事让她留下来。我居然松懈到让人把陈简佳从我眼皮底下带走了，还一个人在家做着美梦。

更让我生气的是陈简佳，她居然没有一点防备地跟着谢安璃走了，连招呼都没跟我打，这么多天也没来一个电话。

已经开学四天了，我情绪低落地一个人在桥上吃早餐，看见韩默萧坐在不远处的栏杆上出神。

我递给她一个烤地瓜，"吃么？我忘了陈简佳不在买多了。"

她接过去说了声谢谢。

"在想什么呢？"我坐到她旁边。

"想我经常会做的一个梦。"

"什么梦？"我好奇地问。

"不是什么好梦，我总是梦见自己一个人坐在这里，然后……"她牵强地笑笑，"不说我了，小简今天会来学校么？"

我的心情立刻低落下去，"我今天还要帮她请假。"

"别担心了雨希，"她安慰道，"她昨晚给我打电话说很快就会回来的。"

我愣了一下，"她给你打电话了？"

"是啊。"她点点头。

我胃里一阵酸涩。原来她跟所有人都有联系，独独对我连一声通知都没有。

"我是不是说错什么了？"韩默萧怯怯地问。

"没有，"我别扭地说，"我是气陈简佳，什么都不告诉我，真不知道我对她来说算什么。"

"那你问问她不就好了吗，"她认真地看着我，"你真想知道的话，还是亲口问她比较好，说不定会有意想不到的惊喜呢。"

亲自问陈简佳么……虽然我不问也知道，绝不可能听到我想要的那个答案。

第二天早上我真的在桥上遇见了陈简佳，可我等了半天她也没有想跟我解释的样子，仿佛她一声没告诉我就走人是理所当然的。我赌气地拉着韩默萧离开，想让她知道我生气了，可她依然站在原地无动于衷。

傍晚我忍不住问了那个问题，很认真地问她对她来说我是什么。

我真的收到了意想不到的惊喜，陈简佳居然什么都没说就跑出了教

397

室。我以为她至少会说我是她的朋友，结果她连答案都没给我。

我郁闷地回家，一进院子就和陈简佳撞了个满怀，看见她一脸泪水，方才的不满顿时吓忘了，忙问她发生了什么事。

她却大声吼道，"我的事不用你管！"

我愣了一下，悻悻地放开手。是啊，我算什么呢，凭什么管她的的事。

"雨希！"远处陈简佳妈妈焦急地喊道，"快把她追回来！"

我本能觉得发生了什么，再次追了上去。就算不被她当回事也好，就算她不在意我也好，我怎么能让哭成那样的她一个人跑掉。

望着越来越远的公交车，我恨透了自己，居然再次愚蠢地放开了她的手，眼睁睁地把她弄丢了。

我打了车沿着公交车路线一站一站去找，终于在荒无人烟的终点站看见了陈简佳，我开心地向她跑过去，却被她凶了一顿，责怪我把出租车放跑了。

我很想告诉她，我在车上的时候唯一想着的，只有找不到她该怎么办，把她弄丢了该怎么办。当我看见坐在站牌下面快哭出来的她时什么都忘记了，我只知道我要跑向她，要快点到她身边才行。否则的话，她又要哭了。

那个晚上，天空落下了冬天最珍贵的第一场雪。而对我来说最珍贵的，是陈简佳终于对我倾诉了她的心事，尽管她的眼泪让我心痛，我却控制不住地开心。愿意对我诉说这些的她，一定是在意着我的吧。

清晨我们在步行桥下车，走在桥上的陈简佳突然微笑着向我伸出手，"我们牵手吧。"

"什么？"我像被雷劈到一样看着她。

"牵手啊，手拉手。"她依然笑脸如花地望着我。

我不敢相信地问："为什么？"

"什么为什么，"她无辜地眨眨眼睛，"我们不是好朋友嘛。"

我愣愣地看着她，快要遗忘了的，六岁的自己的誓言再次在耳边回响起来。

如果有一天，她愿意再次对我露出笑容，如果她愿意再次牵住我的手，那么我一定会牢牢回握住她，绝对不会再放手。

那时的我一直期望着，却连自己都不敢相信的某天，居然真的来临了。

她真的再次对我露出了笑容，她真的向我再次伸出手来，我曾经以为再也不会实现的事情，居然就这样发生了。

我轻轻握住那只相隔了十几年的手，却别过脸去，怕她看见我泛红的眼眶。

我一定会牢牢握住这只手，绝对不会再放开。

那一刻信誓旦旦的我，没想到仅仅数月就背叛了自己的誓言。

谣言刚出现的时候，我虽然生气却对那个恶作剧的人存有小小的感激。因为谣言没有让我和陈简佳生疏，反而让我们更坚定地站在一起。但我的感激之情只到那个周末就戛然而止了。

那天我把陈简佳生日的照片送去给她，本以为她会称赞一下我的拍摄技巧，她却鸡蛋里挑骨头地拣出几张拍花了的照片嫌弃我。

我无奈地拿起一张清晰的照片，"天才如我也不能保证每一张都像这张一样完美嘛。"

一个可怕的画面突然在我脑海中闪过，身体里的血液瞬间冰凉。那个画面里，谢安璃和韩默萧拿出了两张一模一样的照片。

陈简佳也许不知道，但撕掉所有照片的我很清楚，那些照片虽然时间间隔很小，却没有两张完全一样。如果有，那么只有一种可能，那就是这个人有底片。

为什么偏偏是他们两个！无论是这两个人中间的哪个人做的，她应该都无法接受吧。

我不能告诉陈简佳，就算被她误会也不能。

我本想把这件事瞒下去，谁知这个人却一再做出陷害陈简佳的事情。我想找他们两个问清楚，谁知他们恶人先告状地逼我离陈简佳远一点。我心一横，提出干脆四个人都保持距离，不让他们有伤害陈简佳的机会。

可我把事情想得太简单了，即使我们保持了距离，流言非但没有减退反而愈演愈烈。我一直忍耐不发，直到发生了美术教室的事情。

我再也无法忍受，陈简佳走后我堵住那两个人愤怒地问道："谁干的，你们两个谁干的？"

"你在说什么啊雨希？"韩默萧被我的样子吓坏了。

"少给我装傻，"我恶狠狠地盯着她，"你们今天就给我说清楚，到底是你们两个谁做的？"

"你又在发什么疯！"谢安璃拦在她身前，"你再生气也别像疯狗一样乱咬人行么！"

"乱咬人？"我冷笑一声看着他，"多亏你提醒，既然你们两个谁都不承认，那也很好办。从现在开始你们谁都不许接近陈简佳一步，否则别怪我不客气。"

"雨希……"韩默萧委屈地拉我。

"别碰我！"我嫌弃地推开她，"刚才你也看到了，就算你是女生我也不会心软。"

说完我一脚踹开门去追陈简佳。

14

事情过去很多年之后，我又回想起那个晚上。

如果那天我乖乖听陈简佳的话没追上去的话。

如果我们没有在那时候遇见的话。

那么之后那些悲伤的事情一定都不会发生了。

我一定会继续像个快乐的傻瓜一样陪在陈简佳身边，幸福地做着美梦吧。

可是仿佛是上天注定一般的，我们在那时那地相遇了。让我亲手打破了那个编织了十年的美丽谎言。

那晚，我终于知道了陈简佳是怎样看待我的。

从想要守护陈简佳的笑容的那一刻起，我拼命努力着，想让那些消失了的幸福笑容重新出现在陈简佳脸上。可是我从来没有认真想过，那些笑容消失的原因究竟是什么。

今天我终于知道了。

是我。

是喜欢着她的笑容的我。

是口口声声说着要守护她笑容的我。

是全心全意努力着想让她再次微笑的我。

这样的我，让她的笑容消失了。

多么讽刺的故事啊。

　

我把自己关在房间里，没脸去见陈简佳，想到自己就是那个抹杀她笑容的凶手，我就觉得自己好丢脸。明明是伤害她的罪魁祸首，却自诩为英雄一直厚颜无耻地待在她的身边。

学校把我旷课的事通知了我爸，他打来电话一顿怒吼，警告我再不去学校就马上赶回来收拾我。

我不去学校不仅是因为不知道怎么面对陈简佳，我甚至不知道怎么面对所有人。

曾经的我为了赢得陈简佳的好感，把自己扮演成开朗的人，对身边每个人都报以笑容，想博得所有人的喜欢。现在我才明白，这样的我只能让陈简佳更加反感。真可悲不是么，我费了那么多力气才让那些我不喜欢的人喜欢上我，却被我唯一喜欢的人讨厌了。

这样想想，我这些年到底都在做什么呢……曾经的我在做什么，以后的我要做什么，已经全都不知道了。

陈简佳来天台找我，我以为她是那天的话没说完，要给我来个绝交的最终通牒，却没想到她是来道歉的。

我不明白，为什么她明明讨厌我，明明恨我，却还要低声下气地跟我说对不起。

我这个毁掉你所有笑容的人，有什么值得你挽留的。该愧疚的人，该道歉的人，应该是我才对吧。

她委曲求全的样子让我越发无地自容，于是我像只夹着尾巴的狗一样落荒而逃，却迎面撞上了谢安璃。

"陈简佳在上面，你去看看她吧。"我面无表情地说。

他仔细审视着我，"你们吵架了么？"

我别过脸没说话。

他叹了口气，"几天不见你就变成了我最讨厌的那种男生，伤了女生的心一走了之，还要别人去劝，你以为自己是情圣么？"

"你胡说什么？"我皱起眉头，"要不是她讨厌我，你以为我愿意让你去么？"

"我刚才说错了，"谢安璃笑了起来，"你不是我最讨厌的那种男生，更像是我最讨厌的那种矫情的女生。"

"你说什么！"我怒视着他。

"难道不是么？"他冷冷地说，"我虽然不知道你们发生了什么，可是她有多担心你我看得很清楚。你自己也清楚吧，陈简佳会为讨厌的人这么难过吗，你明明比谁都了解她，还在故意说这些别扭的话，不是矫情又是什么？"

"我……"

"我会帮你劝她的，"他淡淡地说，"我允许你矫情一段时间，但你最好尽快恢复正常。"

我闷闷不乐地回到美术教室。说什么帮我劝她，他哪有那么好心。

然而谢安璃的话却让我绝望的心重新燃起微光。虽然是很卑鄙的想法，但有没有这种可能，我可以装作什么都没发生过的样子重新回到陈简佳身边。她看不惯我的一切我都会改，只要她愿意我回去。

我惊讶的是，这个想法出现的一瞬间，我的心情顿时那么轻松。我真是彻底服了自己的厚颜无耻。

正当我准备厚着脸皮去找陈简佳的时候，不小心撞倒了旁边韩默萧的画架，她的图画本掉在了我脚边。

15

下午我把韩默萧叫到了天台，开门见山地问她："是你做的么？"

我很希望她否认，甚至哭着说我冤枉她，这样即使证据确凿我也会试着相信她。可是她大大方方地承认了。

"为什么要这样做？"我不敢相信地问，"陈简佳一直把你当作朋友，你为什么要这样对她？"

"朋友？"她发出一声刺耳的笑声，"你和陈简佳把我当过朋友？你们对我不过是怜悯而已。鬼屋里你只顾着担心陈简佳，谁又想过我会不会害怕。新年晚会虽然是我折断了她的琴弓，但你们把我一个人丢下跑上台不是更过分么。新年早晨醒来，我一个人睡在冰冷的天台上没有一个人管，这就是你们说的朋友吗？"

我皱起眉头，"那些都是我的错，你恨我没关系，你把所有恨意都记在我一个人头上就好了，为什么要连陈简佳也一起伤害！"

韩默萧歪着头想了想，"这是秘密，现在还不能告诉你。"

我不解地看着她，"你不怕我告诉陈简佳么？"

"好主意！"她兴奋地拍起了手，"那就快点去啊。我已经迫不及待地想看她大吃一惊的样子了。雨希你想想看，她如果知道这些事都是我做的，被背叛的她伤心的表情该有多好笑啊。"

"你真恶心。"我厌恶地看着她因兴奋而扭曲的脸。

"用这种态度跟我说话好吗，"她笑脸如花地望着我，"当心我在小简面前说漏嘴哦。"

"你到底想干什么？"

"我想让你帮我一个忙，"她凑在我耳边小声说，"你听说过三班的姜彬吧，我想让你帮我……"

我面无表情地点点头，反正这个姜彬我早就想收拾了。

"和你合作就是痛快，"她欣慰地一笑，"不过请你做完自己承担哦，今后发生的事也是。"

"今后？"我抓住她的衣领，"你还想干什么？"

她完全不害怕地笑着，"不是你自己说的么，让我把恨意都记在你一个人头上。如果你让我玩得不尽兴的话，我就只能去找陈简佳了。"

"你敢！"

"那就请你多多配合了，"她轻轻把我的手拿开，"其实这样对你也有好处，你不是一直好奇自己在陈简佳心里到底是什么吗，正好趁这次机会看看她对你的信任能有多少。"

"你少在这里挑拨离间，"我嫌恶地皱起眉头，"就算陈简佳不喜欢我，但我们也是能互相相信的朋友。"

"是吗？"她耸耸肩膀，"那我们打一个赌好了，看你所谓的信任能坚持多长时间。"

"我不会跟你这种骗子打赌。"我冷冷地说。

她勾起唇角，"我是骗子没错，不过你这个撒谎大王没资格说我吧。"

"你说谁是撒谎大王！"我对她怒目而视。

"说你喽，"她撇撇嘴，"而且你比我还可悲不是么，至少我欺骗别人获得了乐趣，你却总是欺骗自己。"

"什么意思？"

"其实我不说你也知道吧，"她叹了口气，"陈简佳她对你不要说喜欢，甚至连普通的友情也没有。这几个月我看得清清楚楚，她看你的眼神全是厌恶，其实你也看得到，却总是装傻过滤掉。"

"闭嘴，"我恼羞成怒地吼道，"我根本不懂你在说什么！"

"看吧，就是这样装傻的，"她一脸同情地看着我，"每当发现骗不了自己的时候，就会这样逞强着回避过去。不愧是傅雨希，真是厚脸皮。不过正是因为这样，你才能一直自欺欺人地赖在陈简佳身边吧。"

韩默萧的话像无数钉子狠狠刺进心里，我知道不该在意她的话，却又无法不在意。

因为她说得是对的，我一直在装傻，强迫自己不去发现陈简佳对我的态度其实从相遇开始从来没有改变过，甚至连我是她的朋友都没有承认过，是我蒙蔽了自己的眼睛，欺骗自己她的心在为我一点点敞开着。

我把所有委屈和怒意都出在那个倒霉的姜彬身上，回家后翻出我爸的酒躺在床上一瓶接一瓶地喝。那天晚上陈简佳来找我了，喝得头晕目眩的我看见她顿时满肚子委屈和不甘。我不记得对她说了什么，但一定是很过分的话，因为在最后的印象里，她哭着跑出去了。

尽管答应韩默萧不能向陈简佳坦白，我至少想跟她解释昨晚的事。中午我回到教室找她，她的课桌上只有一堆画的碎片。

我走过去心痛地抓起它们，心一点点变得冰凉。

十年来用最温暖的心情画着的礼物，用最温柔的心意维护着的友情，像垃圾一样被毫不珍惜地撕成了碎片。

小心翼翼地陪在你身边的我，小心翼翼地喜欢着你的我，原来在你看来，就这样一文不值吗？

陈简佳在门口出现的那一刻，我低着头不敢看她，怕她看见我泛红的眼圈，怕看见她脸上无情的讥笑。

为什么要这样……就算是讨厌我，就算是不想再和我讲一句话，为什么要用这样的方式来表达？我好想问问她，最终还是放弃了。

傅雨希你还要自欺欺人到什么时候。答案如此清晰地摆在你面前，你也该清醒了吧。

你到底要让陈简佳怎么证明她讨厌你，你才会相信。死皮赖脸总要有一个底线吧。

我忍住眼泪笑了起来，把碎片撒在地上，"这种垃圾，陈简佳你早就不需要了吧。"

故意说着伤害自己的话，我卑微地希冀着她会有那么一点心痛，可是她残忍地笑了，"是啊，早就不需要了。"

我的心瞬间失去了所有温度，再次体会到了无地自容的含义。

当她拿起扫帚一步一步走近的时候，我惊恐地睁大了眼睛。

不要！求你不要！

我好想大声哀求她，却只是站在那里，看着她干脆利落地把它们扫向垃圾桶。

放学后，我蹲在垃圾桶旁把那些碎片一块一块翻出来。悻悻地想，傅雨希你真是贱到家了啊。

全部找完的那一刻，我抱着垃圾桶哭了起来。忍了好久好久的委屈，终于全部释放出来。

"为什么不要我，为什么不要我……"我一遍一遍问着，总觉得被陈简佳毫不在意地丢在垃圾桶里的东西，其实是我。

16

那天后陈简佳再也没和我说过话。倒是谢安璃找了我几次，却被我生硬的态度气走了。

明天是学校给我的最后期限，我把韩默萧叫到美术教室，告诉她姜彬的事情我会默认到底，我会像约定好的一样转学，也请她遵守约定不再伤害陈简佳。

她笑盈盈地跳到讲台上，"如果我不同意呢，你又能怎样？"

"你说什么？"我不敢相信地瞪着她。

"别生气嘛，"她开心地晃着双腿，"看在你让我这么开心的份上，我会给你特别的礼物的。"

"我不要。"

"你不听听怎么知道不要呢？"她意味深长地笑了起来，"你不是一直都很在意那个问题吗？我可是好心帮你问了哦，你在陈简佳心里到底是什么。"

我冷笑一声，"帮我，你会这么好心？"

她无辜地眨眨眼睛，"因为我比你更好奇啊，不过不愧是陈简佳，回答果然没有让我失望呢。"

"她怎么说的……"我还是不甘心地问出了口。

"就知道你会在意，"她笑了笑，凑近我耳边小声说，"什么都不是哦，'傅雨希对我来说，什么都不是。'她就是这样说的。"

我怔怔地望着她，脑子一片空白。

"怎么，和期待的不一样？"她饶有兴趣地打量着我，"你在期待什么呢？"

我扑哧一声笑了，把她吓了一跳。

"是啊，我在期待什么呢，"我笑得眼泪都出来了，"陈简佳的想法我早就知道了，却还在期待转机，真是太好笑了……"

她皱起眉头，"我知道你在掩饰你的失落，可是没用。你心里想什么我一清二楚。"

"不愧是韩默萧，"我欣赏地望着她，"既然我心里想什么你都一清二楚，那为什么还没有逃走的意思呢？"

"你干吗！"韩默萧还没反应过来，就被我从讲台上扯下来，毫不犹豫地拖向窗台。

"你说得对，"我冷笑起来，"是我有了不该有的期待，所以才浪费了这么多时间，其实我早就应该这样做的不是么。"

"你想做什么？"韩默萧半个身子悬空出去，一脸恐惧地叫道，"如果让陈简佳知道你这样的话……"

"没关系，"我轻松地笑笑，"你伤害陈简佳的方法，无非就是让她知道你这个好朋友居然是这样的人。不过是我的话就没关系了，像我这样对她毫无意义的人，就算变成杀人犯，她也不会感到难过吧。"

"放开我，你这个疯子！"她拼命挣扎，却被我死死地按住。

"我可是在配合你啊，把你的角色演得更加逼真，"我掐住她的脖子，语气却格外温柔，"好好享受你的受害者角色吧。你死了陈简佳一定会很伤心的，你的目的就达到了嘛。"

"不要，"她惊恐地流下了眼泪，"求你别这样，我错了……"

"已经晚了。"

"我答应你！"她在最后一刻大声喊了起来，"我答应你！我不会再待在小简身边，不会再和她做朋友！"

"那么你发誓，"我冷冷地威胁道，"你不会再和她说一句话，以后你们就是完完全全的陌生人。"

"我发誓，"她大口地喘着气，"我不再和她说一句话……以后我们就是完全的……陌生人……"

"傅雨希你在干什么！"许老师的尖叫声响了起来，几个男生冲进来把我们拉开。

我满意地松开韩默萧，却发现陈简佳站在门口呆呆地望着我。

反正就要离开了，反正再也见不到了，就算最后我都不能告诉她我的心意，我也至少要亲口向她问出那个问题。

"对你来说我是什么？"我几乎用尽了所有的勇气和期待才问出口。

我真的很想知道，我十几年的努力，到底是不是完全没有意义。

可是她哭了起来，哭得那么伤心，却最终一个字也没有说。

尽管这样，她想说的我也全部听见了。

然而我没有感到失落，也没有感到委屈，只是单纯地为她的眼泪而心痛。就像小学一年级的夏天第一次看见陈简佳的眼泪一样心如刀绞。那时的我对自己发誓再不想看到陈简佳的哭泣，后来的我一直努力去寻找陈简佳的笑容，却没想到最后还是把她惹哭了。

17

星期天的清晨，我离开了这个住了十几年的院子。

昨晚我失眠了，于是找出初中的小提琴拉那首《洋娃娃的摇篮曲》，天快亮了才停下。

走到楼下的时候，天空下起了雪。我很想像从前那样，对着陈简佳的窗户大喊一声"下雪了"，她无论睡得多香都会开心地推开窗户往外看。因为她最喜欢下雪了。

我曾经有一个很坏心眼的计划，如果陈简佳听到，一定会生气的计划。

我打算一直缠着她，等她老到没有人会喜欢她的时候，她就不得不嫁给我了。

那一年的生日，我要故意不送画给她，还要躲起来让她找不到我。她晚上在家生闷气的时候，我就在楼下的空地上用所有美丽的色彩画一个巨大的陈简佳。第二天早上我会在楼下大声喊她的名字，在她打开窗户的那一刻，我就站在巨大的笑脸旁笑着对她喊："陈简佳，我们和好吧！"

如果她没有发脾气，那么我就再对她喊："我喜欢你！"

此时我望着那扇关得严严实实的窗户，又想起了曾经这个美梦。我以为我会难过得掉眼泪，却不知为什么咧开嘴笑了起来。

我倒出所有的颜料，照着梦里的画面，画下了曾经最喜欢的陈简佳的笑脸。七岁那幅被撕碎的画已经放进了记忆当铺，我却惊讶地发现自己即使不看那张画也完全没有停顿，也许对我来说，陈简佳的笑容早就深入骨髓了吧。

画好之后，我微笑着站在那张笑脸旁边，对着那个空无一人的窗户，用自己也听不见的声音小声说："陈简佳，我们和好吧。"

只要想象着那么美丽的画面，无论多少次，我都会情不自禁地笑出来吧。

可也许这是我最后一次，因为这个美丽的画面微笑了吧。

我轻轻抚摸着地上那张色彩斑斓的脸，拂去落在上面的雪花。

再见了，陈简佳。我曾经那么执着地相信，我可以和你一起在故事的最后相视而笑。可惜现在我要食言了。

如果这个愿望真的不能实现，那么只有你一个人能够幸福地笑着，我也会感到一样幸福。

我把所有的画画工具送给了一个小孩子，递给他的时候，从画板里掉出一张照片。是陈简佳十八岁生日那天，我们在步行桥上拍的那张照片。

照片中间的陈简佳脸上充满了幸福，而我开心地在她身边笑着，把一脸怒气的肖扬挤到一边。

那个时候笑得一脸得意的我心里是这样想的：你知道吗陈简佳，从那个角落到你身边的位置，只不过短短的三米距离。而只是这短短三米距离，我却走了整整十年。

终于有一天走到你身边了。

十一　步行桥

1

离开橙市的清晨，我站在楼下看着那张颜色稍稍变淡的笑脸，突然有种很悲伤的感觉。

下次回来的时候，它就已经彻底不在了吧。

"再见了。"我蹲下来，轻轻抚摸着那张灿烂笑容的脸。至少在最后，我想摆出和她一样的笑容，可惜嘴角还没咧开，眼泪却先掉下来。

不远处几个孩子在玩抛球游戏。一个孩子手劲太大，把球扔到了这张脸上。他们跑过来捡球，一个小女孩生气地对扔球的男孩说："你真讨厌，把画弄脏了！"

"对不起。"男孩沮丧地低下头。

我微笑着望着他们，"你们很喜欢这幅画么？"

他们用力点头。

"那你们知道这是谁画的么？"

"我知道，是雨希哥哥！"一个小男孩高高举起手，他是张奶奶的孙子，总缠着傅雨希教他画画，"这是下雪那天雨希哥哥画的，他们也都看到了。"

"对呀，他画了好久呢。"旁边几个孩子附和起来。

"是吗，"我出神地望着地上的画，"那雨希哥哥有没有哭？"

"没有，"一个孩子抢答道，"雨希哥哥一直在笑。"

笑？他的回答让我有些吃惊。

413

是什么样的笑呢？悲伤的笑，灿烂的笑，还是傻瓜一样的笑……但这些并不重要，重要的是，傅雨希是笑着和我说再见的。

所以陈简佳，你现在泪眼婆娑的又像什么样子呢？

我擦干眼泪继续逗那些孩子，“那你们知道这个人是谁么？”

“知道！”他们异口同声地喊。

这次我是真的震惊了，傅雨希居然连这种事情都到处宣传，我这几个月是怎么在邻居的目光下生存的啊。

之前生气的女孩开心地说：“这是雨希哥哥喜欢的女生！”

“才不是呢。”我红着脸否认。

她不服气地噘起嘴，“雨希哥哥就是这么说的，他还让我们帮他保密呢。”

保密？这家伙真是让我哭笑不得。

“姐姐你知道吗，”张奶奶的孙子得意地说，“雨希哥哥画完后，把所有的画画工具都给我了。”

“所有的？”我惊讶地看着他。

“嗯，”他点点头，“他说他以后不再画画了，所以都送给我了。”

旁边的女孩不满地瞪了他一眼，“哼，人家也想要来着。”

傅雨希他，不再画画了么……

我沉默了一会儿，打开行李箱找出放画画工具的袋子，开始倒水，调色。

然后我跪下来，在六岁那年的陈简佳旁边画下了六岁那年的傅雨希，色彩一样鲜艳夸张，笑容一样灿烂明亮。

我也不能忍受自己的颜色比傅雨希暗淡，于是又把自己的脸上了一遍颜色。

那些孩子在旁边瞪大眼睛看着，大气都不敢出。画完后我把所有的笔和颜料都给了刚才那个不服气的女孩。

“真的么？”她惊喜地叫起来。

“但是有一个条件哦，”我微笑着摸摸她的头，“如果有一天他们的颜色变淡了，请你们帮我重新上色可以吗？”

"只能涂色么？"旁边的男孩失望地说。

我想了想："如果你们喜欢，还可以画些气球或者小动物之类的装饰。如果想在脸上涂鸦的话，只准涂我刚才画的那张脸，胡须眼镜任你们画。"

"太好了！"他们开心地叫起来。

走到院子门口时，我想起那个我和傅雨希都没有遵守的约定。我们在步行桥上说好，要一起开心地笑着出发去新的城市。

一起开心地笑着，大概就像地面上有着最灿烂笑容的那两个人一样吧。然而分道扬镳的我们，却有着各自悲伤的脸。

我最后望了一眼地上那两张灿烂的笑脸，请你们代替说话不算话的陈简佳和傅雨希，永远开心地笑着留在这里吧。

2

大学开学时我买了一部手机，把所有人的号码输到通讯录里面的时候，傅雨希生气的脸无数次在手机屏幕上跳跃出来，"我不管，你一定要把我的号码存在第一个！"

"我才不要呢。"我撇撇嘴。至少，你也要把号码告诉我才行吧。

但最后我还是把通讯录最上面的位置空了出来。

尽管记了这么多号码，但除了室友之间互相联系一下，我没有接到其他任何一通电话或短信，包括肖扬他们也没有。

但意想不到的是，我在生日的早上收到了苏梦柯的信息。

虽然只有"生日快乐"和落款的名字，我却很感动。最后唯一记得我生日的，只有苏梦柯这个我以为再也不会讲话的人。

生日那天晚上，我独自在陌生城市的路边坐了很久。虽然一直觉得自己孤单，但生日的时候独自一人还是第一次。

我之所以固执地不愿意回宿舍，是因为我还在隐隐希望着，希望傅雨希能突然从哪个角落跳到我面前说"生日快乐"，就算是嘲笑一下我狼狈的样子也好。

可我知道他不可能出现，如果他想出现的话早就会出现了。开学时我查了整个Z大的新生名单，都没有找到傅雨希的名字。傅雨希就是这样的人，如果他想缠着你，你永远也摆脱不掉，但如果有一天你找不到他，只能说明他真的不想再见到你了。

被彻底讨厌了呢，我悲哀地笑笑。也对，一个连起码的信任都没有的朋友，有什么值得留恋的呢。

回到宿舍已经很晚了，我正准备开门，门却从里面打开了，灯光刷地照亮了黑暗的走廊。

"生日快乐！"宿舍里的女生一齐喊着，她们身后有一个小小的蛋糕。

"谢谢。"这样的阵仗让我有点手足无措，睡在我下铺的杜萧把我拉进去。

"看，这是什么！"舍长于娜举起一个装满啤酒的购物袋。

我开始怀疑她们只是想借我的生日尝试喝酒而已。这是我第一次喝啤酒，味道和除夕喝的白酒完全不一样。虽然不怎么好喝，但就是停不下来往嘴里灌。

大家喝得东倒西歪的时候，杜萧兴奋地举起一个空瓶子，"我们来玩真心话游戏吧！"

我们四个人坐在地上，把瓶子放在中间玩了起来，不记得转了多少次，瓶口在我面前停了下来。

"该你了小简，"杜萧开心地用筷子敲了敲地板，"提问，你喜欢什么样的男生！"

我揉揉脑袋，去年写生的时候，我好像回答过一模一样的问题。

我是怎么回答的来着……"会画画的男生，很安静的那种，笑容很干净，很温柔……"

"你说的是我吗？"傅雨希捂着脸扭扭捏捏地笑着。

我无语地翻了个白眼。当然不是你了，你的话应该是这样才对……我微笑起来，"会画画的男生，总是很吵，每天都傻笑着，一天到晚讲着废话……"

"这样的男生听起来蛮讨厌的啊。"于娜一脸嫌弃的表情，

我点点头笑着认同，"是啊，最讨厌了……"

"你品位可真怪。"杜萧笑嘻嘻地搂住我的肩膀。

那晚我们都躺在地上睡着了，于娜睡着的时候趴在了蛋糕上，于是我唯一的生日礼物就这么报废了。

听杜萧说，我那天喝醉后居然发了酒疯。

她说我本来只是坐在一边抱着酒瓶嘀咕，后来于娜拿来相机说一起拍照吧，我就笑嘻嘻地在中间坐下来。结果于娜数着"一、二、三"的时候，我"哇"的一声大哭起来，把所有人都吓了一跳。不管别人怎么劝，我还是一个劲儿地哭。

"你还抱着我说了让我超感动的话。"她不好意思地笑着。

"我说了什么？"我尴尬得没脸看她。

"你说'我不要她们，我只要你'，"她开心地捂住脸，"讨厌，原来你这么喜欢我。看你平时对我淡淡的，那天才知道，原来我对你来说那么重要。"

"是啊，"我喃喃地说，"原来你对我来说这么重要。"

3

杜萧就这样成了我大学的朋友，她有很多和傅雨希相似的地方，尽管有时会很吵，但看着那张笑容灿烂的脸，心情就会变得晴朗起来。

周末她会陪我去书店。每期的《如画》我依然会买，像曾经一样期待着溪辰的名字会重新出现在上面。

"为什么你每次只买《如画》，买不同的换着看不好吗？"她好奇地问。

我不想解释，否则不知道要解释到什么时候。

"你看这本封面多漂亮，比你买的那本好多了，"她随手拿起一本，"不过封面这张脸和你好像哦。"

"是吗，"我不以为意地说，"就算把我的照片印在上面我也不会买的。"

"不过人家的名字比你好听多了，叫辰溪。"

我的身体瞬间僵住了，恢复行动后后立刻扑向她，"给我看看！"

杜萧战战兢兢地把书递给我，看我的眼神仿佛怀疑我被什么附了身。

那是一本画集，名字叫《辰溪》。

封面是一个女孩的脸，她笑得无比灿烂，金红色的眸子里充满了幸福，看到她的人瞬间就能感到无穷暖意。作者的名字，是溪辰。

我蹲下大声笑了起来，边笑边掉眼泪。好开心，开心到连心跳都要停止了。

他做到了，他真的做到了。

谢安璃成了新生代中最早自立门户的画家。他的作品越来越精彩，受到了比《如画》时期更高的评价，人气也一路猛涨。在出版了画集《辰溪》之后，又相继出版了《瓶》《无茎之花》等作品集，预计会在未来三年内举办个人画展。

我升入大学之后更加努力画画，大一结束的夏天，我的作品被《如画》录用了。杂志社为我设计了每月固定板块，如果能得到更多读者的认可，今年春天我也能参加那个仅限人气作家的画展。

韩默萧复读一年后考进了Z大。她成了学校人气最高的女生，每次出行身后总陪同着千军万马。她的衣着打扮、举止动作都和从前完全不同，颇有曾经秦夕颜的味道，甚至青出于蓝。我很想告诉她我很为她高兴，但有一次她带着几个女生昂首挺胸从我面前走过的时候，我便打消了这个念头。

唯有傅雨希，像从这个世界上消失了一般，杳无音讯。

我在新的城市一待就是两年。两个月前我在电话里听我妈说了她准备再婚的消息，我答应她会回去，但到底什么时候我也没想好。

我妈的结婚对象最后还是辛爱琳的爸爸。她已经从原来的房子搬走住在辛爱琳家里，但没有卖掉房子，因为我的东西放在里面没有收拾。

曾经充满回忆的院子，现在最后一家也离开了。

元旦前夜我躺在被窝里玩手机，杜萧她们用电脑看跨年晚会。零点那一刻由于网络迟钝，音响里播放出诡异的跨年钟声的时候，我给苏梦柯发了新年短信，一分钟后收到了她的回复："新年快乐。今年寒假你回来么？"

"可能吧，大家都好吗？"我回复道。

"大家指谁？"

"肖扬他们。"

"不知道，好久没联系了。"

"那……"

那你和傅雨希见过面么？我犹豫了很久，最终把信息删掉。

那天晚上我们聊了很多，彼此喜欢的东西，新认识的朋友，让我想起小学我们挤在一张小床上说悄悄话到深夜的时候，心里充满了温暖，直到那条短信出现在我眼前。

"对了，我们以前上学经过的那座桥要拆掉了。"

胸口的某个地方瞬间变得冰凉。

"为什么？"颤抖的手指艰难地按出这句话。

"人流比以前多了，改成普通交通道更方便吧。我觉得挺好的，毕竟爬台阶太累了。"

"为什么？"恍惚中我又把这条短信发了一遍，我不是在问苏梦柯，也不知道在问谁，我根本不想知道答案。

步行桥要被拆了。我和傅雨希十年来每天一起走过的地方，那个留下我们无数回忆的地方，就要不在了。

我一直执着地相信，终有一天我还会在那里遇见他。在某个清晨，他还是会手里拿着两个烤地瓜站在那里等我，然后笑容满面地向我奔跑过来。

可是以后，我该去哪里等他回来。

4

今年的春节，我回了橙市。在火车站看见我妈，我有点惭愧，因为我回来的初衷只是为了再看一眼那座步行桥。

我们上了一辆出租车，窗外却是我从未见过的风景。

"今年在你辛叔叔家过年。"她没有多做解释。

刚进新家，辛爱琳像颗炮弹一样兴冲冲地弹出来抱住我的脖子，"好久不见了！"

她完全没有好久不见的样子，完全是我刚下楼去了趟超市的感觉。反而是我尴尬得不知道手该往哪里放。

"有没有给我的礼物？"她感兴趣地翻起我的箱子，大声喊着，"爸，她们回来了！"

辛叔叔也在家？我有些紧张，这是我们第一次见面。

"小简回来了？"男人的声音从厨房传来，"去洗洗手，饭马上好了。"他的声音自然得一点不像要见陌生女儿的继父。难道这个屋子里只有我一个人觉得别扭么？

"尝尝叔叔做的鱼，看比不比你妈强。"说话的人端着菜从热气中走出来，只是那张脸有点面熟……

"辛老师？"我惊讶地睁大眼睛，这不是我高中的数学老师么？

"陈简佳？"他同样惊讶地看着我，又看了看我妈，然后恍然大悟地笑了，"你看我，只知道你小名叫小简，也知道你在一中上学，但真没想到会是你。"

他向我道歉，我却愣愣地看着他。

他刚才，是叫我陈简佳么……

我只知道，我的数学老师最终记住了我的名字。

辛爱琳和以前几乎没有变化，只是更粘人了。除夕下午，我终于摆脱她的纠缠来到步行桥下。

我想再在这座桥上走一走，再次走上我无数次走过的路，回忆一遍在这里发生的故事，在这里相遇，在这里失去的那些人，还有属于我自己的笑容和眼泪。

我想一直站到晚上，最后一次等待着整个城市的灯光亮起，最后一次眺望属于我的那片光芒。

我想用我的方式和这座桥告别，可是神却没有给我这样的机会。

桥两头的栏杆已经被拆掉了，伫立着高高的铁管，绿色的纱网把两端入口堵得严严实实。我弯腰准备从铁架下面钻进去。

"你干什么！"一个工人突然出现在我面前。我吓得直起身子，头撞到了铁管上，疼得我眼冒金星。

他黑着脸把我往外轰。我答应着装作准备离开的样子，但那人一走开我就再次溜进纱网里。

"站住！"他居然发现了。我拼命往前跑，没跑几步就被一群工人抓住强制拖了出去。

"你这姑娘怎么回事，很危险知不知道！"包工头走过来数落我。

"我就上去一下又不会怎么样！"我也较起劲来。

"陈简佳？"

我吃惊地回头，苏梦柯一脸不解地站在我身后。

包工头松了口气，"这个姑娘一看就是明白人，好好说说你朋友，我们明明在施工，她硬要闯进来。"

苏梦柯鄙夷地看着我，"真丢脸啊陈简佳，两年不见居然能在路边吵架了。"

我闷闷地别开脸，居然让她白白看了场笑话。

她面无表情地说："走吧，去喝点什么。"

5

我们在甜品店各自低头喝着自己的东西。即使短信交流起来没有芥蒂，但见了面依然会感觉尴尬。

"前几天我见到傅雨希了，"她喝了口茶慢慢说，"他也回来了。"

我心跳停了一拍，却仍装作漠不关心地说："是吗。"

她拿出手机，"你要他的联系方式么？"

"不用，"我摇摇头，"如果他真的想见我，会自己来找我的。"

她不以为意地耸耸肩膀，"我就知道你会这么说。"

"我没想到你会主动把他的联系方式告诉我，"我淡淡地说，"不像是你的作风。"

"是吗，"她托着下巴想了想，"就当作我在赎罪吧。"

"什么意思？"

"初中的事啊，傅雨希不是已经告诉你了么？"

我愣了一下，"你是说傅雨希强迫你和我绝交的事？"

她点点头，"那时候我很喜欢傅雨希，也知道他一直喜欢的人是你，所以看不惯你在他面前趾高气扬的样子，觉得你是故意在炫耀给我看，告诉我我那么小心翼翼喜欢着的人你却根本从不稀罕。所以我想惩罚一下你的骄傲，就和班上几个女生联合起来孤立你。后来这件事被傅雨希知道了，他生气地把我骂了一顿，然后我哭着向他告白了，他却那么冷漠地看着我说'我只喜欢陈简佳一个人，无论是什么样的理由，我绝不允许你们伤害她'。他限我三天内找个不会伤害到你的理由和你绝交，说以后不想在你身边看见我。我委屈极了，一气之下就找到你说了那些话。"

竟然是这样……我心里一阵黯然，原来傅雨希那么早就一直保护着我，我却误会他到那种地步。

"上大学后我想通了，"苏梦柯释然地笑了，"傅雨希他只是和我一样想保护自己喜欢的人而已。虽然那时的我很委屈，但错的人依然是我。对不起了，做了那些事伤害你。"

我没有说话，因为嘴巴里的柠檬片太过酸涩。

一回到家辛爱琳就拿着菜刀冲出来，"你趁我睡午觉的时候去哪里了？"我本能地往后退，她则揪住我往厨房拖，"赶紧过来帮忙做年夜饭。"

我丝毫不敢反抗地跟她去了厨房，发现辛老师也在。

"帮我把这些香菜切了。"她把刀递过来，刀尖还冲着我的脸。

我嫌弃地看着那些味道古怪的香菜，"这是要放进哪个菜里的？"

"每个菜都会放吧，"她想了想，"我爸还要单独炒一盘香菜。"

"你不喜欢香菜么？"辛老师看出了我的为难。

"你讨厌的不是虾么？"辛爱琳好奇地问。

我没好气地说："讨厌又不冲突，我还既讨厌蟑螂又讨厌你呢。"

好在辛老师放弃了每道菜放香菜的想法，但是那道炒香菜还是上了桌。我嫌弃地把它推给辛爱琳，"你说香菜到底是什么东西？炒着吃的菜，用来调味的小料，还是撒在食物上的装饰，居然无处不在。"

"谁知道，"辛爱琳专心吃着面前的辣子鸡，"你不吃就是了，管那么多干吗？"

"应该什么都是吧。"辛老师走过来。

"什么都是？"

"记得高中函数学的集合么，一个集合如果和所有互不属于的集合都有交集，那么它是什么状态？"不愧是一中的首席数学老师，什么都能归到数学上去。

"又来了……"辛爱琳无语地捂住头。

"所有集合都不属于。"我想了想说。

"没错，"他点点头，"但什么都不属于也有一种特殊状态，那就是包含所有的集合，香菜就是这样一个例子，所以它既是菜，又是调料，还是装饰。"

我愣愣地看着他，我怎么没想到。

"你还真在听他讲啊，"辛爱琳烦躁地说，"怪不得你们一中都是怪人。"

辛老师严肃地说："这就是你和陈简佳的区别，她能从香菜中发现数学问题，你就只知道吃，这就是为什么人家能去Z大，你只能在橙市找个普通大学上。"

辛爱琳不屑地撇撇嘴，"那有什么不好的，还能天天回家吃饭。"

这对父女又开始呛起来了，我趁机回到房间，心跳得厉害。

我想明白了一个以为一辈子都无法解答的难题。

6

除夕夜橙市下了我出生以来见过最大的一场雪。傍晚鹅毛般的雪花就铺天盖地地落下来，仿佛要把这个城市淹没一般。

我妈这个除夕夜依旧要值班，辛老师早去睡了，我和辛爱琳在沙发上无聊地看春晚。十一点左右我迷迷糊糊睡着了，隐约听见辛爱琳去了洗手间，然而没多久我就被她的叫声惊醒了。

"别开玩笑了陈简佳，快把灯打开！"

我困惑地睁开眼睛，发现屋子里一片黑暗。我拉开窗帘，外面也是漆黑一片，只有地面和屋顶上的雪映射出淡淡的月光。

"停电了。"我淡淡地说。

"不会吧，"她无语地说，"除夕夜停电，真是让人惊喜。"

没有电视，没有电灯，我和辛爱琳在客厅里度过了一个最精彩的除夕夜。我躺在沙发上打开手机收音机，城市新闻说因为大雪整个橙市都陷入了停电状态，正在组织紧急抢修，断电状态可能会延续到明天早上。

看来明早之前不用指望来电了。这个漆黑安静的夜晚也许是神明的礼物，让所有人都放下手中的工作乖乖回家睡觉。

我突然想到，也就是说现在步行桥上也不会有人吧。

是啊，除夕夜停电，真是让人惊喜。

我在辛爱琳惊讶的目光中冲出家门，往桥的方向跑去。这也许是我这一生中唯一一次与那座步行桥道别的机会了。

外面依然下着大雪，积雪厚得没过了靴子。街道没有一丝灯光，比在屋里看到的还要黑暗。铺满积雪的路如童话般美丽，踩上去却并不美好。一条街还没走完我就摔倒了五六次，雪融化在衣服上又冰又冷。尽管这样，我依然跌跌撞撞地向前跑着。

我从没想过自己有一天会勇敢到在一片漆黑的城市里独自奔跑，也许是因为耳机里的新年音乐节目驱赶了可怕的寂静，也许是因为我知道自己跑向的地方，曾有人无数次地站在那里等待着我。

当步行桥终于出现在眼前时，我激动得想哭。曾经闭着眼睛都能走到的地方，现在居然想看一眼都这么艰难。就像曾经伸手就能触碰到的那个人，现在居然连听到他的呼吸都是奢望。

下午那些工人果然都回家了，我从铁架下面钻进去，走上被雪覆盖的台阶。

"下面播放今天的最后一首歌，来自 S 乐团的《若能回去》。

若能回去回去有你等待着我的街

若你愿再度对我露出笑容，

若你愿再度向我摊开手心，

无论多少次我都会把手伸向你，

若能再见到你，泪水啊，那一刻再也无法停息。"

动人的旋律中，DJ 开始了解说："你的生命中有没有这样一个地方，让你可以卸下微笑到僵硬的面具，把所有委屈都随着眼泪流淌出来，也许是一个街道，也许是一个怀抱。纵使某天分离，那些温暖的地方，温暖的人亦不会离开我们，永远安静地存在在我们的世界里。"

眼泪模糊了我的视线。是啊，这座步行桥，还有曾经在桥上等待着我的人，会永远存在在我的生命里，无论如何我也不会忘记。就算这座桥转眼就会消失，就算那个人永远不会站在这里等我。

"离新年还有十秒钟，请大家和我一起倒数，十，九，八，七，六，五，四……"

我擦干眼泪一起倒数，却隐约看见远处一个人影。脑中瞬间一片空白，我屏住呼吸向他跑去。

"三，二，一！新年快乐！"

我呆呆地望着眼前那个人。泪水啊，那一刻再也无法停息。

7

傅雨希闭着眼睛靠在栏杆上，眉毛和头发上都落满了雪。

我情不自禁地伸手，想触摸那张两年来想念了无数次的脸，他却突然睁开了眼睛。看见泪流满面的我，他只是淡淡地说："是你啊陈简佳，好久不见。"

他的目光，像是在看一个陌生人。

"好久不见。"我的手失落地放下来，方才的惊喜仿佛被一盆冷水浇灭。

我们就这样沉默着面对面站着，没有再说一句话。曾经的我怎么也无法想象我们有一天会变成这样。

明明好不容易才遇见，明明开心得快要疯掉了，明明有那么多话想问他。

你到哪里去了？你还在生我的气么？你愿意再和我做朋友吗？

你……还喜欢我么？

可是他冷漠的表情，让我一个字也说不出口。

怎么可能还喜欢我，那样伤害他的我，讨厌都来不及吧。他来这里大概也是想再在这座桥上走走，现在遇见我，一定觉得很不舒服吧。如果是这样，我是不是离开会比较好。

可是我不想离开。我好不容易才重新和他遇见，舍不得就这么走掉。即使什么话都不说，就和他这样站在一起就很开心。

可惜傅雨希不是这么想的，他漠然地离开栏杆，"我回去了，再见。"

"傅雨希！"我伸手拉住他。

"有事么？"他皱起眉头。

虽然已经晚了，但有些话我一定要告诉他。就算他已经不屑一顾，就算会被他无情地嘲笑也一定要告诉他！

"你记不记得曾经问过我，你对我来说是什么，"我定定地望着他，"如果我现在回答你，你还想听么？"

"说吧。"他一副不感兴趣的样子。

我认真地看着他，"你是香菜。"

"你是来吵架的么？"他的脸色变得很不好看。

"我常常想香菜是什么东西，是炒着吃的菜，用来调味的小料，还是撒在食物上的装饰。就像傅雨希你一样，你有点像我的家人，有点像我的朋友，我对你既有喜欢也有讨厌，却也说不出你到底是什么。现在我全部想通了。"我严肃地问，"提问年级第一名傅雨希，一个集合如果和所有互不属于的集合都有交集，那么它是什么状态？"

"所有集合都不属于啊。"他纳闷地回答。

"没错，"我点点头，"所以香菜什么都不是。你那时候说对了，你对我来说的确什么都不是。"

他苦笑起来，"你还真直接。"

"可是你忘了另一种原因，就是它包含了所有的集合，"我微笑起来，"你什么都不是的原因，是因为你什么都是。"

为什么早没想到呢，傅雨希对我的意义。不是朋友，又是朋友；不是家人，又是家人；不喜欢，却很喜欢；不讨厌，却很讨厌……这些全部加在一起，才是傅雨希吧。

傅雨希在我的生命里从来不属于哪个范围，因为十几年来陪在我身边，陪我穿越了无数季节的，从来就只有他一个人。他的笑容，覆盖了我生命的分分秒秒。

"说完了？"傅雨希淡淡地说。

我点点头。虽然知道他不会在乎了，却还是止不住地难过。

傅雨希真的变了，如果是以前的他早就感动得泪流满面了，现在却一副事不关己的样子。可我又能怪他什么呢，把他变成这样的人，不就是我么。

这就是报应吧，曾经的我不也总对傅雨希的笑脸冷眼相待么，那些时候傅雨希的感受，我也总算体会到了。

居然会这么委屈，委屈到连话都说不出来了，可他是怎么做到一直开心地笑着的呢。

"这算是告白么？"他突然冷冷地冒出一句。

我吃了一惊，没想到他会这么说。

"太喜欢我，想我想到魂不守舍的程度。"

"不是……"他怎么开始胡言乱语了。

"明明想说喜欢我，因为害羞所以……"

"都说不是了！"我无语地打断他。

"太好了，"他开心地笑了起来，"你自己说的哦，什么都不是的话，就是什么都是了。"

我呆呆地看着他笑到眼泪都流出来的样子。是他，是我认识的傅雨希。

站在我面前开心笑着的傅雨希，脸上的笑容从未改变。

六岁的傅雨希甩开我的手捧腹大笑："被骗了被骗了！"

七岁的傅雨希背着粉色的米妮书包笑嘻嘻地跟在我后面；

八岁的傅雨希得意地笑着拿出他歪歪扭扭的画展示给我看；

九岁的傅雨希一脸讨好笑着问我我妈今天会做什么好吃的；

十岁的傅雨希，十一的傅雨希，十二岁的傅雨希，十三岁的傅雨希，十四岁的傅雨希，十五岁的傅雨希，十六岁的傅雨希，十七岁的傅雨希……

十八岁的傅雨希无赖地笑着拉住我的手，"你不理我也没有关系，就算陈简佳放手，我也绝对不会放手的。"

曾经的傅雨希、傅雨希、傅雨希和傅雨希仿佛一起从我身边跑过，带着同样的笑容站在我面前。他们亮晶晶的眼睛望着我，七嘴八舌地吵闹着，撒娇着，一遍一遍地叫着我的名字。就是这样的笑容，贯穿了我的整个记忆。

我好想念你们。

我好想念你。

鼻子突然一酸，眼泪忍不住流了出来。我刚刚那么害怕，害怕他真的不理我了，害怕再也看不见他这样的笑容了。可是现在他就站在我面前，像什么都没有发生过一样对我笑了。仿佛我们刚刚才见过面，只是平常地在回家路上商量要买什么零食。又仿佛我们已经好几个世纪没有见到了，因为那笑容美好到让我觉得像是做梦一般。

"陈简佳？"他终于发现了我的不对劲，"你不会哭了吧？"

听到他的声音，方才的委屈化作愤怒爆发出来。我抓起耳机狠狠往他头上摔过去，"你是故意的对不对，故意对我摆臭脸，对我那么凶！"

"我没凶啊……"他被吓坏了，手忙脚乱地给我擦眼泪。

"你凶了！"我打开他的手，眼泪流得更凶了，"我还以为你讨厌我了，我还以为你不想理我了，我还以为……唔！"

我惊讶地睁大眼睛，傅雨希他居然吻住了我。

他的表情那么温柔，温柔到让我不再挣扎，而是安心地闭上了眼睛。曾经那个梦里，傅雨希也是这样温柔地吻着我，那时我感受到的也是这样令人心安的气息。

傅雨希紧紧抱着我，像小狗一样把脸埋在我的脖子里，"我怎么会讨厌你，怎么会不想理你，刚才看到你的时候，我开心得差一点就扑过去抱住你了。可是我不敢，我对自己一点信心也没有，我怕你还是讨厌我，怕你会赶我走，我只能拼命装作不在意。你刚刚跟我说了那些话，我真的好开心，开心得快要死掉了！"

我轻轻抚上他的脸，惊讶地发觉指尖沾满了泪水。

8

几个小时前我想这一定是我这一生最倒霉的一个除夕夜了。而现在我却对先前的一切充满感激。冲出家门的时候，一个人在漆黑的雪夜里奔跑的时候，我一定没想到此时可以这样幸福。

"傅雨希，"我拉拉他的袖子，"我们再一起在桥上走一次吧。"

"好啊，"他笑起来，把手伸向我，"要牵手么？"

我脸红了起来，但还是拉住了他的手。我们牵着手在桥上慢慢走着，走到一半的时候他吃吃笑了起来，"小学的时候总看着你和苏梦柯牵着手走在桥上，心里羡慕极了。每次我都跟在你们后面幻想，如果有一天陈简佳也能那样牵着我的手就好了，"他得意地抓紧我的手，"没想到曾经对我来说那么遥不可及的事情，现在真的实现了。"

"少说得可怜兮兮的。"我别扭地别过脸去。

"可惜以后都没有机会了，"他遗憾地说，"桥拆掉之后，我们再也不能一起走在这里了。记不记得刚上初中的时候我对你说，以后我又可以和你一起上学一起回家了，还说以后工作了也要每天一起上班，老了一起提着鸟笼去那边的敬老院打牌。"

我心里一阵落寞，那是以前傅雨希要赖逼我答应的事情，而现在终于憧憬着的时候，却已经不能实现了。

"那我们把以后的份全部走完好了。"我强拖着他往桥的另一头走去。

"想也知道走不完吧，"他无奈地跟在我身后，"你算一下嘛，一年工作日算二百天好了，二百个来回吧乘以几十年的话……"

"少在我面前卖弄数学，"我鄙夷地瞪他，"我小学数学考满分的时候，你还不知道在哪个坑里玩泥巴呢。少废话，用跑的！"

每当我回忆起那年的除夕夜，常常会情不自禁地笑出声音。

那一晚，当人们对着温柔的夜空许愿的时候，当人们在新年的祝福中安然入睡的时候，当人们为清晨的鞭炮和饺子忙里忙外的时候，我和傅雨希两个傻瓜在一座没有灯光并且快要被拆掉的步行桥上，像百米冲刺一样从这一头跑到那一头，一直跑到没有力气坐在地上喘着粗气。

"不许休息，继续跑！"我已经站不起来了，却还在命令着傅雨希。

他像被逼迫的小媳妇一样眼泪汪汪地看着我，"求你饶了我吧，我快累死了。"

"不行，才跑了两年的份呢。"我不甘心地说。

"陈简佳你一定要在新年做这么晦气的事情么，"他一脸委屈地瞪我，"我们还有那么多年好活，干吗要现在全部走完啊。还是说，你想走完之后就再也不和我见面了。"

"怎么会！"我焦急地否认道。

"那就好了，"他释然地笑了起来，"因为就算步行桥消失了，甚至连橙市都消失了，无论在什么地方，我都会陪你一直一直走下去的。"

傅雨希的话让我感到那么温暖，就算知道只是安慰的话，我也深信不疑。如果说傅雨希没变，他又有确实改变的地方。但我硬是压下心里的感动翻起了旧账："说什么陪我一直走下去，那你这两年到哪里去了，明知道我在Z大也没找过我，生日的时候也没出现。"

"生日的时候我去找你了。"他闷闷地说。

"少骗人了。"我没好气地说。

"是真的，"他一脸委屈，"第一年生日你坐在路边发呆对不对，我就躲在你身后那棵树后面，心想如果你叫我的名字我就出来，结果你一点都不想我。第二年你跟那个胖胖的女生一起出去吃饭，看起来很开心的样子，我就郁闷地走开了。"

明明是他不好，可他偏要说得那么委屈让我生不起气来。我不满地把手一伸，"那礼物呢，这两年你也没给我准备礼物吧。"

"给你。"我惊讶地看着他像拎对联一样展开两幅我的肖像站在那里。

"你都随身带着的么？"比起他的心意，我更吃惊的是这一点，"你又不知道什么时候会遇到我。"

"我知道啊，"他微笑起来，"我知道陈简佳今天晚上一定会来。"

不知为什么，曾经看腻了的傅雨希的笑容，现在一看到就会不好意思。我别扭地把视线挪到画上，干巴巴地称赞了两句："挺不错的，比你在院子里画的好多了。"

他沉默了一会儿，"我去过院子了。我的画旁边的那些，是你画的么？"

我脸红了起来，却装作不在意的样子，"是啊，画得很棒吧。"

他用复杂的眼光打量了我半天，没有说话。

9

雪渐渐停了，被白色覆盖住的城市竟像梦境一般美丽。

这是我们最后一次站在这座步行桥上了。明知道这个夜晚之后，我将会失去更多的东西，但此时我依然感到无比幸福。

我唯有一个遗憾。虽然我知道那些光芒依然存在，最终却无法再次眺望它们，与它们道别。

忽然我想到一件事情，推了推快要睡着的傅雨希，"你抱我一下。"

"什么？"他瞪大眼睛一副遭了雷劈的样子，然后红着脸把我拉进怀里。

"你干吗？"我嫌弃地推开他。

"你不是让我抱你么？"他的脸红一阵白一阵。

我无语把他的手放到我的腰上，"把我举得高一点。"

他明白了我的意思，从后面把我抱了起来。

"就是这个高度。"我望着面前褪去了光芒的城市喃喃地说，以前我爸抱着我的时候，就是这样的高度。而我在傅雨希的怀抱中感到了同样的温暖和小心翼翼。

"记不记得我说过小时候在这里看见的光芒，"我轻声说，"我刚刚在想，如果站在和曾经一样的高度，会不会就能重新看见它们。"

如果所有故事都有一个原点，那我的原点就是这里吧。这是我第一次看见那些光芒的地方，也是我丢失那些光芒的地方，十年来我一直站在这里寻找着，等待着，想重新看见那些光芒。而一直以为站在同样地方的我只站对了经度和纬度，却忽略了那时的高度。

"那么，看见了么？"傅雨希的声音很温柔。

"当然看不见了，停电了不是么，"我自嘲地笑笑，"每次都是这样，我刚要离想要的东西近一点的时候，总会擦肩而过。这次也是，好不容易想到这个可能性，却再也没有尝试的机会了。"

"陈简佳……"

"如果在小说或者电影里，现在奇迹一定会发生的吧。应该我话音刚落，全世界的灯光都为我亮起来，可惜……"我叹了口气，"算了，放我下来吧。"

傅雨希把我放了下来，却突然伸手蒙住了我的眼睛。

"你干吗？"我疑惑地问。

他开心地笑起来，"既然你这么想看到，我帮你把光芒变出来好了。"

"开什么玩笑。"

"是真的，"他伏在我耳边小声说，"告诉你一个秘密，其实我会魔法。"

"好恶心，"我嫌弃地捏住鼻子，"你以为在骗三岁小孩么，能不能编一个有水准的谎话。"

"那要是成功了呢，你怎么感谢我。"他的语气突然认真起来。

"你想怎么样？"我悻悻地问。

他沉默了一会儿，"以后无论发生什么都不许生我的气，不许不理我。"

"没问题。"知道他在胡说八道，就算他要一万两黄金我也会满口答应。

"你自己说的哦，"他松开手，嘴角浮起诡异的笑容，"快把眼睛闭上。"

我无奈地闭上眼睛，看他能弄出什么名堂。他这一变就是好久，半天都没有动静，我闭着眼睛都快睡着了。如果不是感觉到他的体温，我真的会怀疑他是想把我一个人扔在桥上跑掉。

"好了，睁开眼睛。"正当我昏昏欲睡的时候，他突然把我抱了起来。

我疑惑地把眼睛张开一条缝隙，适应了黑暗的瞳孔被微微发亮的空气刺痛。

怎么可能？我不敢相信地睁大眼睛，眼前温柔的光芒瞬间倾泻进整个眼底。远方依然是灰蒙蒙的城市，而照亮我双眼的，是眼前那轮美丽温柔的太阳。

我从未见过那么漂亮的太阳，它美丽的光芒温柔而慈悲，漂亮得让我没有办法移开视线。

"新年快乐，陈简佳。"傅雨希的头发软软地蹭上我的脖子。

我的眼泪就这样在温柔的光芒的照耀下，缓缓流淌下来。

10

事实证明，所有幸福总会在适当的时间被外力打破。

"你们两个在干什么！"

我惊讶地回头，是昨天教育我的那个包工头，身后还跟着一个大个了年轻工人。

我迅速躲到傅雨希身后，他则笑眯眯地走上前，"叔叔新年好。"

大叔就是大叔，不是十几岁会被傅雨希的笑容迷惑的小姑娘，他完全没搭理他，而是愤怒地瞪着我，"你怎么又跑来了！"

"对不起，我们马上走。"傅雨希赔着笑脸拦住他：两年未见依然保留了他狗腿的实力。

"不许走！"我的声音把三个人都吓了一跳。

虽然知道一定会有告别的时刻，虽然早就做好了准备，但是我就是不想离开！

我明明还有好多话没来得及说，还有好多路想和他一起走。不是在别的地方，就是在这里！不是一口气走完，而是每一天、每一天，都一起走在这座步行桥上！

"求求你，"我拉住包工头哭了起来，"只要一天就好，让我在这里再待一天就好！"

他看见我掉眼泪慌了起来，"有话好好说，你别哭啊……"

"能不能不要拆掉它，"我不讲理地越哭越厉害，"这里对我来说很重要，真的很重要……"

"陈简佳……"傅雨希试着拉开我，我狠狠剜了他一眼，"要走你自己走，我是不会走的！"

我好不容易找回和我一起回家的人，却要失去回家的路么？

"你那么喜欢的话，拆下来让你带走也可以。"高个子工人突然插了一句。

我惊讶地止住哭声。让我把这么大的桥带回家，是想变相弄死我么？

"开什么玩笑，"包工头不满地拍了他脑袋一下，"这是公共财产，哪能让你乱送。"

"喏，小妹妹，"高个子工人笑盈盈地把一个沉甸甸的东西塞进我手里，"和它告个别吧，但我们真的不能送给你。"

我低头一看，是一个皮球大小的石头狮子，原来装饰在桥头的栏杆上。

"别伤心了，"他拍拍我的肩膀，"新的放上去更气派。"

"新的？"我完全不懂他在说什么。

"陆，别只顾着和小姑娘搭话，快来帮忙！"远处几个工人喊道，他们气喘吁吁地搬着四只巨大的石狮子走过来。

我撇撇嘴，"桥都要拆了，换它们干吗？"

"谁说桥要拆了？"他惊讶地问。

我愣了一下，指了指那些钢筋和纱网，"那你们铺这些东西……"

"为了把这几个家伙装上嘛，"他拍了拍大石子的屁股，"怎么说这座桥也是这个城市的脸面，用这种小狮子太寒酸了。"

"所以，桥不会拆了？"我一字一顿地问。

"当然不会，"他不悦地皱起眉头，"到底是谁说要拆的？"

我尴尬地低下头，恨不得找个地洞钻进去，回忆自己的胡搅蛮缠简直像个小丑。

好你个苏梦柯，昨天还一副想和我冰释前嫌的样子，居然用这么没品的谎言戏弄我。我愤怒地掏出手机拨了她的号码，身后却响起一阵急促的铃声。

我疑惑地回头，傅雨希手忙脚乱地捧着一个正在作响的手机，我试探地把电话按断，他的手机也神同步地安静下来。

"陈简佳你说过再也不生我的气的……"他心虚地看着我，不断把手机往后藏。

我顿时恍然大悟。原来从一开始，那个号码就不是苏梦柯的。步行桥要被拆掉的谎言，也不是苏梦柯编的。能编出这么没水准的谎言的，把我当猴耍的从来就只有一个人……

"傅雨希！"

我大吼一声，他早已捂着脑袋跑得不见踪影。我站在原地哭笑不得，被同样低劣的谎言骗三次的我，真的蠢得可以了。

之后的两天，我的手机快要被傅雨希打爆了，我也一次都没有接。收件箱塞满了无数他发来的信息，我也懒得给他回复。

我找到苏梦柯，她居然早就知道傅雨希一直用她的名义和我联系的事，还答应傅雨希对我保密。

"那天我想告诉你的，是你自己说不想知道他的电话。"她反而理直气壮。

我从她那里得到更惊人的消息是，傅雨希读的竟然是 Z 大旁边的 C 大，两所学校就隔了条马路。

我还以为生日的时候他是从多远的地方千里迢迢赶来只为了躲在树后看我一眼，敢情是利用晚上出来打热水的时间顺道溜达到马路上看了场笑话。明明两年来都是抬头不见低头见，他却故意躲着不肯见我，还装成苏梦柯给我发短信。

一想到两年来一直被他当傻子耍，我就怒不可遏。

我还没想好什么时候原谅他，至少暂时不想理他。因为我还有更重要的事情，就是去蓝市参加画展。在那之前，我绝对不想见到那张让我生气的脸。

11

　　我重新踏上蓝市熟悉又陌生的土地，感受着久违的温柔的风。

　　上次来蓝市，是为了帮助谢安璃重拾勇气，而这次是为了我自己的梦想。所以我的内心更加紧张，更加焦虑，也更加兴奋。

　　说不上是惊喜还是孽缘，这次我和李希还有胡枔月又住在一个套间里。三人在门口相遇时我幸灾乐祸地看着李希，想看他这次怎么解释。结果他高傲地对胡枔月说："我是《如画》新晋的专栏画家，简。"

　　"你不好奇我是怎么知道你的笔名的么？"胡枔月回房间之后，他幽幽地问。

　　"门牌上写着不是么。"我不以为然收拾着东西。

　　他沉默了一会儿，"是谢安璃告诉我的。"

　　"别开玩笑了，"我苦涩地笑起来，"他说不定早就忘记我是谁了。"否则怎么会两年来毫无音讯，一次联系都没有。

　　"他一直都在关注着你，"他认真地望向我吃惊的脸，"这两年来你的每幅画他都会关注，明明都不在《如画》了，还像个傻瓜级的粉丝一样每个月去买杂志，就为了看看你的作品，无论多忙都一直坚持。"

　　我的泪水在眼眶里打转。高中时的我每个月最期待的事，就是能在《如画》封面看见溪辰的作品。20号那天一放学我会一路跑去书店买《如画》，直到溪辰的画不再出现为止。

　　我没想到的是，有一天我可以被我如此珍惜的人，用同样的方式珍惜。

　　"你要不要跟我去见他？"

　　"什么？"我惊讶地望着他。

　　"真是烦死了，"他不耐烦地抓抓头发，"他让我问你，记不记得两年前他在这里对你说的话。比赛结束那天晚上，他在曾经和你约定的公园里等你的答案。真是的，这么麻烦的事不会自己来说啊，还让我这么丢脸。"说完他就抱怨着回房间去了。

两年前那个微风拂面的夜晚再次在回忆中浮现。要不要留在蓝市。时隔两年，我又重新考虑起这个问题。

两年前想要留在蓝市的我，最后还是回到橙市。那时的理由，是因为不甘心以一个逃兵的身份离开橙市。而现在这个理由已经不存在了。

但不知为何，曾经想留在蓝市的冲动，也已经退却了。

如果从我想成为画家的角度考虑，留在蓝市是最好的选择，我知道谢安璃一定会不遗余力地帮我，而现在的我，也有了能够坦然接受他帮助的自信和能力。

蓝市，有着我喜欢的气候，我执着的梦想，还有我喜欢的人。

喜欢的人……为什么我会感到那么犹豫呢？

我……还喜欢谢安璃么？

第二天，我顶着两只熊猫眼走进会场。

今年的比赛是有命题的，题目是《光与暗》。

我画了两只紧紧缠绕在一起的手，一只手沾满灿烂的金色，一只手布满灰暗的尘埃，但在两只手交握的地方，尘埃渐渐退却，明媚的金色顺着灰暗的手指慢慢流淌过去。

我不知道为什么要画这样一幅画，但它是我听到这个题目后脑中本能浮现的画面。我在一夜未睡的状态下脑中还能出现画面就已经谢天谢地了。

真正让我头痛的是比赛后的事。要不要去找谢安璃，我在客厅里把自己的脑袋揉成了鸟窝也做不出决定。

"你回来了！"胡枔月笑吟吟地推门进来，"不愧是朱莲，画得就是快，不像那个李希在里面磨磨唧唧的。"

"枔月，"我站起来认真地看着她，"再帮我占卜吧！"

"好啊！"她开心地笑了。我跟着她走进房间，她依旧递给我去年的那副纸牌。

我闭上眼睛抽了一张牌。翻过来之后我们都惊呆了，居然又是那张黑暗牌。

"这里面不会全是黑暗牌吧？"我表示质疑。

"怎么会，"她委屈地把那些牌全部翻过来，"你看啊，都不一样。"

看来只能怪我手气太好了。

胡柃月却望着那张牌释然地笑了，"恭喜你了。这说明你依然喜欢着那个把你从黑暗中解救出来的人啊。"

我依然喜欢着谢安璃么……可为什么我的心情会那么沉重。

胡柃月忽然想到了什么，把手机递给我，"我刚刚偷拍了李希的画，觉得和你的那张牌的寓意很像。"

画上是一个男孩和一个女孩，他们中间隔着一扇门。女孩站在外面明亮的阳光下，男孩站在黑暗的屋子里，女孩却紧紧地拉住男孩的手，让他的手指触碰到了外面的光。

她笑着挥挥那张纸牌，"虽然男生和女生的位置反了，但我理解的就是这个意思，每当你被痛苦的事情困住时，就好像把自己关进了黑暗的屋子，而那个人应该不止一次地把你从屋子里拉出来吧。怎么样，是不是溪辰啊？"

我怔怔地望着那幅画，这个场景是如此熟悉……

搬到新家的我把自己封闭起来不想再交新朋友，是他在门口喊着地震了，硬拉住我的手往桥上跑，我才开始重新对人敞开心扉。

小学第一次一个人回家，因为害怕黑暗站在桥上掉眼泪，是他出现牵住我的手，无数次陪我走过黑暗的小路。

爸爸去世之后我把自己关在房间里，是他拼命地敲门骗我桥被烧掉了，我才从房间里冲出去，眼泪终于尽情释放出来。

当我发现谢安璃的秘密，为自己不再是发光的辰溪而苦恼，是他把我从房间里揪出来，他的话让我想要重新成为闪耀的人。

游乐园的鬼屋，我被一群鬼怪困住快要哭出来的时候，是他大声叫了起来，所有的灯光都亮起之后，我才发现那些鬼怪其实并不可怕。

冬天冰冷的雨水中，我孤独地跪在操场上画画，是他走到我面前抢过我的画笔，陪我一起在无尽的大雨里画着那幅注定无法存留的画。

热闹的礼堂里，我坐在观众席上因为小提琴而沮丧，是他拉住我的手，无赖地把我推到了充满光明与欢笑的舞台上。

迷失在荒郊的雪夜，我以为自己被全世界抛弃的时候，他奇迹般地出现在我面前，让那个寒冷的长夜变得温暖。

他真的像他说的那样，从来没有放开过我的手。

就算总是骗我又怎么样，就算总是死皮赖脸又怎么样，如果不是他想尽办法救我出来，现在的我说不定还坐在哪个黑暗的房间里默默哭泣着。

而除夕夜的我，终于学会了自己破门而出，唯一的原因也是想见到他，即使只有渺茫的希望，还是想见到他，所以才会那样勇敢执着地在漆黑的雪夜奔跑吧。

每一次，每一次，你都笑着把我从黑暗的地方拉出来。而凝望着你明亮笑容的我，竟然不知不觉中已经不再害怕黑暗了！

原来是你啊。从开始到最后一直抓住我的手，拼命把我从黑暗中解救出来的那个人，原来是你啊！

我不顾胡枔月惊讶的目光，抓起行李箱就往外冲。我要见他，迫不及待地想要见他。

我跑到门口，正好撞到迎面进来的李希。

"你没长眼睛啊，"他吃痛地捂住额头，"还没到晚上呢，投怀送抱也不用这么急吧。"

"拜托你帮我告诉谢安璃，"我认真地看着他，"我不能去找他了，告诉他我很抱歉。"

"什么？"他的表情十分吃惊，"你要不要再想想？"

我摇摇头，微笑着拥抱了他，"谢谢你李希，无论是两年前还是今天，都谢谢你。"

12

到达橙市已经是第二天的清晨了，一下火车我就急着去找傅雨希，这才想起来我根本不知道他住在哪儿。

"我在步行桥上等你。"我写下这句话又迅速删掉了，我忘了现在桥上有面重兵把守。

"我在以前的院子等你。"

我拖着行李走进院子，箱子从雪上压过发出咯吱咯吱的声音。

这么冷的早晨依然有孩子在雪地里玩耍，我发现他们就是我离开时的那些孩子，只不过都比两年前长高了很多。

我从楼道里拿来扫帚，却迟迟不忍扫下去，我害怕看见那两张笑脸已经褪色到面目全非。

"是送礼物给我的那个姐姐！"梳马尾辫的女孩看到我惊喜地叫起来，其他的孩子也跑过来围绕在我身边。

"好久不见了，"我摸摸她的头，"你们还好么？"

她开心地点点头，"姐姐你知道吗，我爸妈同意我学画画了，长大后我一定要成为最厉害的画家。

我愣了一下，这个大声说着自己梦想的孩子，像极了曾经的我自己。

张奶奶的孙子不满地噘起嘴，"我明明也想当画家的……"

女孩骄傲地看了他一眼，"你画得那么烂怎么可能当画家，雨希哥哥的眉毛都让你涂坏了。"

"眉毛？"我不解地问。

"姐姐你忘了，"她开心地笑起来，"你不是让我们帮你上色么，我们还在旁边画了好多好多的装饰，你一定会喜欢的。"

"对啊，"张奶奶的孙子也精神起来，伸手把我往楼道里推，"扫雪的事交给我们吧，你快上去从窗户看看我们的杰作！"

我拗不过他们，只好上了楼，还好我带了家里的钥匙。

"姐姐，准备好了吗？"刚进家门，我就听见楼下的孩子们大声喊。我走到窗边，拿着扫帚的孩子们开心地向我招手，跳到一旁露出了身后的地面。

一瞬间，我被眼前的画面震惊得说不出话来。

空地上两张巨大的笑脸依然存在，甚至比我离开时色彩更加鲜艳，只是傅雨希的眉毛被不小心抹上了一团绿色。笑脸周围画满了五颜六色的气球，多得快要溢出来的花朵把两人围绕在中间，最醒目的是，两人中间画了一个巨大的粉红色爱心。

我终于明白，除夕那晚我向傅雨希承认他旁边的东西都是我画的，他为什么会是那样的表情。我尴尬地闭上眼睛，脸红得几乎滴出血来，以后简直没脸面对他了。

"陈简佳！"

傅雨希的声音冲进耳朵里，我惊讶地睁开眼睛，正对上他洒满笑意的眸子。

他恰好站在地上傅雨希的笑脸上面，虽然他们的脸已经完全不同了，笑容却是一样灿烂。

我愣愣地看着他们，从我们认识的那天起，他一直都在对我展露这样的笑容。就是这从未改变过的笑容，照亮了我的整个世界。

"陈简佳，我们和好吧！"他开心地笑着向我挥手，眼睛像星星一样不停闪烁。

"好啊！"我从窗户里探出半个身子，笑着回答他。

那一刻，我在傅雨希惊讶的眸子里，看见了自己幸福的笑脸。

那笑容和他身旁六岁的陈简佳脸上的笑容一样充满傻气，却灿烂明媚，美不胜收。

图书在版编目（CIP）数据

步行桥 / 李晓丹著. -- 北京 ：作家出版社，2017. 7
ISBN 978-7-5063-9240-2

Ⅰ. ①步… Ⅱ. ①李… Ⅲ. ①长篇小说 - 中国 - 当代
Ⅳ. ①I247. 5

中国版本图书馆CIP数据核字（2016）第280349号

步行桥

作　　者：李晓丹
责任编辑：省登宇
装帧设计：粉粉猫
出版发行：作家出版社
社　　址：北京农展馆南里10号　　　邮　　编：100125
电话传真：86-10-65930756（出版发行部）
　　　　　86-10-65004079（总编室）
　　　　　86-10-65015116（邮购部）
E-mail:zuojia@zuojia.net.cn
http://www.haozuojia.com（作家在线）
印　　刷：三河市北燕印装有限公司
成品尺寸：142×210
字　　数：390千
印　　张：14
版　　次：2017年7月第1版
印　　次：2017年7月第1次印刷
ISBN 978-7-5063-9240-2
定　　价：29. 00元